Hartwig Lödige

Tesa, Tuc und Teddybär

Hartwig Lödige

Tesa, Tuc und Teddybär

Das große Lexikon der rätselhaften Wörter

Ullstein

Der Ullstein Verlag ist ein Unternehmen der
Econ Ullstein List Verlag GmbH & Co. KG

Umschlaggestaltung: Atelier 59, München
Lektorat: Margret Plath
Satz: LVD GmbH, Berlin
Druck und Bindung: GGP Media, Pößneck
Printed in Germany
ISBN 3-550-07157-4

Inhalt

Vorwort

Hätten Sie gewußt, daß **Kanada** Dorf bedeutet, obwohl es ein riesiges Land ist, daß **Spanien** »Insel der Klippschliefer« heißt, obwohl es diese Tiere auf der iberischen Halbinsel gar nicht gibt? Daß **Australien** Südland bedeutet und **Känguruh** »Ich verstehe nicht«, oder daß der bekannte Hund vor dem Grammophon des Plattenlabels **EMI**-Electrola wirklich existierte und den Namen Nipper trug? Wußten Sie, daß die Übersetzung des Namens des dänischen Käses **Buko** »Muh-Kuh« lautet und der berühmte **Camembert** eigentlich Rouxville heißen müßte? Oder daß wir statt **einwecken** eigentlich »einrempeln« sagen müßten?
Wenn Sie all das nicht wissen, aber dies und noch mehr erfahren wollen über Alltagsbegriffe und deren Herkunft, dann ist dieses Lexikon für Sie das richtige.
Hier erfahren Sie, daß die berühmten **Post-it**-Haftnotizzettel ihre Erfindung einem Wissenschaftler verdanken, der in seiner Freizeit im Kirchenchor sang; daß die Abschiedsformel **Ciao** übersetzt »Ich bin dein Sklave« bedeutet, daß der Begriff **Sklave** wiederum daher kommt, daß in alten Zeiten Slawen besonders begehrt waren, aber nicht etwa deshalb, weil Slawe »Sprechender« heißt, oder daß wir den Begriff **Quarantäne** den Venezianern verdanken, die während der großen Pest Infizierte für 40 Tage auf eine Insel verbannten.
Das Buch für alle, die endlich wissen wollen, was sich hinter Begriffen wie **Ikea** und **Corega**, **Apfelsine** und **Vanille**, **Kohldampf** und **Spee**, **Aspirin** und **Heroin**, **Dobermann** und **Agrippina**, **Budapest** und **Piroschka**, **Dolomiten** und **Pedigree-Pal** oder **Karibik** und **Kannibalismus** verbirgt.
Maßgeblich für die Auswahl der Begriffe waren der Bekanntheitsgrad des Wortes und die Originalität der Lösung. Kunstnamen habe ich weitgehend weggelassen, ebenso die meisten Automarken. Wer sich speziell für Automarken und Autonamen interessiert, der greife zu »Audi, Kat und Cabrio. Kleine Wortkunde der Autowelt«.

A

A und O

Die Redewendung vom »A und O« kommt von *alpha* und *omega*, dem ersten und dem letzten Buchstaben des griechischen Alphabets, und bezeichnet dasselbe wie der Ausspruch von »A bis Z«, meint also »alles«.

Abus

Wer wissen will, warum Abus Abus heißt, muß eine Geschichte aus Volmarstein kennen, einem Dörfchen an der Ruhr, das heute zu Wetter gehört. Zur Zeit Preußens ›desertierten‹ viele junge Männer aus Volmarstein nach Velbert, um nicht in dem für Drill und drakonische Strafen bekannten preußischen Heer dienen zu müssen. In Velbert – heute Sitz des Schloßherstellers → BKS – erlernten sie das Herstellen von Schlössern und nahmen diese Fertigkeit später mit zurück in ihr Heimatdorf. So kam es, daß seit dem 18. Jahrhundert in Volmarstein Hängeschlösser gefertigt wurden.
Der spätere Firmengründer August Bremicker – am 12. Juni 1860 in Lieberhausen bei Gummersbach geboren, wohnhaft in Volmarstein und Vater von zehn Söhnen und zwei Töchtern – stellte für eine der vielen örtlichen Schloßfabriken in Heimarbeit Hängeschlösser her, und auch einige seiner Söhne wurden Schloßmacher. 1924 wagte Bremicker den Sprung in die Selbständigkeit; er errichtete ein kleines Gebäude mit einer Arbeitsfläche von etwas mehr als 50 Quadratmetern. Keine zwei Jahre nach der Betriebsgründung wurden einige Familienmitglieder arbeitslos, so daß der Betrieb mehrere Familien ernähren mußte. Ein Arbeitstag von 6.30 bis 22 oder sogar 24 Uhr war die Regel; oft wurde von Freitag morgen bis Samstag mittag durchgearbeitet.
Ende der 20er Jahre hatte Abus bereits über 30 Mitarbeiter, kurz vor Ausbruch des Zweiten Weltkriegs etwa 250. Am 12. Februar 1938 starb August Bremicker. Seine Söhne machten nach dem Zweiten Weltkrieg aus dem Kleinbetrieb den heutigen Konzern, der Ende des 20. Jahrhunderts noch immer ein Familienbetrieb

ist – in der dritten und vierten Generation. Woher der Name Abus kommt? Ganz einfach: **A**ugust **B**remicker **u**nd **S**öhne, kurz Abus.[1]

Adidas

Die Marke mit den drei Streifen ist einer der größten Sportartikelhersteller der Welt. Er hat seinen Sitz in Herzogenaurach in der Nähe von Nürnberg und dort wiederum – wer hätte es gedacht – in der Adi-Dassler-Straße 2. Damit ist auch der Name erklärt: Adolf (kurz: **Adi**) **Das**sler wurde verkürzt zu Adidas. So einfach ist das. Den Namen ließ Adolf Dassler (1900–1978) 1948 ins Handelsregister eintragen, und bis 1989 war Adidas ein Familienunternehmen, seitdem ist es eine Aktiengesellschaft.

Doch ganz so einfach ist es dann doch wieder nicht, denn in Herzogenaurach gibt es eine weitere Sportartikelfirma: die **Puma** AG Rudolf Dassler Sport. Und das kam so: Adolf und Rudolf Dassler stellten seit 1920 Sportschuhe her und gründeten 1924 die Firma Gebrüder Dassler Schuhfabrik. Wie es unter Brüdern gelegentlich geschieht, trennten sich beide im Streit; daraufhin gründete der eine Adidas und der andere Puma.

Der große Durchbruch kam für Adidas mit der Fußballweltmeisterschaft 1954 in der Schweiz. Im legendären Finale von Bern trugen die deutschen Kicker Adidas-Schuhe mit auswechselbaren Stollen. Ob es der Grund für ihren Sieg über die Ungarn war, ist nicht überliefert, doch dem Vernehmen nach hat Adi Dassler in der Spielpause eigenhändig die Stollen an die Schuhe der Spieler geschraubt, die er den Bodenverhältnissen für angemessen hielt. Das Endspiel von Bern ging weniger deshalb in die Geschichte des deutschen Fußballs ein, weil Ungarn der Favorit gewesen war, sondern weil das Spiel den Deutschen der Nachkriegszeit das Gefühl gab: Wir sind wieder wer.

Ado

Die Firma Ado macht Reklame für ihre »Markengardine mit der Goldkante«, und die gibt es auf der ganzen Welt zu kaufen. Darüber hinaus vertreibt das Unternehmen aber auch Dekorationsstoffe und Zubehör. 1954 von Hubert Wulf gegründet, hat Ado seinen Sitz bis heute im norddeutschen Aschendorf, und so erklärt sich auch der Name: **A**schen**do**rf, kurz Ado.

Der Begriff **Gardine** kommt nicht vom französischen *garder* für »schützen« (vor neugierigen Blicken) sondern von *courtine* für »Bettvorhang«. Das Wort **Dekoration** ist ebenfalls französischer Provenienz: *décor* für »Verzierung«. Wurzel ist das lateinische *decus, decoris* für »Schmuck, Zierde«.

Adventszeit

Gemeint ist der Dezember, der im christlichen Verständnis die Zeit vor der Geburt von Jesus Christus ist, die Zeit vor Weihnachten also. Die Begriffe Advent und Adventszeit leiten sich her aus dem lateinischen Wort *advenire* für »ankommen«; der Advent ist also die Zeit vor der Ankunft des Herrn. **Weihnachten** gibt's als Wort seit dem 12. Jahrhundert und hieß ursprünglich *ze den wihen nahten*, was »in den heiligen Nächten« bedeutet. Der Name **Jesus Christus** ist griechisch-hebräischer Herkunft: Jesus ist eine Form des hebräischen Namens Josua bzw. Jehoshua und bedeutet »Jahwe [Gott] errettet«; Christus heißt »der Gesalbte«.

Eine vergleichsweise junge Erfindung ist der **Adventskranz**. Zur Herkunft gibt es zwei Theorien: Die eine behauptet, wir verdankten ihn dem evangelischen Theologen Hinrich Wichern. Der gründete 1833 in Hamburg des »Rauhe Haus« – eine Einrichtung für gestrandete Jugendliche. Anno 1839 fiel der 1. Advent auf den 1. Dezember. Wichern ließ im Betraum ein Wagenrad aufhängen, bestückt mit 23 Kerzen – darunter vier weiße für die Sonntage. Dank der positiven Reaktionen darauf wurde dieses Adventsrad Tradition – seit 1890 mit grünen Zweigen geschmückt. Die andere Theorie erklärt einen Pastor in Pommern zum Urheber des Adventskranzes. Der habe um 1870 damit begonnen, an den Adventssonntagen jeweils eine neue Kerze zu entzünden – zunächst an einem Weihnachtsbaum, später auf einem hängenden Kranz. Der Adventskranz verbreitete sich zunächst nur im Norden Deutschlands, seit Ende des Ersten Weltkriegs auch im Süden des Landes wie auch in der Schweiz und Österreich.

Die Entstehung des **Adventskalenders** verdanken wir einem kleinen Jungen namens Gerhard Lang aus München. Der plagte seine Mutter ständig mit der Frage, wann denn nun endlich Weihnachten sei. Um den Quälgeist zu sedieren, sann die Mutter auf Abhilfe und fand sie auch: Sie legte Plätzchen in kleine Schach-

teln, klebte diese auf einen Karton und schrieb auf jedes Schächtelchen eine Zahl. Jeden Tag durfte der kleine Gerhard ein Schächtelchen öffnen und das Plätzchen verspeisen. Wie es der Zufall wollte, gehörte den Eltern die Münchner Lithographische Kunstanstalt, die 1904 den ersten Adventskalender druckte – zwei gleich große Pappen, deren eine mit Sinnsprüchen bedruckt war und deren andere mit bunten Bildern. Jeden Tag wurde ein Bild ausgeschnitten und nach der Lektüre auf den Spruch geklebt.
Nicht bekannt ist, wer den **Weihnachtsbaum** erfunden hat. Vergleichbare Bräuche – Bäume als Fruchtbarkeitssymbol – reichen weit in die Geschichte zurück und sind keineswegs christlicher, sondern heidnischer Abkunft und ab dem 15. Jahrhundert nachweisbar. Ab Mitte des 18. Jahrhunderts gibt es den Weihnachtsbaum in privaten Haushalten.[2]

Afrika

Bedeutung und Herkunft des Namens Afrika sind unklar. Sicher ist, daß die alten Griechen zunächst von *Libyes* (nach dem Stamm der Libu) sprachen, woraus sich **Libyen** entwickelte, und damit den Nordosten Afrikas meinten. 146 v. Chr. zerstörten die Römer Karthago (nördlich von Tunis, der Hauptstadt Tunesiens, gelegen) und machten aus dem Gebiet der Karthager die *provincia africa.* Den Namen bekam diese Provinz vom Volk der Afri, und da es im wesentlichen Europäer waren, die sehr viel später den ganzen afrikanischen Kontinent erschlossen, wurde dieser Name auch auf den gesamten Kontinent übertragen.

Agfa

Diesen Namen kennen wir von Kamera-Filmen; er setzt sich zusammen aus **A**ctien-**G**esellschaft **f**ür **A**nilinfarben. Agfa ist eines der berühmtesten und auch ältesten Warenzeichen in Deutschland. Eingetragen wurde es am 15. April 1897 beim Patentamt in Berlin, und zwar für »chemische Präparate für photographische Zwecke«. 1910 in Wolfen gegründet, ging Agfa vor dem Zweiten Weltkrieg in der IG Farben auf. Nach dem Krieg wurde Agfa neugegründet und Teil der Bayer AG in Leverkusen. Auch in der DDR nahm man die Produktion von Filmen für Photoapparate wieder auf; die Filme heißen bis heute **Orwo**, das für **Or**iginal

Wolfen steht. Anilin ist eine farblose ölige Flüssigkeit, die ein wichtiger Grundstoff für die Herstellung künstlicher Farben ist und den Anilinfarben ihren Namen gibt.[3]

Agip

Gemessen an den anderen großen Tankstellenketten ist Agip in Deutschland relativ selten vertreten, zählt in Europa aber zu den größten. Sie wurde 1926 vom italienischen Diktator Benito Mussolini gegründet und ging nach dem Zweiten Weltkrieg im italienischen Energiekonzern Ente Nazionale Idrocarburi (ENI) auf. Agip steht für **A**zienda **G**enerali **I**taliani dei **P**etroli (»Italienische Petroleum-Generalagentur«). Das Wort **Petroleum** ist griechisch-lateinischer Herkunft und bedeutet »Steinöl«.

Agrippina

Die Agrippina ist eine der großen deutschen Versicherungen mit Hauptsitz in Köln. Vater des Unternehmens ist ein Herr namens Damian Leiden. Was 1817 unter dem Namen Köln-Mainzer-Gesellschaft als erste deutsche Fluß-Transport-Versicherung mit Peter Heinrich Merkens an der Spitze begonnen hatte, wurde unter Federführung von Damian Leiden 1844 zu der Rheinschiffahrts-Assecuranz zu Köln-Mainz Aktiengesellschaft. Doch erst am 24. Januar 1845 genehmigte der preußische König Friedrich Wilhelm IV. »die Errichtung einer Aktiengesellschaft zu Köln unter der Firma Agrippina, See-, Fluß- und Landtransport-Versicherungs-Gesellschaft«.

Der Name der Versicherung geht auf eine Dame namens Agrippina (»die Jüngere«) zurück, die am 6. November des Jahres 15 n. Chr. geboren und 59 n. Chr. umgebracht wurde, und zwar von ihrem Sohn Nero. Agrippina hatte einen Lebenswandel, den man – vorsichtig formuliert – als wenig tugendhaft bezeichnen kann; sie hatte zahlreiche Affären, heiratete 49 n. Chr. Kaiser Claudius, vergiftete diesen aber schon fünf Jahre später, um ihrem Sohn Nero zu kaiserlicher Würde zu verhelfen. Daß eine Versicherung sich nach einer solchen Frau benennt, darf als eher unwahrscheinlich gelten, und so ist der Zusammenhang auch etwas anders: **Köln** ist eine Gründung des Römers Agrippa und hieß ursprünglich *oppidum ubiorum* (»Stadt der Ubier«), wurde aber 50 n. Chr.

nach eben jener Agrippina, die dort geboren wurde, in *colonia agrippina* oder *colonia agrippensis* (»Ansiedlung der Agrippa«) umbenannt. Bis ins 16. Jahrhundert wurde Köln oft Agrippina genannt. Der Name der Versicherung geht also auf den älteren Namen dieser Stadt zurück.

Ägypten

Das für **Pharaonen** (»großes Haus«) und Pyramiden berühmte Land hieß auf Altägyptisch *khemi*, »das Schwarze«. Die Lebensader Ägyptens ist der Nil. Früher durften fremde Schiffe nur den westlichen Arm des Flusses befahren, der »der von Memphis« hieß, *ha-ka-ptha*. Dieses Wort haben die alten Griechen → verballhornt zu *aigyptos*, heute Ägypten. Nicht ganz gesichert ist, ob auch die **Pyramiden** ihren Namen von den Griechen erhielten, die die riesigen Grabmäler ägyptischer Pharaonen wenig respektvoll als aufgetürmte »Grießkuchenhaufen« *(pyramos)* bezeichnet haben sollen.

Aiwa

Der Name Aiwa steht für Unterhaltungselektronik. Das Unternehmen wurde 1951 als Aiko Denki Sangyo Co., Ltd. gegründet und 1959 in Aiwa umbenannt. Die Abkürzung Aiwa ist japanisch und bedeutet Liebe und Harmonie.

Ajax

Ajax ist ein Reinigungsmittel. Sein Name entstammt der griechischen Mythologie. Ajax war einer der Helden, die das sagenhafte Troja belagerten. Der Name des berühmten holländischen Fußballvereins **Ajax Amsterdam** dürfte dieselbe Wurzel haben.

Ajona

In der kleinen, dunkelroten Tube mit dem Schriftzug Ajona verbirgt sich Zahncreme. Sie ist ein Produkt der Dr. Liebe Nachfahren GmbH & Co. KG, und ihr Name entstand im Rahmen der Produktentwicklung. Arbeitstitel war zunächst »Spezialzahncreme mit A-Ionen«, und zwar deshalb, weil diese Ionen besonders gut sind für die Hygiene des Mund- und Rachenbereichs. Im Rahmen von Tests wurde dann der eigentliche Name entwickelt:

Aus A-Ionen wurde A-Iona, gesprochen Ajona. Der ›Untertitel‹ der Zahnpasta lautet **Stomaticum**, Übersetzung: Mundpflegemittel.

Akademiker

Das Wort Akademiker geht zurück auf einen griechischen Helden namens Akademos. Im 4. Jahrhundert v. Chr. gründete der griechische Philosoph Platon vor den Toren Athens eine Philosophenschule, für die sich nach und nach der Begriff Akademia einbürgerte. Diese Schule – die älteste Europas – wurde 529 n. Chr. vom römischen Kaiser Justinian geschlossen, galt später aber als Vorbild für neuzeitliche Universitäten und Akademien.
Zu dem Substantiv Akademiker gehört das Adjektiv akademisch, das in der Redewendung »eine akademische Frage« häufig gebraucht wird. Gemeint sind damit rein theoretische Fragen, die für die Praxis ohne jede Bedeutung sind.

Alamo

Alamo steht für Autovermietung, doch der Name hat mit Autos nichts zu tun. Seine Entstehung nimmt im heutigen San Antonio in Südtexas seinen Anfang. San Antonio geht auf einen spanischen Militärposten mit Missionsstation aus dem Jahre 1718 zurück. Die Spanier waren aus Álamo de Parras in Mexiko gekommen und nannten den Posten Pueblo del Álamo, »Dorf von Alamo«; *alamo* bedeutet »Pappel«. 1836 war Alamo Schauplatz einer bitteren Niederlage der Amerikaner: Weniger als 200 Texaner unterlagen einem übermächtigen Heer von 4000 Mexikanern. Unter den Gefallenen befanden sich so bekannte Männer wie James Bowie, der Erfinder des Bowie-Messers, und der legendäre Davy Crockett.

Alarm

Wer auf eine Gefahr hinweisen will, schlägt Alarm. Das Wort kommt vom französischen *alarme* mit derselben Bedeutung. Historische Wurzel ist der Ausruf *»À l'arme!«* für »Zur Waffe!«.

Alaska

Vitus Bering entdeckte Alaska 1728 für den russischen Zaren Peter den Großen. 1867 kaufte es der US-Präsident Andrew Johnson für 7,2 Millionen Golddollar – den Tip hatte ihm sein Außenminister William H. Seward gegeben. Seit 1959 ist Alaska US-Bundesstaat – der 49. Alaska bedeutet »Hauptland, großes Land«.

Alba

Einer der großen deutschen Gewürzhersteller heißt Alba. Alba ist keine Abkürzung; die Firma nennt sich nämlich Gehring & Neiweiser GmbH + Co. KG. Das Unternehmen wurde 1907 von dem Kaufmann Heinrich Neiweiser und dem Drogisten Heinrich Gehring in Bielefeld gegründet. Die Bezeichnung Alba ist lateinischer Herkunft: *albus, alba* gleich »weiß, rein«. Der Name soll also auf die Reinheit der Gewürze von Alba hinweisen.

Albingia

1901 wurde die Albingia gegründet, und zwar von der Kaufmannsfamilie Mutzenbacher aus Hamburg. Angefangen hat die Firma mit Feuer- und Transportversicherungen. Mit Hamburg sind wir der Erklärung des Namens schon recht nahe. Hamburg liegt an der Elbe, lateinisch *albis* (»weiß«). *Albingia* bedeutet »die an der Elbe gelegene (Versicherung)«.

Dieselbe Herkunft haben Wörter wie Album und Albino: Sowohl im Photoalbum als auch im → Poesiealbum sind die Seiten zunächst leer und weiß. **Album** ist einfach das lateinische Wort für das »Weiße«. **Albinos** sind Lebewesen, die wegen fehlender Farbpigmente weiß bzw. hellhäutig sind.

Alcantara

Sieht aus wie Leder, fühlt sich an wie Wildleder, ist aber Kunststoff: Alcantara. »›Alcántara‹ ist der Name einer spanischen Stadt, nach der der spanische Ritterorden von Alcántara benannt ist. Heute lebt dieser Orden noch als Verdienstorden weiter. Sachlich hat dieser Hintergrund mit dem Produkt nichts zu tun; der Name dürfte vielmehr als zugleich wohlklingendes und adlig tönendes Prestigewort gewählt worden sein.«[4]

Alcatel SEL

Alcatel SEL ist ein internationaler Elektronikkonzern, der nicht nur Handys und andere Telefone herstellt, sondern auch und vor allem auf den Gebieten Netze, Vermittlungs- und Übertragungssysteme sowie Unterwasserkabel tätig ist. Die Mutterfirma wurde 1898 von Pierre Azaria gegründet. Alcatel ist die Abkürzung von **Al**sacienne de **C**onstruction **A**tomique de **Tel**ecommunication et d'Electronique – frei übersetzt: »elsässische Gesellschaft für feinmechanische Konstruktion im Bereich Telekommunikation und Elektronik«. **SEL** steht für **S**tandard **E**lectric **L**orenz.

Aldi

Firmengründer und noch heute Inhaber sind die Brüder Theo und Karl Albrecht; Sitz der Aldi-Gruppe ist Essen. Der Name Aldi besteht aus den Anfangsbuchstaben von **Al**brecht und **Di**scount. Das Wort **Discount** ist unschwer als englischer Begriff zu erkennen; *discount* meint »Preisnachlaß«, ist aber eigentlich italienischer Herkunft: *Disconto* bedeutet »Abzug vom Konto«, der Rechnung also. Handwerker gewähren auf Rechnungen gelegentlich bei sofortiger Begleichung drei Prozent **Skonto** (»Preisnachlaß«). Das italienische Wort *conto* bedeutet »Rechnung« und ist lateinischer Provenienz: *Comptus* heißt »Berechnung« und *computare* »berechnen, zusammenrechnen«. Damit ist auch das Wort **Computer** erklärt, der – entgegen anderslautenden Gerüchten – keine Erfindung von Bill Gates, sondern eine des Deutschen Konrad Zuse aus dem Jahre 1941 ist.

Alete

Die seit 1971 zum Schweizer Nestlé-Konzern (**Nestlé** ist der Name des Firmengründers Henri Nestlé, der eigentlich Heinrich hieß und Sohn eines Frankfurter Apothekers war) gehörende Alete GmbH ist eine Erfindung der Allgäuer Alpenmilch, die 1934 in Zusammenarbeit mit Prof. Dr. Malyoth von der Haunerschen Universitäts-Kinderklinik in München einen Säuglingsnährzucker und kurze Zeit später eine komplette Säuglingsmilchnahrung entwickelte. Am 4. Juni 1934 wurde die Alete GmbH ins Münchener Handelsregister eingetragen. Der Firmenname ist ein abgewandelter lateinischer Imperativ und bedeutet »wachset, gedeihet«; paßt schließlich auch gut zu Babynahrung: Kinder, wachset und gedeihet!

Alfa Romeo

Was heute zum Fiat-Konzern gehört, war einst eine selbständige Autofabrik: Alfa Romeo. Der Name ist einfach erklärt. In Mailand etablierte sich Anfang des 20. Jahrhunderts eine Autoschmiede, die sich **A**nonima **L**ombarda **F**abbrica **A**utomobili, kurz Alfa nannte. Übersetzung: »Lombardische Aktiengesellschaft für die Automobilfabrikation«. Zu dieser Gesellschaft stieß 1914 ein Eisenbahningenieur namens Nicola **Romeo**. So entstand der Name Alfa Romeo.

Alibi

Das Wort Alibi kennt jedes Kind – aus Krimis. Ein Alibi ist der Nachweis, daß ein Tatverdächtiger sich zur Tatzeit nicht am Tatort, sondern woanders befand. Das Substantiv Alibi ist nichts anderes als das lateinische Adverb *alibi*, das »anderwärts, anderswo« bedeutet.

Alimente

Der Begriff Alimente wird umgangssprachlich verwendet für das, was die Juristen Unterhaltszahlungen nennen, und meint damit die Gelder, die zum Beispiel ein Vater für seine Kinder, die bei der Mutter leben, zahlen muß. Damit hat der Ausdruck zwar auch zu tun, aber nicht nur damit. In Italien steht an vielen Geschäften *alimentari* geschrieben und in Frankreich *alimentation*, und in beiden Fällen handelt es sich um Lebensmittelgeschäfte. *Alimente* sind also – auch in der ursprünglichen lateinischen Bedeutung des Wortes – »Versorgungsleistungen«.

Alka-Seltzer

Das Schmerzmittel Alka-Seltzer der Firma Bayer wird in Wasser aufgelöst, bevor man es einnimmt, und was man dann trinkt, sieht aus wie Mineralwasser. Im deutschen Sprachraum – vor allem in Hessen – wird Mineralwasser oft Selterswasser (nach dem Städtchen Selters an der Lahn) genannt. Die englische Version von Selterswasser heißt *Seltzer water*; ein Bestandteil von Alka-Seltzer ist Natriumcarbonat, das man früher mildes Alkali nannte. Und so entstand der Markenname: Mildes **Alka**li plus **Seltzer** water ergibt Alka-Seltzer.

Spannend ist die Entstehungsgeschichte von Alka-Seltzer: »Als 1928/29 eine große Grippeepidemie in den Vereinigten Staaten wütete, besuchte Andrew Hubble (genannt Hub) Beardsley, Vorstandsvorsitzender von Miles [Laboratories, heute Tochtergesellschaft von Bayer], seinen Freund, den Chefredakteur der Zeitung ›The Elkhart Truth‹. Während bei Miles ein Viertel der Belegschaft krank war und manche Betriebe in den Staaten ganz geschlossen werden mußten, fehlte in der Zeitung kein einziger Mitarbeiter. ›Ganz einfach‹, sagte Chefredakteur Tom Keene, ›ich gebe meinen Leuten täglich ein Gemisch aus Backpulver mit heißem Zitronensaft.‹ Bei Miles arbeitete seit 1927 der englische Chemiker J. Maurice Treener daran, die Arzneimittel der Firma in wasserlösliche Brausetabletten zu verwandeln. Er bekam den Auftrag, aus dem Hausmittel des Zeitungsmannes ein verkaufbares Produkt zu machen. Und das gelang. Die Brausetabletten (...) halfen gegen Erkältung, Magenübersäuerung, Magendrücken und Schmerzen aller Art, sie wirkten ›befreiend‹.«[5]

Alkohol

Philipp Aureolus Theophrast Bombastus von Hohenheim, der sich Philippus Theophrastus Paracelsus nannte – 1493 in Einsiedeln geboren und 1541 in Salzburg gestorben –, war zu seinen Lebzeiten ein bedeutender Arzt, Naturwissenschaftler und Philosoph und gilt als einer der Urväter der modernen Medizin. Dieser Paracelsus gab dem Alkohol seinen Namen. Der Begriff geht auf die arabischen Wörter *al* und *quhul* zurück und bedeutet in der Ursprungssprache: »das feine schwarze Pulver« – in den arabischen Ländern früher ein Mittel, mit dem sich die Frauen die Augenbrauen einschwärzten. Da Paracelsus des Arabischen nicht mächtig war, aber annahm, *alquhul* sei etwas besonders Feines und Reines, übertrug er den Begriff auf den *alcohol vini*, den »Weingeist«. Vom Weingeist wurde der Ausdruck später dann auf alles, was betrunken macht, übertragen.

Alkoven

Wenn Kinder heute in einem Museumsdorf Räume mit Nischen, in denen sich Betten befinden, entdecken, ist die Reaktion zumeist ungläubiges Staunen. Das kommt nicht zuletzt daher, daß diese Betten sehr kurz sind; der Grund: Die Menschen waren früher wesentlich kleiner als heute. Diese Nischen werden Alkoven genannt. Das Wort wäre gewiß schon lange in Vergessenheit geraten, wenn nicht viele Wohnmobile heute über eine Bettstatt verfügen würden, die über das Fahrerhaus hinausreicht und Alkoven genannt wird. Das Wort Alkoven geht zurück auf das arabische *alqubba*, das »Gewölbe, Gemach« bedeutet.

Allee

Als Allee bezeichnen wir beidseitig mit Bäumen gesäumte Straßen. In der alten Bundesrepublik waren sie fast ausgestorben, da Straßenverbreiterungen vor allem in den 60er Jahren für radikalen Kahlschlag gesorgt hatten. Nach der Wiedervereinigung gerieten die schönen Alleen im Osten Deutschlands als etwas Erhaltenswertes in die Schlagzeilen. Im Französischen gibt es das Verb *aller* für »gehen«, und in Frankreich nannte man ursprünglich einen von Rasen, Steinen oder Bäumen gesäumten Spazierweg eine Allee. Im 17. Jahrhundert gelangte das Wort dann in den deutschen Sprachraum und bezeichnete zunächst auch bei uns nur von Bäumen beschattete Spazierwege in Gärten oder Parks und nahm später die heutige Bedeutung an.

Alno

Einer der großen deutschen Küchenproduzenten heißt Alno. Das Unternehmen ist weit über die Landesgrenzen hinaus bekannt, hat seinen Sitz im bayerischen Pfullendorf und seinen Namen vom Firmengründer **Al**bert **No**thdurft, kurz Alno. Alno-Küchen macht sich ja auch besser als Nothdurft-Küchen, oder?!

Alpen

Der Name der Alpen stammt aus der keltischen Sprache, *alp*, und bedeutet »hoch« oder »Berg«.

Alphabet

Der Buchstabe *alpha* ist der erste, der Buchstabe *beta* der zweite des griechischen Alphabets. Alphabet bezeichnet also dasselbe wie die deutsche Abkürzung Abc. Nur noch als Redensart erhalten ist bei uns der Spruch »bis zum TZ« für »bis zum Ende«. Früher schlossen die Fibeln für Kinder nicht mit dem Z, sondern mit dem TZ; Kinder, die das Alphabet bis zum Ende konnten, beherrschten es also bis zum TZ oder, wie wir heute sagen, von A bis Z.

Alwitra

Einer der großen deutschen Hersteller von Flachdachsystemen heißt Alwitra. Der Name des 1964 gegründeten Unternehmens ist schnell erklärt: Der Firmengründer heißt Klaus Göbel, benannt wurde das Unternehmen aber nach dessen Schwiegervater Wilhelm Trappen. Da es zunächst vorwiegend mit Aluminium arbeitete, ergibt sich folgendes: **Al**uminium und **Wi**lhelm **Tra**ppen, kurz Alwitra.

Amaretto

Der beliebte Likör, der auf den schönen Namen Amaretto hört, kommt nur scheinbar vom lateinischen *amare,* »lieben«, in Wahrheit ist er italienischer Provenienz: *Amaretto* bedeutet »etwas bitter«.

Amateur

Wir kennen den Begriff Profi für einen Sportler, der gegen Geld Leistungen erbringt, im Unterschied zum Amateur, der sich unentgeltlich Höchstleistungen abverlangt. Die Herkunft des Begriffs ist leicht erklärt: *Amare* ist Latein und bedeutet »lieben«. Oft bezeichnen wir als Amateur aber auch Leute, die von einer bestimmten Sache keine Ahnung haben. Der Zusammenhang ist klar: Von einem Hobby-Heimwerker wird nicht unbedingt erwartet, daß er wie ein Profi und damit perfekt arbeitet; ihm gesteht man durchaus amateurhafte Leistungen zu.

Amen

»Amen« kennen wir als Schlußformel, mit der Gebete und Predigten beendet werden. Das Wort ist zwar über Griechenland und Italien nach Deutschland gekommen, stammt aber aus dem Hebräischen und bedeutet ursprünglich »so sei es, wahrlich, gewiß«.

Amerika

Da Christoph Kolumbus offiziell als Entdecker Amerikas gilt – es ist ziemlich sicher, daß der erste Europäer auf amerikanischem

Boden 500 Jahre vor Kolumbus der Wikinger Leif Eriksson war –, müßte dieser Kontinent eigentlich Kolumbia heißen; heißt er aber nicht. Und das kam so: Um 1507 arbeiteten einige Mönche des Klosters St. Dié in Lothringen eine neue Weltkarte aus unter der Leitung von **Martin** (der Name kommt vom römischen Kriegsgott Mars und bedeutet »der Kriegerische«) Waldseemüller. Er hatte einen Brief des Seefahrers Amerigo Vespucci dahingehend verstanden, daß dieser einen neuen Kontinent entdeckt habe, und schrieb so dessen Vornamen America auf die Karte. Da diese Weltkarte weite Verbreitung fand, setzte sich auch der Name Amerika für den neuen Kontinent durch.

AMG

Alpina, Brabus, Treser u. a. sind Auto-Tuner. Ein anderer Tuner heißt AMG. Die Produkte von AMG sind inzwischen direkt bei Mercedes erhältlich. Gegründet haben AMG Hans Werner Aufrecht (A), sein Bruder Friedrich und Erhard Melcher (M) 1967 in der Alten Mühle von Großaspach (G).

Amoklauf

Als Amokläufer bezeichnen wir jemanden, der im Wahn reihenweise Leute umbringt oder umzubringen versucht. Der Begriff Amoklauf geht zurück auf das malaysische Wort *amok* oder *amuk*, das soviel bedeutet wie »rasend, wütend im Kampf«. In Malaysia gab es den Brauch, Rache zu üben oder auch Ruhmesgelüste zu befriedigen, indem man sich mit Opium in Rausch versetzte, um dann mit dem Ruf *»Amok«* auf x-beliebige Leute mit einem Dolch, *Kris* genannt, einzustechen. Im deutschen Sprachraum findet sich einer der ersten Belege für das Wort in einem Reisebericht, der um 1660 geschrieben wurde: »*Amoc* welches so viel ist als courage [Mut], oder schlag todt«.[6]

Ampel

Heutzutage steht an jeder Straßenecke eine Ampel. Und wie kam die Ampel zu ihrem Namen? Aus dem griechischen Wort *amphora* wurde im Lateinischen *ampulla*; und beide Wörter meinen »kleine Flasche, Ölgefäß«; dem lateinischen *ampulla* verdanken wir auch das Wort **Pulle**. In der Antike, im Judentum wie auch in den christlichen Kirchen wurden Ampeln als Hängelampen verwendet, in den christlichen Kirchen sogar bis ins hohe Mittelalter. Sie wurden abgelöst von Kronleuchtern. Als wegen des zunehmenden Straßenverkehrs in den 20er Jahren des 20. Jahrhunderts die ersten Signalanlagen nötig wurden, hängte man sie mitten über der Kreuzung auf und befestigte sie mit Hilfe von Drahtseilen. Was lag da näher, als ihnen den Namen Ampel zu verpassen.

Andreaskreuz

Kein Bahnübergang ohne Andreaskreuz; der Fachbegriff dazu lautet Diagonalkreuz. Das Andreaskreuz ist von der Grundfarbe her weiß, seine Enden rot. Der Name rührt daher, daß der Apostel Andreas seinen Tod an einem Diagonalkreuz gefunden haben soll. Der Name **Andreas** kommt aus dem Griechischen: der »Mannhafte, Tapfere«.

Animateur

Im letzten Drittel des 20. Jahrhunderts kamen sie in Mode – die Club-Urlaubsreisen. Ganze Club-Dörfer wurden an schönen Stränden errichtet. Damit ideenlosen Urlaubern nicht langweilig wurde, erfand man den Beruf des Animateurs. Der Begriff kommt vom lateinischen *anima* für »Seele« und bedeutet eigentlich »Beseeler«.

Anorak

Das Wort Anorak kommt aus der Sprache der Eskimo und bedeutet dort dasselbe wie bei uns: wetterfeste Jacke mit Kapuze. Der Ausdruck **Kapuze** stammt aus der lateinischen Sprache: *Caput* ist das »Haupt«, *caputium* das Wort für »Mönchskappe«; daher auch der Name **Kapuzinerorden** (gegründet 1528). Das indianische Wort **Eskimo** bedeutet Rohfleischesser; die Europäer bzw. die Nordamerikaner haben die in der Arktis lebenden Menschen so genannt. Die Eskimo selbst nennen sich **Inuit**, und das bedeutet »Mensch«. Als **Parka** wird ein meist wattierter und gesteppter Anorak bezeichnet; seinen Namen verdankt er dem aleutischen Eskimo-Wort *parka* für »Kleidungsstück aus Vogel- oder Seehundshaut«.[7]

Apfelsine

Unsere Vorfahren bezeichneten alle runden Früchte als Äpfel. Deshalb sagen die Österreicher noch heute zur Kartoffel Erdapfel und die Franzosen *pomme de terre.* Und aus diesem Grund heißt auch die Apfelsine Apfelsine, womit ursprünglich »Apfel aus China« gemeint war. So sagen die Holländer *sinaasappel*, und bei den Franzosen hieß die Apfelsine noch bis 1700 *pomme de sine.*

»Die ›**Mandarine**‹, eine kleine Apfelsine, heißt *mandara* bei den Bewohnern von Mauritius (...). Von diesem *mandara* kommt das italienische *mandarino*, das niederländische *mandarijn.* Bei uns ist das Wort seit 1859 bezeugt. Englisch heißt es (...) *mandarin* und französisch *mandarine.* Der Name der Frucht hat also nichts mit dem hohen chinesischen Staatsbeamten Mandarin zu tun (den wir so mit einem Sanskritwort – *mantrin*, Ratgeber – nennen), wenn dieser Würdenträger – der chinesisch übrigens ganz anders, nämlich *kuan* heißt –, wenn also der Mandarin auch auf seinem Hut gelbe, mandarinenähnliche Knöpfe trägt.« **Sanskrit** ist eine »altindische, noch heute in Literatur und Wissenschaft gebräuchliche Sprache«[8] und bedeutet in etwa »zusammengeordnet, vollendet«.[9]

Apotheke

Jeder muß ab und an zum ›Pillendreher‹, um Medikamente zu holen. Der Name kommt aus dem Lateinischen bzw. Griechischen: *Apotheca* heißt nichts anderes als »Behälter, Abstellraum«. Im späten Mittelalter entstand die Bedeutung Arzneimittelgeschäft. Hier ergibt sich der wortgeschichtliche Bezug zwischen Diskothek, Bibliothek und der Theke in der Kneipe; in allen Fällen handelt es sich um Räume oder Tische, auf bzw. in denen etwas abgestellt wird.

Apropos Theke: Die **Theke** in der Kneipe wird auch als **Tresen** bezeichnet. Dieses Wort kommt aus dem Mittelalter *(trese, tresen, tresem)* und stand ursprünglich für »Geldkasten« oder »Schatz«. In dieser Bedeutung kennen wir noch heute den **Tresor** als Geldschrank oder Panzerschrank, dessen Bezeichnung aus dem Lateinischen bzw. Griechischen kommt: *Thesaurus* bzw. *thesauros* bedeutet »Vorrat« oder »Schatz«. Den Begriff **Thesaurus** gibt es heute noch, aber in anderer Bedeutung, nämlich als Synonym für ein systematisch angelegtes Wörterbuch.

April

Wie der Name anderer Monate kommt auch April aus dem Lateinischen: *aprilis mensis*. Über die Herkunft der lateinischen Bezeichnung wissen wir nichts Genaues. In Deutschland war seit Karl dem Großen bis in die Neuzeit die Bezeichnung *ostarmanod*, »Ostermonat«, üblich.

Aptamil

Aptamil steht für »Säuglingsnahrung, die aus ad**apt**ierter **Mil**ch (d. h. Kuhmilch, die in ihrer Zusammensetzung der Muttermilch angepaßt ist) besteht.«[10] Das zweite A dürfte wegen des Wohlklangs eingefügt worden sein.

Aral

Marktführer in der deutschen Mineralölindustrie ist bis heute Aral. Die Firma wurde am 28. November 1898 von 13 Bergbaubetrieben gegründet und hieß ursprünglich Westdeutsche Benzolverkaufsvereinigung. Ihr Produkt – Superbenzin – wurde nach zwei seiner Bestandteile, bei denen man chemisch von **Ar**omaten und **Al**iphaten spricht, benannt: Aral. Der Erfolg des Kraftstoffs führte dazu, daß sich der in Bochum ansässige Konzern später den Namen Aral AG gab. Das noch heute an jeder Aral-Tankstelle prangende Logo gibt's seit 1927.

ARD

ARD heißt **A**rbeitsgemeinschaft der öffentlich-rechtlichen **R**undfunkanstalten **D**eutschlands. Die ARD wurde 1950 gegründet als Zusammenschluß der Rundfunkanstalten der Bundesländer. Der Sender Freies Berlin (unter alliierter Aufsicht) gesellte sich später dazu. Zu den Länderanstalten kamen nach der Wiedervereinigung der Mitteldeutsche Rundfunk (MDR) und der Ostdeutsche Rundfunk Brandenburg (ORB) hinzu.

Arena

Arena ist ein Sportartikelhersteller, es gibt einen Arena-Verlag, und schließlich nennen wir eine sportliche Wettkampfstätte Arena. Das lateinische Wort *arena* bedeutet »Sand, sandiger Ort, Sandwüste, Sandstrand und Kampfplatz«.

Ariel

Bei dem Namen Ariel denken wir unweigerlich an das gleichnamige Waschmittel, und ältere Semester erinnern sich an die Fernsehwerbung mit der Hausfrau namens Clementine. Zwischen 1899 und 1925 gab es in England auch eine Karossenschmiede namens Ariel, die zunächst Motorräder und später auch Autos baute.
Zur Erklärung des Namens gibt es verschiedene Möglichkeiten: Im Alten Testament taucht er als Eigenname auf (z. B. Esra 8, 16), als »Opferherd« bei Ezechiel 43,15 f., und als symbolische Bezeichnung für Jerusalem in Jesaiah 29,1 ff. In naturmagischen Schriften des Spätmittelalters und der frühen Neuzeit ist Ariel ein Elementargeist, in Zauberbüchern einer der vier (oder sieben) Höllenfürsten. In Shakespeares Stück »Der Sturm« taucht Ariel als Luftgeist auf. Bei Alexander Pope ist Ariel Führer der Sylphen und wurde in dieser Eigenschaft (Führer der Elfen) auch in den »Faust« übernommen. Doch Ariel ist auch ein hebräischer Name. Er bedeutet »Löwe Gottes, Feuerhand Gottes, Kriegsheld«. Ein Mond des Planeten Uranus wurde ebenfalls Ariel genannt.

Arktis/Antarktis

Als Arktis bezeichnen wir das Gebiet um den Nordpol, als Antarktis das um den Südpol. Der Name Arktis kommt aus dem Griechischen bzw. Lateinischen: *Arctos* oder *arctus* steht für »Bär«, und die Arktis ist das Land unter dem Sternzeichen des Großen Bären. Da der Südpol der *Gegen*pol zum Nordpol ist, liegt die Bezeichnung *Ant*arktis für das Gebiet um den Südpol nahe, denn *anti* bedeutet »gegen«.

Armbrust

Wer das Wort Armbrust hört, denkt automatisch an die Schweiz, Wilhelm Tell, den Apfel sowie Friedrich Schiller, und die meisten meinen, daß die Armbrust irgend etwas damit zu tun habe, daß diese Waffe mit den Armen vor die Brust gehalten werde. Weit gefehlt. Die Wurzeln des Ausdrucks sind die lateinischen Wörter *arcus* und *ballista* für »Bogen (zum Schießen)« und »Wurfmaschine«.

Arminia Bielefeld

Der ostwestfälische Fußballverein ist zwar nicht von Hermann dem Cherusker gegründet worden, doch nach ihm ist der Verein benannt. Hermann der Cherusker hieß nämlich eigentlich Arminius. Analog zu Borussia Dortmund oder Mönchengladbach wurde aus Arminius Arminia, und der Fußballverein heißt folgerichtig Arminia Bielefeld.

Am Teutoburger Wald in der Nähe von Detmold und Bielefeld steht das berühmte Hermannsdenkmal, das zwischen 1836 und 1875 unter der Aufsicht von E. von Bandel gebaut wurde. Dieses Hermannsdenkmal erinnert an die berühmte Schlacht am Teutoburger Wald, in der 9 n. Chr. der Cheruskerfürst Arminius die Römer unter Varus schlug. Unrichtig ist nicht nur der Name, das Denkmal steht auch am falschen Ort. Wir wissen heute ziemlich sicher, daß diese Schlacht bei Kalkriese am Wiehengebirge (in der Nähe von Osnabrück, etwa 80 Kilometer Luftlinie von Detmold entfernt) stattgefunden hat. Arminius' Gattin hieß Thusnelda. Ihr verdanken wir das heutige Schimpfwort → Tussi.

Arzt

Als *iatrogen* (»durch den Iatros generiert, hervorgerufen«) werden in der Medizin Krankheiten bezeichnet, die durch ärztliche Behandlung erst entstanden sind. Und in der antiken attischen Demokratie wurden die höchsten Staatsmänner Archonten, »Herrscher«, genannt. In der Antike war *archiatros* der Titel der Hofärzte der Fürsten, deutsche Übersetzung: »Ober-Wundarzt«. In der Zeit der Merowinger gelangte die Bezeichnung in den fränkischen Sprachraum als *arzat* oder *arzet*, woraus später Arzt wurde.

Die lateinische Bezeichnung für Ärzte als **Mediziner** geht zurück auf *medicus* für »heilend, heilsam«. Der Ausdruck **Doktor** (lateinisch *docere* gleich »lehren«) für Arzt hatte seine ursprüngliche Berechtigung darin, daß der *Doctor medicinae* – der mit akademischer Ausbildung – sich vom nicht akademisch vorgebildeten Arzt unterscheiden wollte und auch sollte. Diese Bezeichnung setzte sich im 16. Jahrhundert durch, und noch heute ist für die meisten Doktor ein Synonym für Arzt, obwohl der Doktortitel nichts anderes ist als der höchste Grad einer akademischen Ausbildung – nicht nur in der Medizin.

Genauso sah die Entwicklung bei den Zahnärzten aus: Bis in die 50er Jahre des 20. Jahrhunderts waren sie durchweg **Dentisten** (lateinisch *dens, dentis* gleich »der Zahn«) – ohne Studium an einer

Uni. Erst mit der Einrichtung von zahnärztlichen Studiengängen wurde der Beruf des Zahnarztes akademisch geadelt.
Oben war die Rede von der Vorsilbe *arch-*, die soviel wie »Ober«- bedeutet; sie ist bis heute erhalten in Wörtern wie **erzreaktionär** (oberreaktionär), **Architekt** (Oberbaumeister) und **Erzbischof** (von lateinisch *archiepiscopus*), der in England bis heute *archbishop* heißt.

Asien

Asien erstreckt sich vom heutigen Kleinasien, also der Türkei, über Japan bis Korea – ein riesiger Kontinent, der seinen Namen dem antiken Volk der Assyrer bzw. Phöniker verdankt. Diese nannten das Land, in dem die Sonne aufging, *açu* im Gegensatz zu *ereb*, das griechische Wort für »dunkel«. Ursprünglich bezeichnete *ereb* nur Griechenland, später dann ganz Europa und die sogenannte Alte Welt, das Abendland. *Açu* dagegen bedeutet »Sonnenaufgang«, und Asien ist somit das Morgenland.

Asphalt

Asphalt ist griechisch und meint »Erdpech«; es ist vermutlich aus dem alten Babylon nach Griechenland gekommen. Schon vor etwa 5000 Jahren nutzten die Sumerer Asphalt zum Abdichten von Bauwerken. Die erste Straße, die in Deutschland asphaltiert wurde, war der Jungfernstieg in Hamburg, und zwar im Jahre 1938. Naturasphalt entsteht, wenn Erdöl verdunstet.

Aspirin

Fast 90 Prozent aller Verbraucher kennen Aspirin; Aspirin dürfte damit das bekannteste Medikament überhaupt sein. Dabei ist es nicht nur ein Präparat gegen Schmerzen aller Art, es wird angenommen, daß Aspirin bei bestimmten Krebserkrankungen hilft und daß es darüber hinaus aufgrund seiner Eigenschaft, die Verklumpung von Blutplättchen zu verhindern, vorbeugend gegen Herzinfarkt und Schlaganfälle wirkt. Dabei steckt die Erforschung dieses Wundermittels noch in den Kinderschuhen.
Der Wirkstoff von Aspirin heißt Acetylsalicylsäure (ASS). Salicylsäure, die aus den Rinden von Weidenbäumen gewonnen wurde und schmerzstillende Wirkung erzielt, war lange vor der Entwick-

lung von ASS bekannt, hat aber den Nachteil, daß sie gräßlich schmeckt sowie Brechreiz und Verätzungen der Schleimhäute hervorruft. Diesen Mangel behob am 10. August 1897 der bei dem Unternehmen Bayer – das damals noch »Farbenfabriken, vormals Friedrich Bayer & Co.« hieß und in Elberfeld (dem heutigen Wuppertal) ansässig war – angestellte Chemiker Felix Hoffmann: Er kreierte eine Verbindung von Salicylsäure und Essigsäure und machte so aus dem ungenießbaren Medikament ein neutral schmeckendes und haltbares Heilmittel – für Magenempfindliche allerdings auch heute noch wenig verträglich.
Am 1. Februar 1899 wurde das neue Medikament unter dem Namen Aspirin in die Warenzeichenrolle des Kaiserlichen Patentamts zu Berlin eintragen und damit geschützt. In einem Rundschreiben der Firma Bayer vom 23. Januar 1899 ist die Herkunft des Namens Aspirin dokumentiert. Da der Medikamentenname Acetylsalicylsäure sehr schwierig auszusprechen ist, suchte man nach einer Alternative und kam auf die chemisch von Salicylsäure nicht zu unterscheidende Spirsäure: Aus **A**cetyl und **Spir**säure mit der Nachsilbe -**in** – vermutlich wegen des Wohlklangs – ergibt sich der Name Aspirin.

Atlas

Ein Atlas ist eine Kartensammlung, und in Nordafrika gibt es ein Atlasgebirge. Zur Herkunft des Namens: In der griechischen Sagenwelt war es Zeus, der die Titanen, ein Geschlecht von riesenhaften Göttern, stürzte. Atlas war der Name eines Sohnes des Titanen Japetos. Dieser Atlas soll von Zeus gezwungen worden sein, am Westende der Welt das Himmelsgewölbe zu tragen. Spätere griechische Sagen verlegten den Standort des Atlas nach Nordafrika; so kam das gleichnamige Gebirge zu seinem Namen.
Das Bild eines Titanen, der eine Weltkugel trägt, wurde zum Titelbild einer Kartensammlung von Gerhard Kremer, genannt Mercator, mit dem Titel *»Atlas, sive cosmographicae meditationes de fabrica mundi et fabricati mundi«* – begonnen 1595, vollendet 1602. Der **Atlantik** oder Atlantische Ozean schließlich heißt so, weil er westlich des damaligen Weltendes liegt; so bekam auch er noch den Namen des Titanensohnes.

Audi

Die Autos aus Neckarsulm und Ingolstadt mit dem Slogan »Vorsprung durch Technik« kennt man, und viele denken, der Name Audi gehe auf einen Herrn oder eine Dame namens Audi zurück. Weit gefehlt! Die heutige Karossenschmiede hat in August Horch, einem der ganz großen Pioniere des Automobilbaus, der im Raum Zwickau/Chemnitz 1902 den Automobilbau begründete, ihren Urvater. Seit 1904 wurden in Zwickau Autos der Marke Horch gebaut. Nach einem Zerwürfnis mit dem Aufsichtsrat der Horch AG verließ August Horch am 16. Juni 1909 seine eigene Firma mit einer Entschädigung von lumpigen 20 000 Mark. Am 16. Juli 1909 wurde die neue Firma Horch im Handelsregister eingetragen; die Ursprungsfirma Horch Werke bemühte das Reichsgericht erfolgreich: August Horch wurde es verboten, seine neue Firma unter seinem eigenen Namen zu führen. So ließ er 1910 ins Handelsregister die Firma Audi Automobilwerke GmbH eintragen. Der Name Horch ist auch die Befehlsform des Wortes »horchen«, dessen Übersetzung ins Lateinische *audi* lautet.

Eine schöne Anekdote dazu stammt von August Horch selbst: »Wir durften den Namen August Horch nicht mehr führen, obwohl es mein eigener Name war. Wir beriefen sofort eine Sitzung ein, die in der Wohnung von Franz Fikentscher stattfand, und brüteten lange über einem anderen Namen. Uns war klar, daß diese Sitzung niemand verlassen durfte, bevor unser Werk keinen Namen hatte. Was da alles an möglichen und unmöglichen Bezeichnungen auftauchte, läßt sich nicht beschreiben. In einer Zimmerecke saß bescheiden ein Sohn von Franz und büffelte an seinen Schulaufgaben, das heißt, er tat so, in Wirklichkeit hörte er mit der gesammelten Inbrunst eines jungen Herzens dieser hochinteressanten und hitzigen Unterhaltung zu. Wahrscheinlich hatte er schon seit einiger Zeit etwas auf dem Herzen, schluckte es aber immer wieder hinunter. Aber plötzlich brach der zurückgehaltene Vulkan aus ihm heraus, und er schrie begeistert herüber: ›Vater – *audiatur et altera pars*! Wäre es nicht richtig, anstatt Horch Audi zu sagen?‹ Es war heraus, und wir saßen schlankweg begeistert da.«[11]

Die Firma Audi wurde 1928 von der Zschopauer Firma DKW erworben; **DKW** steht für **D**ampf**k**raft**w**agen; in der Werbung wurde daraus: »DKW - **d**as **k**leine **W**under, fährt Berge rauf wie andre runter«. 1932 fusionierten die vier Firmen Horch, Audi, DKW und Wanderer zur Auto Union AG. Daher auch die vier ineinander verschlungenen Ringe, die noch heute das Emblem der Marke Audi sind. 1949 ging die Auto Union nach Ingolstadt und fusionierte 1969 mit den NSU-Motorenwerken aus Neckarsulm; **NSU** steht für **N**eckar**su**lm. Seit 1964 gehört die Firma Audi zum Volkswagenkonzern. Immer wieder tauchen Gerüchte auf, Horch und Audi seien entstanden, weil zwei Brüder sich im Streit getrennt hätten. Das ist schiere Legende: August Horch hatte zwar einen Stiefbruder und eine Stiefschwester, aber beide hatten mit dem Automobilbau nie etwas zu tun.

Augiasstall

Wer Saustall meint, aber sich vornehmer ausdrücken will, sagt Augiasstall. Dazu eine kleine Geschichte: »Nach der griechischen Sage hatte der König von Elis, Augias, einen Rinderstall mit 3000 Rindern, deren Mist seit dreißig Jahren nicht mehr ausgekehrt worden war. Herakles, der Sohn des Zeus, vollbrachte diese Riesenarbeit an einem Tag, indem er zwei Öffnungen in die Stallmauern riß und den Dreck in den nahen Fluß lenkte, der den Unrat hinwegspülte.«[12]

August

Heute ist der männliche Vorname August absolut unpopulär, dabei bedeutet August eigentlich »der Erhabene, Heilige«. Der Monatsname August wie auch der männliche Vorname gehen zurück auf den römischen Kaiser Oktavian, der mit Beinamen Augustus genannt wurde.

Aurora

Was heute der VK-Mühlen AG gehört, hieß ursprünglich Heinrich Auer Mühlenwerke und war in Köln-Deutz ansässig. Diese Firma brachte 1951 Aurora-Mehl in den Handel – die Werbung »Aurora mit dem Sonnenstern« gibt es noch heute. Bekanntestes Produkt der Firma: Weizenauszugsmehl Type 405. Der Name Aurora ist von der römischen Mythologie abgekupfert; Aurora war die Göttin der Morgenröte.

Australien

Der erste Europäer, der den Kontinent, der heute Australien heißt, betrat, war 1601 Godinho de Eredia. Im Jahre 1606 passierte Luis Vaez de Torres die Straße, die später nach ihm benannt wurde, und in späteren Jahren kamen Holländer und Engländer an die Westküste Australiens. Sie glaubten, Australien sei Teil eines unbekannten Südlandes, und dieser Vorstellung verdankt Australien auch seinen Namen. Das lateinische Wort *australis* bedeutet »südlich«; *australia* heißt also übersetzt »das Südliche, das Südland«.
Daß Australien ein eigener Kontinent ist, wissen wir seit den Entdeckungsreisen von Abel Janszoon Tasman 1642/44 und James Cook 1770/77. Auf den Kartensammlungen von Mercator und Ortelius werden als Australien alle Gebiete im Süden von Asien bezeichnet; ein Herr namens Flinders war es, der als erster mit Australia den gesamten Kontinent bezeichnete, dessen westlicher Teil bis dahin Neu-Holland und dessen östlicher Teil vorher New South Wales genannt wurde. Für die Engländer wurde Australien vor allem nach der amerikanischen Unabhängigkeitserklärung wichtig – als Ersatz für die in Nordamerika verlorengegangenen Kolonien, genutzt vor allem als Strafkolonie.
Die bekanntesten Tierarten Australiens sind der Koala-Bär und das Känguruh. In der Sprache der Aborigines, der Ureinwohner, bedeutet **Koala** »Der nichts trinkt«, gleichwohl manche meinen, Koala heiße schlicht Bär. Das **Känguruh** verdankt seinen Namen James Cook. Er fragte am Endeavor River Eingeborene, wie denn nun dieses seltsame Tier heiße, und bekam die Antwort *kangaroo*, was, so wissen wir heute, in deren Sprache bedeutet: »Ich verstehe nicht.«

Autan

Autan ist seit 1958 auf dem Markt- und zum Synonym für Mükkenschutzmittel geworden. Der Name ist ein reiner Kunstname, der nichts bedeutet. Während heute viele Produkte Kunstnamen tragen, ist das in diesem Fall eher erstaunlich, denn der Name Autan ist seit dem 16. Dezember 1904 beim Kaiserlichen Patentamt zu Berlin und seit dem 11. April 1925 international geschützt; seinerzeit war es die absolute Ausnahme, daß Firmen sich Kunstnamen schützen ließen.

Auto

Die amtliche Bezeichnung für Auto lautet Kraftwagen oder Personenkraftwagen. Das aber sagt niemand. Eigentlich müßten Autos im Gefolge der Erfindungen von Benz und Daimler Motorwagen heißen. Doch so heißen sie nicht. Und das kam so: Benz' Erfindung wurde in Deutschland zunächst weitgehend ignoriert, die Franzosen aber interessierten sich sehr für die neuen Wagen. Da sie die bereits vorher existenten Dampfwagen als *voiture automobile*, »sich selbst bewegender Wagen«, bezeichnet hatten, nannten sie die Motorwagen folgerichtig *automobile*. Als Automobil oder kurz Auto kam das Wort dann zu uns.
Die erste Fachzeitschrift zum Thema Auto erschien 1898 und hieß noch »Der Motorwagen«. Wenig später erschien die »Allgemeine Automobil-Zeitung«. Der Name Auto statt Motorwagen hatte sich bereits weitgehend durchgesetzt. Das Wort »auto« heißt nichts anderes als »selbst«.

B

Babylon

Etwa 90 Kilometer südlich von Bagdad, der irakischen Hauptstadt gelegen, war sie einst die größte und bedeutendste Stadt der Welt: Babylon in **Mesopotamien** (»Zweistromland«) und ist heute nur noch ein Trümmerfeld. Bekannt war Babylon für seine Tempeltürme. Einer davon, so erzählt die Bibel, sei von Noahs Nachkommen so hoch gebaut worden, daß es Gott zuviel geworden sei und er die berühmte babylonische Sprachverwirrung geschaffen habe. Babylon bedeutet »Gottespforte«. Der Name **Bagdad** ist persischer Herkunft und heißt soviel wie »Gottesgeschenk«. **Irak** bedeutet »Saumland«.

Bacardi

Bacardi wird heute in über 175 Ländern verkauft und vermutlich auch getrunken. Die Erfolgsgeschichte dieses weichen weißen

Rums, der der erste seiner Art war, begann Mitte des 19. Jahrhunderts. Fasziniert von der Karibik, machte sich der Katalane Don Facundo Bacardi auf den Weg von Spanien nach Kuba. Dort ließ er sich als Weinhändler nieder und machte es sich zum Ziel, einen Premium-Rum herzustellen. Mit dem Erwerb einer kleinen Destille am Hafen von Santiago de Cuba begann so im Jahre 1862 die Erfolgsgeschichte von Bacardi. Der Rum der Extraklasse dürfte heute die weltweit meistverkaufte Premium-Spirituose sein.

Backgammon

Backgammon ist ein uraltes Brettspiel, das in England bereits im Mittelalter weit verbreitet war. Das Wort *back* heißt »rück« oder »zurück«, und *gammon* hat verschiedene Bedeutungen: »Speck, Räucherschinken, Betrug, beschwindeln, foppen«. Vermutlich heißt *backgammon* soviel wie »zurückfoppen«. Backgammon ist in Frankreich unter der Bezeichnung »TricTrac« bekannt; in Deutschland hieß es früher »Puff«.

Badminton

Was früher ganz ordinär Federball genannt wurde, heißt heute vornehm Badminton. Der Ausdruck ist unschwer als englisches Wort zu erkennen, bedeutet aber keineswegs Federball – das hieße nämlich *featherball*. Dazu eine kleine Geschichte: »Das seit 1860 in Indien von engl. Offizieren gespielte ›Poona‹, die altindische Form des Federballspiels, kam 1870 nach Großbritannien. 1872 führte der Duke of Beaufort auf seinem Landsitz Badminton in Gloucestershire das Spiel erstmals vor. 1887 schuf der Bath Badminton Club in London neue Regeln, die die indischen ablösten und allgemein gültig wurden. B. verbreitete sich in der englischsprachigen Welt, in den Niederlanden und in Südostasien. In Dtl. ist B. seit 1950 Wettkampfsport.«[13]

Baguette

In jedem Wörterbuch wird Baguette übersetzt mit »französisches Stangenweißbrot«. Das ist erstens richtig, und zweitens ergibt sich damit auch die Erklärung des Wortes: Es geht zurück auf das lateinische *baculum*; *baguette* und *baculum* bedeuten beide »Stock, Stab, Stange«.

Bahnhof verstehen

Wer etwas nicht kapiert oder nicht kapieren oder hören will, der sagt: »Ich versteh' nur Bahnhof.« - »Der Romanschriftsteller Hans Fallada nennt diese Wendung in ›Wolf unter Wölfen‹ ›die gängigste Redensart‹ der Inflationszeit. Der Ausdruck entstand Ende des Ersten Weltkriegs, als die Soldaten des Kämpfens müde waren und sie nur eine Sehnsucht beherrschte: nach Hause! Diesen Wunsch setzten Berliner Landser mit dem Bilde des Bahnhofs gleich, der für sie das Symbol des Heimaturlaubs bedeutete, und wenn man sie auf irgend etwas, das nicht damit zusammenhing, ansprach, antworteten sie: *Ich verstehe (höre) immer Bahnhof!*, das heißt: Ich bin für nichts anderes mehr zu sprechen als für die Heimreise! Ich lehne jedes Gespräch rundum ab.«[14]

Baikalsee

Der Baikalsee in Rußland ist 1620 Metern tief und damit der tiefste Binnensee der Erde. Außerdem bildet er das größte Süßwasser-Reservoir der Welt. Der Name bedeutet »reicher See«.

Bajonett

Eine Stichwaffe, die auf einem Gewehrlauf steckt, nennen wir Bajonett. Das Wort stammt ab vom französischen *baionette*. Grund der Benennung ist die Stadt Bayonne, weil dort die ersten Waffen dieser Art hergestellt wurden.

Bäko

Bäko steht für eine breite Palette von Lebensmitteln, vor allem für Backwaren. So erklärt sich auch der Name: Was offiziell als Bäko-Bundeszentrale firmiert, ist eine Genossenschaft, die es seit 100 Jahren gibt, nämlich die der **Bä**cker und **Ko**nditoren, kurz Bäko.

Baku

Baku ist die größte Stadt Aserbaidschans und liegt an der Westküste des Kaspischen Meeres. *Baku* bedeutet »Windstoß«.

Balisto

Der Name dieses Schokoriegels dürfte daher rühren, daß er Ballaststoffe enthält. Von Balisto gibt es einen Getreideriegel namens

Ceralisto. Im Spanischen heißt Getreide *cereales*, im Italienischen *cereale*, im Französischen *céréales* – daher der Name.

Ballermann 6

Im Oktober 1997, durch den gleichnamigen Film von Bernd Eichinger, ist die Ballermann 6 genannte Kneipe an der Plaja de Palma in L'Arenal auf Mallorca bekannt geworden. Aber eigentlich heißt sie gar nicht Ballermann 6, sondern Balneario 6. *Balneario* ist das spanische Wort für »Badeort, Kurort«. Der deutsche Volksmund machte daraus Ballermann. Eine klassische → Verballhornung, denn der Begriff Ballermann meint im Deutschen alles mögliche, vom schießwütigen Mann bis hin zu Waffen aller Art – aber keine Kneipe.

banal

Das Synonym für alltäglich, platt oder selbstverständlich kommt aus der französischen Gerichtssprache. Dort bezeichnete *ban* für »Bann« früher alles, was zum Bezirk eines Gerichts gehörte. »Die Bedeutung im Frz. geht daher aus von ›mit Bann belegt‹ und führt über ›zur gemeinsamen Nutzung bestimmt‹ zu ›allgemein, trivial‹.«[15]

Banane

Das Wort Banane sickert gegen Ende des 16. Jahrhunderts in den deutschen Sprachraum ein und stammt von den portugiesischen Wörtern *bananas* bzw. *banana* ab. Bedeutung und Herkunft dieser Wörter sind unklar. Klar aber ist die Antwort auf die Frage: Warum ist die Banane krumm? Die Fruchtstände der Bananenstaude werden Hände genannt. An ihnen hängen oft bis zu 16 Bananen. Beim Wachsen in Richtung Licht entsteht der krumme Wuchs. Weltweit die meisten Bananen werden in Deutschland verzehrt. **Chiquita**-Bananen hat jeder schon mal gegessen. Das spanische Wort *chiquita* heißt »kleines Mädchen«.

Bangkok

Die Hauptstadt Thailands heißt Bangkok. In der Sprache der Thai bedeutet Bangkok »Stadt der Engel«.[16] Eine andere Theorie will wissen: »Bangkok (Stadt der Gärten) heißt amtlich Krung Theb, was die Kurzform für den eigentlichen Namen ist, der 168 Buchstaben zählt.«[17] Eine dritte Theorie schließlich meint, Bangkok bedeute Olivenstadt.

Bank

Was hat eine Parkbank mit der **Deutschen Bank** oder der **Bundesbank** zu tun? Nichts und doch sehr viel. Die Bezeichnung Bank für Geldhaus hat wortgeschichtlich dieselbe Wurzel wie die Bank im Park. Eine Sandbank ist eine Erhöhung aus Sand im Flußbett oder am Meer. Dieser Begriff im Sinne von Erhöhung wurde später eine Bezeichnung für (erhöhte) Sitzgelegenheit. Der Ausdruck für Bank im Sinne von Geldinstitut stammt aus Italien, und zwar aus dem 15. und 16. Jahrhundert. Dort wurden die Tische der Geldwechsler *banco* oder *banca* genannt. Da das moderne Geldwesen in Italien entstand und sich von dort aus über Europa ausbreitete, kam auch die Bezeichnung Bank für Geldinstitut in den deutschen Sprachraum herüber; so auch die Begriffe **Kredit** (»er, sie, es glaubt«), Disagio, Zinsen, Konto oder Girokonto.
Auch das Fremdwort **Bankrott** für Pleite oder Zahlungsunfähigkeit stammt aus dem Italienischen; *banca rotta* bedeutet »kaputter Tisch«. Der Zusammenhang zur Firmenpleite ist folgender: Wenn der Tisch des Geldwechslers *(banci)* kaputt ist, läuft nichts mehr, genau wie bei einer Firma, die zahlungsunfähig ist.

Barbecue

Der Begriff Barbecue meint heute meistens Gartenfest, bei dem z. B. Spanferkel gegrillt werden. Das englische Wort entstammt dem spanischen *barbacoa*, einem Ausdruck für »Lattenrost« zum Räuchern von Fisch oder Fleisch. Deshalb verzeichnet das Duden-Fremdwörterbuch unter dem Eintrag »Barbecue« neben »Gartenfest« auch »Bratrost« und »gegrilltes Fleisch«.

Barbie

Kein Mädchen hierzulande, das nicht die Barbiepuppe kennt; ein Renner auf dem Spielzeugmarkt. Dazu folgende Geschichte: »Die Barbiepuppe verdanken wir Barbie Handler, Tochter der Spielwarenfabrikantin Ruth Handler, die 1937 in Denver, Colorado, geboren wurde. Zusammen mit ihrem Ehemann Elliot, der Puppen-

stuben entwarf, gründete Ruth Handler im Jahr 1945 die Spielwarenfabrik Mattel. Damals hatten amerikanische Puppen durchweg ein pausbäckiges Engelsgesicht. Ruth Handler beobachtete nun, daß ihre Tochter statt mit solchen Puppen lieber mit den wohlgeformten Papierpuppen zum Ausschneiden spielte, denen man mit Papierschablonen die unterschiedlichsten Kleider anziehen konnte. So beschloß sie, eine Lücke im Puppenland zu füllen, und entwarf eine vollbusige Erwachsenenpuppe mit einer kompletten Garderobe modischer Kleidungsstücke.
Die Barbiepuppe, die ihren ersten Auftritt im Jahr 1958 hatte, sorgte dafür, daß Mattel zu einem der weltweit größten Spielzeughersteller wurde. (...) Diese Puppen entwickelten sich zu charakteristischen Requisiten zeitgenössischen amerikanischen Alltagslebens, weshalb ein paar von ihnen 1976, zum 200jährigen Bestehen der Vereinigten Staaten, in Kassetten verschlossen eingemauert wurden.«[18] Der Name Barbie ist unschwer als Koseform von Barbara zu entziffern. Barbara ist griechisch und bedeutet »die Lallende«.

Barbiturate

Barbiturate sind Schlaf- und Beruhigungsmittel, die auch als Narkotika eingesetzt werden. Chemisch wird von Barbitursäure gesprochen. Diese produzierte anno 1863 erstmals der Chemiker Adolf Ritter von Baeyer (1835–1917), dem 1878 die synthetische Herstellung des Farbstoffs Indigo gelang. Zur Erklärung des Namens Barbitursäure existieren zwei Versionen: Die eine behauptet, Baeyer habe die Entdeckung am Namenstag der heiligen St. Barbara gemacht; die andere will wissen, der Name von Baeyers Jugendfreundin Barbara sei ausschlaggebend gewesen.
Indigo ist ein blauer Farbstoff, der früher aus Indien importiert wurde. Der Name erklärt sich aus lateinisch *indicus* bzw. griechisch *indikos* für »indisch«. Das Wort **Narkose** geht zurück aufs griechische *narke* für »Krampf, Lähmung, Erstarrung«.

Bärenmarke

»Nichts geht über Bärenmarke, Bärenmarke zum Kaffee!« – Diese Werbung gibt es seit 1957. *Bären*marke steht für Kondensmilch, die aber wird aus *Kuh*milch hergestellt. Wie also wird ein Bär zum

Logo einer Milchmarke? Was heute zum Nestlé-Konzern gehört, hieß ursprünglich Berneralpen-Milchgesellschaft. Diese wurde 1892 gegründet und beschäftigte sich mit der »Zubereitung von conservierter Milch und Milchprodukten«. Was den Berlinern recht, ist den Schweizern billig: Auch Bern hat im Wappen einen Bären, den die Berneralpen-Milchgesellschaft zu ihrem Logo machte. Als das Unternehmen anno 1905 in Biessenhofen im Allgäu eine Zweigstelle gründete, wurde natürlich auch das Logo nach Deutschland importiert.
Seit den 60er Jahren macht der Bär vor allem durch TV-Werbung Karriere. Neben → Tempo-Taschentüchern, → Uhu-Alleskleber oder → Tesafilm dürfte Bärenmarke heute eines der bekanntesten Warenzeichen im deutschsprachigen Raum sein.

Bargeld

Der Begriff hat etwas zu tun mit »barfuß laufen« (mit nackten Füßen) und »bar aller Sorgen« (frei von Sorgen). Schon im Mittelhochdeutschen ist der Ausdruck Bargeld bekannt und meint Geld, das man mit den Augen sehen kann, wenn man es zum Beispiel auf einen Tresen legt.

Barkas

Barkas hieß ein Kleinbus in der DDR. Der Name stammt aus der Schiffahrt. Eine Barkasse ist ein kleines Motorboot zur Beförderung von Personen im Hafen beziehungsweise ein Beiboot auf großen Schiffen. Herkunft: das italienische *barca* für »Boot«.

Barras

Auch heute hört man mitunter noch den Spruch: Ich muß zum Barras; gemeint damit ist die Bundeswehr. Das Wort Barras stammt aus der Zeit der Französischen Revolution und dürfte durch die napoleonischen Feldzüge auch in Deutschland Karriere gemacht haben. Nach dem Sturz von Maximilien Robespierre 1794 gab es in Frankreich eine Direktorialverfassung, d. h., daß die Staatsmacht in den Händen von fünf Direktoren lag. Der erste dieser Direktoren hieß Paul Barras, und er ist es auch gewesen, der am Tag, bevor Robespierre hingerichtet wurde, bewaffnete Truppen zusammenstellte, denen sich gemäßigte Kräfte der Kommune anschlossen.

Freiwillige sollen sich mit dem Ruf: »Wir wollen zum Barras gehen!« zu den Waffen gemeldet haben.
Doch diese Theorie wird bestritten: »In Wahrheit hatte sich der Graf Barras schon 1799 (...) aus dem politischen Leben Frankreichs zurückgezogen. (...) Vermutlich kommt der Ausdruck durch das Wort ›embaras‹ (Verlegenheit, mißliche Sache) [in den deutschen Sprachraum]. Nach dem Ersten Weltkrieg bezeichneten viele im Rheinland stationierte Soldaten das Militär als ›embaras‹, und dieser Ausdruck könnte dann unter Weglassen der ersten Silbe von dort auch in die deutsche Umgangssprache eingegangen sein.«[19]
In der Tat zog sich Barras auf sein Gut Grosbois ins Privatleben zurück, aber erst 1799, weshalb die erste Version wahrscheinlicher ist. Eine weitere Theorie dazu liefert Meyers großes Taschenlexikon: Dort wird die Möglichkeit erwogen, Barras sei von dem jiddischen Wort *baras* für »Fladenbrot« erst Synonym für Kommißbrot und dann für Militär geworden.

BASF

Wer wissen will woher der Name BASF kommt, muß die Geschichte von Friedrich Engelhorn kennen. Der gelernte Goldschmied war seit 1851 Mitinhaber der Badischen Gesellschaft für Gasbeleuchtung in Mannheim. Die vor der Durchsetzung der Elektrizität übliche Gasbeleuchtung wurde mit Leuchtgas, dem sogenannten Stadtgas, betrieben; Leuchtgas selber ist ein brennbares Gasgemisch, das bei der Verkokung von Steinkohle entweicht. Eines der Abfallprodukte ist Teer – Mitte des 19. Jahrhunderts der Ausgangsstoff der Teerfarbenindustrie. Engelhorn gründete 1861 mit dem Chemiker Carl Clemm eine kleine Teerfarbenfabrik. Sie produzierten Anilin, eine farblose Flüssigkeit, und Fuchsin, einen roten Farbstoff. Da die Firma außerdem Unmengen anderer Chemikalien wie Schwefelsäure, Salpetersäure und Soda teuer zukaufen mußte, beschloß Engelhorn, ein neues Unternehmen zu gründen, und zwar in Form einer Aktiengesellschaft. Was fehlte, war ein Name, und Engelhorn kam auf Badische Anilin- & Soda-Fabrik. Doch der Plan scheiterte kurze Zeit später am Widerstand des Mannheimer Stadtrats. So wich Engelhorn ins damals bayerische Ludwigshafen aus. Am 27. April 1865 erteilte ihm der König von Bayern den Segen und unterzeichnete die Konzessionsurkunde.

Anilin ist ein wichtiger Grundstoff für die Herstellung von Teerfarbstoffen und Arzneien. Der Name geht auf den Chemiker Fritzsche zurück, der 1841 Anilin durch Erhitzen von Indigo und Kalilauge erhielt. *Anil* ist das portugiesische Wort für »Indigo«. Soda ist auch heute noch ein wichtiger Bestandteil von Waschmitteln.

basta

Wenn wir sagen wollen, daß es uns reicht und Schluß sein soll, greifen wir gern zu der Kurzform »Basta!«. Sie geht auf das italienische Verb *bastare* zurück, das »hinreichend, genug sein« bedeutet; *basta* ist der Imperativ und bedeutet: »Es reicht!«

Bastard

Was heute nur noch als Schimpfwort gebraucht wird, bezeichnet im eigentlichen Sinn einen »Mischling« oder auch ein nichteheliches Kind. Das Wort ist über das italienische *bastardo* zu uns gekommen, stammt aber vom altfranzösischen *bastart* für »als natürlicher Sohn anerkannter nichtehelicher Sohn eines Adligen« ab. »Die weitere Herkunft ist unsicher, vielleicht aus altfrz. *fils de bast*: *fils* ›Sohn‹ und *bast* ›Saumsattel, Packsattel‹, was damit erklärt wird, daß früher in der Provence und in Spanien die Maultreiber sich aus ihren Sätteln im Wirtshaus ein Lager zurechtmachten und dort mit den Mägden verkehrten; verglichen wird diese Herkunft mit der dt. Entsprechung *Bankert*, was eigtl. ›auf der Bank, d. h. nicht im ehelichen Bett gezeugtes Kind‹ bedeutet.«[20]

Batterie

Das Wort Batterie kennen wir in der Bedeutung Artillerieeinheit mit mehreren Geschützen. Der Begriff kommt aus dem Französischen: *La batterie* (»das Schlagen«) war früher eine Festung oder eine Einheit von mehreren Geschützen. Die Bedeutung von Batterie für Stromspeicher kam im 18. Jahrhundert in England auf; ihr liegt wohl die Vorstellung zugrunde, daß Pluspol und Minuspol gemeinsam ›schlagende Kräfte‹ entwickeln. Die Herkunft des Wortes **Artillerie** ist nicht ganz klar. Möglicherweise geht der Begriff auf *art* zurück, das französische Wort für »Kunst«; gemeint wäre dann die Kunst, sich auszustatten bzw. zu bewaffnen.

Bauxit

Bauxit ist ein nicht unbekanntes und nicht ganz unwichtiges Mineral. Es ist der wichtigste Grundstoff für die Erzeugung von Aluminium. Der Name rührt her vom Fundort des Minerals: Les Beaux in der Provence in Südfrankreich. Der Name **Aluminium** ist gebildet worden aus dem lateinischen *alumen, aluminis* für »Alaun«. Alaun ist ein Kalium-Aluminium-Sulfat, das eine blutstillende Wirkung hat und ein Gerbmittel ist.

Bazooka

Bazooka ist eine bekannte amerikanische Kaugummimarke. »Wörtlich ist ›Bazooka‹ im Amerikanischen eine umgangssprachliche Bezeichnung für eine Panzerabwehrkanone. Der Name ist eine stark übertreibende Anspielung auf das Platzenlassen von Kaugummiblasen, das mit dieser Kaugummimarke besonders gut möglich ist.«[21]

BBS

BBS ist Marktführer im Bereich Leichtmetallfelgen, sowohl bei der Erstausstattung von Autos als auch im Handelsgeschäft sowie in der Formel 1 und anderen Rennsportarten. Die Firma wurde 1970 in Schiltach im Schwarzwald gegründet und begann 1973 mit der Herstellung von Felgen. Daß BBS eine Abkürzung ist, ist klar: Sie steht für die Firmengründer Heinrich **B**aumgartner und Klaus **B**randt und den Firmensitz **S**chiltach, kurz: BBS.

Becel

Die bekannte Speisemargarine ist die ausgesprochene Form eines Kürzels: BCL, sprich: Becel. BCL steht für **b**lood **c**holesterol **l**owering. Übersetzung: »Blutcholesterinspiegelsenkung«. Der Name spielt also auf die Wirkung der mehrfach ungesättigten Fettsäuren in Becel an.

Béchamelsoße

Was im Deutschen weiße Rahmtunke heißt, wird üblicherweise Béchamelsoße genannt. Den Namen verdankt diese Soße ihrem Erfinder, dem als Haushofmeister, Koch und Feinschmecker bekannten Béchamel, Marquis de Nointel, der am Hofe des Sonnenkönigs Louis XIV. diente. Dem Vernehmen nach hat Béchamel sogar ein Kochbuch in Versen verfaßt.

Begonie

Die Begonie ist eine beliebte Zierpflanze. Sie wurde benannt nach Michel Bégon. Der lebte von 1638 bis 1710, war Gouverneur von Santo Domingo und ein Freund der Pflanzenwelt.

Benzin

Daß Benzin heute ein Produkt der Raffinierung von Erdöl ist, weiß jeder. Vor der Entdeckung des ›schwarzen Goldes‹ aber wurde Benzin aus Benzoe-Harz gewonnen; Benzoe-Harz dient der Gewinnung von Weihrauch.
Das, was wir Benzin oder Benzol nennen, wurde 1825 von dem englischen Physiker Michael Faraday entdeckt, der ihm den Namen *bicarbure d'hydrogène* gab. Dasselbe Produkt stellte dann der deutsche Chemiker Eilhard Mitscherlich 1833 durch die Destillation von Benzoesäure, einem Bestandteil des Benzoeharzes, her und nannte es Benzin. Doch bereits ein Jahr später taufte der Chemiker Justus Liebig Benzin in Benzol um. Damit wurde der Begriff Benzin wieder frei für die Kohlenwasserstoffgemische, die früher Steinkohlenbenzin oder Petroleumbenzin, heute kurz Benzin genannt werden.

Bethlehem

Bethlehem liegt im Westjordanland, das 1967 von den Israelis besetzt wurde. Nach dem Alten Testament Geburtsort von König David, nach dem Neuen Testament Geburtsort von Jesus **Christus** (griechisch »der Gesalbte«), besitzt Bethlehem eine der ältesten Kirchen der Welt. Der Name bedeutet im Aramäischen wie auch im Hebräischen »Haus des Brotes«.

Beton

Beton ist ein vielfältig einsetzbares Baumaterial aus Zement, Wasser und Sand. Dieses Wort verdanken wir den Franzosen: *béton*, das sich aus dem lateinischen **bitumen** für »Erdpech« oder »Asphalt« ableitet.

Bi-Fi

Bi-Fi-Würstchen sind Snackwürstchen. Der Name ist eine Eindeutschung des englischen Wortes *beefy* (sprich: biefie) für »fleischig« bzw. »rindfleischig«.

Bibel

Die Bibel steht für alle Schriften des Alten und des Neuen Testaments. Das Wort kommt aus dem Griechischen: *Biblos* und *byblos* bezeichneten die ägyptische Papyrusstaude. Die Griechen bezogen das Papyrusmaterial aus dem phönizischen (heute syrischen) Hafen Byblos (heute Dschebel). Der Ausdruck »Bibel« steht also ursprünglich für »Papyrusbast, Papyrusrolle, Material zum Schreiben«; später wurde er zum Synonym für »Schrift, Brief, Buch«. Und so erklärt sich auch die Bezeichnung »Buch der Bücher« für die Bibel. Unser Wort **Papier** kommt natürlich auch von *papyros*.

Bic

Bic steht für Wegwerffeuerzeuge und -kugelschreiber. Der Name kommt von einem Italiener, der nach Frankreich ausgewandert war und nach dem Zweiten Weltkrieg bei Amerikanern zum ersten Mal in seinem Leben einen Kugelschreiber sah. Das Gerät begeisterte ihn so sehr, daß er beschloß, eigene Wegwerfkugelschreiber herzustellen. Jahre später kamen Wegwerffeuerzeuge hinzu.

Der Mann wurde reich. Er starb 1994 und hieß Baron Marcel Bich.[22] Aussprache im Französischen: Bic. Die Produkte von Herrn Bich waren so erfolgreich, daß in französischen Wörterbüchern *bic* mit »Kugelschreiber« übersetzt wird.

Biffar

Über 100 Biffar-Studios gibt es in Deutschland und der Schweiz. Der Name Biffar steht für Haus- und Wohnungstüren sowie Vordächer und Fenster. Die Firma existiert seit 1960, war zunächst ein Betrieb für Ladenbau, der rezessionsbedingt ein neues Produkt suchte und die Biffar-Haustür erfand. Der Name ist, auch wenn er sich nach einer Abkürzung anhört, der Name des Firmengründers.

Big Ben

Zu den Wahrzeichen Londons gehört der Big Ben. Anno 1850 bekam das Londoner House of Parliaments eine Glocke – 13 Tonnen schwer – gestiftet, für die eigens ein Glockenturm gebaut wurde, der 1858 vollendet war. Ein Name für die Glocke sollte gefunden werden. Ewig und drei Tage diskutierte das Unterhaus über diverse Vorschläge, auf keinen konnten sich die Abgeordneten einigen. Zufällig anwesend war Sir Benjamin (»Ben«) Hall (1802–1867), der Beauftragte für den Bau des Glockenturms. Der stattliche Mann aus Wales meldete sich mit seiner gewaltigen Stimme zu Wort, wurde aber schnell unterbrochen von einem Hinterbänkler, der ihm zurief: »Nennt sie doch einfach Big Ben!« So kam die Glocke zu ihrem Namen, und der Name von Sir Benjamin Hall wurde weltberühmt. Im Lauf der Jahre ging er von der Glocke auf den Glockenturm selber über.[23]

Bikini

Am 6. August 1945 ließ Thomas Ferebee, Bombenschütze des B-29-Bombers »Enola Gay«, eine Atombombe mit dem Namen »Little Boy« über Hiroshima fallen; drei Tage später wurde eine Atombombe namens »Fat Man« über Nagasaki abgeworfen: 100 000 Japaner wurden in Sekundenschnelle getötet, weitere 100 000 siechten qualvoll dahin. Am 2. September 1945 kapitulierte Japan, und der Zweite Weltkrieg war beendet.
Kaum ein Jahr später, exakt am 1. Juli 1946, starteten die Amerikaner erneut Atombombenversuche – Ort: das Bikiniatoll auf den Marshallinseln im Pazifik. Da der Zweite Weltkrieg noch in wacher Erinnerung war, berichteten die Zeitungen weltweit über die amerikanischen Kernwaffenversuche, und so wurde das kleine Bikiniatoll bekannt.
Daß der Name Bikini heute ausschließlich für einen zweiteiligen, oft winzigen Badeanzug steht, hat wenig und doch viel mit den Atomversuchen der Amerikaner zu tun. Der Namensgeber war ein gewisser Louis Réard. Réard, ursprünglich Ingenieur in der Autoschmiede Renault, hatte bereits 1925 Badeanzüge entworfen; die aber waren noch recht bieder und unverfänglich. Seinen ersten Nachkriegsbadeanzug – den Zweiteiler – präsentierte Réard am 5. Juli 1946 in der Piscine Molitor, einem der großen Schwimm-

bäder von Paris. Getragen wurde er von dem Model Micheline Bernardini. Aufgrund der moralischen Sprengkraft seiner neuen Bademode nannte er das für damalige Zeit höchst anzügliche Kleidungsstück Bikini. Und die Sprengkraft war in der Tat so enorm, daß das Tragen von Bikinis am Strand oder in der Badeanstalt in mehreren Ländern verboten wurde. Trotzdem sollte der Bikini eine steile Karriere machen und dürfte heute die beliebteste Bademode bei Damen sein. Die ursprüngliche Beziehung zu den Atomversuchen der Amerikaner ist völlig in Vergessenheit geraten.

Von Brasilien aus trat vor Jahren eine besonders knappe Form des Bikinis den Siegeszug um die Welt an: der **Tanga**. Brasilien ist das einzige Land Südamerikas, in dem Portugiesisch gesprochen wird; das portugiesische *tanga* bedeutet »Lendenschurz«.

Bilanz

Den Ausdruck Bilanz kennen wir im Sinne von Schlußabrechnung oder auch Konzernbilanz, die Gewinne und Verluste ausweist. Er ist lateinischer Herkunft: Die Wörter *bi* und *lanx, lancis* bedeuten »Waage mit zwei Schalen«, wörtlich heißt Bilanz »Zwei-Schale«. Da auf einer Waage Produkte und Gewichte gegeneinander aufgewogen werden, ergibt sich recht zwanglos die Bedeutung Gegenüberstellung von Gewinnen und Verlusten.

Dieselbe Wurzel hat unser Fremdwort **Balance** für Gleichgewicht, was auch Sinn macht, da eine Waage erst dann in sich stimmig ist, wenn beide Schalen sich im Gleichgewicht befinden.

Bismarckhering

Daß der Bismarckhering nach dem deutschen Reichskanzler Otto von Bismarck benannt ist, liegt nahe, die Frage ist nur: Wie kam der Hering zu Bismarck oder umgekehrt? Ganz einfach: Bismarck hatte in einer Reichstagsdebatte den Hering als Delikatesse gelobt. Die Marinadenindustrie hat's ihm gedankt und erfand den Bismarckhering.

Kaum jemand kennt das Städtchen Bismark in der Altmark in Ostdeutschland, aber jeder den Reichsgründer und »eisernen« Kanzler Otto von Bismarck. Doch da gibt's einen Zusammenhang: Das Geschlecht derer von Bismarck stammt aus der Altmark. Und jener Ort Bismark ist uralt; um 1200 tauchte er bereits auf als »Biscopesmark«, ab 1349 hieß er dann »to Bismarke«, Übersetzung: »die Mark des Bischofs«. Da Mark ein altes Wort für Grenze bzw. Grenzgebiet ist, heißen Bismark und Bismarck eigentlich »Grenze des Bischofsgebiets« (des Bischofs von Havelberg).[24]

Bizerba

Einer der großen deutschen Waagen-Hersteller, vertreten in über 90 Ländern der Erde, heißt Bizerba. Die Anfänge des Unternehmens reichen zurück ins Jahr 1866, als ein Mechanikermeister namens Andreas Bizer eine Werkstatt für Balken- und Tafelwaagen gründete. Der Kleinbetrieb wurde 1906 von dessen Schwiegersohn Professor Wilhelm Kraut übernommen, der den Aufstieg zum Weltunternehmen begründete. Die Firma hat ihre Zentrale im schwäbischen Balingen. Aus dem Namen des Unternehmensgründers **Bizer** und dem Ort **Ba**lingen ergibt sich Bizerba.

BKS

Der Name BKS steht für Schließsysteme aller Art – vom einfachen Schließzylinder bis zu kompletten Schließsystemen für Behörden oder Betriebe. Das Unternehmen mit Sitz in Velbert verdankt seinen Namen der am 8. Mai 1903 gegründeten Firma **B**oge & **K**asten, Rheinische Türschließer-Fabrik mit Sitz in **S**olingen, kurz BKS. 1989 erwarb BKS einen Hersteller für Tür- und Fensterbeschläge namens **Wehag** – das steht für **W**ilhelm **E**ngstfeld aus **He**ili**g**enhaus.
Zu dem, was heute die BKS-Gruppe darstellt, gehören auch die Markenzeichen **Dulv** und **Verus**. Dulv steht für **D**amm **u**nd **L**adwig in **V**elbert; Verus meint **Ve**reinigte **R**iegel- **u**nd **S**chloßfabriken in Velbert und Heiligenhaus.

Blazer

Eine sportliche Herrenjacke bezeichnen wir als Blazer. Der Name wird im allgemeinen damit erklärt, daß diese von der britischen Insel kommenden Jacken oft mit glitzernden Knöpfen oder Abzeichen versehen sind. Und so leitet sich auch der Name her: vom englischen Verb *to blaze* für »leuchten, strahlen«.
Eine nicht minder plausible Theorie dazu lautet wie folgt: »Der

Navy-Blazer ist aus den kurzen, zweireihigen Jacken entstanden, die im 19. Jahrhundert bei der Marine getragen wurden. Seinen Namen soll er daher haben, daß der Kapitän der Fregatte ›HMS Blazer‹ bestimmte Jacken für seine Mannschaft anfertigen ließ, die 1837 beim Besuch der Königin Viktoria erstmals getragen wurden. Aufgrund des Wohlgefallens, das diese Kreation errang, wurde dieser Jackentyp schon bald auf anderen Schiffen übernommen.«[25]

Bleistift

Ein Bleistift besteht aus einem in Holz eingefaßten Graphitstift und müßte also eigentlich Graphitstift heißen. Warum er das nicht tut, ist einfach zu erklären: Nach seiner Erfindung wurde der Bleistift ursprünglich Bleystefft, eine Kurzform zu Bleyweißstefft, genannt. Es gab auch Begriffe wie Wasserblei und Schreibblei. Die farbliche Ähnlichkeit zwischen Blei und Graphit war ausschlaggebend für die Namensgebung. Es war der deutsche Geologe Abraham Gottlob Werner, der 1789 den Namen **Graphit** (von griechisch *graphein* für »schreiben«) erfand. Der Name setzte sich zwar durch, aber nicht für den Bleistift.

Bluna

Was seit 1993 alleinige Lizenzmarke der Mineralbrunnen AG mit Sitz in Bad Überkingen ist, gibt's seit 1952 auf dem deutschen Markt: die Orangenlimonade Bluna. Entstanden ist sie in einer Firma, die in dem Ruf steht, auch Afri-Cola erfunden zu haben; dieses Haus wurde 1864 in Köln gegründet und hieß **Blu**mhoffer's **Na**chfolger, kurz Bluna.

Bobby

London, Big Ben und Bobby – das Bild ist allen geläufig. Hinter schicker Uniform und Schlagstock aber verbergen sich ganz normale Polizisten. Wie kommen Polizisten zum Kosenamen *Bobby* (»Robertchen«)? 1828 gründete ein gewisser Sir Robert Peel (1788–1850), der u. a. Abgeordneter, Innenminister und Premier war, in seiner Eigenschaft als Innenminister die Metropolitan Police Force, und so kam es, daß der Volksmund die Straßenpolizisten fix nach dem Kosenamen *Bobby* für *Robert* Peel benannte.
Über amerikanische Krimis und Krimiserien kennen auch wir das

Wort **Cop** für Polizist. Der Begriff ist ein Slangausdruck, leitet sich her aus dem veralteten Verb *to cop* für »festnehmen« und ist möglicherweise niederländischer Herkunft: *kapen* für »fangen«.
Was den Engländern ihr Bobby, ist den Franzosen ihr **Flic**. Diese umgangssprachliche Bezeichnung für Polizisten kommt aus dem Deutschen, doch über seine genaue Herkunft gibt es unterschiedliche Theorien: Die eine meint, Flic stamme aus dem ehemals deutschen Elsaß, und zwar von dem Wort »Fliege«, im Französischen gesprochen »Flic«[26] – in Analogie zu dem Argotwort *mouche* (deutsch: »Fliege«) für Spion. Andere sind der Auffassung, die Bezeichnung sei eine lautmalerische Wiedergabe des Schwingens der Peitsche. Schließlich gibt es eine Theorie, die meint, Ursprung sei das elsässische Wort Schnallenflicker (1814 Bezeichnung für Nationalgardisten), stark verkürzt zu Flic. Wie dem auch sei, in der französischen Sprache ist *flic* seit 1828 belegt.[27]

Bobbycar

Das erste ›Auto‹ fast aller Kinder heißt Bobbycar. Hergestellt wird es von der Firma BIG (»groß«); der Name Bobbycar soll nichts bedeuten, bedeutet aber, aus dem Englischen übersetzt, »Robertchen-Wagen«.

Bobtail

Der Bobtail ist ein altenglischer Schäferhund, dem traditionell der Schwanz kupiert wurde. Daher auch der Name: *Bobtail* bedeutet »kurzgeschnittener Schwanz«. Der Grund für das Kupieren war der Aberglaube, die Schwanzspitze sei Heimstatt der Tollwut, weshalb den Welpen die Rute abgebissen oder abgeschnitten wurde. Ähnlicher Herkunft ist der Name **Pinscher**. Diesen Tieren stutzt man häufig die Ohren oder den Schwanz oder auch beides. Das englische *to pinch* bedeutet »abkneifen«. Dem Wort **Pinzette** liegt das französische *pincer* für »kneifen, zwicken« zugrunde.

Bockbier

Die Etiketten von Bockbier ziert häufig ein Ziegenbock, aber der Name Bockbier hat mit Ziegenböcken rein gar nichts zu tun, sondern ist eine → Verballhornung von Einbecker Bier. Die niedersächsische Stadt Einbeck wurde im 15. Jahrhundert für ihr

Starkbier berühmt, das im März – daher hieß es früher Märzenbier – gebraut und ausgestoßen und ursprünglich Einbeckisch Bier genannt wurde. Anno 1614 engagierte der kurfürstliche Hof zu München einen Einbecker Braumeister, damit er dort Märzenbier braue. Die Bayern machten aus Einbeckisch Bier amphokisch pier, Aimbock und Oambock. Die heutige Bezeichnung Bockbier aber haben wir von den Franzosen übernommen, die nämlich sagen *un bock* für »ein Glas Bier«.

Die **Bockwurst** hat ihren Namen nicht von Böcken, die zu Wurst verarbeitet worden wären, sondern daher, daß diese Wurst früher vor allem im März, also zu der Zeit, zu der Bockbier auf den Markt kam, verzehrt wurde. Die Bockwurst müßte also eigentlich Bockbierzeit-Wurst heißen.

Bofrost

Die großen Firmen, die Tiefgefrorenes ins Haus liefern, heißen Eismann und Bofrost. Während Eismann und Frost keiner Erklärung bedürfen, fragt man sich, woher das Bo kommt: nicht von Bochum – das Unternehmen sitzt in Henstedt-Ulzburg –, sondern vom Firmengründer Josef H. **Bo**quoi. 1971 wurde aus Boquoifrost Bofrost.

böhmische Dörfer

Die Redensarten »Das sind für mich böhmische Dörfer« oder »Ich verstehe nur Bahnhof« meinen dasselbe: »Ich kenne das nicht, ich verstehe davon nichts.« Die Herkunft der »böhmischen Dörfer« ist eindeutig geklärt: Es gab sie vermutlich schon vor dem Dreißigjährigen Krieg (1618–1648), und gemeint war die Unverständlichkeit bzw. schwierige Aussprache slawischer Ortsnamen. In dem berühmten Roman »Der abenteuerliche Simplicissimus Teutsch« von Hans **Jakob** (»Fersenhalter«) Christoffel von Grimmelshausen aus dem Jahre 1669 ist jedenfalls mehrfach von böhmischen Dörfern die Rede. Die Soldaten im Dreißigjährigen Krieg mußten auch in Böhmen durch unbekannte Gegenden ziehen, deren Ortsnamen ihnen fremd und damit »böhmische Dörfer« waren.

Die Wendung »Das kommt mir spanisch vor« meint »Das ist mir fremd« und hat ihren Ursprung im Aufbegehren deutscher protestantischer Kreise gegen die Einführung spanischer Sitten und

Gebräuche zur Zeit Kaiser Karls V., der, als Sohn des Habsburgers Philipp des Schönen und der spanischen Erbin Johanna der Wahnsinnigen geboren, später zugleich deutscher Kaiser und König in Spanien war. Im zweiten Buch seines Briefromans »Die Leiden des jungen Werthers« vermengte Goethe beides: »Das waren dem Gehirne spanische Dörfer, und ich empfahl mich, um nicht über ein weiteres Deraisonnement noch mehr Galle zu schlucken.«[28]

Bonsai

Große Bäume, auf Miniaturformat heruntergezüchtet oder -geschnitten, nennen die Japaner Bonsai. Bonsai setzt sich zusammen aus *bon* für »Schüssel, Schale« und *sai* für »kultivieren«; Bonsai bedeutet also »Schüsselkultur«.

Borretsch

Borretsch ist ein Gurkenkraut aus Kleinasien. Borretsch wurde von arabischen Ärzten als schweißtreibendes Mittel genutzt; sie nannten ihn *abu arag*, was »Vater des Schweißes« bedeutet. Im Mittellateinischen wurde daraus *borago*, im Französischen *bourrache*, im Deutschen Borretsch.

Borschtsch

Auch hierzulande kennt jeder die russische Kohlsuppe mit Fleischeinlage, roten Rüben, etwas Kwaß und saurer Sahne, die Borschtsch genannt wird. Das ukrainische *borschtsch* heißt im Deutschen »Bärenklau« und meinte erst die Pflanze, später die Suppe.

Der **Bärenklau** hat seinen Namen nicht daher, daß Bären diese Pflanze klauen oder sie von Bären geklaut wird, sondern daher, daß ihre Blätter die Form einer Bärentatze haben. Und Klaue ist ein anderes Wort für Tatze. **Kwaß** ist ein sehr schwach alkoholisches Getränk, das hergestellt wird, indem Früchte und Brot vergoren werden. Das russische Wort *kwas* bedeutet »saures Getränk«.

Borussia Dortmund

Borussia Dortmund (BVB) heißt eigentlich und hochoffiziell **B**allspiel**v**erein **B**orussia 09 e. V. und ist so auch im Telefonbuch eingetragen. Der Name Borussia ist die lateinische Bezeichnung für das Land der Prussen, also der Preußen, die Ziffer 09 steht für 1909 und damit das Gründungsjahr des Fußballvereins.

Bosporus

Der Bosporus ist die Meerenge zwischen Schwarzem Meer und Marmarameer und an der engsten Stelle nur 660 Meter breit. Er ist seit der Antike eine wichtige Schiffahrtsroute und von strategischer Bedeutung. Seinen Namen verdankt er der griechischen Mythologie, nach der die Jungfrau Io, in eine Kuh verwandelt, jene Meerenge durchschwamm: Bosporus bedeutet Rinder- bzw. Ochsenfurt.

Boß

Boß ist die englische Version des niederländischen Wortes *baas* für »Meister, Herr«.

Bounty

Der beliebte Schokoriegel mit der Kokosfüllung ist die Verkürzung des englischen Wortes *bountiful* für »freigebig, reichlich«. Ob auch Assoziationen an die berühmte Meuterei auf der Bounty beabsichtigt sind wegen der Südsee, ist nicht bekannt, liegt aber nahe wegen der Kokosfüllung.

Bowle

Was hat die Bowle mit der Bowlingbahn zu tun? Eigentlich nichts bis auf eine gemeinsame sprachliche Wurzel. Und das kommt so: Fürs Bowling braucht man eine runde Kugel, und für die Bowle ein bauchiges, also einer Kugel ähnliches Gefäß, damit man die in Alkohol eingetauchten Früchte mittels einer Kelle herausfischen kann. Im übrigen bedeutet das englische Wort *bowl* sowohl »Kugel« als auch »Schüssel«.

Boykott

Boykott meint wirtschaftliche, gesellschaftliche oder politische Isolierung bzw. Ächtung. Aber woher kommt der Name? Seine Geschichte beginnt im Jahre 1880 in der irischen Grafschaft Mayo. Dort arbeitete als Gutsverwalter des dritten Earl of Erne ein Engländer namens Charles Cunningham Boycott. Dieser Herr quälte seine Bauern bis aufs Blut: Er verlangte auch dann noch die Pacht, als eine Hungersnot die Bauern in arge Not gestürzt hatte. Die Bauern reagierten auf ungewöhnliche Weise: Alle Landarbeiter kündigten kurz vor der Ernte, und niemand verkaufte dem Earl Lebensmittel; selbst die Eisenbahn streikte, als Cunningham Vieh abtransportieren lassen wollte. Das Verhalten der Bauern trieb Cunningham in den Ruin; 1881 kehrte er total verarmt nach England zurück. Sein Name aber sollte ruck, zuck Karriere und Charles Cunningham Boycott unsterblich machen.

BP

Abkürzung für **B**enzin und **P**etroleum AG – eine 1904 gegründete, in Hamburg ansässige Mineralölfirma, deren Mutter The **B**ritisch **P**etroleum Company heißt und ihren Sitz in London hat. Petroleum heißt übersetzt »Steinöl«.

Braas

Der Name Braas ist fast schon ein Synonym für Dachpfannen unter dem Motto »Gut bedacht = Braas«. Namensgeber war Rudolf H. Braas (1902–1974), der als erster in Deutschland Dachpfannen aus Beton industriell herstellte. Mit der Erfindung der »Frankfurter Pfanne« schuf Rudolf H. Braas einen der ersten Markenbaustoffe. 1953 entstand aufgrund der Partnerschaft mit dem britischen Unternehmen Redland die Braas & Co. GmbH, die heute Braas Dachsysteme GmbH & Co heißt – mit Sitz im ostwestfälischen Rinteln, Braasstraße 1.

Brasilien

Brasilien ist nicht nur das einzige Land Südamerikas, in dem Portugiesisch gesprochen wird, Brasilien ist auch der größte Staat Südamerikas. Entdeckt wurde es im Jahre 1500 durch Pedro Álvares Cabral. Amerigo Vespucci unternahm 1501 eine Entdeckungsreise nach Brasilien, von der er Holz mit nach Portugal zurückbrachte. So kam Brasilien zu seinem Namen; er bedeutet »Gutholzland«.

Brekkies

Das Trockenfutter für Katzen hat dieselbe Endung wie viele englische Pluralbildungen; der Wortstamm ist dem Niederdeutschen entnommen: *breken* und *brecken* für »brechen«.

Brezel

Brezel ist eigentlich ein italienisches Wort; *bracciatella* bedeutet »Ärmchen«. Die Brezeln sollen gekreuzte Kinderarme darstellen. Die Mönche beteten mit gekreuzten Armen, und schon bei den alten Römern soll die Brezel als Opferbrot das Symbol des Bäkkerhandwerks gewesen sein.

Bridgestone

Bridgestone ist kein englischer, sondern ein japanischer Reifenhersteller. Der Firmengründer ist ein Herr namens *Ishibashi* gewesen, deutsche Übersetzung: »Steinbrücke«. Wenn man die Wortbestandteile vertauscht und ins Englische übersetzt, ergibt sich Bridgestone.

Brille

Die Brille ist eine der wichtigsten Erfindungen der frühen Neuzeit. »Die optische Korrektur der Augen durch Brillen wurde erstmals Ende des 13. Jahrhunderts in Oberitalien angewandt, und die wahrscheinlich älteste bildliche Darstellung eines Brillenträgers findet sich auf einem **Fresko** [wörtl. »frisch«] von Tomaso da Modena in Treviso, das 1352 entstand. Als der erste namentlich bekannte deutsche ›Parillenmacher‹ wird 1478 ein Nürnberger namens Pfuhlmeier genannt.«[29] Der Name Brille kommt von *beryllus*, und Beryll ist ein bläulich gefärbter Kristall.

Brioni

Deutschland im Frühjahr 1999. Endlich konnte sich Bundeskanzler Gerhard Schröder einen Kindheitstraum erfüllen und Model spielen. Dem Magazin »Life & Style« öffnete er seine Kleiderkammer und posierte in 4000-Mark-Anzügen vor der Kamera, hergestellt von Brioni. Während die meisten Designerfirmen den Namen des Meisters selbst führen, ist die Firma Brioni benannt nach der gleichnamigen dalmatinischen Insel in der Adria.

Brunch

Auch hierzulande wird es immer beliebter zu brunchen. Das Wort Brunch kommt aus dem Englischen und meint ein spätes Frühstück, das in ein Mittagessen übergeht. So erklärt sich auch der Name: Aus **br**eakfast und l**unch** wird Brunch.

brutto

Vom Brutto-Lohn wird oft brutal viel abgezogen: Steuern, Sozialversicherungsbeiträge etc. Der Begriff brutto kommt aus dem Italienischen. In der Kaufmannssprache des 16. Jahrhunderts bürgerte sich das Wort ein für »mit Verpackung abgewogen«, *brutto* leitet sich her aus *brutto peso*, der Bezeichnung des Rohgewichts, bedeutet eigentlich aber »häßlich, unrein«. Die lateinische Wurzel des Begriffs lautet *brutus*, und das bedeutet »schwer, schwerfällig, stumpfsinnig«. Auch dieses Wort hat wiederum Eingang in die deutsche Sprache gefunden: **brutal**, Brutalität für gewalttätig, rücksichtslos und roh.

Budapest

Wer den Namen der ungarischen Hauptstadt und Donaumetropole hört, denkt unweigerlich auch an Piroschka, Pußta und Sliwowitz. Das heutige Budapest ist 10 v. Chr. von den Römern als Kolonie Aquincum dort gegründet worden, wo der heutige Stadtteil Buda liegt. Im Zuge der Völkerwanderung verfiel diese Stadt, und verschiedene Volksstämme besiedelten die Gegend, zuletzt die Ungarn (Magyaren). Auf dem Boden des heutigen Budapest entstanden später zahlreiche Ziegeleien und Kalkbrennereien.
Budapest wurde 1873 gegründet – als Vereinigung der drei Städte Obuda (Alt-Buda), Buda und Pest. Buda bedeutet (Kalk-)Ofen, und Pest kommt aller Wahrscheinlichkeit nach vom slawischen Wort *peetschka* für »Ofen«. Budapest bedeutet also »Ofen-Ofen«. Einer anderen Theorie zufolge soll Buda aus den slawischen Personennamen Budimir oder Budislaw gebildet worden sein.
Die Steppenlandschaft **Pußta** verdankt ihren Namen dem ungarischen Wort *puszta* für »Heide, öde, brach, leer, nackt«.[30] **Piroschka** ist ein beliebter Mädchenname und bedeutet »Rotkäppchen«. Sliwowitz oder **Slibowitz** ist ein Pflaumenbranntwein, dessen Namensgebung sich dem serbischen *slibo* bzw. dem slawischen *sliwa* für »Pflaume« verdankt.

Budget

Wenn nicht von **Etat** (vom lateinischen *status* für »Zustand«), sprechen wir beim Staatshaushalt von Budget. Ob in englischer oder französischer Aussprache: Wurzel ist das französische Wort *bougette* für »Ranzen«, hinter dem sich der lateinische Ausdruck *bulga* für »Geldsack« verbirgt.

Buenos Aires

Buenos Aires ist nicht nur die Hauptstadt Argentiniens, sondern mit etwa drei Millionen Einwohnern eine der größten Städte der südlichen Erdhalbkugel. Große Stadt, viele Autos, verpestete Luft – hätten die Namensgeber das geahnt, dann hätten sie bestimmt zu einem anderen Namen gegriffen. Buenos Aires bedeutet nämlich »gute Luft«. Der Name **Argentinien** heißt »Silberland«.

Buggy

Wenn das Kind dem Kinderwagen entwachsen ist, kommt es in den Buggy. Daß dieser Ausdruck englischer Herkunft ist, ist unschwer zu erkennen: *Buggy* bedeutet »Kinderwagen«.

Buko

Eines der bekanntesten Lebensmittel dänischer Herkunft auf dem deutschen Lebensmittelmarkt dürfte dieser Frischkäse sein. Die erste Silbe ist im Dänischen der Laut, den wir als »Muh« bezeichnen, die zweite Silbe das dänische Wort für »Kuh«; Buko heißt also »Muh-Kuh«.

Buna

Buna ist ein Warenzeichen und steht für synthetisch hergestellten Kautschuk. Es ist die Kurzform der Stoffe, aus denen das künstliche Gummi hergestellt wird, nämlich **Bu**tadien und **Na**trium.

Bundeskabinett

Was haben das Wachsfigurenkabinett der Madame Tussaud in London, das Bundeskabinett in Bonn und eine Kabinenbahn in den Alpen miteinander gemeinsam? Nichts und doch eine gemeinsame sprachliche Wurzel. Alle genannten Begriff gehen auf das französische Wort *cabine* zurück, das ursprünglich nichts anderes als »kleines Zimmer« meinte. Später wurde der Ausdruck **Kabinett** zum Synonym für ein fürstliche Privat- oder Schlafzimmer, denn viele absolutistische Fürsten hatten die Angewohnheit, ihre Berater in ihrem Schlafzimmer zu empfangen. Dann wurde der

Begriff ein Synonym für Arbeitszimmer; und daraus ergibt sich auch der Begriff Bundeskabinett: Er meint den Kanzler und seine Minister.
Ob Zufall oder nicht, im 17. Jahrhundert wurde der Ausdruck Kabinett auch verwendet für Sammlungen von seltenen und merkwürdigen Dingen (»**Raritätenkabinett**«) – ob das Bundeskabinett ein solches ist oder nicht, sei dahingestellt. Das **Wachsfigurenkabinett** der Madame Tussaud in London stellt Wachsabgüsse bekannter Zeitgenossen aus. Die **Kabinenbahnen** in den Alpen schließlich sind noch am nächsten dran an der ursprünglichen Bedeutung des Wortes *cabine* für »kleines Zimmer«.

Bundeskanzler

Es gibt einen Bundeskanzler, es gibt aber auch den Begriff **Anwaltskanzlei**, die **Kanzel** in der Kirche und sogar das unschöne Verb jemanden abkanzeln. All diese Begriffe haben eine Wurzel, das lateinische Wort *cancella*, dessen deutsche Übersetzung merkwürdig unsinnig klingt: »Gitter, Einzäunung, Schranke«.
Soll das etwa heißen, daß ein Bundeskanzler stets etwas beschränkt ist? Keineswegs. *Cancella* war ursprünglich eine Bezeichnung für die Absperrung zwischen Altar und Kirchenschiff; später das erhöhte und vom Publikum abgesonderte Lesepult in Kirchen, uns auch heute noch bekannt als Kanzel. Im späten Mittelalter wandelte sich seine Bedeutung hin zu Raum in Behörden und Gerichtshöfen, der von der Öffentlichkeit abgeschirmt, abgesondert war. Noch später wurde daraus die Bezeichnung für Behörden selber, also **Kanzlei**. Der Vorsteher eine Behörde hieß dann entsprechend *cancellarius*, also **Kanzler**. Die Kanzler des Deutschen Reiches hießen Reichskanzler, der Kanzler der Bundesrepublik folgerichtig Bundeskanzler.

Bundesliga

Ob Handball oder Fußball, Bundes- oder Regionalliga, immer ist die Rede von Liga. Liga heißt Bund oder Bündnis und kommt vom lateinischen *ligare* für »binden, anbinden, zubinden«. Bundesliga bedeutet also Bundes-Bund oder »angebundener Bund«.
Was früher Pokal der Landesmeister hieß, wird heute Champions League genannt. **Champion** kommt aus dem Französischen *cham-*

pion für »Kämpfer«. Letzte Wurzel ist das lateinische *campus* für »Feld, Ebene«. Auf *campus* gehen auch der Universitäts-Campus, der **Champignon** und natürlich auch das **Camping** zurück. Camping heißt eigentlich »felden«. Das Wort **Pokal** verdanken wir den Griechen: Dort bedeutet *baukalion* »Kühlgefäß«. Im Lateinischen wurde daraus *baucalis* für »Trinkgefäß, Becher«.

Bungalow

Bungalow bezeichnet ein eingeschossiges Wohnhaus und ist ein englisches oder amerikanisches Wort. Nein, stimmt nicht! Bis Mitte des 20. Jahrhunderts war Indien eine englische Kolonie, und ein Teil des Landes hieß Bengalen. Bungalow ist bengalisch und meinte damals die eingeschossigen Häuser der Kolonialherren in Bengalen. Über England fand der Begriff dann Eingang in die deutsche Sprache. Vor allem in den 60er Jahren war es in der Bundesrepublik Mode, Bungalows zu bauen, und der Begriff wurde bekannt.

Apropos Häuser. Häuser in Hanglage haben oft Kellerräume mit richtigen Fenstern, die also bewohnbar sind. Wohnungen im Keller werden bei uns **Souterrain-Wohnungen** genannt. *Sou le terrain* ist französisch und heißt nichts anderes als »unter der Erde«. Genauso das Erdgeschoß: **Parterre** bedeutet nichts anderes als »ebenerdig, auf gleicher Ebene wie der Erdboden«, also Erdgeschoß.

Büro

Was wir heute Büro nennen, schrieb sich früher Bureau und entstammt der französischen Sprache, in der *bureau* sich ableitet aus *bure* für »grober brauner Wollstoff, Wollkleid«. Das kommt daher, daß die Schreibtische früher mit Stoff bezogen waren. Der Name des Tischbezugs ging allmählich auf den Tisch selber über und noch später auf den Raum.

Bus

Bus kommt von **Omnibus**; das ist der Dativ Plural von *omnes* und bedeutet »allen, für alle«. Zur Entstehung der Bezeichnung gibt es eine nette Geschichte: Frankreich um 1825. Ein Kaufmann mit dem Namen Omnès soll mit einem Schild, auf das er *»Omnes om-*

nibus« geschrieben hatte, für seinen Laden geworben haben. Diese Reklame habe dann einen Fuhrwerksbesitzer namens Baudry dazu animiert, sein Fuhrwerk Omnibus zu nennen.

C

C & A

C & A steht für **C**lemens und **A**ugust Brenninkmeyer, die 1841 in dem kleinen Dorf Sneek in Nord-Holland die Firma C & A Brenninkmeyer gründeten. 1861 eröffneten die Brüder auf dem Osterdijk in Sneek ihr erstes Ladenlokal. C & A besitzt über 540 Geschäfte in zwölf Ländern Europas.

C + M + B

Am 6. Januar jeden Jahres pflegen in katholischen Regionen Sternsinger unterwegs zu sein. Am Tage der Heiligen Drei Könige schreiben sie über die Tür: C + M + B. Das könnte zwar für Caspar, Melchior und Balthasar stehen, tut es aber nicht. Es bedeutet: ***C**hristus **M**ansionem **B**eneficat*, Übersetzung: »Christus segne das Haus!«

c/o

Wenn jemand im Urlaub oder auch sonst vorübergehend bei fremden Leuten wohnt, wird auf Briefen die Anschrift um den Zusatz »bei« oder »c/o« ergänzt. Der Zusatz »c/o«kommt aus dem Englischen und bedeutet *care of*, Übersetzung: »unter der Obhut von«.

Cadillac

Was hierzulande die Flaggschiffe von BMW, Mercedes und Jaguar sind, ist in den USA der Cadillac. Die Luxuslimousinen von Cadillac, heute Tochter von **GM** (General Motors), verdanken ihren Namen einem französischen Offizier; der hieß Antoine de la Mothe Cadillac und gründete 1701 die Stadt Detroit. **Detroit** kommt aus dem Französischen: *Détroit* bedeutet »Meerenge«. Cadillac hieß ursprünglich Henry Ford Company, doch wenige Monate nach der Firmengründung verließ deren Chefingenieur Ford das Unternehmen, um die Ford Motor Company ins Leben zu rufen. Fords Nachfolger Henry Leland kam auf die Idee mit dem Namen Cadillac.

Calgon

Der Name Calgon rührt von der Wirkungsweise des Mittels her: Es sorgt dafür, daß das Wasser nach der Enthärtung durch Calgon **o**hn**e** **Kalk** ist.

Camembert

Neben Gouda, Gorgonzola und Roquefort dürfte der Camembert eine der bekanntesten Käsesorten der Welt sein. Seinen Namen hat er von einem winzigen Dorf in der Normandie. Dabei müßte der Weichkäse eigentlich Rouxville heißen.
Dazu eine kleine Geschichte aus der Zeit der Grande Revolution: Als Erfinderin gilt eine Dame namens Marie Harel (1761–1812); sie war Bäuerin auf dem Hof Beaumoncel. In den Wirren der Schreckensherrschaft gewährte sie einem Benediktinermönch namens Charles-Jean Bonvoust aus Rouxville Asyl. Vor den Häschern der Jakobiner versteckte sie ihn in einer Geheimkammer hinter dem Kamin. Monsieur Bonvoust hatte nichts, womit er sich hätte bedanken können, erinnerte sich aber eines Rezepts, nach dem in seinem Kloster Weichkäse hergestellt wurde, und schrieb es Madame Harel auf. Diese probierte das Rezept aus, und das Ergebnis war ein Weichkäse, der eine helle, aus Schimmel bestehende Rinde hatte.
Der neue Käse weckte den Geschäftssinn der Bauersfrau. Sie baute einen Kleinhandel auf, der schon bald bis nach Vimoutiers, der nächstgrößeren Stadt, reichte, und es dauerte nicht lange, bis der Camembert weit über die Grenzen der Region hinaus bekannt war. Auf dem Staatsgestüt Harras du Pin soll sogar Kaiser Napoleon den Camembert kennengelernt haben.
Wer von Camembert in Richtung des kleinen Flusses Viette fährt, sieht kurz hinter dem Dorfausgang einen kleinen Obelisken, der Marie Harel gewidmet ist. Ihn hat anno 1927 ein Amerikaner ge-

stiftet. Den hatten Magengeschwüre geplagt, die mit traditioneller Medizin nicht zu heilen waren, aber durch regelmäßigen Verzehr von Camembert verschwanden. Der Obelisk war sein Dankeschön. Natürlich wurde auch Marie Harel ein Denkmal gesetzt, und zwar in Vimoutiers: 1928 fertigte der Künstler Eugene Loreste eine fast lebensgroße Statue der Bäuerin an.[31]

Campari

Der beliebte italienische Likör hat seinen Namen vom Firmengründer geerbt; der hieß Gaspare Campari, lebte von 1828 bis 1882 und machte 1852 seine erste Bar in Turin auf. Zehn Jahre später fand die Eröffnung der berühmten Campari-Bar, des Camparino, in Mailand statt, und 1862 war auch das Geburtsjahr des noch heute beliebten roten bittersüßen Likörs, der aber zunächst aus modischen Gründen »Bitter Hollandese« hieß. Doch die große Nachfrage nach dem roten Getränk führte dazu, daß immer mehr Gäste »Campari Bitter« bestellten, woraus dann später einfach Campari wurde.
Campari wird heute in fast allen Ländern der Erde verkauft. Der Sohn des Firmengründers Davide zog sich später aus dem Bewirtungsgeschäft zurück und wurde Spirituosenfabrikant. Der letzte weibliche Nachkomme Gaspare Camparis blieb kinderlos, und so starb die Dynastie aus.
Seine Farbe verdankt der Campari gemahlenen Läusen, und zwar Schildläusen mit dem Namen Cochenillelaus. Sie werden auf Kakteen ausgesetzt und trinken deren Saft. Anschließend werden sie abgesammelt, getötet und in der Sonne getrocknet, um danach gemahlen zu werden. So entsteht ein roter Farbstoff namens Karmin, der E 120 heißt und nicht nur dem Campari, sondern auch dem Lippenstift seine rote Farbe verleiht.

Canasta

Canasta ist ein Kartenspiel, das aus Südamerika den Weg zu uns gefunden hat. *Canasta* ist spanisch und heißt »Korb«. Die Namensgebung dürfte dieselbe Wurzel haben wie das uns geläufige Wort Talon für Kartenrest oder Kartenstock. **Talon** bedeutet eigentlich Ferse, Hacken, Absatz.

Canon

Canon steht für Kameras und Photokopierer. Das Wort Canon ist die Anpassung des japanischen Namens Kwanon an internationale Usancen. Den Ausdruck *kwanon* wiederum hat der Firmengründer gewählt, weil er ein Anhänger des buddhistischen Bodhisattwa Kwannon war. Ein Bodhisattwa (Sanskrit: »Erleuchtungswesen«) ist laut Duden-Fremdwörterbuch ein »Bhudda, der den Schritt in die letzte Vollkommenheit hinauszögert, um den Frommen zu helfen«.

Caparol

Was heute einer der größten Baufarbenhersteller Deutschlands ist, begann 1895 als Deutsche Amphibolin-Werke (DAW) und wurde von Robert Murjahn gegründet. Erstes Produkt war »Murjahns Anstrich-Pulver Amphibolin«, eine recht wetterfeste Fassadenfarbe. Der Durchbruch kam 1928, als der Sohn des Firmengründers und Chemiker das Farbenbindemittel Caparol entwickelte. Hauptbestandteile waren **Ca**sein, **Par**affin und Holzöl (lateinisch **ol**eum), kurz Caparol. Das Unternehmen mit dem Elefanten mit pinselförmigem Schwanz als Logo ist jedem Heimwerker bekannt durch die Dispersionsfarbe »Alpina Weiß«, die es bereits seit 1901 gibt. Die Firma hat ihren Sitz in Ober-Ramstadt bei Darmstadt und heißt noch heute »Deutsche Amphibolin-Werke von Robert Murjahn GmbH + Co. KG«.

Cappuccino

Was wir beim Italiener gern als *Cappuccino* trinken, ist eigentlich gar kein Getränk. Die wörtliche Übersetzung aus dem Italienischen lautet nämlich »Kapuziner«. Und ein Kapuziner ist ein Mönch. Die Erklärung: Kapuziner tragen braune Kutten, und über den Cappuccino wird Kakao gestreut.

Caramba

Wenn's ums Lösen von festgerosteten Schrauben geht, muß Caramba her. Das Unternehmen Caramba Chemie GmbH hat seinen Sitz in Duisburg, ist Marktführer bei Rostlösern und Kontaktsprays, hat aber auch komplette Autopflegeserien im Programm. Firmengründer war ein gewisser Max Elb, der unter dem

Namen Caramba am 24. März 1903 ein Unternehmen anmeldete. Am 25. November 1903 ließ er Caramba als Warenzeichen eintragen und damit schützen.
Ursprünglich setzte das Unternehmen keineswegs auf die Herstellung von Rostlösern, sondern vielmehr auf »Herstellung und Vertrieb chemischer, technischer und pharmazeutischer Präparate und Apparate sowie von Nähr- und Genußmitteln«. Was sich Max Elb bei der Namenswahl gedacht hat, wissen wir leider nicht. Vermutet wird, daß die große Produktpalette, die ursprünglich Honig, Bier und Pudding, aber auch für die damalige Zeit noch relativ exotische Produkte wie Tee, Kaffee, Kakao und Schokolade umfaßte, Grund der Namensgebung war. Im Jahre 1929 brachte die Deutsche Glühstoff GmbH, eine Tochtergesellschaft der Dresdner Max Elb KG, das extrem kriechfähige Graphitöl mit Namen Caramba auf den Markt, das berühmt werden sollte. 1949 verlegte das Unternehmen seinen Sitz dann von Dresden nach Duisburg. Das spanische *caramba* meint »Donnerwetter!« oder »Hol's der Teufel!«. Motorradfreaks nennen Rostlöser wie Caramba Mäuseöl, da es die Eigenschaft hat, unter den Rost zu kriechen.

Carrera

Der Inbegriff von Carrera ist der Porsche 911 Carrera. Das Wort *carrera* ist dem Spanischen entlehnt und meint »(schneller) Lauf« oder »Rennen«. Die Typenbezeichnung 911 hat keine inhaltliche Bedeutung. Der Porsche 911 wurde erstmals auf der IAA 1964 vorgestellt, hieß aber nicht 911, sondern 901. Auf dem Pariser Salon im Oktober 1964 bekam Porsche Ärger, weil die französische Firma Peugeot die Ziffer Null in der Mitte für sich beanspruchte. So wurde der 901 zum 911, und der wurde zur Legende.

Casanova

Das Duden-Fremdwörterbuch vermerkt zu diesem Wort »Frauenheld«. Dabei heißt *casa nova* ins Deutsche übersetzt »neues Haus«. Was hat eine neues Haus mit einem Frauenheld zu tun? Nichts! Den Begriff Casanova für Schürzenjäger oder Frauenheld verdanken wir dem Italiener Giacomo Girolamo, der sich Giacomo Girolamo Casanova, Chevalier de Seingalt nannte. Casanova wurde am 2. April 1725 in Venedig geboren und starb am 4. Juni 1798

auf Schloß Dux in Nordböhmen. Der Venezianer lebte nach dem Motto: »Den Freuden meiner Sinne galt mein Leben lang mein Hauptstreben« und reiste 40 Jahre lang als Abenteurer, Schriftsteller und Frauenverführer durch Europa. Er soll 120 Frauen ›vernascht‹ haben. Wie er das geschafft hat? Casanova war offenbar ein sehr stattlicher Mann von 1,87 Metern Körpergröße und im übrigen nicht unattraktiv. Er kam halt gut bei Frauen an und ließ keine Gelegenheit aus, sich der Fleischeslust hinzugeben.
Casanova war aber nicht nur ein Frauenheld, sondern hat unglaublich viele Briefe geschrieben und den fünfbändigen utopischen Roman »Eduard und Elisabeth oder die Reise in das Innere des Erdballs« (1787) sowie weitere literarische Werke hinterlassen. Seine letzten Lebensjahre verbrachte er als Bibliothekar des Grafen Waldstein auf Schloß Dux in Böhmen; dort schrieb er seine unvollendet gebliebene, auf zwölf Bände angelegte Autobiographie »Geschichte meines Lebens«.
Apropos Casanova: Als Synonym ist im Deutschen das italienische Wort **Pappagallo** geläufig, und das bedeutet »Papagei«.

Cascadeschuppen

Dieses vom Volksmund geprägte Synonym für den Beichtstuhl ist lange in Vergessenheit geraten, doch die Entstehungsgeschichte des Begriffs ist erwähnenswert. Eine Kaskade ist ein Wasserfall (vom französischen *cascade* in derselben Bedeutung); Wurzel ist das lateinische *cadere* für »fallen«. Hier kann des Rätsels Lösung also nicht liegen. Cascade war ein Waschmittel, das 1966 auf dem Markt gebracht wurde und Werbung machte mit dem Spruch »Zwingt Grau raus, zwingt Weiß rein«, und da liegt die Verbindung zur Absolution bei der Beichte. Später hieß dieses Waschmittel »Weißer Riese«. Das Wort **Absolution** kommt natürlich aus dem Lateinischen: von *absolutio* für »Freisprechung (von Sünden)«.

Casio

Casio steht bei uns für Taschenrechner, und wie bei Canon folgt das Wort aus der Anpassung eines Namens an eine international gängigere Aussprache. Der Name des Firmengründers Kashio wurde zu Casio.

Castor

Dioskuren (»Söhne des Göttervaters Zeus«) heißen sie in der griechischen Mythologie, die Zwillinge Kastor und Polydeukes, von den Römern Castor und Pollux genannt. Beim Versuch der Zwillinge, die Tochter des Leukippos zu rauben, wurde Castor getötet. Gnädigerweise und um eine Trennung der beiden zu vermeiden, hat Zeus ihnen der Sage nach gestattet, gemeinsam je einen Tag im Olymp und einen Tag in der Unterwelt zu verbringen. Der Dioskuren-Kult – man rief Castor und Pollux vor allem bei Seenot an – verbreitete sich im ganzen Mittelmeerraum.
Diese Geschichte ist kaum noch bekannt, aber jeder weiß, daß Castor-Behälter eingesetzt werden, um Atommüll zu Zwischen- oder Endlagern zu transportieren. Der Name erklärt sich nicht durch die Figur der griechischen Mythologie, sondern ist eine Abkürzung: **Ca**sk for **Stor**age and Transportation of Radioactive Material. Deutsche Übersetzung: »Faß für Lagerung und Transport von radioaktivem Material«. Weniger bekannt als die Castor-Behälter sind die Pollux-Behälter; in ihnen werden abgebrannte Brennelemente endgelagert. Hier war der Namensgeber – wenn auch ohne Sinnzusammenhang – in der Tat jener Pollux.
Das Phänomen Radioaktivität wurde 1896 von Antoine Becquerel entdeckt; der aber kannte das Wort noch nicht und nannte das Phänomen »langlebige Fluoreszenz«. Der Begriff **Radioaktivität** wurde vom Ehepaar Marie und Pierre Curie erfunden: Sie entdeckten ein extrem stark strahlendes Element und nannten es **Radium** – das Strahlende. Radioaktivität heißt also Strahlaktivität.

Castrol

Eine der ganz bekannten Marken im Bereich der Motorenöle heißt Castrol. Das Unternehmen wurde 1899 gegründet, und sein 100jähriges Jubiläum 1999 gab Mitarbeitern in 145 Ländern der Welt Anlaß zum Feiern. Die 1899 gegründete Muttergesellschaft hieß C. C. Wakefield Ltd. mit Sitz in London. Daß Castrol heute nicht mehr den Namen der Muttergesellschaft trägt, geht auf das Jahr 1909 zurück, in dem das Unternehmen Motorenöle auf Rizinusbasis einführte. Das englische Wort für »Rizinusöl« ist **castor oil**, kurz Castrol.
Der Name **Rizinus** hat seinen Ursprung im lateinischen »*ricinus*,

der Bezeichnung für ein ›Ungeziefer an Schaf, Hund und Rind‹ sowie für den Strauch *Ricinus communis*, dessen Samen dem Ungeziefer (Holzbock oder Zecke) ähneln; wahrscheinlich besteht ein Zusammenhang mit litau. *erke* ›Holzbock‹ und lett. *erze* ›Kuhmilbe‹.«[32]

Cebit

Alljährlich im März findet sie statt: die größte Computermesse der Welt mit Namen Cebit. Der steht für **Ce**ntrum für **B**üro- **I**nformations- und **T**elekommunikationstechnik. Die zweite Silbe von Cebit spielt natürlich auf Computer-**Bits** an. Das Wort ist die Verkürzung des englischen **bi**nary digi**t** und bedeutet »Binärziffer, Zweierschritt«. Hintergrund ist die ›Dummheit‹ von Computern: Sie kennen im Grunde nur die Ziffern Null und Eins.

Ceka

Einer der großen deutschen Büroeinrichter heißt Ceka. Die Firma, die heute ihren Sitz im hessischen Alsfeld hat, nahm ihren Anfang im thüringischen Bad Klosterlausnitz. Dort fertigte seit 1874 ein Tischlermeister namens Ernst Krause Holzprodukte für den Haushalt. Die Geschichte des heutigen Unternehmens begann aber erst anno 1900, als dessen Sohn Carl ins Handelsregister die Holzwarenfabrik C. Krause eintragen ließ. Durch den Eintritt von Erich Krause wurde daraus C. Krause & Sohn. Seit 1947 stellt das Unternehmen auch Büromöbel her, seit 1973 ausschließlich Büroeinrichtungen. Der Name ist einfach erklärt: Ceka steht für **C**arl **E**rich **K**rause in **A**lsfeld.

Ceranfeld

Kaum eine Einbauküche wird heute noch mit den guten alten Herdplatten – im Fachjargon Kochmulde genannt – geordert. Ihren Platz haben Cerankochflächen eingenommen. Marktführer ist die Firma Schott in Mainz, die sich den Namen Ceran 1969 als Warenzeichen schützen ließ und seit 1972 diese Kochflächen herstellt. Zuvor hatte eine amerikanische Firma vorübergehend Cera**m**-Kochflächen produziert, so daß Schott auf den Namen Ceran ausweichen mußte. In beiden Fällen geht der Begriff zurück aufs englische *ceramization* für »Keramisierung«. Keramisierung ist eine

Weiterverarbeitungsform von Rohglas zu Glaskeramik – einem Material, das extrem hitzebeständig ist.

Chamäleon

Die bekannteste Echse dürfte nicht die Eidechse, sondern das Chamäleon sein, und das, weil es die Farbe seiner Schuppenhaut der Umgebung anpassen kann. Doch das ist nur ein Gerücht, hier die Wahrheit: »Die Fähigkeit zum Farbwechsel dient nicht der Tarnung, sondern ist stimmungsabhängig und kann durch verschiedene Faktoren (wie Angst, Hunger, Wärme, Änderung der Lichtverhältnisse) beinflußt werden.«[33] Der Name Chamäleon ist griechischer Herkunft, kommt von *chamaileon* und bedeutet soviel wie »Erdlöwe«.

Chappi

Das bekannte Hundefutter Chappi hat seinen Namen vom englischen *chap* für »Kerl, Kamerad« und soll also der »Freund des Hundes« bedeuten. Vertrieben wird Chappi von der Firma **Effem**. Auch dieser Name ist englischer Provenienz und steht für **F**ood **M**anufacturals, kurz F. M., im Deutschen Effem gesprochen.

Chateaubriand

Ein besonders dickes gebratenes Stück Rindfleisch wird Chateaubriand genannt. Erfinder war ein französischer Koch namens Chabrillan, Namensgeber aber der französische Schriftsteller und Politiker François René Vicomte de Chateaubriand (1768–1848).

Chauffeur

Der Bundeskanzler sitzt in seinen Dienstwagen meist im Fond hinter dem Fahrer, und den nennen wir Chauffeur. Das Wort ist unschwer als ein französisches zu erkennen; es bezeichnet seit dem 17. Jahrhundert einen »Heizer« (von *chauffer* für »warm machen«), im 19. Jahrhundert wurde es dann übertragen auf den Bereich der Eisenbahn, denn da gab's den Beruf des Heizers, und Ende des 19. Jahrhunderts auch auf die Welt der Automobile. Dieselbe Wurzel haben die Begriffe Kalfaktor oder Kalfakter im Sinne von »Mädchen für alles«, wofür wir auch den lateinischen Begriff **Faktotum** (»mach alles«) kennen.

Chaussee

Die alten Römerstraßen gerieten im Mittelalter in Vergessenheit. Mitte des 17. Jahrhunderts übernahmen die Deutschen von den Franzosen den Chausseebau. Schon 1645 versuchte ein Herr namens Zesen die Eindeutschung in Steinweg durchzusetzen – vergeblich. Das französische *chaussée* meint »Fahrbahn«. Die Vermutung, der französische Begriff leite sich vom lateinischen *via calceata* für »mit Kalkstein, Schotter bedeckter Weg« ab, gilt als ungesichert.

Chauvi

In den 70er Jahren des 20. Jahrhunderts setzte sich der Begriff Chauvi durch als Bezeichnung für Männer, die Frauen verachten bzw. sich Frauen gegenüber überheblich verhalten. Das Wort Chauvi geht zurück auf Chauvinismus, was nichts anderes als übersteigertes Nationalbewußtsein, d. h. Nationalismus meint. Der Begriff Chauvinismus kommt aus dem Französischen; wir verdanken ihn dem Bild eines Herrn namens Nicolas Toussaint Charlet, auf dem ein Soldat mit Namen Chauvin abgebildet ist, der in blindem Eifer Napoleon Bonaparte verehrt.

Checkpoint Charlie

Offziell hieß er Allied Checkpoint Charlie (Alliierter Grenzkontrollpunkt Charlie) und stand mitten in Berlin. Am 13. August 1961 war der Mauerbau, und am 22. August die Errichtung des Checkpoint Charlie. Dort stand er bis zum 22. Juni 1990, als er von einem riesigen Kran in die Höhe gehoben und auf einem Nebenhof abgesetzt wurde – das Ende des bekanntesten Grenzübergangs der Welt.

Seinen Namen verdankt er den Amerikanern, die die Grenzübergänge in ihrer Besatzungszone dem Alphabet nach benannten: Helmstedt hieß Alpha (A), Dreilinden Bravo (B) und der Grenzübergang an der Friedrichstraße Charlie (C). Charlie ist die englische Koseform von Charles. Deutsche Entsprechung: **Karl** (»freier Mann«).

Chef

Das Wort Chef ist französischen Ursprungs und leitet sich her aus dem lateinischen *caput* für »Oberhaupt, Haupt, Kopf«.

Chevron

Die ursprünglich amerikanische Firma Chevron hat, was den Namen betrifft, mit der Automarke Chevrolet nichts zu tun. Als Logo hat Chevron einen Schriftzug mit zwei nach unten zeigenden Winkeln darunter. Das englische *chevron* bedeutet unter anderem »Winkel«, auch im Sinne von »Rangabzeichen, Dienstgrad«.

Chio-Chips

Täglich verlassen etwa 1,2 Millionen Packungen Chio-Chips die Produktionsstätten in Frankenthal. Ihr Name erklärt sich so: Chips sind Späne, Splitter oder Scheibchen, und Chio setzt sich aus den Anfangsbuchstaben der Namen der Firmengründer zusammen: **C**arl, **H**einrich und **I**rmgard von **O**pel – kurz Chio.
Alljährlich findet in Aachen ein Reitturnier statt, das ebenfalls Chio heißt, und auch hier ist der Name eine Abkürzung, und zwar von **C**oncours **H**ippique **I**nternational **O**fficiel, das bedeutet offizieller internationaler Reiterwettbewerb.

Chow-Chow

Die englische Hunderasse kommt eigentlich aus China. Wurzel der Namensgebung ist ein Wort aus dem Dialekt der Region Kanton: Dort bedeutet *kau* nichts anderes als »Hund«. Ein Chow-Chow ist also ein Hund-Hund.

Chrysantheme

Die beliebte Zierpflanze, deren Namen kaum einer richtig schreiben kann, wird im Deutschen auch Winteraster genannt. Der fremdländische Name ist griechischen Ursprungs und bedeutet »Goldblume«.

City

City ist ein Synonym für Stadtzentrum oder auch Geschäftsviertel. Es kommt vom lateinischen *civis* für »Bürger«.

Clivia

Inzwischen ein wenig aus der Mode gekommen, war sie älteren Semestern eine beliebte Zierpflanze im Wohnzimmer: die Clivia. Sie verdankt ihren Namen Lady Charlotte Florentina Clive, die später Herzogin von Northumberland wurde und Gouvernante der englischen Kronprinzessin Viktoria war.

Club

Daß das Wort aus dem Englischen kommt, ist evident. In der Bedeutung oszilliert es von Nachtclub über Tennisclub bis hin zum Golfclub, und früher waren sogar sogenannte Clubsessel modern. Seine Herkunft ist nicht völlig geklärt, geht aber wahrscheinlich auf das mittelenglische Wort *clubbe* zurück, das nichts anderes bedeutet als »Keule«. Ursprünglich stammt das Wort Club vermutlich aus dem Altnordischen: Dort bedeutet *klubba* sowohl »Knäuel« als auch »Keule«. Und Knäuel und Club als Bezeichnungen für eine Vereinigung von Menschen ergibt doch Sinn, oder? Doch auch ein Zusammenhang mit der Keule ist insofern denkbar, als es im Mittelalter in einigen Regionen Englands üblich war, ein Kerbholz oder eine Keule in der Nachbarschaft herumzureichen, um zu einer Veranstaltung einzuladen.

Coach

Zu den bekanntesten Anglizismen im Deutschen gehört das Wort Coach für Fußballehrer. Direkt übersetzt wird aus *coach* im Deutschen »Kutsche« bzw. in Wortzusammensetzungen »Kutsch«. Was also, fragt sich, ist ein Kutsch? Coach ist die Kurzform von *coachman* für »Kutscher«. So, wie der Kutscher die Pferde lenkt, führt der Coach die Mannschaft – so muß man sich die Übertragung wohl vorstellen.

Zu den Wurzeln sowohl von Coach als auch von Kutsche gelangen wir, wenn wir nach Ungarn fahren. Auf etwa halber Strecke zwischen Wien und Budapest liegt ein Dörfchen mit dem Namen Kocs. Bereits im 15. Jahrhundert gab es einen regelmäßigen Reisewagendienst zwischen den beiden Hauptstädten, bei dem Kocs als Station für den Wechsel der Pferde diente. Daran wird man heute nur noch durch ein Kutschwagenmuseum erinnert, geblieben aber sind die Wörter Kutsche und Coach, die wir ebendiesem Dörfchen verdanken. Seit dem 16. Jahrhundert bürgerten sich im Deutschen Ausdrücke wie Cotschienwagen und Gutschenwagen ein, aus denen später Kutsche wurde. Das Wort **Trainer** für Ausbilder im Sport kommt vom lateinischen *trahere* für »ziehen«. Das englische *to train* bedeutet neben »ziehen« auch »erziehen« und »ausbilden«.

Coca-Cola

Eines der weltweit beliebtesten und verbreitetsten Getränke aus der Abteilung coffeinhaltige Limonade ist Coca-Cola. Der erste Teil des Wortes geht auf den südamerikanischen Kokastrauch zurück, da Coca-Cola ursprünglich eine winzige Menge Kokain enthielt. Den zweiten Teil verdankt es der Kolanuß, genauer deren Samenkern, der koffeinhaltig ist.

Cockpit

Im Mittelalter war es nicht nur in England ein beliebtes Spiel, Hähne in einer kleinen Grube gegeneinander kämpfen zu lassen; diese Gruben nannte man *cockpit* (»Hahnengrube«). Im 18. Jahrhundert wurde dieser Begriff dann in die Seemannssprache übernommen als Bezeichnung für die kleinen Bootskabinen, in denen man sitzen konnte. Im 20. Jahrhundert, dem Jahrhundert der Autos und Flugzeuge, wurde dieser Begriff – auch im deutschen Sprachraum – für den (kleinen) Raum des Piloten im Flugzeug und den (stets sehr engen) Arbeitsplatz des Rennwagenfahrers verwandt. So erklärt sich auch, warum in der Rennfahrersprache der Boxenstop **Pitstop** heißt.

Cocktail

Das Fremdwörterbuch des Duden übersetzt Cocktail mit »alkoholisches Mischgetränk«. Auch wenn der Duden es nicht vergißt, muß es hier noch einmal erwähnt werden: Im Englischen ist *cock* der »Hahn« und *tail* der »Schwanz«, zusammengefaßt: Hahnenschwanz. Wie also kommt ein alkoholisches Mischgetränk zu dem Namen Hahnenschwanz?
Auf diese Frage gibt es unterschiedliche Antworten. Die eine vermutet, das Wort leite sich her von *cocktailed horse*, dem englischen Begriff für »Pferd mit gestutztem Schwanz«, der dann wie ein Hahnenschwanz nach oben steht. Da nur der Schwanz *minderwertiger* Pferde gestutzt wurde, läßt sich das Wort leicht übertragen auf Mixgetränke, also auf Getränke, die im Unterschied zu reinen Getränken *minderwertig* sind. Die lustigere Erklärung ist folgende:

Cocktails waren ursprünglich Mixgetränke aus Schnaps, Eiern und Obst, deren Grundrezept von Seeleuten und Reisenden aus Amerika über England nach Frankreich gebracht wurde. Dort machten Cocktails vor allem deshalb Karriere, weil sich das Gerücht verbreitete, Cocktails förderten die die männliche Potenz.

Colgate

Colgate ist bei uns ein Synonym für Zahnpasta. Firma und Produkt sind uralt; die Geschichte des Herstellers reicht zurück bis 1806. In diesem Jahr gründete ein Mann namens William Colgate die Colgate Company in New York. Eigentlich war William Colgate Seifenfabrikant, doch 1877 wurde die Produktpalette erweitert um den Bereich der Mundhygiene, Abteilung Zahncreme. Und 1890 war es dann soweit: Colgate brachte die erste Tubenzahncreme auf den Markt, die damals noch Colgate's Ribbon Dental Cream hieß. Seit 1927 ist das Unternehmen auch in Deutschland präsent und nennt sich heute Colgate-Palmolive. Der Name **Palmolive** stand ursprünglich für Seife, in der **Palm**en- und **Olive**nöl verarbeitet wurde.

Colt

Ein Colt ist ein Revolver; Namensgeber war der amerikanische Waffeningenieur und Erfinder Samuel Colt (1814–1864), der eine Pistole mit Kipplauf erfand. Der Begriff **Revolver** ist leicht erklärt: *To revolve* und *revolvere* bedeuten »sich drehen« oder »zurückrollen«; Revolver kommt also vom sich drehenden Patronenmagazin. Das Wort **Pistole** entstand aus dem alttschechischen *pistala* für »Röhre« oder »Pfeife«.

Comedy

Unter dem Begriff Comedy firmiert heute alles, was irgendwie lustig ist und mit Schauspiel zu tun hat. Wie Comedy ist auch die deutsche **Komödie** (»Lustspiel«) griechischen Ursprungs. Herkunft sind die Wörter *komos* und *ode*, frei übersetzt: »Sänger beim Umzug«. Die Bezeichnung rührt daher, daß es bei den alten Griechen Brauch war, zu Ehren des Weingottes Dyonisos gelegentlich Umzüge zu veranstalten, bei denen die Zuschauer mit Spottliedern überzogen wurden.

Apropos Weingott: Die seriös klingenden Begriffe **Symposium** bzw. **Symposion**, die da meinen einen hochwissenschaftlichen Gedankenaustausch hochgebildeter Wissenschaftler, kommen auch aus dem Griechischen und bedeuten »Trinkgelage«.

Compaq

Der Name dieses großen Computerherstellers ist englischer Herkunft und setzt sich aus **compa**tibility (»Vereinbarkeit«) und **q**uality (»Beschaffenheit«) zusammen.

Corega

Was dem einen → Kukident zur Pflege seiner dritten Zähne, sind dem anderen Corega-Tabs. Da Firmen nicht nur gelegentlich verkauft bzw. aufgekauft werden und ihre Produktpalette dabei ändern, läßt sich leider nicht mit absoluter Sicherheit sagen, woher der Name Corega kommt. Die plausibelste Erklärung ist folgende: Was heute zur Block Drug Company Inc. gehört, war zuvor ein im amerikanischen Galveston residierendes Unternehmen, das ursprünglich raffiniertes Kokosöl für die Weiterverarbeitung in Lebensmitteln auf den Markt brachte. Diese Firma hieß **Co**conut Oil **Re**finery **Ga**lveston und dürfte der Namensgeber der Corega-Tabs gewesen sein.

Credo

Mit Credo assoziiert jeder ein Deodorant. Doch gebildete Kreise wissen noch, daß Credo ein Synonym für das Glaubensbekenntnis der Christen ist, das mit *credo* für »Ich glaube« beginnt. Im 20. Jahrhundert entwickelte sich daraus die prosaische Übersetzung von Credo als Leitspruch, Maxime. Das Deo namens Credo könnte auf die Überzeugung seiner Namensgeber zurückgehen, seine Anwendung verhindere Körpergeruch.

Crisan

Crisan ist ein Produkt der Wella AG in Darmstadt und wurde 1972 auf den Markt gebracht. Der Produktname ist die Kombination der lateinischen Wörter *crinis* für »Haar« und *sanus* für »gesund« – Crisan bedeutet also »gesundes Haar«.

Was heute ein großer und weltweit operierender Konzern für

Haarpflegemittel und andere Kosmetika ist, begann recht bescheiden im Jahre 1880, als Franz Ströher, ein 26jähriger Friseur aus Oberwiesenthal, am 1. Juli beim Amtsgericht Auerbach im Vogtland (Sachsen) folgenden Betrieb eintragen ließ: Franz Ströher – Rothenkirchen, Herstellung und Vertrieb von Haartüll. Anno 1900, also 20 Jahre später, präsentierte Ströher eine eigene Erfindung, und zwar einen künstlichen, wasserfesten Haartüll als Unterlage für die Befestigung von Perücken, die er Tüllemoid nannte. Schon 1904 hatte er eine eigene Fabrik in Rothenkirchen (Sachsen), und am 15. Mai 1924 wurde der Name Wella beim Deutschen Patentamt geschützt.
Die Demontagen der Nachkriegszeit zwangen 1945 zum Umzug nach Hünfeld (Hessen), und 1949 päsentierte die Firma in Hünfeld unter dem Namen Ondal GmbH den Dauerwellenapparat Nolektra und die Trockenhaube Wella-Flott. Seit 1950 heißt das Unternehmen Wella AG und hat seinen Hauptsitz in Darmstadt.

Croissant

Die inzwischen auch bei uns beliebten französischen Frühstückshörnchen sind gar keine französische, sondern eine österreichische Erfindung. 1529 erstmals, 1683 zum zweiten Male bedrohten die Türken Wien. Da Bäcker nachts schon sehr früh aufstehen, bekamen sie es als erste mit, daß die Türken die Stadtmauer untertunnelten. Sie schlugen Alarm und trugen so maßgeblich zur Rettung Wiens bei. Zur Erinnerung erfanden sie ein Gebäckstück in der Form des (türkischen) Halbmonds.

Cromargan

Cromargan ist ein geschütztes Warenzeichen, das laut Duden-Fremdwörterbuch folgendes bedeutet: »hochwertiger rostfreier Chrom-Nickel-Stahl für Tafelbestecke und Küchengeräte«. Wer in Armut gerät, muß – so heißt es – sein Tafelsilber verkaufen. Damit erklärt sich auch der Name: Cromargan-Besteck ist so ver**chrom**t, daß es aussieht, als sei es **arg**entum (lateinisch für »Silber«).

Curver Rubbermaid

Fangen wir mit Rubbermaid an: Rubbermaid wurde 1920 als Wooster Rubber Company gegründet. Die Firma produzierte

zunächst Luftballons, seit 1934 auch Haushaltsartikel. *Rubbermaid* ist englisch und heißt wörtlich übersetzt »Gummimädchen«.
Seit 1998 gehört die Firma Curver zu Rubbermaid. Die Marke Curver steht hierzulande für Haushaltsartikel, die Firma produzierte aber zunächst Glasverpackungen. Sie ist 1949 in den Niederlanden gegründet worden, und zwar von zwei Herren namens **Cur**tius und **Ver**schuren, kurz: Curver. Die Herkunft des Namens hat also mit dem englischen Wort *curve* für »Biegung, Kurve« nichts zu tun.

Cynar

Alkoholische Getränke, deren Grundstoff Artischocken sind, heißen oft Cynar. Die Pflanzengattung, zu der auch die Artischocken gehören, hat den lateinischen Namen *cynara*.

D

D & W

Allen Autofans bekannt durch Reklamen für den über tausend Seiten starken Katalog – nicht nur auf dem Cover stets ausstaffiert mit einer aufreizend spärlich gekleideten jungen Dame – ist D&W in Europa Marktführer für Autozubehör aller Art – vom Spoilerkit über Scheinwerfer und Reifen bis hin zu Stereoanlagen. Den Namen verdankt die Bochumer Firma den Firmengründern **D**etlef Sokowicz **und W**erner Bauer.[34]

Dahlie

Die Dahlie ist ein sogenannter Korbblütler; ihre Heimat sind die Gebirge Mexikos und Guatemalas. Der Spanier Cavanilles gab der Zierpflanze zu Ehren des schwedischen Botanikers Andreas Dahl (1751–1799) ihren Namen. Anfang des 19. Jahrhunderts führte ein Herr namens Willdenow die Bezeichnung Georgina zu Ehren des Petersburger Naturforschers Georgi ein. Die Dahlie hieß deshalb in Deutschland zunächst Georgine, seit Mitte des 19. Jahrhundert setzte sich jedoch die Bezeichnung Dahlie durch.

Daihatsu

Daihatsu ist ein japanischer Autohersteller mit Sitz in Osaka. Die Firma hieß ursprünglich **Hatsu**doki-Seizo-Kabushikigaisha (Motor-Produktions-Aktiengesellschaft). Den ersten fünf Buchstaben des Firmennamens wurde das erste Zeichen des Ortsnamens von Osaka vorangestellte, das man auch wie **dai** sprechen kann: *dai* und *hatsu* wird zu Daihatsu.

Dalai-Lama

Wer Tibet hört, denkt immer auch an den Dalai-Lama und die Unterdrückung der Tibeter durch die Chinesen. Der Dalai-Lama ist das Oberhaupt der »gelben Kirche« des Lamaismus. Sein Name entstammt dem mongolischen Wort *dalai* für »Ozean (des gelehrten Wissens)« und dem tibetanischen Wort *bla-ma*, das »der Obere« bedeutet. Dalai-Lama bedeutet frei übersetzt: der Obere des Ozeans des gelehrten Wissens.

Damast

Damast ist ein Seidenstoff mit eingewebtem Muster. Der Name geht zurück auf das lateinische *damascenus* für »aus Damaskus stammend«. Die syrische Hauptstadt war in der Zeit der Kreuzzüge ein Zentrum der Seidenherstellung.

Darjeeling

Zu den besseren Teesorten gehört der Darjeeling. Für die Namensgebung stand die Stadt Darjeeling im Nordosten Indiens Pate, deren Klima und Lage sie zu einem Kurort werden ließ. Darjeeling ist natürlich auch bekannt für seinen Tee, den Darjeeling eben. Stadt und Tee verdanken ihren Namen dem tibetanischen Wort *rdo-rjegling*, das »Land des Donnerkeils« oder »Zepter des Lama« bedeutet.

Dash

Dash ist ein Waschmittel und unschwer als englischer Ausdruck zu erkennen: Das Wort *dash* bedeutet unter anderem »plötzliche Bewegung, Vorstoß, Schlag«, das Verb *to dash* heißt »schleudern, spritzen, sprengen, zunichte machen«. Vermutlich soll suggeriert werden, daß Dash dem Schmutz einen Schlag versetzt und ihn zunichte macht.

DEA

Früher hieß die Tankstellenkette Texaco – nach einem amerikanischen Ölkonzern, dessen deutscher Ableger 1988 von der RWE AG (RWE gleich **R**heinisch-**W**estfälische **E**lektrizitätswerke) übernommen wurde. 1989 wurde die RWE-Dea gegründet. Der Name DEA wurde unter 25 000 Vorschlägen ausgesucht; *dea* ist das lateinische Wort für »Göttin«. Letztlich aber wurde mit Dea der Ursprungsname wiederaufgenommen: 1899 wurde das Mutterhaus in Berlin gegründet, und das nannte sich Deutsche Tiefbohr-Actiengesellschaft, ab 1911 dann **D**eutsche **E**rdöl-**A**ktiengesellschaft (DEA). Zwischen 1966 und 1989 war der Name DEA verschwunden, weil DEA in diesen Jahren zu Texaco gehörte.

Degussa

Die Degussa AG mit Sitz in Frankfurt ist ein Unternehmen für das Schmelzen und Scheiden von edelmetallhaltigen Vorstoffen, von Edel- und anderen Metallen sowie zur Herstellung von metallischen und chemischen Erzeugnissen. Sie wurde 1873 gegründet und hieß **De**utsche **G**old- **u**nd **S**ilber-**S**cheide**a**nstalt vormals Roessler.

Delial

Delial ist eine Sonnenschutzcreme. Der Name dürfte eine Zusammensetzung aus dem griechischen *delos* für »Sonne« und *ideal* sein. Delial steht offenbar für ideal gegen die Sonne bzw. den Sonnenbrand.

Demeter

Kein Reformhaus ohne Produkte, die sich Demeter nennen, garantiert biologisch-dynamisch sind und alles, von Antipasti bis Trockenfrüchten, darstellen können. Demeter war bei den alten Griechen die Göttin des Ackerbaus, der Früchte und der Fruchtbarkeit.

Dentagard

Minimale Französischkenntnisse reichen aus, um den Namen dieser Zahncreme zu erklären: Aus *dent* für »Zahn« und *garder* für »schützen« wird Dentagard.

Deodorant

Ob Deoroller oder Deospray, beide dienen dazu, unangenehmen Achselgeruch zu verhindern oder zu vertreiben. So erklärt sich auch das Fremdwort Deodorant, das englischer Provenienz ist, aber eigentlich aus dem Lateinischen stammt: *de* und *odorans* (Genitiv *orantis*) für »von, weg« und »riechend«, wörtlich übersetzt »wegriechend« – gemeint ist natürlich »geruchsbeseitigend«.

Das Deodorant 8 x 4 kennt jeder. »Der Name 8 x 4 ist eine rechnerische Auflösung aus dem Wirkstoffnamen B 32 (Vitamin).«[35] Also: 8 x 4 = 32!

Derby

Das Wort Derby kennen wir in zwei Bedeutungen: zum einen als Bezeichnung für ein bedeutendes Sportereignis, meist von örtlicher Bedeutung, z. B. Fußballderby zwischen Bayern und 1860 München, zum anderen in der Bedeutung Pferderennen. Namensgeber war ein gewisser E. Stanley, 12. Earl of Derby, der 1780 Rennen für dreijährige Hengste begründete.

Derwisch

Derwisch ist ein Synonym für einen heulenden Schlagersänger. Das Wort fand übers Amerikanische Eingang in unsere Sprache. Hintergrund der Bezeichnung ist wohl der, daß die Derwische – Mitglieder eines islamischen Ordens – ihre Tänze mit Lauten begleiten, die wir als Heulen empfinden. Das Wort Derwisch ist persischer Herkunft und bedeutet »Türabsucher« in der Bedeutung von Bettler.

Dessert

In vornehmen Kreisen wird kein Nachtisch aufgetragen, sondern ein Dessert. Dazu eine nette Geschichte: »Die in Persien und Syrien beheimatete Pistazie – altpersisch *pistah* – war im gesamten Vorderen Orient verbreitet, und ihre Bäume wurden in den königlichen Gärten Babylons während des 8. Jahrhunderts v. Chr. angepflanzt. Die Nuß wurde wegen ihres Öls geerntet, jedoch auch roh gegessen und zu Gebäck verarbeitet. Pistazien erzielten als Delikatessen hohe Preise im alten Rom, wo sie zum Dessert genossen wurden. In Italien war Dessert gleichbedeutend mit Nüssen,

und das Wort ›Dessert‹ geht auf das altfranzösische *desservir* – das Geschirr vom Tisch abtragen – zurück, womit das Signal für das Auftragen der Nüsse gegeben war.«[36]
Letzte Wurzel von Dessert sind die lateinischen Wörter *servire* für »dienen« bzw. *servus* für »Diener, Sklave«. Das bekannte Toilettenpapier mit dem Namen Servus heißt also »Diener, Sklave«.
Wir kennen »Servus« auch als Grußformel. Sie ist aus dem Österreichischen zu uns gekommen, bedeutet »Diener, ergebenster Diener« und kommt vom lateinischen *servus*. Dieselbe Wurzel hat auch das Wort **Serviette**. Die heutige Bedeutung entstand aus dem lateinischen *servus* und gelangte über *servir* für »bei Tisch bedienen« zu uns. Für manchen sind **Pistazien** einen Delikatesse. Dieses Wort ist französischer Herkunft und stammt ab vom lateinischen *delicatus* für »üppig, köstlich, lecker«.

Deuka

Kaum einem Verbraucher bekannt, dafür aber jedem Landwirt: Deuka, die Abkürzung von **Deu**tsche **Kra**ftfutterwerke GmbH.

Deutschland

Warum heißen die Deutschen Deutsche? Wenn Neonazis die Parole ausgeben »Deutschland den Deutschen! Ausländer raus!«, wissen sie zwar, was sie sagen und meinen, zeigen aber auch, wie dumm sie sind. Die Deutschen sind weder ein Volk noch eine Rasse, der Begriff »deutsch« meinte ursprünglich »volkssprachlich«. Die vielen Stämme, aus denen sich die Deutschen seit jeher zusammensetzen, hatten einige sprachliche Gemeinsamkeiten.

Dezember

Der Name kommt von *decem*, dem lateinischen Wort für die Zahl »zehn«. Der zwölfte Monat als der zehnte? Bei den Römer begann das Jahr ursprünglich mit dem März; auch nach der julianischen Kalenderreform wurde für den Dezember die alte Zählung beibehalten.

Diät/Diäten

Schon die alten Griechen kannten das Wort Diät. Das lateinische *diaeta* wie auch das griechische *diaita* meinen wörtlich »Lebensunterhalt«. Bei uns steht Diät für Schonkost oder auch Abmagerungskur, bei den Griechen war mit Diät eine Lebensweise gemeint, in der Schonung und verantwortungsbewußte Ernährung im Vordergrund standen. Der Begriff Diäten meint heute Tagegelder für Abgeordnete z. B. des Bundestages. Diese Tagegelder sind um 450 v. Chr. vom griechischen Politiker Perikles eingeführt worden, damit auch ärmere Leute sich an der Politik beteiligen konnten. Die Beziehung zwischen Tagegeldern und *diaita* für »Lebensunterhalt« liegt auf der Hand.

Dicke Bertha

Des Feindes Alptraum war sie, die »Dicke Bertha« – ein 42-Zentimeter-Mörser aus dem Ersten Weltkrieg. Wie kommt ein Geschütz zu einem solchen Namen? Herstellerfirma war der Stahlkocher Krupp in Essen, Namensgeberin die Enkeltochter des Firmengünders Alfred und Alleinerbin Bertha Krupp, die später den Diplomaten Gustav von Bohlen und Halbach heiratete. Bertha Krupp war eine sozial engagierte Frau; sie kümmerte sich intensiv um die vom Großvater ins Leben gerufenen sozialen Einrichtungen der Firma und zog in der Villa Hügel sieben Kinder groß.

Dienstag

Die Herkunft des Namens Dienstag ist im Französischen noch erkennbar: *mardi*. *Mardi* heißt im Lateinischen *martis dies*, d. h. »der Tag des Gottes Mars«. Eine Inschrift aus dem 3. Jahrhundert bezeugt, daß die Germanen einen Gott namens *Mars thingsus* kannten; Dienstag heißt demzufolge *Dingstag* für »Tag des Thing«; ein Thing ist eine germanische Volksversammlung.

Dietrich

Auch wenn es kaum noch Schlösser gibt, die sich mit einem gebogenen Draht öffnen lassen, kennen alle noch den Begriff Dietrich für Nachschlüssel. Die Herkunft des Wortes ist nicht ganz geklärt. So wird darauf verwiesen, im Rheinischen werde der Nachschlüssel Klas genannt (Abkürzung von Klaus), und im Englischen hieße ein Brecheisen *jemmy* (Koseform von James), was den Rückschluß erlaube, es komme häufiger vor, daß Gegenstände so benamst würden. Kluge spekuliert: »Vielleicht spielte bei Diet-

rich der Anklang an Dieb, bei Peterchen der Gedanke an Petrus (mit dem Himmelsschlüssel) eine Rolle.«[37]
Pfeifer und andere verorten die Herkunft des Wortes Dietrich »in der Gaunersprache, wo verschiedentlich Gegenstände, insbesondere Werkzeuge, durch scherzhaft euphemistische Übertragung personifiziert werden (...).«[38] Wie dem auch sei: Dietrich ist ein alter deutscher Name, der frei übersetzt »Herrscher des Volkes« bedeutet.

Dildo

Das Duden-Fremdwörterbuch definiert Dildo als »Penis aus Latex«. *Latex* bedeutet sinnigerweise »Flüssigkeit«! Der Begriff Dildo ist englischer Provenienz, seine Herkunftsgeschichte gilt als ungeklärt. Unwahrscheinlich ist, daß er eine Verkürzung aus **dil**ation und **do**ing (»Erweiterungsmacher«) ist. Weniger unwahrscheinlich ist, daß Dildo von *dil-dol* kommt, einem im England des 18. Jahrhunderts weitverbreiteten »künstlichen Phallus«. Recht plausibel scheint die Vermutung, daß Dildo sich ableitet von dem italienischen Wort *dilettare* für »sich vergnügen« bzw. *diletto* für »Liebchen, Liebhaber, Geliebte, Vergnügen«.
Wie auch immer, fest steht, daß die Engländer den Dildo *nicht* erfunden haben: »Milet, eine reiche Handelsstadt an der Küste Kleinasiens, war das Erzeugungs- und Exportzentrum dessen, was die Griechen *olisbos* [»Lederphallos«] nannten und spätere Generationen weniger wohlklingend den Dildo. (...) Dieser Imitationspenis scheint in griechischen Zeiten entweder aus Holz oder aus gepolstertem Leder gemacht gewesen zu sein und mußte vor Gebrauch reichlich mit Olivenöl eingeschmiert werden.«[39] In Frankreich ist für Dildo seit dem 16. Jahrhundert das Wort *godemiché* bekannt – eine Ableitung vom lateinischen *gaude mihi* (»erfreue mich«).

Ding

Das dänische Parlament heißt noch heute **Folketing**, »Volksversammlung«, ein Ort, an dem die *Dinge* des Volkes besprochen werden sollen. Thing war bei den alten Germanen die wichtigste Institution: Das **Thing** war gleichzeitig Volks-, Heeres- und Gerichtsversammlung.

Dinosaurier

Jedes Kind kennt diese urzeitlichen Riesenechsen, aber kaum jemand weiß, woher der Name kommt. Erfunden hat ihn der englische Wirbeltier-Anatom Sir Richard Owen. Erstmals erwähnt wurde der Begriff »Dinosauria« 1842 in einem Artikel der Britischen Gesellschaft für den Fortschritt der Wissenschaften. Owen hatte beste Beziehungen zu den Royals, und Queen Viktoria sorgte dafür, daß er Berater für Europas ersten Kultur- und Freizeitpark wurde, der 1854 im Londoner Vorort Crystal Park entstand.

»Unter seiner Aufsicht fertigte der Künstler Benjamin Waterhouse Hawkins dort lebensgroße Dinosauriermodelle an. Legendär ist ein Abendessen von Owen, Hawkins und 20 weiteren Gästen im Inneren einer teilweise fertiggestellten Iguanodon-Skulptur in Crystal Palace.«[40] Den Namen Dinosaurier hat Owen aus den griechischen Wörtern *deinos* und *sauros* gebildet, was »schreckliche Echse« bedeutet.

Diplomat

Das Bundesaußenministerium heißt offiziell Auswärtiges Amt. Die hier Arbeitenden bzw. vor allem die, die als Botschafter oder Botschaftsangestellte im Ausland arbeiten, nennen wir Diplomaten. Dabei heißt das lateinische Wort *diploma* zwar auch »Urkunde, Begleitbrief« (daher das **Diplom** als »akademischer Abschluß«), aber eigentlich, nimmt man die ursprüngliche griechische Bedeutung, »gefaltetes Papier«. Die heutige Bedeutung kommt vom französischen *diplomatique*, das »sich auf Urkunden beziehend« meint.

Dixi

Der BMW Dixi ist wie die Isetta eigentlich gar kein BMW. Und das kam so: Der Dixi wurde von BMW von 1929 bis 1932 gebaut, hatte 15 PS, erreichte eine Höchstgeschwindigkeit von 75 km/h und kostete 2200 Mark. Insgesamt wurde 25 000 solcher Autos hergestellt. Doch der Dixi ist älter: In Eisenach wurde 1896 die Fahrzeugfabrik Eisenach AG gegründet. Deren technischer Direktor hieß Willy Seck, und er konstruierte 1903 ein Auto, das 1904 unter dem Markennamen D eingetragen und ein großer Er-

folg wurde. 1927 wurden die alten D durch die Lizenz für den Bau des englischen Austin Seven abgelöst.
Der Markenname Dixi machte nicht nur als Auto Karriere, sondern auch als Firmenname, als 1921 die Fahrzeugfabrik Eisenach und die Gothaer Waggonfabrik AG fusionierten und fortan Dixi-Werke hießen. Die Bayerischen Motoren-Werke kauften 1928 die Dixi-Werke und bauten – technisch unverändert – das Modell Dixi 3/15 PS DA 1 weiter. Eine verbesserte Version wurde ab 1929 gebaut und BMW 3/15 PS DA 2 genannt. Der Name Dixi soll daher kommen, daß anno 1903 ein Direktor der Fahrzeugfabrik Eisenach einen Vortrag mit dem lateinischen *dixi* für »Ich habe gesprochen« beschlossen haben soll.

DMC

Nur älteren Semestern ist das Kürzel DMC noch geläufig. Es steht für Stick- und Häkelwolle sowie für Garne aller Art. Die Abkürzung steht für **D**ollfus, **M**ieg und **C**o. in Mulhouse im Elsaß.

Dobermann

Frau Dornröschen Dobermann träumt nachts von ihrem Oberarm ... möglicherweise deshalb, weil ihr Hund sie Tags zuvor in selbigen gebissen hatte. Fragt sich: Wie kommt eine Hunderasse zum Namen Dobermann? »Da gab es 1850 in Apolda Hundemarkt, genau am Sonntag nach Pfingsten. Veranstalter war der ›Verein zur Veredlung von Hunderacen für Thüringen‹, und von acht Uhr bis mittags spielte fleißig eine Blaskapelle gegen das Gebell von 100 Hunden an. Unter den Besuchern war ein kleiner Junge, der mit vor Begeisterung glühenden Wangen die Vierbeiner bewunderte. Aus dem Kind wurde ein Mann, und der bekommt eine Stellung als städtischer Steuereinnehmer, aber die Arbeit gefällt ihm nicht sehr. Er geht ins benachbarte Niederroßla, denn dort ist der Posten des Hundefängers und Abdeckereiverwalters frei geworden. Unser Mann ist Tierfreund. Nicht alle gefangenen Hunde führt er seinem ›Tierkörperverwertungsbetrieb‹ zu. Wenn ihm ein Tier sympathisch ist, vermittelt er ihm ein Herrchen. Und daß da jedesmal ein paar Pfennige für ihn herausspringen, ist wirklich nicht der Beweggrund für seine Barmherzigkeit.
Wie das bei einem Hundefänger und Hundefreund nicht anders

sein kann: Er beginnt auch selbst, Hunde zu züchten, kreuzt Rassen miteinander, läßt ein Schäferhundmännchen mit einem Weimarer-Weibchen spielen, freut sich am buntscheckigen Nachwuchs. Einen seiner Hunde tauft er ›Bismarck‹. Aber die Obrigkeit liebt solche Possen nicht sonderlich; er muß sich einen anderen Namen einfallen lassen. ›Bisart‹ nennt er ihn querköpfig. Einmal gelingt ihm eine wundervolle Hunderasse: wachsame, kluge, scharfe Tiere. Von einem dieser Hunde berichtet der Dorfgendarm in einem Protokoll: ›Er hat sechs Vagabunden aus dem Stroh geholt (...). Fluchtversuche wurden von dem verständigen Tier sofort unterbunden.‹ Ein Zeitungsbericht: ›Der Hund zog einen Wagen von fünf Zentnern von Oberrola nach Apolda und zurück.‹
Der Hundzüchter, Hundefänger macht ein gutes Geschäft aus dieser Veredlung. Fünf, sechs Wochen alte Welpen bringen ihm pro Stück drei Mark, Hündinnen dieses Alters 1,50 Mark. Goldmark. Nach der Art der Rassen befragt, die er zu so einem guten Ergebnis gekreuzt habe, verzieht unser Mann pfiffig das Gesicht. Weiß er es nicht mehr? Will es es nicht verraten? Sein Geheimnis hat er mit ins Grab genommen. Experten nehmen heute an, daß Pinscher und Deutscher Schäferhund beteiligt waren, vielleicht auch der französische Beauceron. Die Hunderasse aus Niederroßla hat sich jedenfalls einen hervorragenden Platz unter den beliebtesten Wach- und Diensthunden sichern können und ist inzwischen weltweit geschätzt. Wäre nur noch der Name des Züchters nachzuliefern: Karl Friedrich Louis Dobermann (1834–1894).«[41] Dobermann kommt aus dem Mittelhochdeutschen und bedeutet »Wüterich«.

Dollar

Der Dollar ist die Leitwährung der Welt und müßte eigentlich *Joachim* heißen. Seit 1518 wurde in St. Joachimsthal im Erzgebirge eine Silbermünze geprägt, genannt »Joachimsthaler« (Groschen), kurz: **Taler**. Der Taler hieß im norddeutschen Raum Daler, und die Amerikaner machten daraus Dollar.
Das Wort **Groschen** kommt aus dem Tschechischen: *Gros* steht für »kleinste österreichische Währungseinheit«. Groschen ist bei uns ein Synonym für Zehnpfennigstück. Die Herkunft des Wortes Pfennig ist unklar, beim **Heller**, den wir nur noch in der Rede

von »etwas auf Heller und Pfennig zurückzahlen« kennen, hingegen weiß man, woher sein Name kommt: Seit 1208 wurde diese Münze in Schwäbisch-Hall geprägt, und aus dem Schwäbisch-Haller Pfennig wurde kurz der Haller Pfennig, später der Heller. Last not least: Das **Geld** kommt nicht von Gold. Im kaum noch gebräuchlichen Wort Entgelt für Bezahlung ist seine Herkunft noch erkennbar. Geld als Synonym für Zahlungsmittel kam im 14. Jahrhundert infolge der Zunahme der Geldwirtschaft auf.

Dolmetscher

Das Fremdwort Dolmetscher für den Beruf des Übersetzers ist türkischer Herkunft *(tilmac)* und bedeutet eigentlich soviel wie »Vermittler, Erklärer (zwischen zwei Sprachen)«.

Dolomiten

Die Dolomiten mit ihren **bizarren** (»ungewöhnlichen«, kommt vom italienischen *bizza* für »Jähzorn«) Felsen sind benannt nach dem Mineral Dolomit. Namensgeber für das Mineral war der französische Geologe Déodat de Gratet de Dolomieu (1750–1801).

Domestos

Domestos gilt als eines der schärfsten Sanitärreinigungsmittel. Wenn wilde Tiere zu Haustieren gemacht werden, sprechen wir von domestizieren. Der Name Domestos ist vermutlich deshalb gewählt worden, weil dieser Reiniger im »Haus« (lateinisch *domus*) Keime und Krankheitserreger unschädlich machen, sozusagen domestizieren soll.

Döner Kebap

Pommesbuden gibt es in Deutschland an jeder Straßenecke, doch seit einigen Jahren bekommen sie Konkurrenz durch türkische Imbißbuden, die *Döner Kebap* anbieten. Das bedeutet »sich drehender Spießbraten«.

Don-Kosaken

Heute nur noch als zu Balalaikarhythmen Kasatschok tanzender Chor vom russischen Fluß Don bekannt: die Don-Kosaken. Die Kosaken sind entgegen anderslautenden Gerüchten gar kein Volk

aus der sibirischen Steppe, sondern ganz anderer Herkunft. Nicht nur in Rußland waren die Bauern bis weit in die Neuzeit Leibeigene, also unfrei. Die Kosaken waren Bauern, die sich der Leibeigenschaft durch Flucht entzogen, und die meisten von ihnen ließen sich am mittleren und unteren Don nieder. Die Kosaken waren berühmt für ihre Reiterheere. Von Zarin Katharina II. wurden sie in zaristischen Dienst genommen und bis zur Oktoberrevolution 1917 herangezogen, wenn Unruhen niedergeschlagen werden sollten. Nach der Revolution verloren sie ihre Privilegien; etwa 30 000 emigrierten. Den Antikommunismus der Kosaken nutzen die Nazis, um Freiwilligenverbände zu bilden. Diese wurden nach dem Ende des Zweiten Weltkriegs an die Rote Armee ausgeliefert.
Das Wort Kosake entstammt der turktatarischen Sprache, in der *kazak* soviel wie »freier, unabhängiger Krieger, Abenteurer« bedeutet. Die **Balalaika** ist ein gitarrenähnliches Instrument. Die Herkunft des Namens ist unsicher, wird aber meistens auf die russischen Wörter *balakat* bzw. *balabolit* zurückgeführt und würde dementsprechend »schwatzen, belangloses Zeug reden« bedeuten.

Donnerstag

Der Donnerstag ist keinesfalls ein Tag, an dem es immer donnert, auch wenn sein Name auf Donar, den germanischen Gott des Donners, zurückgeht.

Doornkaat

Den bekannten Schnaps aus der Stadt Norden in Ostfriesland gibt's seit 1806. Nach der Einrichtung des Warenzeichenregisters anno 1894 wurde Doornkaat unter der Nummer 999 beim Kaiserlichen Patentamt zu Berlin eingetragen. 1948 wurde die berühmte grüne Vierkantflasche präsentiert – bis heute Erkennungszeichen des Klaren. Der Name geht zurück auf den Gründer der Firma, Jan ten Doornkaat Koolman.

Dr. Oetker

Backin von Dr. Oetker gehört zum Backen wie die Butter zum Brötchen. »Wollte eine Hausfrau im letzten Jahrhundert sichergehen, daß ihr Kuchen gelang, so mußte sie sich in eine Apotheke

bemühen. Nur dort konnte sie Hirschhornsalz kaufen, das den Teig auftrieb und locker machte.
Ein Apotheker besonderer Art war August Oetker, der 1891 die Aschoffsche Apotheke im Herzen von Bielefeld erwarb. Aus seinem Vaterhaus war er von Kind an mit der Bäckerei vertraut. Daher wußte er, wieviel Mühe und Zeit die Hausfrau für die Hausbäckerei aufwenden mußte. Hier Abhilfe zu schaffen und ein Treibmittel zu entwickeln, das den Hausfrauen nicht nur das Backen erleichtern, sondern auch das Gelingen der Gebäcke gewährleisten sollte, war bald das Ziel, das er unermüdlich verfolgte. (...) Um vor neugierigen Blicken sicher zu sein, zog sich August Oetker in eine winzige Kammer hinter seiner Apotheke zurück. In dieser ›Geheimbutze‹, wie er sie nannte, stellte er täglich Experimente mit verschiedenen Mischungen an, um ein Treibmittel zu finden, das den drei Grunderfordernissen – Teiglockerung, Haltbarkeit und Geschmacksfreiheit – in befriedigender Weise entsprach. Alles in allem dauerte es zwei Jahre, bis es ihm gelang, ein einwandfreies Backpulver zu entwickeln, das bei einfachster Anwendung einen sicheren Erfolg verbürgte, also ›ohne Fehlzündung‹, wie er sich ausdrückte. Er nannte es *Backin.*
Bei seinen Experimenten in der ›Butze‹ war August Oetker aber noch ein weiterer Gedanke gekommen. Nachdem er die richtige Komposition entdeckt hatte, begann er *Backin* in kleinen Mengen abzufüllen, so daß es für einen gebräuchlichen Kuchen mit etwa 500 g Mehl fertig bemessen war. Dies war ein Einfall von großer Tragweite. Jetzt zeigte sich, daß in August Oetker nicht nur ein erfinderischer Wissenschaftler steckte, sondern auch ein hellsichtiger Unternehmer. Sein Ziel war es, ohne fremde finanzielle Hilfe sein Backpulver im eigenen Betrieb herzustellen und zum Festpreis von zehn Pfennigen im ganzen Land zu verkaufen.
Mit dieser Idee war die deutsche Backpulverindustrie geboren. Bis in unsere Tage kommt *Backin* in der von August Oetker 1892 entdeckten Rezeptur in den Handel. (...) Ab 1986 ziert nun wieder der ursprüngliche Schriftzug *Original Backin* die Verpackung. Und wie vor nunmehr fast 100 Jahren bietet Dr. Oetker auch heute noch auf der Rückseite jeden Tütchens Rezeptvorschläge an, mit deren Hilfe Generationen von Hausfrauen die Kunst des Kuchenbackens erlernten.«[42]

Duden

Der Name des Duden geht auf den Bad Hersfelder Gymnasiallehrer Konrad Duden zurück, der am 3. Januar 1829 auf Gut Bossigt bei Wesel geboren wurde und am 1. August 1911 in Sonnenberg, heute ein Stadtteil von Wiesbaden, starb. Er gilt gemeinhin als Urvater der modernen Rechtschreibung – wichtige Vorläufer seiner Arbeit waren Martin Luther mit seiner Bibelübersetzung und die Brüder Grimm mit ihrem deutschen Wörterbuch. Duden veröffentlichte 1880 das »Vollständige orthographische Wörterbuch der deutschen Sprache«, das seit der 9. Auflage 1915 den Titel trug: »Duden. Rechtschreibung der deutschen Sprache und der Fremdwörter«.
Das Hauptverdienst Dudens war die Vereinheitlichung der Rechtschreibung. Die erste amtliche (also staatliche) Regelung der Rechtschreibung erfolgte auf der II. Orthographischen Konferenz in Berlin 1901. Nach nur zwei Tagen wurden am 14. September 1901 die »Regeln für deutsche Sprache und Rechtschreibung nebst Wörterverzeichnis« verabschiedet. Unter anderem wurde Th in vielen Wörtern zum einfachen T wie bei tun und Tor. Beim Thron blieb es bei der alten Schreibung; dies war der Wunsch Kaiser Wilhelms II.

Dugena

Der Name Dugena steht für eine der bekanntesten Uhrenmarken in Deutschland, und zwar für Uhren mit langer Tradition. Die Anfänge des Unternehmens reichen zurück ins Jahr 1883, als Gottlieb Hauser, Kaufmann und Uhrenfachmann, im Schweizer Biel die Union Horlogère (»Uhren-Union«) gründete, einen Zusammenschluß von Uhrenfabrikanten und Einzelhändlern der Schweiz. Wenig später wurde das Unternehmen ergänzt um den Namen Alpina.
Seit 1890 war die Alpina Union Horlogère auch in Deutschland präsent und belieferte nicht weniger als 700 Uhrenfachgeschäfte. Im Ersten Weltkrieg sah sich die Schweizer Muttergesellschaft gezwungen, sich von der deutschen Tochter zu trennen. So entstand 1917 die Alpina **D**eutsche **U**hrmacher-**Gen**ossensch**a**ft, die sich später Dugena nannte.

Dummy

Dummys sind Attrappen. Sie sehen aus wie Menschen und sind vollgestopft mit kompliziertester Elektronik. Der Begriff kommt aus dem Englischen: *Dummy* bedeutet »Kleiderpuppe, Schnuller, Statist, Strohmann«, allgemein: Attrappe. Das Wort **Attrappe** wiederum entstammt dem Französischen: *Attraper* bedeutet »ertappen, fangen«, *la trappe* »die Falle« (daher **Trapper** gleich Fallensteller). Der Zusammenhang zum Dummy ist nur scheinbar unlogisch: Attrappe meint eine täuschend ähnliche Nachbildung, auf die man hereinfällt, zum Beispiel eine Vogelscheuche. Heute kennen wir Attrappe fast nur noch in der neutralen Bedeutung für Nachbildung.

Dunlop

Einer der ganz großen Reifenhersteller heißt Dunlop. Die Geschichte dieser Reifenmarke nahm ihren Anfang in Irland. Anno 1888 meldete der Ire Jojn Boyd Dunlop – von Beruf Tierarzt – ein Patent für den ersten Fahrradluftreifen an, und bereits 1889 wurde in Dublin das erste Reifenwerk gegründet. 1922 wurde der erste Stahlwulst-Reifen hergestellt, und 1927 erzielte Major H. O. D. Seagrave mit einer Geschwindigkeit von 326,6 km/h einen Weltrekord – mit Hochgeschwindigkeits-›Puschen‹ von Dunlop.

Duplo

Wir kennen Duplo als Schokoladensnack und als Kinderspielzeug. Der Name ist italienischer Herkunft: Das Wort *duplo* bedeutet »doppelt«.

Duracel

Duracel-Batterien machen Werbung mit ihrer langen Haltbarkeit, und dort liegt auch die Erklärung für ihren Namen: Die lateinischen Wörter **dura**re für »ausdauernd sein, halten« und **cel**la für »Zelle« ergeben Duracel.

durch die Lappen gehen

Wenn wir eine Chance verpaßt haben, uns also etwas entwischt ist, sagen wir: »Das ist mir durch die Lappen gegangen.« Diese Rede-

wendung kommt von den Jagdgewohnheiten aus dem 18. Jahrhundert. Seinerzeit gab es noch keine Wildzäune für Treibjagden; man versuchte, das Wild durch bunte Lappen und Tücher in die richtige Richtung zu dirigieren.
Originell, wenn auch vermutlich falsch ist die Theorie, ein Hörfehler sei Ursprung der Redewendung: »In alten Zeiten pflegten Gerber und Färber ihre Textilien und Felle in fließendem Gewässer zu spülen, dabei schwammen diese öfters weg. Handelte es sich bei dem Gewässer um einen künstlich gestauten, sogenannten ›Vorfluter‹ oberhalb des sogenannten ›Nadelwehrs‹ (hier wird der Durchfluß durch Hochstellen oder Herunterklappen einzelner Nadeln bzw. ›Latten‹ reguliert), so blieben die entwischten Stücke mit etwas Glück in den Latten hängen. Fehlte das Glück, dann gingen die Stücke eben ›durch die Latten‹.«[43]

D-Zug

Im Zeitalter von ICE und Intercity-Zügen kennt man mitunter nicht einmal mehr die alten Abkürzungen. Während sich Eil-Zug von selbst versteht, ist der Begriff D-Zug unklar. Die Lösung ist einfach: U-Bahn konnte man ihn nicht nennen, und S-Bahnen gab es schon, als der D-Zug eingeführt wurde; also sann man auf Abhilfe: D-Zug steht für Durchgangszug – einen Zug also, der nicht an jedem Bahnhof hält.

E

Edding

Im Jahre 1959 entdeckte ein Deutscher namens Volker D. Ledermann in Japan ein Schreibgerät mit einer Filzspitze. Ledermann machte sich daran, mit seinem Freund Carl-Wilhelm Edding diese Stifte zu importieren. Später entwickelten sie den Filzstift weiter – die Erfolgsgeschichte der Marke Edding nahm ihren Lauf.

Edeka

Edeka-Supermärkte sind heute oft nur noch am gelben E zu erkennen; dahinter steht meistens Aktiv-Markt. Die heutige Lebensmitteleinzelhandelskette Edeka entstand aus mehreren Gründergenossenschaften. Eine davon und Namensgeberin war die E. d. K. – Kurzform von **E**inkaufsgenossenschaft **d**eutscher **K**olonialwarenhändler; sie wurde 1907 in Leipzig ins Leben gerufen.

Eduscho

Der Firmengründer hieß Eduard Schopf. Er war ein Kaufmann aus dem Badischen und rief im Jahre 1924 in Bremen die Firma Eduscho ins Leben, die ursprünglich Röstkaffee per Post verschickte. Der Name des heutigen Kaffeeimperiums ist einfach hergeleitet: Aus **Edu**ard **Scho**pf wird Eduscho.

Die Freie Hansestadt Bremen ist noch heute die Kaffeehauptstadt Deutschlands: Mehr als die Hälfte des Kaffees, der in Deutschland verarbeitet bzw. weiterverarbeitet wird, kommt über Bremen ins Land. Das vermutlich älteste Kaffeehaus Europas wurde 1647 in Venedig eröffnet, das vermutlich älteste Kaffeehaus Deutschlands im August 1673 in Bremen; 1677 machte das erste Kaffeehaus in Hamburg auf und 1683 das erste in Wien. Die heute noch existente Kaffeesteuer wird in Bremen bereits seit April 1695 erhoben. Der Bundesfinanzminister kassiert heute über zwei Milliarden Mark an Kaffeesteuern, zusätzlich natürlich die auch auf Kaffee erhobene Mehrwertsteuer.

Das Wort **Kaffee** ist arabisch-türkischen Ursprungs und geht zurück auf *gahwe* bzw. *kahweh*, was ursprünglich soviel wie »Kaffeetrank« oder »Wein« bedeutete. Letzte Namensgeberin ist wahrscheinlich die abessinische Region (gehört zu Äthiopien) Kaffa, in der der Kaffeestrauch ursprünglich beheimatet war.

Efasit

Der Name Efasit steht für Fußpflegemittel – von Puder über Balsam bis hin zu Spray – und ist ein Produkt aus dem Hause → Togal. Der Name wurde gebildet aus den Anfangsbuchstaben der Vornamen dreier leitender Mitarbeiter des Unternehmens aus den 30er Jahren und dem Anfangsbuchstaben des Nachnamens des späteren Inhabers – ergänzt um die Wohlklangsnachsilbe

-it. Also: **E**rnst, **F**riedrich, **A**ugust und **S**chmidt plus -**it** gleich Efasit.

Effeff

Wer etwas perfekt im Griff hat, beherrscht es aus dem Effeff (geschrieben auch Eff-Eff). Die Herkunft dieser Redewendung ist nicht mit Sicherheit geklärt, es existieren mindestens drei Theorien dazu: Die erste führt sie auf die Kaufmannssprache zurück, in der *ff* für »fein-fein«, also »sehr fein« steht. Die zweite behauptet, Effeff sei »die alte Abkürzung *ff* für die Digesten [wörtl. »Geordnetes«] (Gesetzessammlungen des römischen Rechts); *ff* ist dabei entstellt aus einem durchgestrichenen *D*.«[44] Die dritte Theorie schließlich »vermutet [einen] Zusammenhang mit musikalisch *ff* [für] ›fortissimo‹ [»sehr laut«]«[45].

Efka

Efka steht für Zigarettenpapier, Zigarettenhülsen und Raucherbedarf wie Stopfgeräte, Zigarettenfilter, Zigarettenetuis und ähnliches. Das Unternehmen, das zu den ganz großen seiner Branche zählt, wurde 1912 in Trossingen gegründet und hat seinen Namen von den Initialen des Firmengründers **F**ritz **K**iehn, gesprochen Ef-Ka. Darüber hinaus gibt es einen Kochkäse, der früher Eska hieß und in den 50er Jahren in **Esko**-Kochkäse umbenannt wurde. Der Grund: die Kollision der Namen Eska und Efka. Sowohl Eska als auch Esko sind Phantasienamen.

Eichhörnchen

Das Eichhörnchen hat weder Hörner, noch lebt es vorzugsweise auf Eichen. Die Herkunft seines Namens ist nicht ganz eindeutig geklärt. Der erste Wortbestandteil wird zurückgeführt auf verschiedene Sprachen, in denen Formen von *Eich-* soviel bedeuten wie »erschrocken, rasen, sich tummeln«.

ein Auge riskieren

Wer sich heimlich etwas anschaut, was er eigentlich nicht sehen sollte, der »riskiert ein Auge«. Dazu eine nette Geschichte: »Um die Jahrhundertwende ging eine Lehrerin mit einer Knabenklasse an einer Damenbadeanstalt des Berliner Wannsees vorbei. Damals

war man in sittlichen Dingen noch so muckerisch, daß Damen und Herren streng getrennt baden mußten. Im Zaun der Damenbadeanstalt war aber ein Astloch, und als die Lehrerin den übermütigen Jungen das Schauen durch dieses Loch mit dem Hinweis verbot: ›Wenn ihr hindurchseht, werdet ihr blind!‹, entgegnete ein echter Berliner Dreikäsehoch: ›Een Ooge riskier' ick, Frollein!‹
Übrigens ist die Äußerung der Lehrerin ›Wer eine nackte Frau sieht, wird blind!‹ (...) eine Redensart, die aus der Antike kommt. Die altgriechische Sage erzählt, daß die Göttin Pallas Athene ihren Bewunderer Teiresias mit Blindheit geschlagen habe, als er sie nackt im Bade erblickte. Der blinde Seher von Theben, Teiresias, spielte in der Ödipus-Sage eine große Rolle. Nach seinem Tode war er nach der Odyssee in der Unterwelt der einzige Schatten, der Bewußtsein bewahrt hatte und Odysseus weissagte.«[46]
Leute, die gewohnheitsmäßig ein Auge riskieren, nennen wir **Voyeure** (kommt vom französischen *voir* für »sehen«) oder auch **Spanner**. Den Begriff Spanner kennen wir seit dem 19. Jahrhundert, er geht auf das Verb spannen zurück, das schon im späten Mittelalter bekannt war. Es »leitet sich her vom Spannen des Schlosses bei Schußwaffen, auch vom Spannen des Bogens und der gespannten Aufmerksamkeit auf ein Ziel«.[47]

Ein Platz an der Sonne

»Mit 5 Mark sind Sie dabei« – bei der Lotterie, die mit diesem Satz seit 1948 wirbt. Damals schickte sie unter dem Motto »Ein Platz an der Sonne« erstmals eine Gruppe Kinder in die Ferien. Es war zur Zeit der Berlin-Blockade, und insgesamt 16 000 kleine Berliner kamen so zur Erholung ins Deutschland des Wiederaufbaus. Von 1956 an unterstützte die ARD die Aktion, die seit 1989 »Die goldene 1« heißt, und führte 1999 zu den DM-Losen das Euro-Los ein.
Der Spruch »Ein Platz an der Sonne« aber ist geklaut, denn er kommt ursprünglich von dem früheren Reichskanzler Bernhard von Bülow (1849-1929), der am 6. Dezember 1897 während einer Reichstagsdebatte sagte: »Wir wollen niemanden in den Schatten stellen, aber wir verlangen auch unseren *Platz an der Sonne.*« Bezogen hat sich sein Ausspruch auf die Besetzung von Kiautschou durch die Deutschen.[48]

Elba

Der Name Elba steht für Bürosysteme aller Art – vom Briefordner über Ordnungsmappen bis hin zu Regalsystemen. Ein Blick in die Annalen des Unternehmens mit Sitz in Wuppertal: Der Firmengründer Erich Kraut kam 1917, 26 Jahre alt, als Kriegsblinder nach Hause zurück, kaufte ein kleines Schreibwarengeschäft und stellte schon kurze Zeit später eigene Ordner her. Sein Sortiment wurde durch eine neue Form eines Aktenablagesystems, die Pendelregistratur, ergänzt, doch den Durchbruch brachte ihm sein sogenanntes Rado-Prinzip: Damit der Briefordner nicht umkippt, wird er mit zwei Schlitzen und Nocken im Vorderdeckel versehen.

Elba macht Reklame mit dem Motto »**E**rfolgreiche **L**ösungen für **b**esseres **A**rbeiten«, was aber keineswegs auf die Herkunft des Firmennamens hindeutet; der ist zwar auch eine Abkürzung, aber die der Wuppertaler Stadtteile **El**berfeld und **Ba**rmen, kurz: Elba. Das Wort Rado-Prinzip ist die Verkürzung von: **R**ichtige **A**usführung **d**es **O**rdners.

Elbeo

Elbeo ist eine der ältesten, wenn nicht die älteste Strumpfmarke der Welt; es gibt sie seit 1741. Diese Marke hieß früher L. B. O., gesprochen Elbeo, und ist die Verkürzung aus **L**ouis **B**ahner aus **O**berlungwitz.

Emanzipation

Was heute Synonym ist für die Gleichberechtigung der Frau in Gesellschaft und Politik, ist ein Begriff lateinischer Herkunft. Die »Bestandteile sind *e-manu-cipere* gleich ›aus der Hand nehmen‹. Diese Ausdrucksweise bezieht sich auf den Sklavenkauf im alten Rom, der durch Anfassen *(capere)* mit der Hand vollzogen wurde. Entsprechend das Gegenteil: aus der Abhängigkeit befreien, aus der Gewalt entlassen.«[49] Emanzipation heißt also eigentlich Entlassung eines Sklaven in die Freiheit.

EM-Eukal

Eines der bekanntesten Hustenbonbons hierzulande dürfte EM-Eukal sein. Dazu eine kleine Geschichte: »Im Jahre 1923 machte der Apotheker und Geheime Kommerzienrat Dr. Carl Sodan einer

Erfindung, die seitdem Millionen von Menschen Linderung verschafft hat: das Hustenbonbon ›Em-eukal‹, so benannt nach seinen Hauptbestandteilen **E**ukalyptusöl und **M**enthol. Zwar waren diese Wirkstoffe zur Anwendung bei Bronchialbeschwerden bereits damals schon sehr bewährt. Doch erst durch die Einbindung in ein Bonbon hatte Sodan ein Mittel gefunden, Erkältungen angenehm und schnell zu bekämpfen.«[50] Das Wort **Bonbon** ist natürlich französischer Herkunft und bedeutet »gut-gut«.

EMI

Was heute EMI heißt, trug früher den Namen Gramophone Company und hatte seinen Sitz in der Maiden Lane in London. Berühmt ist das Logo von EMI: der Hund vor dem Grammophon. Im Jahre 1900 erschienen erste Zeitungsanzeigen mit diesem Hund und dem Firmennamen, der bereits 1901 durch den Spruch *»His Master's Voice«* (»Die Stimme des Herrn«) ersetzt wurde.
Der berühmte Hund heißt Nipper, und den gab's wirklich. Er gehörte einem Herrn namens Max Barraud. Dessen Bruder, der englische Tiermaler Francis Barraud (1856–1924), ließ Nipper – eine Kreuzung aus Bull- und Foxterrier – photographieren, um eine Vorlage für das Bild, das 1899 entstand und weltweit bekannt werden sollte, zu haben. Mit diesem Hund und dem Grammophon begann der Siegeszug der Marke, die sich später in EMI umbenannte. EMI ist die Kurzform von **E**lectric & **M**usical **I**ndustries Limited.

Emnid

Das bekannte Bielefelder Meinungsforschungsinstitut heißt offiziell »Emnid GmbH & Co., Institut für Meinungs- und Sozialforschung«. Emnid steht für **E**rforschung, **M**einung, **N**achrichten, **I**nformations**d**ienst. Meinungsforschung wird fremdwörtisch gern **Demoskopie** genannt. Das Wort ist griechischer Provenienz und bedeutet eigentlich Volksbetrachtung.

Ente

Dieser Begriff für »Falschmeldung« hat sich nach 1850 im Deutschen breitgemacht und ist die Übersetzung des französischen Ausdrucks *canard* für »Ente«. Hinzufügen muß man, daß es im Französischen einige Redewendungen gibt, in denen das Wort

canard im Sinne von »täuschen« auftaucht, z. B. *vendre des canards à moitié* oder *donner des canards à quelqun* (»jemandem einen Bären aufbinden«).
Eine weitere Theorie behauptet, der Begriff Ente stamme aus dem englischen Sprachraum. Dort sei es üblich gewesen, Nachrichten, von denen man nicht sicher war, ob sie stimmten, mit dem Kürzel »n. t.« zu versehen für *non testified* (»nicht überprüft«). Auf deutsch ausgesprochen wird das Kürzel »n. t.« zu »Ente«. Ob diese Theorie zutrifft?

Enzym

Enzyme sind biochemische Stoffe, ohne die die meisten Stoffwechselvorgänge nicht möglich wären. Der Begriff kommt aus dem Griechischen: *En* bedeutet »darin« und *zyme* »Sauerteig«.

Erasco

Erasco – das sind Fertigsuppen, Eintöpfe und dergleichen. 1873 wurde in Lübeck die Firma F. Vorbeck GmbH & Co. gegründet, die sich mit der Herstellung und dem Vertrieb von Marzipan und Süßwaren befaßte. 1886 Gründung der Firma Paul Erasmi & Co. GmbH, spezialisiert auf die Herstellung und den Vertrieb von Obst- und Gemüsekonserven. 1926 fusionierten beiden Unternehmen, und 1950 wurde die Marke Erasco eingeführt. Der Name ist die Kurzform von **Eras**mi & **Co**.
Seit 1996 gehört die Firma dem amerikanischen Konzern Campbell Soup Company in Camden, New Jersey, kaufte 1991 eine ostdeutsche Firma dazu und etablierte die Marke **Gewiko**. Das steht für **Ger****wi**scher Feinkost-**Ko**nservenfabrik GmbH mit Sitz in Gerwisch bei Magdeburg. Der Familienname **Erasmi** bedeutet – wie auch Namen wie Erasmus oder Asmus – »liebenswert«.

Erco

Erfolgreich mit dem Motto »Licht statt Leuchten«, ist Erco eines der führenden Unternehmen der europäischen Leuchtenindustrie – mit weltweit über 60 Tochtergesellschaften, Niederlassungen und Vertretungen. Von Erco stammt die Beleuchtung zum Beispiel des Guggenheim-Museums in Bilbao, der Glaspyramide im Louvre in Paris oder des neuen Plenarsaals des Deutschen

Bundestags im Berliner Reichstagsgebäude. Die Firma wurde 1934 in Lüdenscheid gegründet, und zwar von einem Herrn namens Arnold Reinighaus und zwei Partnern. Ursprünglicher Name des Betriebs: **R**einighaus **e**t Co, woraus später Erco wurde.

Erdal-Rex

Ende des 19. Jahrhunderts versah eine Familie Werner das Glöckneramt der Kirche St. Quintin in Mainz. Familie Werner ging einer damals nicht unüblichen Nebentätigkeit, dem Kerzenziehen, nach. Im Oktober 1867 wurde die Firma Gebrüder Werner gegründet, zu der kurz vor der Jahrhundertwende Adam Schneider stieß. Schneider war es dann, der die Idee hatte und auch die Lösung fand: Stiefelwichse, abgefüllt in Blechdosen. Ein Name für das neue Produkt war schnell gefunden: Lux. Doch der war geschützt, und so ging man auf die Suche nach einem anderen und fand ihn getreu dem Motto »Warum in die Ferne schweifen, wenn das Gute liegt so nah«: Die Produktionsstätte der Schuhcreme lag in der Er**t**halstraße, die Hessen wie auch die Mainzer Er**d**alstraße aussprechen: der Name Erdal war geboren. Als Logo diente der berühmte Froschkönig, und König heißt im Lateinischen *rex*, also Erdal-Rex.

Ergee

Einer der bekanntesten deutschen Strumpfhersteller heißt Ergee. Namensgeber der Firma war ein gewisser **E**dwin **R**ößler aus **Ge**lenau im **E**rzgebirge.

Erima

Erima ist ein bekannter Hersteller von Fußballtrikots und Badebekleidung. Die Firma ist seit 1976 100prozentige Tochter der Firma Adidas in Herzogenaurach und ging aus einem Unternehmen hervor, das Remigius hieß und 1936 von einem Ehepaar erworben wurde. Der Mann hieß **Eri**ch **Ma**k, verkürzt: Erima.

Erlkönig

Autofans wissen, daß ein Erlkönig die mehr oder weniger stark *getarnte Version* eines neuen Autos ist. Probefahrten finden vorzugsweise *bei Nacht und Nebel* statt. Gebildete Kreise erinnern sich

an Wolfgang Goethes »Erlkönig«: »Wer reitet so spät durch Nacht und Wind? Es ist der Vater mit seinem Kind.« Der Zusammenhang zwischen Goethes Ballade und dem Auto ist einleuchtend: »Mein Sohn, was birgst du so bang dein Gesicht? –/Siehst, Vater, du den Erlkönig nicht?/Den Erlenkönig mit Kron und Schweif? –/Mein Sohn, es ist ein Nebelstreif. –«
Goethes »Erlkönig« von 1782 müßte eigentlich Elfenkönig heißen; Goethes ›Fehler‹ ist auf Johann Gottfried Herder zurückzuführen, der ein dänisches Wort für Elfenkönig anno 1778 falsch mit Erlkönig übersetzte. Die Übertragung des Begriffs Erlkönig in die Autobranche ist um 1950 vorgenommen worden.

Ernte 23

Eine der bekanntesten Marken des Tabakkonzerns Reemtsma war die Zigarette Ernte 23. Den Namen verdankt sie einer hervorragenden Tabak**ernte** im griechischen Saloniki anno 19**23**, auf deren Grundlage Reemtsma die neue Sorte entwickelte.

Esso

Die Tankstellenkette Esso gehört der Esso AG in Hamburg, einem der größten deutschen Unternehmen der mineralölverarbeitenden Industrie; sie wurde 1890 gegründet. Der Name Esso geht zurück auf die amerikanische Muttergesellschaft, die ursprünglich Standard Oil Corporation hieß, abgekürzt S. O., gesprochen: Esso. Die Aktien der Esso AG gehören der weltgrößten Mineralölfirma, der amerikanischen Exxon Corporation in New York, die bis 1972 Standard Oil hieß.

Eszet

Die bekanntesten und dünnsten Schokoladentäfelchen tragen den Namen Eszet. Gedacht sind sie als Brotbelag. Was heute zur Marke Stollwerck gehört, nahm seinen Anfang am 7. Mai 1857 in Stuttgart: Ein Konditormeister gründete einen kleinen Betrieb und stellte bereits nach kurzer Zeit etwa 500 verschiedene Naschereien her. Das aufstrebende Unternehmen, das dank seiner Produkte zum »Lieferanten Seiner Majestät des Königs von Württemberg« aufstieg, spezialisierte sich nach dem Ersten Weltkrieg und reduzierte die Zahl der Artikel auf sechs Sorten Schokolade.

Firmengründer war Ernst Staengel, dessen Schwager, Karl Ziller, vorübergehend Mitglied der Geschäftsleitung war. Die Firma hieß folgerichtig Staengel & Ziller. Mit den Anfangsbuchstaben der Inhaber wurden ausgehende Warensendungen beschriftet: SZ, gesprochen EsZet. Den Namen Eszet ließ sich das Unternehmen 1904 beim Kaiserlichen Patentamt zu Berlin eintragen und damit schützen.

Etappe

Nicht nur die Tour de France ist in Etappen eingeteilt. Etappe meint also Stufe, Abschnitt, Teil einer Gesamtstrecke. Das Wort hört sich französisch an, leitet sich aber vom altdeutschen *Stapel* ab. Im Mittelalter gab es den sogenannten Stapelzwang, der durchreisende Kaufleute dazu verpflichtete, in den Städten ihre Waren zu stapeln und zum Kauf anzubieten. Aus dieser Bedeutung im Sinne von »Warenlager« entwickelte sich über »Proviantlager für militärische Truppen« für die Etappe als Zwischenstation die Bedeutung »Wegstrecke zwischen zwei Proviantlagern« und schließlich die der »Wegstrecke«. Im militärischen Sprachgebrauch meint Etappe auch das Gebiet hinter der Front, über das der Nachschub an Leuten und Proviant erfolgt.

Älteren Semestern sind abwertende Begriffe wie **Etappenhengst Etappenschwein** oder auch **Etappenhase** für Soldaten, die sich in die sichere Zone hinter der Front verdrücken, noch bekannt.

Eunuch

Es sprach der Emir zum Eunuchen: »Du kannst es ja trotzdem mal versuchen!« Der Begriff Eunuch ist im Deutschen ein Synonym für einen kastrierten Haremswächter. Das Wort stammt aber nicht aus dem arabischen Raum, sondern aus dem Griechischen und bedeutet eigentlich »Bettschützer« oder »Kammerdiener«. **Kastrieren** bedeutet »verschneiden« im Sinne von »falsch beschneiden«. Ein **Emir** ist ein arabischer Fürst (das arabische *amir* bedeutet »Befehlshaber«). Ein **Harem** (wörtlich »verboten« für Männer) schließlich ist entgegen landläufiger Ansicht kein kostenloser Puff für arabische Scheichs (**Scheich** gleich »Ältester«), sondern »der den Frauen vorbehaltene Teil arabischer Häuser«.

Europa

In der griechischen Sagenwelt ist Europa die bildhübsche Tochter des phönikischen Königs Agenor. Zeus, der griechische Göttervater, verliebte sich unsterblich in sie, und um sie zu kriegen, verwandelte er sich in einen prächtigen Stier. Dieser Stier entführte Europa nach Griechenland, machte sie zu seiner Gemahlin und benannte, um sie unsterblich zu machen, den ganzen Kontinent nach ihr.

Die wirkliche Herkunft des Namens Europa ist prosaischer: An der Levante, der östlichen Küste des Mittelmeeres in der Gegend des heutigen Syrien, lebte früher das Volk der Phöniker. Alles, was westlich ihrer Küste lag, nannten sie – weil dort die Sonne unterging – *ereb*, das »Land der Dunkelheit«; die Griechen formten daraus Europa.

Die Begriffe Abendland und Morgenland heißen im Fachjargon **Okzident** und **Orient**. Die Fremdwörter sind lateinischer Herkunft: *Occidens, occidentis* bedeutet »untergehend«, und *oriens, orientis* heißt »aufgehend«.

F

Faber-Castell

Der Name A. W. Faber-Castell steht für ein heute weltumspannendes Bleistiftimperium. Das Unternehmen nahm seinen Anfang in der frühen Neuzeit; seit mindestens 1650 wurden in Nürnberg Bleistifte hergestellt. Da die mittelalterlichen Zunftordnungen die Zahl der Meisterbetriebe rigoros beschränkten, sahen sich viele Bleistiftmacher gezwungen, ins Umland auszuweichen. So auch ein Schreiner namens Kaspar Faber, der 1761 nach Stein bei Nürnberg ging und dort Bleistifte herstellte. Dessen Sohn Anton Wilhelm Faber trat – wie damals üblich – die Nachfolge des Vaters an, und seine Initialen zieren bis heute den Firmennamen.

Zu einem stattlichen Unternehmen herangewachsen, hatte die Firma 1896 ein Problem: Es fehlte ein männlicher Erbe. Einer der

Nachfahren des Firmengründers, Lothar von Faber (vom bayerischen König in den Adelsstand erhoben), setzte seine Enkelin Ottilie von Faber als Erbin ein,[51] und sie mußte ihm an seinem Sterbebett versprechen, keinen ›Schöngeist‹, sondern einen Offizier aus altem Adel zu heiraten. Ottilie beugte sich des Großvaters Willen und heiratete 1898 den Grafen Alexander zu Castell-Rüdenhausen. Der bayerische König gab sein Plazet zum Führen des adligen Doppelnamens.
Doch bereits im Jahre der Hochzeit verlor Ottilie ihr Herz an Philipp von Brand, mit dem sie trotz ihrer fünf Kinder durchbrannte. Aus Rache setzte daraufhin der gehörnte Ehemann Ottiliens Verzicht auf das gesamte Vermögen durch und – noch ärger – ließ ihr jeglichen Kontakt zu den Kindern verbieten. 1944 starb Ottilie – als schwarzes Schaf der Familie. Immerhin aber verdankt das Unternehmen dieser Mesalliance seinen Doppelnamen.

Fakir

Mit dem Wort Fakir assoziieren wir Inder, die ihren Tag auf Nagelbrettern hockend verbringen. Das ist weder richtig noch falsch; auch kommt das Wort nicht aus Indien, sondern aus Arabien und bedeutet »Armer, Bettler«.

Fan

Ob Fußball- oder Rugbyfan – das Wort scheint englischer Herkunft zu sein, schließlich gibt es Surfbretter mit dem Namen *Fanatic.* Doch die eigentliche Wurzel ist das lateinische *fanum* für »Heiligtum, Tempel«. Schon das lateinische Adjektiv zu *fanum, fanaticus,* bedeutet »begeistert, rasend, besessen«. Dieselbe Wurzel hat das deutsche Fremdwort **profan** für weltlich, *pro fanum* bedeutet »das, was vor dem Heiligtum ist, ungeweiht, weltlich«[52]. **Rugby** bedeutet gar nichts. Die Namensgebung verdanken wir »der *Rugby School* in Warwickshire in Mittelengland, wo das Spiel zuerst aufkam«.[53]

Fanta

Die süße Limonade Fanta hat ihren Namen wohl bekommen, weil »*Fantasie* oder *fantastisch* anklingen soll«.[54]

Fasching

Die im süddeutschen Raum übliche Bezeichnung für Karneval ist seit 1577 belegt. Sie geht auf eine Wortform zurück, die mit dem Fasten in Zusammenhang steht, und zwar auf das mittelhochdeutsche *vastschanc*, das »Ausschank« und »Trunk vor der Fastenzeit« meint. Daraus entstand später das Wort »Fasching«. Die älteste belegte Bezeichnung ist »vasnaht«. Sie taucht im »Parzival« des Wolfram von Eschenbach (erste Hälfte des 13. Jahrhunderts) auf.
Die Herkunft des Wortes **Karneval** ist nicht ganz geklärt. Die eine Deutung führt das Wort zurück auf das mittellateinische *carne levale* für »Fleisch wegnehmen«, eine andere auf *carne vale* für »Fleisch, lebe wohl!«. Karneval meint also die Ankündigung der Fastenzeit, d. h. das Ende des Fleischgenusses. Eine weitere Deutung meint, Karneval komme von *carrus navalis* für »Schiffskarren«, womit Umzüge zur Wiedereröffnung der Schiffahrt nach dem Winter gemeint sind.
Jeder Narr kennt den Begriff **Elferrat**, doch daß der Elferrat als karnevalistische Institution sich der Französischen Revolution verdanke, stimmt allenfalls bedingt. Die These, er rühre aus der Revolutionsparole *egalité, liberté, fraternité* her, ergibt schon deshalb wenig Sinn, weil die Wörter dieser Parole üblicherweise anders aneinandergereiht werden. Immerhin aber ist Elf die Narrenzahl überhaupt. Bekanntlich beginnt die sogenannte fünfte Jahreszeit am 11. 11. um 11.11 Uhr. Und hier gibt's einen Zusammenhang zum Beginn des 19. Jahrhunderts, als Deutschland bekanntlich von Napoleon besetzt war. Die Narrenzahl Elf und der Elferrat gehen vermutlich zurück auf den elften Titel des ersten Bandes von Napoleons *Code civil*. Dort heißt es in § 489: »Der Großjährige, der sich gewöhnlich in einem Zustande von Blödsinn, Wahnsinn oder Raserei befindet, muß indiciert werden, selbst wenn in diesem Zustande lichte Zwischenräume auftreten.«[55]

Februar

Nach dem alten römischen Kalender von Julius Cäsar endete das Jahr im Februar. Der Name kommt von *februare* für »reinigen«. Der Februar war der Monat, in dem man sich Reinigungs- und Sühneritualen unterzog, um sich auf das neue Jahr vorzubereiten.

Feodora

Wie kommt eine Schokoladenfirma zu einem seltenen weiblichen Vornamen? Anno 1826 gründete ein Herr namens Friedrich Theodor Meyer in Tangermünde ein Zuckersiedereigeschäft, aus dem sich die Zuckerraffinerie Tangermünde Fr. Meyers Sohn entwickelte. Seit Anfang des 20. Jahrhunderts stellte dieses Unternehmen auch Marmeladen, Früchtekonserven sowie Schokoladen und andere Süßwarenerzeugnisse her. 1949 siedelte die Firma nach Hamburg um.
Jede Packung Feodora-Schokolade zierte eine Unterschrift, und zwar die einer Prinzessin. Diese Prinzessin war mit der Familie Meyer bekannt und erlaubte ihr, unter ihrem Namen auf einem Wohltätigkeitsfest Tangermünder Schokolade zu verschenken. Die Prinzessin Feodora erteilte der Firma auch die Erlaubnis, nicht nur ihren Namen, sondern auch das Wappen des schleswig-holsteinischen Fürstenhauses für ihre Schokoladen und Pralinen zu verwenden. Jene Prinzessin Feodora war eine Schwägerin des letzten deutschen Kaisers, Wilhelms II. Feodora, Prinzessin zu Schleswig-Sonderburg-Augustenburg, wurde 1874 geboren und starb – unverheiratet – 1910. Der Name Feodora ist die weibliche Form des russischen Fjodor, deutsche Übersetzung: **Theodor**, was »Gottesgeschenk« bedeutet.

Ferrero

Der italienische Süßwarenkonzern Ferrero (kommt von *ferro* für »Eisen«, *ferreo* für »eisern« oder *ferraio* für »Eisenschmied«) ist bekannt für die Praline **Mon Chéri** (»Mein Liebling«), die Nuß-Nougat-Kugel **Rocher** (»Felsen«, »Klippe«) und seit einigen Jahren auch für **Giotto** und **Raffaello**. Die letztgenannten Produkte sind zwar nur als Markennamen gedacht, in Wahrheit aber Anleihen bei den berühmten Renaissancekünstlern Giotto und Rafael, die zu ihrer Zeit kaum weniger berühmt waren als Michelangelo und Leonardo da Vinci.

Festina

Festina klingt wie ein Eigenname, ist aber keiner. Dazu eine kleine Geschichte: Ein aus einer bettelarmen Familie stammender Spanier namens Miguel Rodrigez sah sich 1968 gezwungen, vor dem

Francoregime in die Schweiz zu emigrieren. Dort schlug er sich mit Gelegenheitsjobs wie Französischunterricht für spanische Landsleute oder Putzen in einem Krankenhaus durch. Nach dem Ende der Francodiktatur besuchte Rodrigez 1977 Barcelona. Ein Bekannter bat ihn, ihm eine echte Schweizer Uhr mitzubringen. Doch da der Bekannte unauffindbar war, verkaufte Rodrigez die Uhr einem Bankier, der ihm 150 Schweizer Franken bot und noch weitere Uhren bestellte. Innerhalb von sieben Wochen verdiente Rodrigez mehr als in einem Jahr als Putzmann. Es war nur folgerichtig, daß er nur wenig später in der Altstadt von Barcelona ein Uhrenfachgeschäft eröffnete.

1984 kaufte Rodrigez die 1902 gegründete Schweizer Firma Festina, die seither Relojerias Lotus Festina SA heißt, und machte sie zum Global Player. Der Name Festina ist einfach erklärt. Er ist die Kurzform des römischen Sprichworts *festina lente* (»Eile mit Weile«). Der erste Bestandteil, festina, steht für »Beeile dich«.

Feuilleton

Feuilleton nennt man den Kulturteil einer Zeitung; das Wort ist unschwer als französisches zu erkennen. Da früher die Kulturbeiträge – wie heute Werbeprospekte – in Form einer Beilage erschienen, ist der Name schnell erklärt: Feuilleton kommt von *feuille* für »Blatt«.

Fewa

Fewa ist ein bekanntes Feinwaschmittel, und daher kommt auch sein Name: **Fe**in**wa**schmittel, kurz: Fewa.

Fiasko

Der Begriff Fiasko ist für uns ein Synonym für Katastrophe oder großen Mißerfolg. Dabei bedeutet das italienische Wort *fiasco* eigentlich etwas ganz anderes, nämlich »Flasche, Strohflasche« oder »Feldflasche«. Wie also kam es zu dem Bedeutungswandel? Das italienische *far fiasco* bedeutet, wörtlich übersetzt, »eine Flasche machen«; »die Redensart soll bei den venezianischen Glasbläsern entstanden sein, die, wenn in das Glas, das sie gerade bearbeiteten, Wolken oder Blasen gerieten, den fehlerhaften Gegenstand beiseite stellten, um dann eine einfache Flasche daraus zu machen, bei der es nicht so darauf ankam. Von daher ist das Wort dann in den Bereich des Theaters und des Sports gedrungen im Sinne von ›etwas Fehlerhaftes zustande bringen, einen Mißerfolg haben‹ (...).«[56]

Fiat

Die größte italienische Autoschmiede wurde 1899 von Giovanni (deutsch: Johannes) Agnelli (I.) gegründet und hieß **F**abbrica **I**taliana **A**utomobili di **T**orino – kurz: Fiat. Agnellis Sohn Giovanni (II.) überließ dem in der Nachkriegszeit berühmt gewordenen Giovanni Agnelli (III.), von vielen zärtlich Gianni (deutsch: Hannes, Hans) und von den meisten Italienern – weil studierter Jurist – *avvocato* (»Rechtsanwalt«) genannt, die Führung des Konzerns. Gianni Agnelli wurde am 12. März 1996 75 Jahre alt und zog sich weitgehend aus der Leitung des Konzerns zurück.
Im angelsächsischen Sprachraum wurde Fiat gern übersetzt mit *Fix it again, Tony*, und in deutschen Landen sagte man »Fehler in allen Teilen«. Daß Fiat aus dem Lateinischen kommt und »Es geschehe« bedeutet, stimmt zwar, hat aber mit der Namensgebung nichts zu tun.

Fila

Daß Fila eine italienische Sportmarke ist, weiß fast jeder. Man könnte meinen, Fila sei eine Abkürzung, etwa für *Fabbricca Italiana di Lano e Angora*, deutsche Übersetzung: »italienische Fabrik für Wolle und Angora«. Das aber ist nicht des Rätsels Lösung: Der heutige Konzern nahm seinen Anfang 1923 als Strick- und Wirkwarenfabrik in Biella, Piemont, gegründet von zwei Brüdern namens Fila. Doch auch das italienische Wort *fila* hat eine Bedeutung: *In fila indiana* bedeutet »im Gänsemarsch«, und *fare la fila* heißt »Schlange stehen«. Wurzel des Namens ist das lateinische *filum* für »Faden«.

Filou

Statt Schelm oder Spitzbube sagen wir gern Filou. Das Wort ist scheinbar französischer Herkunft, kommt aber in Wahrheit vom englischen *fellow* für »Kerl«, das wiederum eine Ableitung von *felag* ist, das »Vorweisen von Eigentum und Teilhaberschaft« bedeutet.

Letzte Wurzel ist das Wort *fe* für »Vieh«; im frühen Mittelalter wurde nicht mit Geld, sondern gegebenenfalls mit Vieh bezahlt.

Fina

Eine der größten Tankstellenketten in Europa trägt den Namen Fina. Die Firma heißt heute Petrofina S. A. und wurde 1920 in Belgien als Compagnie Financiere Belge des Pétroles (Belgische Finanzierungsgemeinschaft für Petroleum) mit der Telegraphenadresse »Petrofina« gegründet. Fina ist also die Abkürzung von **Fina**nciere.

Fischer-Dübel

Vater der modernen Plastikdübel war ein gewisser Artur Fischer, ein Tüftler, der den Dübel 1949 in dem kleinen Schwarzwaldort Tumlingen erfand. Sein Produkt machte schnell Karriere, und Artur Fischer weltberühmt. Die Artur-Fischer-Werke in Tumlingen beschäftigen heute weltweit 2500 Mitarbeiter. Artur Fischer ist gelernter Schlosser und hält mit über 5500 Patentschriften einen Erfinder-Weltrekord. 1978 übergab er die Leitung der Firma seinem Sohn Klaus, auf dessen ›Konto‹ wiederum über 1220 Erfindungen gehen.

Fisherman's Friend

Vor Jahren hierzulande noch völlig unbekannt, sind Fisherman's Friend heute an jedem Kiosk zu haben; dabei sind die kleinen ovalen Pastillen nicht nur bei Rauchern beliebt. Jeder, der halbwegs des Englischen mächtig ist, kennt die Übersetzung: »Freund des Fischers«, und da Fischer auf See oft rauhen Winden ausgesetzt sind, die den Atmungsorganen ungemein zusetzen, ist auch die Namensgebung einleuchtend. Doch wie kam es dazu?
Hier eine kleine Geschichte: Offiziell heißen die Pastillen Lofthouse's Fisherman's Friend, und damit sind wir der Lösung schon recht nahe. In Großbritannien gibt es eine Hafenstadt namens Fleetwood. Es begab sich um die Mitte des 19. Jahrhunderts in ebendiesem Fleetwood, daß Fischer des öfteren in einer winzigen Apotheke des James Lofthouse auftauchten und Mister Lofthouse baten, ein Mittel zur Linderung von Hals- und Bronchialbeschwerden zu entwickeln. Lofthouse nahm sich der Sache an und expe-

rimentierte herum. Anno 1865 war es dann soweit: Er hatte eine Mixtur aus Eukalyptus, Menthol und Lakritze geschaffen – eine Tinktur, die er in Fläschchen füllte. Problem: Bei hartem Seegang hielten die Fläschchen nicht lange, sondern gingen oft zu Bruch. Dies animierte Lofthouse, aus der Tinktur durch kaltes Rühren, Flachpressen, Trocknen und Ausstanzen eine Pastille herzustellen, die ›bruchsicher‹ war. Die Fischer nannten diese Pastillen liebevoll *fisherman's friend*, und als solche machten sie Karriere, die aber zunächst regional begrenzt war.

Es war eine Nachfahrin von James Lofthouse, die Fisherman's Friend schließlich zum Durchbruch verhalf: Doreen Lofthouse. Sie begann 1963 die Pastillen in kleine Tütchen zu verpacken und außerhalb von Fleetwood zu verkaufen. Bis 1969 wurden die Hustenbonbons noch im Hinterzimmer der Apotheke hergestellt und verpackt, dann aber begann der Siegeszug der Bonbons und machte ihre industrielle Herstellung und Verpackung unerläßlich. Die Rezeptur unterscheidet sich bis heute nicht von der aus dem Jahr 1865.

Fisimatenten

Im Rahmen seiner Eroberungsfeldzüge überzog Napoleon auch Deutschland mit Besatzung und Krieg. Es wird erzählt, Napoleons Soldaten hätten deutsche Mädchen eingeladen mit dem Satz: *»Visitez ma tente«* (»Besuchen Sie mein Zelt«), um sie zu ›vernaschen‹. Der Spruch »Keine Fisimatenten machen« meinte also ursprünglich die Aufforderung an junge Mädchen, sich nicht mit den Soldaten einzulassen, heute im übertragenen Sinn: kein dummes Zeug machen. Diese Erklärung der Herkunft von Fisimatenten gilt wiederum unter Sprachforschern als dummes Zeug. Historisch verbürgt ist, daß das Wort Fisimatenten schon im 16. Jahrhundert existierte in der Form »visepatenten« (gleich dummes Zeug).

Fissan

Fissan heißen »Babypflegemittel der Firma **Fis**cher & Lingner, die das Baby gesund (lateinisch **san**us) halten« sollen.[57]

Fleurop

Wer wissen will, woher der Name Fleurop kommt, muß den Berliner Floristen Max Hübner kennen. Der nämlich gründete 1908 mit 100 Kollegen eine Blumenspendenvermittlungsvereinigung, die seit 1927 Fleurop heißt. Das Prinzip von Fleurop: Klein Erwin aus Flensburg will seiner Tante Käthe in Konstanz Blumen zum Geburtstag schenken. Er geht ins nächste Fleurop-Geschäft, sucht den Blumenstrauß aus und schreibt einen Kartengruß. Das Flensburger Blumengeschäft übermittelt Karte und Blumenauftrag an ein Konstanzer Fleurop-Geschäft, das Strauß und Gruß pünktlich zum Geburtstag Tante Käthe überreicht. Das Prinzip funktioniert nach Auskunft von Fleurop deshalb so gut, weil die angeschlossenen Fachgeschäfte ständig kontrolliert werden. Wer sich nicht bewährt, wandert auf die Strafbank, und zwar ins Tochterunternehmen Allflora.

Der Name Fleurop ist einfach erklärt: *flos, floris* für »Blume« und »Europa«; er bedeutet also – frei übersetzt – »Blumen für Europa«. Da der Name Europa »dunkel« bedeutet, läßt sich Fleurop sehr schön metaphorisch deuten: Blumen, die Licht ins Dunkel bringen.

Flirt

Was ist schöner als ein richtiger Flirt? Spiel ohne Grenzen! Die Herkunft des Wortes führt uns direkt über das englische *to flirt*, die französischen Verben *fleureter* und *fleur* zum lateinischen *flos, floris* für »Blüte« oder »Blume«.

Flokati

Das Duden-Fremdwörterbuch definiert den Flokati wie folgt: »heller, schaffelartig zottiger Teppich [aus Schurwolle] in der Art der griechischen Hirtenteppiche«.[58] Die Namensgebung ist so zu erklären: »Das Wort läßt einerseits ›flockig‹ anklingen, andererseits bringt die Endung ›-ati‹ eine griechische Note in den Wortklang. Damit wird angedeutet, daß dieses Kunstfasermodell mit griechischen Schaffellen vergleichbar sei.«[59]

Florida

Die Entdeckung Floridas verdanken wir dem spanischen Eroberer Juan Ponce de Leon (1460–1521). Als Teilnehmer der zweiten Expedition des Christopher Kolumbus wurde er 1509 Statthalter auf der Insel **Puerto Rico** (»reicher Hafen«). 1513, zur schönen

Osterzeit, entdeckte er eine hübsche Gegend an der Ostküste des amerikanischen Kontinents und nannte sie *Pasqua Florida*« (»blumiges Osterfest«). Er machte sich auch gleich zum ersten Gouverneur der Halbinsel, die 1845 Bundesstaat der USA wurde.

Floskel

Nichtssagende Redewendungen bezeichnen wir als Floskeln. Ursprung ist das lateinische Wort *flosculus* für »kleine Blume« oder »kleine Blüte«. In der heutigen Bedeutung taucht der Begriff erstmals im 17. Jahrhundert auf.

Flötotto

Offiziell heißt die Firma Flötotto Einrichtungssysteme GmbH & Co. KG und hat ihren Sitz in Gütersloh. Sie wurde 1946 als Friedrichsdorfer Schulmöbelfabrik und Sägewerk gegründet. 1970 ließ sie sich das sogenannte Mobilsystem für Schrankwände patentieren, 1970 das Profilsystem für Möbel aller Art. Der Firmenname ist weder eine Zusammensetzung aus Flöt und Otto, noch heißt der Unternehmensgründer Otto Flöt. Die Lösung ist einfacher: Der Firmeninhaber trägt den Namen Reinhard Flötotto.

Forsa

Eines der bekannten deutschen Meinungsforschungsinstitute heißt Forsa. Der Name kommt von Gesellschaft für Sozial**for**schung und **s**tatistische **A**nalyse.

Forsythie

Die Forsythie ist ein Zierstrauch, der gelb blüht. Ihren Namen verdankt sie dem englischen Botaniker William A. Forsyth (1737–1804).

Fosbury-Flop

Während früher Hochspringer im sogenannten **Straddle-Sprung** (mit gegrätschten Beinen, Anlauf schräg zur Latte) die Latte zu überwinden suchten, springt man heute den Fosbury-Flop. Diese Sprungtechnik, die darin besteht, hochzuspringen und sich anschließend rückwärts auf die Matte fallen zu lassen (*to flop* gleich

»hinplumpsen, fallen«), hat der 1947 geborene Amerikaner Richard, genannt Dick Fosbury erfunden und erstmals und erfolgreich auf der Olympiade in Mexiko-Stadt 1968 eingesetzt.

Foxtrott

Der Foxtrott ist ein amerikanischer Tanz. Das Wort bedeutet ursprünglich »Fuchstrab«.

Franchising

Der Begriff Franchising geht auf das germanische Volk der Franken zurück. Der Name **Franken** bedeutete Freie; wir kennen die Ursprungsbedeutung noch in der Rede von »frank und frei« oder in der Bedeutung von »einen Brief frankieren« (freimachen). Es gibt noch heute einen Staat, der nach den Franken benannt ist und deshalb **Frankreich** heißt. Und aus Frankreich kommt der Begriff Franchising, der – völlig unlogisch – »fräntschaising« ausgesprochen wird.

Ursprünglich meinte Franchising das Recht, Steuern einzuziehen, heute bezeichnet es ein Vertragssystem zwischen einem Franchise-Geber und einem Franchise-Nehmer. Der Geber gibt dem Nehmer das Recht, gegen Gebühren Produkte unter seinem Namen zu vertreiben.

Frankfurt am Main

Was heute Bankfurt oder Mainhattan genannt wird, war im Mittelalter eine bescheidene Siedlung der Franken am **Main** (»Sumpfwasser«). Gegründet wurde Frankfurt 794 von Karl dem Großen und hieß zunächst *Franconofurd* für »Furt der Franken«, seit 888 dann Frankenfurt.

Freak

Als Freak bezeichnen wir jemanden, »der sich nicht in das normale bürgerliche Leben einfügt«,[60] oder auch denjenigen, »der sich in übertriebener Weise für etwas begeistert«.[61] Der Begriff kommt aus den USA und erreichte um 1970 herum Deutschland. *Freak* bedeutet im Englischen eigentlich »Streich« oder »verrückte Laune«. Der Begriff *freak of nature* meint »Mißbildung, Monstrum«.

Freitag

Freitag ist die ›germanische Übersetzung‹ des lateinischen Namens »Tag der Göttin Venus«. Der Freitag ist also kein Tag, an dem alle frei haben, sondern ein Tag, der einer Göttin gewidmet war. Wie aus Venus »Frei ...« wird, läßt sich ganz einfach erklären: Die germanische Göttin Freya, Gemahlin Wotans (Odins), wurde von den Germanen gleichgesetzt mit der Venus.

Frisbee

Unschwer zu erkennen, daß die kleinen Scheiben, die das Duden-Fremdwörterbuch etwas umständlich als »kleine, runde Wurfscheibe (Sportgerät)« erklärt, ihren Namen aus dem Englischen haben. Dabei heißt Frisbee weder Scheibe noch Wurfgerät. Auf den Markt gebracht hat das Frisbee 1957 eine Firma mit dem Namen Wham-O Manufacturing Co. aus San Gabriel in Kalifornien. Sie kaufte die Rechte an der Wurfscheibe einem Bauaufsichtsbeamten aus Los Angeles namens Fred Morrison ab. Dieser Fred Morrison wiederum verdankte seinen Einfall der Frisbie-Bäckerei in Bridgeport (Connecticut), deren Süßigkeitsdosen flugtauglich waren. Obwohl diese Bäckerei im März 1958 bankrott ging, machte Morrison, um urheberrechtliche Probleme zu vermeiden, aus Frisbie Frisbee.

Frolic

Eines der bekanntesten Trockenfutter für Hunde heißt Frolic. Der Name kommt nicht von fröhlich, sondern aus dem Englischen: *Frolic* bedeutet »lustiger Streich, lustiges Fest, Lustigkeit«. Vermutlich soll Frolic Hunde lustig machen.

Fruit of the Loom

Über diesen weltweit bekannten Hersteller vor allem von T-Shirts und Sweatshirts verrät uns bereits das Logo einiges: ein Oval, in dem der Markenname steht, oben in der Mitte ein Früchtestilleben und unter dem Oval der Spruch *The Original since 1851*. Im Jahre 1851 erwarb Robert Knight in Warwick, Rhode Island, eine Textilmühle. Fünf Jahre später nannte er seine Firma Fruit of the Loom und ließ sich den Namen 1871 beim 1870 gegründeten US-Patent- und Markenzeichenamt unter der Patentnummer 418 schützen – Fruit of the Loom ist damit eines der ältesten Marken-

zeichen der Welt und vermutlich das älteste Warenzeichen für Stoffe überhaupt.
Interessant ist die Geschichte des Früchtestillebens. In seiner heutigen Form gibt es diesen Teil des Logos seit der Weltausstellung in Chicago 1893. Vorher bestand es lediglich aus einem roten Apfel. Dazu eine kleine Geschichte: In Hudson Valley lebte ein Farmer namens Rufus Skeel, der einen kleinen Kramladen betrieb. Seine Tochter liebte es, rote Äpfel zu malen. Eines Tages heftete sie ein Bild mit einem roten Apfel an einen Stoffballen, der sich daraufhin so gut verkaufte, daß Vater Rufus Skeel alle hochwertigen Stoffballen mit diesem Etikett versah. Robert Knight und sein Bruder Benjamin hörten davon und übernahmen das Label für ihre Produkte. Der Name *fruit of the loom* ist leicht übersetzt: »Frucht des Webstuhls«.

FSB

Einer der Produzenten hochwertiger Klinken heißt FSB. Das steht für **F**ranz **S**chneider aus **B**rakel.

Fujitsu

Fujitsu ist ein japanischer Hersteller von Elektrogeräten. »Der Name ist eine Verkürzung des ursprünglichen Firmennamens ›Fuji-Tsushinki-Seizo‹, der seinerseits zusammengesetzt ist aus japanisch *Fuji-san* (Name des berühmten Vulkans bei Tokio), *tsushinki* ›Telegraphenapparat‹ und *seizo* ›herstellen‹.«[62]

Fünfte Kolonne

Als Fünfte Kolonne bezeichnen wir eine Gruppe oder Organisation, die sich in einem Konflikt für die Gegenseite ausspricht. Beispiel: die kommunistischen Parteien Westeuropas, die während des Kalten Krieges die Sowjetunion und deren Satellitenstaaten unterstützten. Der Begriff Fünfte Kolonne stammt aus dem spanischen Bürgerkrieg (1936–1939). Der nationalistische General Mola ließ seine Truppen in vier Kolonnen gen Madrid marschieren und soll bei dieser Gelegenheit gesagt haben, die eigentlichen Eroberer seien nicht seine Truppen, sondern die Francoanhänger in der Stadt. Das Wort → Kolonne ist französischen Ursprungs und bedeutet eigentlich »senkrechte Reihe, Säule«. Der Begriff **Kalter Krieg** steht für den Ost-West-Konflikt. Erfunden hat ihn entweder der amerikanische Bankier und Politiker B. M. Baruch, der ihn auf die Spannungen zwischen USA und UdSSR bezog, oder der Publizist Walter Lippmann in seinem Buch »The Cold War. A Study in US Foreign Policy« (London 1947). Der Ausdruck verbreitete sich sehr schnell und wurde zum feststehenden Begriff.

Fürst-Pückler-Eis

Geboren wurde er in Muskau am 30. Oktober 1785 und starb auf Schloß Branitz am 4. Februar 1871: Hermann Fürst von Pückler-Muskau, bekannt durch seine »Andeutungen über Landschaftsgärtnerei« (1834), in denen er beschrieb, was er geschaffen hatte: den ersten Park in Deutschland nach englischem Vorbild. Berühmt wurde er außerdem durch seine Reiseberichte. »Aber was fällt den meisten bei seinem Namen ein? Eine Portion Fürst-Pückler (eine Art Softeis in Schichten: Schokolade, Frucht und Vanille), wofür er das Rezept aus Arabien mitbrachte.«[63]

Fuzzi

Das Wort Fuzzi definiert der Duden als umgangssprachliche Bezeichnung für »nicht ganz ernst zu nehmender Mensch«.[64] An anderer Stelle wird Fuzzy als »Kleinwüchsiger«[65] beschrieben – wohl deshalb, weil das Wort, das nach 1965 bei uns aufkam, zunächst der Name »einer Wild-West-Witzfigur im amerikanischen Film war«.[66] Im Englischen bedeutet *fuzz* »Fussel, Flöckchen« und *fuzzy* »fusselig, flockig, kraus«.

G

Galsana

Galsana ist eine Vollmilchschokolade. Das Wort ist gebildet aus dem griechischen **gala**k für »Milch« und dem lateinischen **san**us für »gesund«. So erklärt sich dann auch der Ausdruck Galaxis für »Milchstraße«.

Garage

Was bei uns Unterstand oder Abstellraum für Kraftfahrzeuge meint, ist ein Wort, das sich, weil's vorher keine Autos gab, in Deutschland mit Beginn des 20. Jahrhunderts eingebürgert hat, in Frankreich, dem Herkunftsland, aber nach wie vor vor allem ein Synonym ist für Autoreparaturwerkstatt. Im Französischen meinte *garage* ursprünglich »das Abstellen, das Ausweichen« und leitet sich her vom Verbum *garer* für »ausweichen, parken, abstellen, in Sicherheit bringen«.

Gardinenpredigt

Vor Zeiten gab es Gardinen nicht nur am Fenster, sondern auch am Bett. Für die Strafpredigt, die die Ehefrau ihrem Mann unter vier Augen hielt, bürgerte sich dafür nicht nur im Deutschen der Begriff Gardinenpredigt ein. Im 19. Jahrhundert wurden Gefängnisse oft als eiserne Gardinen bezeichnet. Diese Bezeichnung wurde Ende des 19. Jahrhunderts abgelöst durch den Begriff **schwedische Gardinen**. Hintergrund: der bekanntermaßen hochwertige Schwedenstahl.

Geha

Der Name Geha steht für Füllfederhalter und andere Schreibwaren. Er leitet sich her aus den Initialen des Gründers der Firma: **G**eorg **H**übner, kurz **G**. **H**., gesprochen: Geha.

geil

Den Ausdruck geil verwenden Jugendliche zum Leidwesen ihrer Eltern als Synonym für das, was Eltern oder Großeltern noch toll, knorke oder super nannten, ist also sozusagen der Superlativ an sich und überhaupt. Eltern hören dieses Wort meist deshalb so ungern, weil in ihrer Generation geil als Synonym für lüstern galt – also Geilheit im sexuellen Sinn. Im Mittelalter stand der Ausdruck für übermütig, ausgelassen, gelegentlich auch für Begierde oder Fleischeslust. Seit dem 15. Jahrhundert existiert das Wort geil auch bezogen auf Tiere und Pflanzen, die üppig wachsen oder wuchern. Noch heute ist in der Botanik das Verb **vergeilen** ein geläufiger Ausdruck für Pflanzen, die aufgrund von Lichtmangel wuchern.

Der Ausdruck **knorke** ist vermutlich um das Jahr 1910 in Berlin entstanden und hat sich von da aus über ganz Deutschland verbreitet. Als Schöpferin gilt die Künstlerin Claire Waldorff (1884–1959), die da schreibt: »Während einer langen und ermüdenden Theaterprobe bestellte sich ein Kollege einen Kaffee. Ich sagte zu dem Kellner: ›Bringen Sie mir auch einen! Aber es darf kein Lorke sein! Der Kaffee, der muß – ich suchte verzweifelt nach einem Reim auf Lorke und brachte schließlich heraus: ‹Der muß knorke sein!‹«[67]

Gema

Wer einen Kassettenrecorder oder Tonträger jedweder Art kauft, merkt's gar nicht, doch wer eine öffentliche Party organisiert, der muß es schon beachten: Für das Abspielen von Musik muß man Gebühren abführen, und zwar an die Gema. Was heute Gema heißt, nannte sich von 1909 bis 1933 Ammre und von 1933 bis 1947 **Stagma**. Stagma steht für **sta**atlich genehmigte **G**esellschaft zur Verwertung **m**usikalischer **A**ufführungsrechte, **Ammre** für **A**nstalt für **m**echanisch-**m**usikalische **Re**chte, Gema schließlich ist die Kurzform von **Ge**sellschaft für **m**usikalische **A**ufführungs- und mechanische Vervielfältigungsrechte. Was den Musikern recht, ist den Autoren billig. Für sie gibt's die **VG Wort** (Verwertungsgesellschaft Wort).

Geranie

Auf einen anständigen Balkon oder auch die Fensterbank gehören Blumenkästen mit Geranien. Den Namen haben sie vom griechischen *geranos* für »Kranich« – und zwar wegen der Früchte, die eine gewisse Ähnlichkeit mit einem Kranichkopf und seinem charakteristischen langen Schnabel haben. Zu den Geranien zählt die **Pelargonie**. Auch ihr Name kommt aus dem Griechischen: *pelargos* für »Storch«. Passend dazu heißen diese Blumen im Deutschen auch Storchenschnabelgewächse.

Geysir

Wer Geysir hört, denkt an Island. Geysire sind heiße Quellen, die in unregelmäßigen Abständen riesige Fontänen in die Luft ausstoßen. Herkunft des Wortes ist das isländische *geysa* für »in heftige Bewegung bringen«. Der Begriff **Fontäne** ist lateinischer Herkunft: *fons* für »Quelle«.

Ghetto

Das Wort Ghetto bezeichnet im allgemeinen Sprachgebrauch ein Stadtviertel, in dem eine bestimmte Gruppe mehr oder (meistens!) weniger freiwillig wohnt. Viele denken bei diesem Begriff zuallererst an jüdische Ghettos, vor allem an das Warschauer Juden-Ghetto, und das ist so falsch nicht. Der Name Ghetto ist italienischer Herkunft. Zu Beginn des 16. Jahrhunderts wurde in Venedig die Eisengießerei wegen des Gestanks, den sie verursachte, nach außerhalb verlegt. In dem nun frei gewordenen Viertel wurden dann Juden zwangsweise angesiedelt. Der Begriff Ghetto für Judenviertel verbreitete sich später über ganz Europa. Der Name Ghetto geht zurück auf *gettare* (»gießen«); Ghetto meinte also ursprünglich Eisengießerei.

Gibraltar

Zwei mächtige Felsen bilden die östlichen Begrenzungen der Straße von Gibraltar; in der Antike hießen sie die »Säulen des Herkules«. Seinen Namen verdankt Gibraltar dem maurischen Feldherrn Tarik Ibn Sijad, der um 711 von Nordafrika kommend die Meerenge überwand und am Nordhang des Felsens von Gibraltar eine Burg bauen ließ: *Dschabal Al Tarik* gleich »Berg des Tarik«.

Girokonto

Frage: Was hat das Girokonto mit dem Giro d'Italia zu tun? Nichts, bis auf eine gemeinsame sprachliche Wurzel. Der **Giro d'Italia** ist eine *Rund*fahrt, und auf einem Girokonto geht Geld ein, das wieder an andere überwiesen wird – auch eine Art *Kreis*bewegung. *Giro* heißt wörtlich »Drehung, Umdrehung«.

Globus

Daß Globus ein Synonym für die Erdkugel ist oder auch für deren Nachbildungen, die früher – am besten mit Glühbirne im Innern – als Wohnzimmerschmuck galten, weiß jeder. Das Wort ist lateinisch: *Globus* bedeutet »Kugel, Klumpen, Feuerkugel«.

Gobelin

Gobelins sind Wandteppiche, oft riesig groß, die Schlachten oder Könige zeigen. Den Namen verdanken wir »dem *Hôtel des Gobe-*

lins, einer Teppichfabrik in Paris, die sich nach *Gilles Gobelin*, einem Färber im Paris im 15. Jh., nannte«.[68]

Goggomobil

Im Herbst 1954 wurde es vorgestellt, das Goggomobil der Firma Glas. Der Goggo hatte 13,6 PS, fuhr sage und schreibe bis zu 72 km/h und wurde bis 1969 gebaut. Das Emblem des Goggo war ein Kreis mit einem G und zwei rechts und links angebrachten Flügeln. Vor dem Auto gab's einen Motorroller, der seit 1951 produziert wurde und ebenfalls Goggo hieß.
Zum Namen Goggo gibt's eine nette Geschichte: Firmengründer Hans Glas wollte sein Auto unter dem Namen Isaria auf den Markt bringen. Ging nicht; der Name war bereits geschützt. Wie einen Namen finden? Der Zufall wollte es, daß sein Enkelsohn – der hieß Andreas – vom Dienstmädchen der Familie Glas, Anja, Goggo (zu Gockerl, Gockel) genannt wurde. So kam das Goggomobil zu seinem Namen.

Go-Kart

Mit den Erfolgen von Michael Schumacher in der Formel 1 wurde auch bekannt, daß er früher mit großer Begeisterung Go-Kart gefahren ist, und das Go-Kart-Fahren erlebte einen ungeheuren Boom. Der Duden Rechtschreibung definiert den Go-Kart wie folgt: »niedriger, unverkleideter kleiner Sportrennwagen«. In Meyers Taschenlexikon lesen wir zum Go-Kart-Sport: »Geschwindigkeitswettbewerbe in verschiedenen Klassen mit speziellen einsitzigen Kleinstwagen mit Zweitaktmotoren von 100–250 cm^3 Hubraum auf 400–1200 m langen Rundbahnen«. Mit der Herkunft des Wortes haben all diese Erklärungen nichts zu tun. Das Wort Go-Kart kommt vom englischen *gocart* für »Laufwagen für Kinder«.

Gore-Tex

Der Name Gore-Tex steht für Textilien, die Schweiß nach außen, Kälte und Wasser aber nicht nach innen hindurchlassen. Der Markenname ist einfach erklärt: Gore heißt der Erfinder – nämlich der Chemiker Bob Gore –, und Tex steht für Textilien. Herkunft: das lateinische **texere** für »weben«, daher auch Begriffe wie **Textilien** und **Text**.

Gospelsong

Gospelsongs sind eine moderne Form des Negro Spiritual. Das Wort geht zurück auf das altenglische *godspell* für »gute Botschaft«.

Gourmet

Daß *gourmet* französisch ist und »Feinschmecker« bedeutet, ist allgemein bekannt. Doch im Französischen heißt es darüber hinaus auch Weinkenner, und so läßt sich auch die Herkunft klären: Gourmet geht zurück auf die altfranzösischen Wörter *gromet* bzw. *gormet*, die »Gehilfe des Weinhändlers« bedeuten und später die heutige Bedeutung annahmen. Das Gegenteil von einem Gourmet ist bekanntlich ein **Gourmand**, ein Vielesser oder Schlemmer. Jedes französische Wörterbuch erläutert das Adjektiv *gourmand* mit »naschhaft, gierig«, womit auch die Bedeutung geklärt ist.
Apropos Gourmet: »Gourmet – jünger als Gourmand – geht zurück auf das englische *groom*, das man im 14. Jahrhundert *grome* schrieb. Grome war ein Knabe, Bursche, Knecht, Pferdeknecht, insbeondere aber der Knecht, der die Weine von einem Ort zum andern zu befördern hatte. Anfang des 15. Jahrhunderts kam die Schreibweise *gromet* und *groumet* auf. So hieß der Gehilfe des Weinhändlers. Vielleicht hundert Jahre später wandelte sich das Wort *groumet* zu *gourmet*. Hans Balzli schreibt in seiner Schrift ›Gastrosophie‹, das Wort *groumet* ›bedeutete nun 200 Jahre lang einen Weinhändlersknecht oder Weinfuhrmann. Erst vom Ende des 18. Jahrhunderts an bekam das Wort einen anderen Sinn. Damals verfielen die Emporkömmlinge und Neureichen darauf, die Weine, die sie ihren Gästen vorsetzten, (...) durch Kenner wählen zu lassen. Diese Kenner waren aber keine anderen als die Weinfuhrleute und Kellermeister: *les gourmets*. Durch Erweiterung des Wortsinnes kam man dazu, einen Tischgast, der ein edles Gewächs gebührend zu schätzen wußte, *gourmet* zu nennen.‹«[69]
Das Wort **Gastronomie** für die Kunst des Kochens und vor allem das Bewirtungsgewerbe ist griechischer Herkunft und kommt von *gastros* für »Bauch, Magen« und *nomos* für »Sitte, Brauch, Gesetz«. »Es handelt sich bei dem Wort [Gastronomie] um den Titel eines Werkes (›Lehre von der Pflege des Bauches‹), das der griechische Schriftsteller Archestratos (zitiert bei Athenaeus) verfaßt hatte. Die starke Betonung der gewerblichen Seite (gegenüber der

Seite des Verbrauchers, also Feinschmeckers) ist nur deutsch. Ihre Verbreitung hat mit dem Anklang an *Gastwirtschaft* zu tun, hat sich aber zunächst unabhängig davon entwickelt.«[70]

Granini

1857 gründete ein Herr namens Peter Eckes in Nieder-Olm eine Firma, der wir seit 1949 den Schnaps Eckes Edelkirsch verdanken. 1953 brachte die Firma **Chantré**, einen weichen Weinbrand, auf den Markt, der seinen Namen einer Dame namens Eckes-Chantré verdankt; sie war die Ehefrau von Ludwig Eckes, einem Nachfahren des Firmengründers. 1994 übernahm Eckes dann Granini. Der Name Granini stammt vom selben Herrn, dem der Fensterhersteller → Schüco seinen Namen verdankt: Heinz Schürmann, der in Italien Fruchtsäfte mit Fruchtfleisch kennen- und schätzenlernte. Und da Fruchtfleisch bekanntlich auch mehr oder weniger große Kerne enthält, kam man auf den Namen Granini – italienisch *grano* für »Korn« oder »Kern«, Verkleinerungsform im Plural *granini* –, der »Kernchen« bedeutet.

Grappa

Das italienische Wort *grappa* bedeutet »Klammer« oder »Krampe«, aber auch »Branntwein«. Ursprung: *grappolo* für »Traube«, und da Grappa ein sogenannter Tresterschnaps ist – Trester werden die Rückstände beim Keltern von Weintrauben genannt –, liegt die Namensgebung nahe. Die **Kelter** ist eine Weinpresse und kommt vom lateinischen *calcare* für »treten«. Der Zusammenhang ist der, daß früher die Trauben mit den Füßen getreten, also gepreßt wurden.

Gratin

Beliebt auch in der deutschen Küche sind »überbackene« Gerichte, die man Gratin nennt. Eigentlich bedeutet das französische Wort *gratin* »abzukratzender Ansatz von Gekochtem oder Gebratenem im Topf oder in der Pfanne, Kruste«.[71]

Gretchenfrage

Als Gretchenfrage bezeichnen wir eine *entscheidende* Frage. Zu verdanken haben wir diesen Begriff Johann Wolfgang Goethe und seinem »Faust«. Dort fragt in »Marthens Garten« Margarethen Faust: »Nun sag, wie hast du's mit der Religion?« (Vers 3415)

Grog

Heißes Wasser mit Zucker und Rum nennen wir Grog. Grog ist die Kurzform des englischen Wortes *grogram*; und so nannte man in England früher »Mäntel aus Kamelhaar«. Der Zusammenhang zum Getränk ist folgender: 1757 verstarb der englische **Admiral** (kommt vom arabischen *amir* für »Befehlshaber, Herrscher«) Vernon. Dieser Vernon hatte eine Vorliebe für jene *grogram* genannten Mäntel und hieß deshalb mit Spitznamen *old Grog*. 1740 geschah es dann: Vernon hatte festgestellt, daß seine Seeleute zuviel heißen Rum soffen und deshalb oft sturztrunken waren, und erlaubte kurz entschlossen den Rumgenuß nur noch in mit Wasser verdünnter Form. Vernons Spitzname *old Grog* übertrug sich ruck, zuck auf das Getränk in der Kurzform Grog.
Der Name **Rum** soll um 1650 auf der Antilleninsel Barbados entstanden sein. Es heißt, englische Kolonisten hätten den Zukkerrohrschnaps aufgrund seiner berauschenden Wirkung *rumbullion* oder *rumbustion* (beides bedeutet »Aufruhr, Krach, Ausgelassenheit«), kurz *rum* genannt.

Grugahalle

Finden in Essen größere Veranstaltungen statt, dann geschieht dies in der Grugahalle. Ihren Namen hat sie von dem gleichnamigen Park- und Austellungsgelände, das nach einer Gartenbauausstellung von 1929 benannt ist: **Gr**oße **Ru**hrländische **G**artenbau-**A**usstellung.

grüne Minna

Umgangssprachlich werden Polizeiautos oft grüne Minna genannt. In Preußen waren die Gefängniswagen dunkelgrün gestrichen, und nach 1870 bürgerte sich hierfür in Berlin die Bezeichnung grüne Minna ein, die nach 1960 auf die grüngestrichenen Polizeiautos überhaupt übertragen wurde.
Synonym für grüne Minna ist das Wort **Peterwagen**. Seine Herkunft ist nicht sicher geklärt: »›Peter‹ kann im Buchstabenalphabet ›Polizei‹ bedeuten. ›Blauer Peter‹ heißt auch der Wimpel, den je-

des auslaufende Schiff kurz vor seiner Abreise setzt, und die Uniformfarbe des Polizeibeamten ist blau [gewesen]. Nach anderer Deutung war Peter der Vorname eines Funkstreifenfahrers, nach dem das Kind benannt wurde, das auf der Fahrt zur Entbindungsstation in seinem Streifenwagen zur Welt kam. Wieder anderen Quellen zufolge hat sich ein englischer Kontrolloffizier das Wort ›Patrolcar‹ buchstabieren lassen, und als ihm ›P wie Peter‹ gesagt wurde, nannte er den Wagen ›Peter-Car‹.«[72] Das Wort taucht nach 1946 in der Umgangssprache auf.

Guillotine

Am 30. April 1791 wurde die *guillotine* der französischen Nationalversammlung von einem Arzt namens Joseph Ignace Guillotin vorgestellt, der das »Fallbeil« als Fortschritt in Sachen Humanität pries; es verursache »bei der Hinrichtung keine langen Leiden«.[73] Die Guillotine ist aber keineswegs eine Erfindung von Guillotin. Fallbeile sind als Hinrichtungswerkzeug uralt. Für ihre Einführung in Frankreich sorgte das Gutachten eines Arztes namens Anton Louis aus Metz, weshalb die Guillotine zunächst »Louisette« oder »Petite Louison« hieß.

Guinness

Mindestens ebenso bekannt wie eines der größten Brauerei-Imperien der Welt, die Arthur Guinness Son & Company Ltd. mit Sitz in Dublin, ist das berühmte Guinnessbuch der Rekorde. Fragt sich: Wie kam das Buch zum Bier oder umgekehrt? Dazu eine nette Geschichte: Ein ehemaliger Chef der Brauerei, »Sir Hugh Beaver, hatte eines Tages bei einer Jagd einen Vogel verfehlt. Wütend über seinen *mistake* wollte er von seinen Begleitern wissen, ob dies wenigstens ein besonders schnelles Tier gewesen sei. Man schlug nach in den klügsten Büchern, aber fand keine Antwort auf diese einfache Frage. Nichts lag näher, als daß Sir Hugh Beaver postwendend beschloß, seinem Bierbetrieb einen Verlag anzugliedern. In diesem erschien 1955 als erste Publikation das Guinness Book of Records, in dem sich alle Superlative der Welt ein Stelldichein gaben.

Das Buch wurde ein Riesenerfolg. Es wird inzwischen alljährlich herausgegeben, wobei man jedesmal etwa ein Viertel der Angaben aktualisiert; es wurde in zwei Dutzend Sprachen übersetzt, seine Auflage hat die 50-Millionen-Grenze längst hinter sich gelassen, und damit ist das Guinnessbuch gewissermaßen Gegenstand des Guinnessbuches geworden.«[74] Guinness ist ein alter irischer Familienname.

Gummi

Ursprünglich kommt Gummi aus Südamerika, und zwar von den Kautschukbäumen. Der weiße Milchsaft dieser Bäume hat die Eigenschaft, bei der Gerinnung zu trocknen, aber trotzdem elastisch zu bleiben. Der englische Chemiker Joseph Priestley beschäftigte sich 1770 mit Naturkautschuk und stellte per Zufall fest, daß sich damit Buchstaben, die mit Bleistift auf Papier notiert waren, »ausradieren« (englisch: *to rub*) ließen. So entstand der Name *rubber* für »Radierer«. Im Deutschen: Radiergummi.
Der deutsche Begriff Gummi ist ein Kunstwort, gebildet aus dem lateinischen *cumis* und dem griechischen *kommi*; beide Wörter bedeuten »(wohlriechendes) Harz«. Künstlichen Kautschuk nennen wir → Buna. Auch Latex geht auf Wolfsmilchgewächse zurück. Dieses elastische, häufig für enganliegende Kleidung verwendete Material wird aus einer Emulsion aus Kautschuk und Wasser gewonnen.

Guten Rutsch!

Zu Silvester wünschen wir uns einen »Guten Rutsch!« und meinen – schließlich ist Winter! – das sanfte Hinübergleiten ins neue Jahr. Dieser um 1900 entstandene Spruch – darin sind sich die Herkunftswörterbücher einig – kommt von dem Verb rutschen. Doch es gibt auch noch eine gänzlich andere Erklärung, und die meint: »Der Neujahrswunsch ›Guter Rutsch‹ entstammt einer Verballhornung des hebräischen Wortes *rosh* = ›Kopf, Haupt, Spitze‹; daher hebräisch *rosh ha shanah* = ›Spitze des Jahres‹ im Sinne von ›Neujahr‹; aus *rosh* wurde übers Jiddische ›Rutsch‹. Also bedeutet ›Guter Rutsch‹ sowohl den Wunsch, das neue Jahr möge für den Bewünschten einen guten Anfang nehmen, wie auch, er möge für alles, was das neue Jahr bringe, einen guten und klaren Kopf haben.«[75]

Gyros

Ein beliebtes Gericht beim Griechen ist Gyros. Der Name bedeutet »rund« und leitet sich her aus der Drehbewegung des Grills.

H

Hailo

Das Signet der Marke Hailo besteht aus einem roten Punkt mit weißem Schriftzug. Das Unternehmen wurde 1947 gegründet, stellte 1955 die erste Sicherheitsleiter und 1957 die erste Haushaltsleiter aus Aluminium vor. Leitern sind bis heute das Kerngeschäft der Firma. Ergänzt wurde die Produktpalette später durch Dampf-Bügeltische, Einbau-Abfallsammler, Regalsysteme sowie Flüssigkeits- und Seifencremespender. Um den Namen Hailo zu erklären, muß man den Firmengründer und den Firmensitz kennen: Standort des Unternehmens ist **Hai**ger im Westerwald, und der Firmengründer heißt Rudolf **Lo**h.

Hallo

Inzwischen ist »Hallo« eine gängige Begrüßungsformel – nicht nur am Telefon. In den USA wird fast ausschließlich »hallo« am Telefon gesagt, in Italien *pronto*, was dasselbe meint. Das Wort Hallo ist als »hola, holla« seit dem 15. Jahrhundert bekannt, seit 1600 auch als »hallo« und geht wohl auf die Sprache der Fährleute zurück, die ihrem Kollegen am anderen Ufer »hol über« zuriefen. Hallo dürfte also von holen kommen.
Eine andere Theorie besagt, der amerikanische Erfinder Thomas Alva Edison habe dieses Wort erst 1877 ersonnen, und zwar eigens, um Telefone zu testen. In den 20er Jahren soll es sogar Aktionen von Telefongesellschaften gegeben haben, um der ›Unart‹, sich am Telefon mit »Hallo!« zu melden, den Garaus zu machen – vergeblich!

Halma

Halma fehlt in keiner anständigen Spielsammlung. Dieses Brettspiel kannte man bereits in der Antike. Der Name ist griechischen Ursprungs und bedeutet »Sprung«.

Halunke

Das beliebte Schimpfwort Halunke (für Schurke) kommt aus dem Tschechischen, in dem *holomek* soviel wie »junger Mann, Diener, Henkersknecht, Gauner« heißt. Die Ursprungsbedeutung aber war »junger Mann vor der Geschlechtsreife«. Das Wort *holomudek* bedeutet »Mensch mit unbehaarten Hoden«.

Hamburger

Der Name des beliebten Fast-food-Klassikers geht nicht – wie manche meinen – auf das englische Wort *ham* für »Schinken«, sondern tatsächlich auf die Freie Hansestadt Hamburg zurück. Im 19. Jahrhundert wanderten viele Deutsche nach Amerika aus, und zwar über Hamburg. Diese Einwanderer verbreiteten das in Deutschland beliebte Brötchen auch in den USA, durchgeschnitten und mit Belag aus Fleisch. Auf der Weltausstellung in St. Louis im Jahre 1904 soll sich das Fleischbrötchen dem Vernehmen nach zu einem regelrechten Renner entwickelt haben. Amerikanische Fast-food-Ketten wie → McDonald's brachten das Nahrungsmittel dann wieder als Hamburger nach Europa zurück.

Hammelsprung

Wenn bei einer nicht namentlichen und nicht geheimen Abstimmung im Bundestag nicht erkennbar war, wer die Mehrheit hatte, wurde ein sogenannter Hammelsprung durchgeführt: Die Abgeordneten verließen den Bundestag durch zwei unterschiedliche Türen, die für Ja bzw. Nein standen. So ließ sich das Abstimmungsergebnis genau ermitteln. Den Begriff verdanken wir einer Tür im Berliner Reichstagsgebäude: Diese ziert eine Intarsienarbeit, die einen von Odysseus geblendeten Zyklopen zeigt, der seine Widder zählt, indem er sie durch seine Beine hindurchlaufen läßt. Der Begriff in seiner heutigen Bedeutung entstand im letzten Drittel des 19. Jahrhunderts. Daß es heute keinen Hammelsprung mehr gibt, hat einen einfachen Grund: Automatische Abstimmungsmaschinen, bei denen die Abgeordneten nur auf Knöpfe drücken müssen, ermitteln ein absolut genaues Abstimmungsergebnis.

Handy-Deutsch

Seit sich der Mobilfunk durchgesetzt hat, weiß jeder, was ein Handy ist. Aber was soll man anfangen mit Begriffen wie GSM, SIM, Provider, PIN, Prepaid oder gar PUK? Der Reihe nach: **GSM** ist die Abkürzung von **G**lobal **S**ystem for **M**obile Communications, zu deutsch: weltweites Netz für beweglichen Gedankenaustausch. Die **SIM**-Karte ist ein kleiner Chip, auf dem alle Mobilfunk-Daten des Handy-Besitzers gespeichert sind; SIM steht für **S**ubscriber **I**dentification **M**odule, deutsche Übersetzung: Unterschreiber-Identifikations-Modul. **Provider** (»Versorger«) sind entweder die großen Netzbetreiber selbst oder Subunternehmen, die ein bestimmtes Kontingent an Netzverbindungen (genannt Airtime) erwerben und an die Endkunden weiterverkaufen.
PIN steht für **P**ersonal **I**dentification **N**umber, die persönliche Identifikationsnummer, vulgo Geheimzahl, die nötig ist, damit nicht jeder Zugriff auf das Handy des anderen hat. Wer den Fehler macht, dreimal hintereinander die falsche PIN einzugeben, setzt sein Handy außer Betrieb. Abhilfe schafft dann nur noch der **PUK**, und das steht für **P**ersonal **U**nblocking **K**ey (»persönlicher Entblockierungsschlüssel«) und wird auch Super-PIN genannt.
Wer den Bereich seines angestammten Mobilfunknetzes verläßt, wird automatisch in andere Netze eingebunden; das nennt man **Roaming** (»umherstreifen«). Alle Handys können eine **Mailbox** (»Briefkasten«) aktivieren, die nichts anderes ist als ein automatischer Anrufbeantworter, der aber nicht auf dem Schreibtisch steht, sondern beim Netzbetreiber. Wer keine monatliche Rechnung bekommen möchte, kann mittels sogenannter **Prepaid-Karten** (»Vorwegbezahl-Karten«) telefonieren, die im Prinzip nichts anderes sind als gewöhnliche Telefonkarten mit einem bestimmten Guthaben. Eine **Twin-Card** (»Doppel-Karte«) ist eine doppelte SIM-Karte. Wird das Handy aus- und das Autotelefon eingeschaltet, gehen alle Anrufe auf dem Autotelefon ein bzw. umgekehrt. In England heißen Handys *portables* (»Tragbare«), in Italien *telefonino* (»kleines Telefon«).

Ende 1999 breitete sich ein neuer Trend vor allem unter jungen Handy-Benutzern aus: das Verschicken von Textmeldungen, genannt SMS. **SMS** steht nicht für »Schick's mir schnell!«, sondern für **S**hort **M**essage **S**ervice (»Kurznachrichtenservice«). Dazu entstand auch rasch das passende Verb: **simsen**. Nächster Trend: mit dem Handy ins Internet qua WAP. **WAP** ist die Abkürzung von **W**ireless **A**pplication **P**rotocol (»drahtloses Anwendungsprotokoll«), mit dessen Hilfe man im Internet surfen oder browsen (»stöbern«) kann. Der Nachfolger des Systems GSM heißt **UMTS** (**U**niversal **M**obile **T**elecommunications **S**ystem), deutsche Übersetzung: weltweites mobiles Fernverständigungssystem.

Hanomag

Mit dem Markennamen Hanomag assoziieren wir nur noch Lkws, dabei war die Firma vor Jahren auch ein bekannter Automobilhersteller. Gegründet wurde Hanomag 1825 als Maschinenfabrik und stieg erst 1924 in den Automobilbau ein. Ihr erstes Auto baute sie zwischen 1925 und 1928 – in einer für damalige Verhältnisse riesigen Stückzahl: 15 000. Dieses Auto hieß offiziell Hanomag 2/10 PS und erreichte eine Höchstgeschwindigkeit von 60 km/h. Es hatte weder Trittbretter noch ausladende Kotflügel. Seine Form läßt sich etwa so beschreiben: in der Mitte ein Kasten, vorn und hinten nach unten abfallendes rundes Blech. Es hatte nur einen Scheinwerfer und einen Scheibenwischer – mit zwei Wischblättern: eines für außen, eines für innen. Wie zum Ausgleich verfügte es über zwei Hupen.

Den Prototyp für dieses Auto hatte ein Berliner namens Fidelis Böhler gebaut. Im Volksmund hieß das Auto Kommißbrot – wegen der irritierenden Form – und man dichtete dazu noch einen Spottvers: »Zwei Kilo Blech, ein Kilo Lack, fertig ist der Hanomag«. Der Name Hanomag ist die Kurzform von **Hanno**versche **M**aschinenbau **AG** in Hannover-Linden. Der Begriff **Prototyp** kommt aus dem Griechischen: *protos* für »der erste« und *typos* für »Muster, Gestalt, Vorbild«.

Hanse

Die Autokennzeichen HB, HH, HL und HRO stehen für die Hansestädte Bremen, Hamburg, Lübeck, Rostock. Die Bremer le-

gen Wert darauf, daß Bremen offiziell »Freie Hansestadt Bremen« heißt; Hamburg nennt sich offiziell noch vornehmer: »Freie und Hansestadt Hamburg«. Die mittelalterliche Hanse war ein großer und bedeutender Städtebund, der im Jahre 1356 als Vereinigung norddeutscher Kaufleute entstand. Für über 200 Jahre war die Hanse politisch wie wirtschaftlich im Nord- und Ostseeraum von überragender Bedeutung. Entscheidend für den Niedergang der Hanse war die Verlagerung der Haupthandelswege nach Westen infolge der Entdeckung Amerikas 1492.
Der Begriff Hanse kommt aus dem althochdeutschen *hansa* (»Kriegerschar, Gefolge«) bzw. aus dem Gotischen *hansa* (»Schar, Menge, Kohorte«). Der Name der größten deutschen Fluggesellschaft **Lufthansa** ist natürlich bei der Hanse geborgt.

Hanuta

Klein, viereckig und zwischen zwei Waffeln gepreßte Schokolade – das ist Hanuta. Der Name ist gebildet aus **Ha**selnuß, dem englischen **nu**t für »Nuß« und **Ta**fel, als die Kurzform von Haselnußtafel.

Hapag-Lloyd

Die Hapag-Lloyd AG hat ihren Hauptsitz in Hamburg und ist ein international operierendes Transport- und Touristikunternehmen. Sie ist 1970 entstanden aus der Fusion der Hapag/Hamburg-Amerika-Linie (HAL) und der Norddeutschen Lloyd (NDL). Der Begriff Hapag ist eine Abkürzung. Am 27. Mai 1847 gründeten 30 Kaufleute und Reeder in der Hamburger Börse, um eine regelmäßige Verbindung von Hamburg nach Nordamerika unter Hamburger Flagge zu schaffen, eine Firma, die sie **H**amburgisch-**A**merikanische-**P**acketfahrt-**A**ctien-**G**esellschaft nannten, kurz: Hapag. Richtig gelesen: Packet statt Paket!
Die Norddeutsche Lloyd wiederum ist eine Bremer Gründung aus dem Jahre 1857, deren Aufgabe es war, für Bremer Kaufleute eine Dampfschiffahrtslinie nach Amerika zu schaffen. Das Wort Lloyd war ursprünglich der Name eines Londoner Kaffeehauses. Dessen Besitzer hieß Edward Lloyd, er starb 1713. In diesem Kaffeehaus trafen sich auch Schiffsversicherer und gründeten ebendort eine noch heute existente Schiffahrtsversicherungsvereini-

gung (**Lloyd's**). Ab Mitte des 19. Jahrhunderts bürgerte sich der Begriff Lloyd für die Handelschiffahrt schlechthin ein.

Hapimag

Ferienwohnungen kann man mieten oder bei sogenannten Time-share-Anbietern Anteilsscheine erwerben, um diese dann abzuwohnen. Einer der weltweit größten Time-share-Anbieter heißt Hapimag, wurde am 23. September 1963 gegründet und hatte Ende des 20. Jahrhunderts über 50 Ferienanlagen mit weit über 4000 Wohnungen. Die Firma wurde gegründet als Hotel- und Appartementhaus Immobilien Anlage AG in Zug in der Schweiz. Der Name war zu lang und kaum merkbar; er wurde deshalb verkürzt: Aus **H**otel- und **Ap**partementhaus **Im**mobilien Anlage **AG** wurde Hapimag.

Haribo

»Haribo macht Kinder froh und Erwachsene ebenso« – diese Reklame für Gummibärchen kennen wir nicht erst, seit der Entertainer Thomas Gottschalk dafür wirbt. Zur Geschichte von Haribo ein Blick in die Annalen der Firma: Als Sohn von Peter und Agnes Riegel wurde am 3. April 1893 in Friesdorf bei Bonn ein gewisser Hans Riegel geboren. Nach seiner Schulzeit absolvierte er eine Lehre als Bonbonkocher, machte sich 1920 selbständig und ließ am 13. Dezember desselben Jahres die Firma Haribo ins Handelsregister der Stadt Bonn eintragen. Haribo steht für **Ha**ns **Ri**egel aus **Bo**nn.

Die beliebten Haribo-Goldbärchen hießen früher Teddybären und seit ihrer Erfindung durch Hans Riegel 1922 zunächst Tanzbär. Der heutige Standardgoldbär ist 2,2 cm hoch und wird aus folgenden Zutaten hergestellt: Glukosesirup, Zucker, Gelatine, Dextrose, Zitronensäure und Aromastoffen. Die Farbstoffe der Haribo-Gummibärchen entstammen seit Ende der 80er Jahre der Natur, und zwar aus Mischungen von schwarzer Johannisbeere (Cassis), Orange, Zitrone und Kiwi.

Aus den Fabriken von Haribo werden täglich an die 70 Millionen Goldbärchen in alle Welt verschickt. Einer der bekanntesten Gummibärchen-Fans ist Ex-Außenminister Hans-Dietrich Genscher, von dem es heißt, er habe bei seinen vielen Flugreisen um die ganze Welt stets Haribo-Goldbärchen bei sich gehabt. Ein anderer Liebhaber der Bärchen war Kaiser Wilhelm II., der sich jene Süßigkeiten gleich kistenweise ins niederländische Exil schicken ließ. Er bezeichnete die Gummibärchen einmal als »das einzig Gute, was die Republik hervorgebracht hat«.

Haro

Einer der größten bundesdeutschen Hersteller von Fertigparkettfußböden nennt sich Haro. Haro heißt offiziell Hamberger Industriewerke GmbH und ist beheimatet in Rosenheim. Damit ist auch der Name erklärt: **Ha**mberger aus **Ro**senheim, kurz Haro.

Hattrick

Wenn ein Fußballer drei oder mehr Tore in einer Halbzeit hintereinander schießt, nennen wir das einen Hattrick. Die wörtliche Übersetzung des englischen *hattrick* lautet »Hut-Trick«. Was haben drei Tore in einer Halbzeit mit einem Hut-Kunststück zu tun? Nichts! Der Begriff Hattrick geht wohl zurück auf ein anderes Ballspiel, nämlich das Kricket. Dort ist es üblich, einem Spieler, der dreimal oder öfter hintereinander das Tor getroffen hat, einen Hut als Belohnung für seine Ballspielkünste zu überreichen. Was den Kricketspielern recht, ist den Fußballspielern billig: Irgendwann in der zweiten Hälfte des 20. Jahrhunderts ging der Begriff Hattrick jedenfalls in die Fußballsprache über und ist inzwischen so weit in die Umgangssprache übernommen worden, daß wir immer dann, wenn jemand dreimal hintereinander einen Riesenerfolg hatte, von einem Hattrick sprechen.

Havarie

Baut ein Schiff einen Unfall, nennen wir das eine Havarie. Der Ausdruck kommt von den arabischen Wörtern *awar* bzw. *awariya* für »Schaden, beschädigte Güter«. Wenn zwei Autos einander mit viel Karacho touchieren, sprechen wir von einer **Karambolage**. Das französische Verb *caramboler* bedeutet »zusammenstoßen« und geht auf *carambole* für »roter Ball beim Billardspiel« zurück; Herkunft: das französische Wort »*carambole* für ›Frucht des Karambolabaumes‹. Zunächst nur im Zusammenhang des Billardspiels verwendet; dann Verallgemeinerung.«[76]

Das Wort **Karacho** für hohe Geschwindigkeit kommt vom spanischen *carajo* für »Penis«. Der Zusammenhang zu Tempo wird unterschiedlich erklärt: »Die im Deutschen übliche Bedeutung wohl nach der spanischen Redensart *al carajo contigo* ›Geh zum Teufel!, Mach, daß du fortkommst!‹. Der Ausdruck ist zuerst in der Hamburger Seemannssprache zu finden.«[77] Die andere Erklärung: »Im Dt. findet sich *Karacho* seit dem 1. Viertel des 20. Jhs., zunächst bei Kavalleristen [Reitern, von französisch *cheval* für »Pferd«] des Ersten Weltkriegs im Sinne von ›Galopp‹. Hier liegt wohl eine scherzhafte Umformung der schon im 17. Jh. bei Reitern üblichen Wendung in voller Karriere ›in schnellem Galopp‹ vor (...). Klangähnlichkeit mit *Krach* begünstigt vielleicht die Verbreitung.«[78]

Hawesta

Hawesta steht für Fischkonserven und ist die Verkürzung von **Ha**ns **West**ph**a**l.

HB

HB ist bis heute eine der bekanntesten deutschen Zigarettenmarken. HB ist die Kurzform von **H**aus **B**ergmann.

HDI

Wie bei vielen Unternehmen ist auch bei HDI nicht mehr erkennbar, woher der Name kommt. HDI ist die Abkürzung von »**H**aftpflichtverband der **D**eutschen **I**ndustrie. Versicherungsverein auf Gegenseitigkeit« oder auch »Hilft Dir Immer«, wie der Werbeslogan des Verbandes lautet.

Hechtsuppe

Jeder kennt den Spruch »Hier zieht's wie Hechtsuppe« für unangenehmen Durchzug. Zur Herkunft gibt es unterschiedliche Deutungen: »Nach einer Lesart ist von der Hechtsuppe auszugehen, die ›ziehen‹ muß, um wohlschmeckend zu werden; andere Quellen verweisen auf *jidd* [jiddisch = Mix aus Deutsch und Hebräisch] ›hech supha‹ = wie eine Windsbraut, wie ein Orkan. Etwa seit 1850.«[79]

Heiermann

Das Fünfmarkstück nennen wir umgangssprachlich Heiermann. Vor 1914 war es das gängige Handgeld, das der geheuerte Seemann auf die Hand erhielt und wodurch der Vertrag rechtskräftig wurde. Heiermann ist also eine Abwandlung von Heuer. Das Wort könnte aber auch aus dem Jiddischen kommen, in dem *heh* »fünf« bedeutet.

Helanca

Älteren Semestern ist Helanca noch aus den 60er Jahren bekannt, als bügelfreie Hemden und Blusen erfunden wurden. Sie kamen aus der Mode, weil Plastik in Kombination mit Schweiß einen unerträglichen Körpergeruch zur Folge hat. Helanca ist eine Kunstfaser aus dem Hause **He**berlein, deren Qualität an die von Wolle (lateinisch **lan**a) herankommen sollte. Zusammen mit der Wohlklangsendsilbe -**ca** ergibt das Helanca.

Helit

Die Firma mit Sitz in Kierspe ist seit Ende des 19. Jahrhunderts tätig auf dem Sektor Büroaccessoires aus Plastik. Die Gründerfamilie heißt Hefendehl; die Büroprodukte wurden früher aus Bakelit gefertigt. So erklärt sich der Firmenname: **He**fendehl plus Bake**lit** gleich Helit. **Bakelit** ist ein eingetragenes Warenzeichen, aber auch eine gängige Bezeichnung für Kunstharze auf Phenolharzbasis. Namensgeber war der Chemiker Leo Hendrik Baekeland.

Hella

Seit 1899 gibt es die WMI, kurz für **W**estfälische **M**etall-**I**ndustrie, als Aktiengesellschaft in Lippstadt. Diese Firma heißt heute Hella, und Hella steht für Scheinwerfer. Bereits 1908 wurde der Name Hella als Produktbezeichnung verwendet. 1926 ließ sich die WMI Hella als Warenzeichen beim Deutschen Patentamt schützen.

Zur Herkunft des Namens Hella gibt es drei Versionen: Version eins meint, eine Acetylenlaterne aus dem Jahre 1900, die nach dem griechischen Sonnengott Helios benannt wurde, sei Ursprung des Produktnamens. Version zwei nimmt die Tatsache, daß früher alle Produkte der WMI neben dem offiziellen WMI-Logo eine

Plakette mit einer jungen Frau mit einem strahlenden Stern über dem Kopf zeigten, zum Ausgangspunkt der Namenserklärung. Der Erfinder könnte dabei an eine Göttin des Lichts gedacht und aus Helios Hella gemacht haben. Als plausibelste Erklärung gilt folgende: Gründer der Firma war ein Herr namens Windmüller, der die Firma am 11. Juni 1899 ins Handelsregister eintragen ließ. Windmüllers Frau hieß Helene, ihr Kosename war Hella. Aufgrund der Tatsache, daß Hella Assoziationen zu »heller« anklingen läßt, war der ideale Scheinwerfername geboren.

Hempels

Neben Müller und Schmidt ist Hempel einer der berühmtesten deutschen Familiennamen, und zwar wegen der Redensart »Hier sieht's aus wie bei Hempels unterm Sofa«, was Chaos und Durcheinander meint.

Dazu eine nette Geschichte von Lorenz Hagenbeck, dem Sohn Carl Hagenbecks (1844–1913), der den Tierpark Stellingen bei Hamburg gründete: »›Wie Sie wissen, haben die Artisten in aller Welt eine besonders hohe Meinung von Moral, Ordnung und Sauberkeit. Überall, wo wir mit unserem Zirkus erschienen, fanden wir daher vorbildliche Verhältnisse einer Gemeinschaft von Varieté- und Zirkuskünstlern, von Schaustellern und anderen Vertretern des fahrenden Volks. Nur einmal tanzte um die Jahrhundertwende in einer süddeutschen Stadt ein Budenbesitzer namens Hempel aus der Reihe, der regelmäßig Müll und andere Abfälle unter seinen Wohnwagen anstatt in die vorgesehenen Behälter kehrte. Es gelang uns schnell, die Ordnung wiederherzustellen und ihn nach vergeblichen Ermahnungen mit Hilfe der Stadtverwaltung des Geländes zu verweisen. Was von ihm übrigblieb, war ein dunkler Fleck auf dem Rummelplatz und die Redensart.‹«[80]

Heraklith

Jeder Bauherr kennt Heraklith-Platten. Das Patent dafür ließ sich 1908 ein Herr namens Robert Scherer in Wien eintragen. 1918 begann die Fertigung in Ferndorf in Kärnten, seit 1928 hat die Firma ihren Sitz in Simbach am Inn. Der Name Heraklith setzt sich zusammen aus **Herak**les, dem starken Mann der griechischen Sagenwelt, und **Lith**os, dem griechischen Wort für Stein. Den

Dämmplatten ist Magnesit, ein Mineral, als Bindemittel beigefügt. Der Name des griechischen Helden wurde gewählt, um auf die *starke* Dämmwirkung hinzuweisen.

Herbol

Der Name Herbol steht für Farben und Lacke. Er ist eine Zusammensetzung aus **Herb**ig Haarhaus AG und dem lateinischen Wort **ol**eum für »Öl«.

Heroin

Die Kopfschmerztablette → Aspirin gilt heute als Wundermittel. Erfunden hat sie der Bayer-Chemiker Felix Hoffmann am 10. August 1897. Derselbe Mann schuf zehn Tage später eine andere vermeintliche Wunderdroge – das Heroin, chemisch Diacetylmorphin, und zwar als Substitut für das süchtigmachende Schmerzmittel Morphin. Getestet wurde es an Tieren und Werksangehörigen – scheinbar mit Erfolg. Bayer ließ es unter dem Namen Heroin schützen, abgeleitet vom griechischen *heros* für »Held«. Die Bayer-Chefs hielten das Teufelszeug für eine heroische Neuentwicklung.
Das Wort **Droge** ist mittelniederdeutscher Herkunft: *Droge-fate* wurden »trockene Fässer« genannt. Irrtümlich ging der Name der Fässer auf den Inhalt über – der Begriff in seiner heutigen Bedeutung nahm einen Umweg über Frankreich, bevor er ins Deutsche übernommen wurde. Das Wort **Haschisch** kommt aus dem Arabischen, wo es »Kraut, Gras, Heu« bedeutet. **Opium** entstammt dem Griechischen und bedeutet »Mohnsaft«. Das **Morphium** entdeckte 1804 der deutsche Apotheker F. Sertürner. Für den Namen herhalten mußte Morpheus, der griechische Gott des Schlafes und der Träume.

Hertha BSC Berlin

Hertha BSC ist schon deshalb ein Unikum, weil er einer der wenigen Fußballvereine ist, der einen weiblichen Vornamen trägt. Die Geschichte dazu ist schnell erzählt: Anno 1892 machten einige Herren, die einen Verein gründen wollten, eine Dampferfahrt. Auf der Suche nach einem Namen kam ihnen die Idee, den Dampfer zum Namensgeber zu machen, und der hieß Hertha. Der neugegründete Verein namens Hertha fusionierte später mit dem Berliner Sport-Club (kurz: BSC), also hieß der neue Verein Hertha BSC. Der weibliche Vorname **Hertha** ist entstanden als falsch gelesener Vorname der germanischen Göttin Nerthus. Bei Tacitus heißt es dazu: »Bei den einzelnen Stämmen [der **Langobarden**, »die mit den langen Bärten«, von denen die italienische **Lombardei** ihren Namen hat] ist nichts Besonderes zu vermerken, abgesehen davon, daß sie gemeinsam die Nerthus – das ist die Mutter Erde – verehren und glauben, sie nehme am Leben der Menschen teil und komme zu den Menschen gefahren.«[81]

Hertie

Der Name dieses großen deutschen Konzerns hat weder etwas mit Hertha BSC noch mit der Herta-Wurst zu tun. Die Kaufhauskette mit Sitz in Frankfurt am Main und Berlin wurde 1882 im thüringischen Gera gegründet und 1935 von den Nazis ›arisiert‹, d. h. enteignet. Seither gibt es den Namen Hertie, denn der Gründer des Konzerns, der jüdische Kaufmann Hermann Tietz, vertrieb schon Anfang des 20. Jahrhunderts eigene Produkte – Grammophonnadeln – unter diesem Namen. Ursprünglich hatte das Kaufhaus Hermann Tietz & Co. geheißen. Hertie steht für **Her**mann **Tie**tz. Seit 1994 ist Hertie eine 100prozentige Tochtergesellschaft der Karstadt AG.

Hewi

Der Begriff Hewi steht für Türklinken. Hewi kommt von **He**inrich **Wi**lke aus Bad Arolsen in Nordhessen.

Hexaglott

Hexaglott produziert Sprachcomputer für den Urlaub und Wörterbücher. Der Begriff ist gebildet aus den griechischen Wörtern *hexa* für »sechs« und *glotta* für »Sprache«, bedeutet also »sechssprachig«. Die beliebten **Polyglott**-Reiseführer heißen übersetzt »vielsprachig«.

Hieroglyphen

Den Begriff kennen wir alle als Wort für »Sauklaue«, d. h. eine kaum lesbare Handschrift, aber natürlich auch als Bezeichnung für die

Bilderschrift der alten Ägypter. Das Wort kommt aus dem Griechischen und meint »heilige Inschriften«.

Hijacker

Auch im Deutschen ist der Ausdruck Hijacker für Flugzeugentführer geläufig. Dabei bedeutet das Wort im amerikanischen Slang »›krimineller Landstreicher, der Schmuggler oder auch seine eigenen Kameraden überfällt und beraubt‹; vielleicht aus dem Gruß der Landstreicher *Hi, Jack*, mit dem der Grüßende den andern zum Stehenbleiben brachte; der Vorname Jack wurde allgemein als Anrede für ›Kumpel‹ o. ä. gebraucht«.[82]

Hindukusch

Der Hindukusch ist eine Gebirgskette, die sich von Pakistan über Afghanistan bis Tadschikistan erstreckt. Der Name bedeutet Hindu-Töter.

Hiro

Neben Rollstuhl-Senkrechtaufzügen und Rollstuhl-Schrägaufzügen stellt die Firma Hiro vor allem Treppenfahrstühle her. 1897 gegründet, produzierte das Unternehmen zunächst konventionelle Aufzüge und spezialisierte sich seit 1980 auf Lifte für Behinderte. Hiro hat seinen Sitz in Bielefeld und heißt offiziell HIRO LIFT **Hi**llenkötter + **Ro**nsieck GmbH.

Hobby

Der deutsche Begriff für Hobby lautet **Steckenpferd**, aber den kennt bzw. verwendet niemand mehr. Daß das Wort Hobby aus dem Englischen kommt, ist klar; *hobyn* bzw. *hoby* bedeuten »kleines Pferd«. Der Ausdruck *hobby-horse* ist die Bezeichnung für ein Kinderspielzeug, das aus einem Stock (deutsch auch Stecken genannt) besteht, an dessen Ende ein Pferdekopf aus Holz angebracht ist. Im 19. Jahrhundert kam der Begriff Hobby für Stekkenpferd im deutschen Sprachraum in Mode.

Hokkaido

Hokkaido ist die nördlichste und zweitgrößte Insel Japans. Nördlich von Hokkaido liegt die zu Rußland gehörende Insel Sachalin.

Südlich von Hokkaido liegt Honshu, die größte Insel Japans. Die Sommer auf Hokkaido sind kühl, die Winter aufgrund der Kurilenströmung kalt und lang. Der Name Hokkaido bedeutet Nordmeerweg.

Hokuspokus

Das Wort Hokuspokus kennen wir als Synonym für Unsinn, aber auch als Zauberformel. Eine vermutlich falsche, aber gern erzählte Herleitung will wissen, das Wort Hokuspokus sei eine Verballhornung der Abendmahlsformel *hoc es corpus meum* (»Dies ist mein Leib«). Doch das ist unsicher: Das Wort *hocospocos* tauchte um 1624 in England auf und geriet 1634 in den Titel eines Buchs zur Kunst des Taschenspiels: »Hocus Pocus junior« – auf deutsch erschienen 1667.
Die uns geläufige Zauberformel Hokuspokus Fidibus verdanken wir der Studenten, die **Fidibus** – Papierstreifen zum Anzünden von Feuer, eigentlich Darmseite, Saitenspiel – in die heutige Bedeutung ummünzten. Über die Herkunft des geläufigen Zauberworts **Abrakadabra** wissen wir nichts Genaues. In unserer Sprache taucht es erstmals 1583 auf. Mitunter wird die Formel auf das Abraxas, einen Geheimnamen für Gott, zurückgeführt.

Hollywood

Der Name Hollywood bedeutet Palmenwald, genauer gesagt: Stechpalmenwald.

Homa Gold

Homa Gold ist eine Margarine, deren Grundbestandteil Sonnenblumenöl ist. Homa Gold ist der Name eines Produktes der Firma **Homa**nn, das **gold**gelb ist.

Hooligan

Der Begriff Hooligan, den wir eigentlich nur als Synonym für randalierende Fußballfans kennen und dessen Entstehung wir in Liverpool vermuten, ist älter, als man meinen könnte. Er taucht in der heutigen Bedeutung erstmals in einem englischen Polizeibericht aus dem Sommer 1898 auf, und schon einige Jahre zuvor gab es einen Song, in dem der Name Hooligan vorkommt und der das Treiben einer lärmenden und sich rüpelhaft benehmenden irischen Familie erzählt.

Hornberger Schießen

Wenn ein Projekt vollmundig angekündigt wird und absehbar ist, daß es kläglich im Sande verläuft, sagen wir: »Das geht aus wie's Hornberger Schießen.« Dazu eine kleine Geschichte: Diese Redensart »bezieht sich auf eine Begebenheit, die in Hornberg im Gutach-Tal (Schwarzwald) passierte. Nach dem Dreißigjährigen Kriege kündigte der Herzog von Schwaben den Hornbergern seinen Besuch an. Die Bürger waren sich der hohen Ehre bewußt und setzten alles daran, dem Herzog einen glänzenden Empfang zu bereiten. Man lud alle wehrhaften Mannen und Schützengilden eine Tagesreise in der Runde ein, um für den Fürsten ein großes Schützenfest zu veranstalten.
Als es an einem heißen Sommertag soweit war, versammelten sich die angesehensten Hornberger mit ihren Gästen auf der Burg und sprachen schon morgens eifrig dem Wein und dem Bier zu. Da der Herzog mit Kanonendonner und Gewehrsalven empfangen werden sollte, hielten die Wächter auf Bergfried und Rondell Ausschau, um durch ein Hornsignal die Ankunft des hohen Gastes zu melden. Schon früh bezecht, glaubten sie mal in einer Postkutsche, mal in einem Krämerkarren oder einer Rinderherde den fürstlichen Troß zu erkennen, und ihre ständigen falschen Alarme lösten fast eine pausenlose Schießerei aus. Als der Herzog verspätet abends eintraf, gab es kein Pulver mehr für Salut und Schützenfest!«[83]

Hornitex

Die Firma Hornitex macht Werbung mit dem Slogan »Leistung in Holz und Kunststoff« und ist einer der ganz großen europäischen Spanplattenhersteller. Die Geschichte des Unternehmens reicht zurück ins Jahr 1926: In Detmold gründeten die Gebrüder Künnemeyer ein Sperrholzwerk, und 1951 wurde im Hause Künnemeyer eine Kunststoffplatte entwickelt für den Möbel- und Innenausbau – eine Holzfaserhartplatte, die mit einem dekorativen Kunstharzfilm beschichtet war. Diese Platte bekam den Namen Hornitex verpaßt, der in den 60er Jahren auch in den Firmenamen übernommen wurde: Hornitex Werke Gebr. Künnemeyer GmbH & Co. KG. Zur Zeit der Entwicklung der genannten Platte war die Endsilbe -**tex** eine beliebte Namensendung von Kunstharzfilmen, und da die Firma 1932 nach **Horn** (heute Horn-Bad Meinberg) umgesiedelt war, ergab sich ruck, zuck Hornitex.

Hors d'œuvre

Feinschmecker wissen, was ein *hors d'œuvre* ist: eine »Vorspeise«. Der Begriff kommt aus dem Französischen und bedeutet eigentlich »außerhalb des Werkes, der Arbeit«. Der Sinnzusammenhang zur Vorspeise ergibt sich daraus, daß Vorspeisen vor dem Hauptgericht gegessen werden, das der eigentlichen Sättingungsarbeit dient.

Hot dog

Was wir Brühwürstchen oder Bockwurst nennen, heißt im Amerikanischen *hot dog*, »heißer Hund«. Wie kommt ein Würstchen zum Namen Hund? Dazu eine kleine Geschichte: »Im Jahr 1852 führte die Metzgerinnung Frankfurts eine Wurst ein, die gewürzt und ungeräuchert war und in einer dünnen, fast durchsichtigen Haut steckte. Der Tradition entsprechend tauften die Metzger ihre Schöpfung ›Frankfurter‹ und gaben dem neuen Erzeugnis eine leicht gekrümmte Form. Der Legende zufolge geschah dies auf den Vorschlag eines Metzgers, der einen in der ganzen Stadt beliebten Dackel besaß und seine Zunftgenossen davon überzeugen konnte, daß eine Wurst, die krumm wie ein Dackel sei, bei der Kundschaft großen Anklang finden werde.
Drei Tatsachen sind unbestritten: Franfurter Würstchen kamen um das Jahr 1850 in Frankfurt auf, sie waren ein bißchen gebogen, und man nannte sie auch ›Dackelwurst‹, unter welcher Bezeichnung sie in die Vereinigten Staaten gelangten. Und hier erhielten die Brühwürstchen ihre amerikanische Bezeichnung *hot dog*, unter der sie weltweit bekannt sind.
Angeblich haben zwei Einwanderer aus Frankfurt am Main diese Würstchen unabhängig voneinander in die Neue Welt gebracht: Antoine Feuchwanger, der sich in St. Louis, Missouri, niederließ, und Charles Feltmann, ein Bäcker, der auf den holprigen Landwegen von Coney Island von einem Handkarren aus zunächst

Pasteten verkaufte, später jedoch mit ›Frankfurter Sandwiches‹, nach traditionell deutschem Rezept mit Senf und Sauerkraut serviert, den Durchbruch für sich und die heißen Würstchen in Amerika schaffte.«[84]

HUK

Einer der großen deutschen Versicherungskonzerne heißt HUK. Die HUK wurde 1933 in Erfurt gegründet und bot ursprünglich lediglich eine Kfz-Haftpflichtversicherung an, und zwar nur für Beamte. So erklärt sich auch der Name: **H**aftpflicht-**U**nterstützungs**k**asse kraftfahrender Beamter Deutschlands auf Gegenseitigkeit in Coburg.

Hula-Hoop-Reifen

Auch wenn sie keine Modeerscheinung mehr sind, es gibt sie immer noch: die Hula-Hoop-Reifen. Die Geschichte dazu erzählt uns Charles Panati: »Im Jahr 1958 wurden die Vereinigten Staaten von einer Hula-Hoop-Welle überrollt. Man legte sich Reifen aus buntem Kunststoff um die Taille und versetzte sie durch kräftiges Schaukeln der Hüften in kreisende Bewegungen. In den Spielwarenläden und den Spielzeugabteilungen der Kaufhäuser fand das Gerät reißenden Absatz – innerhalb von sechs Monaten wurden 20 Millionen Stück zu je 1,98 Dollar verkauft. Und die Ärzte warnten vor größeren Risiken.
Das Spiel war allerdings nichts Neues, ebensowenig die Warnungen der Ärzte. Bereits im alten Ägypten und später in der griechischen und römischen Antike fertigten sich Kinder Reifen aus getrockneten, entlaubten Weinreben und trieben sie mit einem Stock über den Boden, warfen sie in die Luft, fingen sie mit dem Körper wieder auf und ließen sie um die Hüften kreisen. In Südamerika wurden sie aus Zuckerrohr geflochten. Im 14. Jahrhundert gab es in England unter König Eduard bereits eine ›Hula‹-Reifen-Manie. Kinder und Erwachsene wirbelten Reifen aus Holz oder Metall um ihre Taille, mit oftmals schmerzhaften Folgeerscheinungen, die ärztlicher Behandlung bedurften. Auch damals wurden etliche Todesfälle durch Herzversagen dem übermäßigen Spiel mit dem Reifen zugeschrieben.
Die Bezeichnung ›Hula‹ in Verbindung mit dem Spiel kam erst

im 18. Jahrhundert auf. Damals war der Hula ein fröhlicher hawaiianischer Tanz, den man im Stehen oder Sitzen mit wiegenden Hüften tanzte. Ursprünglich ein religiöser Fruchtbarkeitstanz zu Ehren der hawaiianischen Götter und des Stammeshäuptlings, schockierten die ausgesprochen sinnlichen Bewegungen der barbusigen Frauen in kurzen Röckchen und der Männer in noch kürzerem Lendenschurz die ersten Missionare aus England und von der amerikanischen Ostküste. Sie brachten die Männer davon ab, beim Hula-Tanzen mitzumachen, und zwangen die Frauen der Eingeborenen, anstelle ihrer knappen Röckchen lange Grasröcke zu tragen. Die wiegenden Hüften der Tänzerinnen und Tänzer entsprachen so ganz und gar den Bewegungen, mit denen der Reifen um die Hüften kreiste, daß man diesem später die Bezeichnung ›Hula-Hoop‹ gab.«[85] *Hula-Hoop* bedeutet »Hula-Reifen«.

Humbug

Das Wort Humbug für Unsinn oder Schwindel klingt urdeutsch, kommt aber aus dem Englischen und hat dort dieselbe Bedeutung wie im Deutschen.

Hundstage

Als Hundstage bezeichnen wir die Zeitspanne zwischen dem 23. Juli und dem 23. August. Die alten Griechen dachten, die hochsommerliche Hitze habe ihre Ursache darin, daß die Sonne in diesem Zeitraum ihren Stand in der Nähe des Sterns Sirius habe. Da der Stern Sirius auch Hundsstern genannt wird, erklärt sich die Bezeichnung Hundstage.

Hupe

»Schallzeichen dürfen nicht aus einer Folge verschieden hoher Töne bestehen.« Was in der Straßenverkehrsordnung als Schallzeichen bezeichnet wird und wissenschaftlich »akustisches Signalinstrument für Kraftfahrzeuge«[86] heißt, nennen wir Hupe. Das Wort Hupe bzw. ähnliche Wörter gibt es in diversen deutschen Dialekten, so heißt es im Schwäbischen »kleine Maipfeife«. Der Ausdruck Hupe tauchte im Sinne von Signalhorn zuerst in der Jägersprache auf; nach 1898 wurde er auf Feuerwehrfahrzeuge, Straßenbahnen und schließlich das Auto übertragen.[87]

Hypothek

Das Wort Hypothek kennen wir in zwei Bedeutungen: einmal als Belastung, die auf einem Haus liegt in Form von Schulden, die sich die Bank als Grundschuld hat ins Grundbuch eintragen lassen, und zum anderen in der übertragenen Bedeutung von Belastungen allgemeiner Art, die man zu tragen hat. Das Wort geht zurück auf das griechische *hypotheke*, das wörtlich »Unterlage«, aber auch »Rat, Anzahlung« bedeutet. Später dann, bei der Übernahme des Wortes ins Lateinische, hat sich die Bedeutung »Pfand, Unterpfand« eingebürgert. Damit ist auch die heutige Bedeutung von Hypothek erklärt.

Hyundai

Seit 1991 auf dem deutschen Markt präsent, ist der koreanische Autobauer Hyundai auch bei uns ein Begriff geworden. Der große Konzern hat seinen Sitz in Südkoreas Hauptstadt Seoul, und der Firmenname ist selbstredend ein koreanisches Wort; *hyundai* meint »Fortschritt«.

I

Icon

Die schönen Bildchen auf Computern, hinter denen sich Programme oder Dateien verbergen, werden *icons* genannt. Herkunft ist das uns aus der russisch-orthodoxen Kirche bekannte Wort *Ikone* für »Heiligenbild«. Die Wurzel: das griechische *eikon* für »Bild« oder »Gemälde«.[88]

Idee-Kaffee

Auch wenn es eine gute Idee sein mag, Idee-Kaffee zu trinken, mit der Herkunft des Namens hat das nichts zu tun. Die Herstellerfirma heißt I. Darboven, und die Initialen I. D. werden gesprochen zu Idee.

Iduna Nova

Einer der großen deutschen Versicherungskonzerne heißt Iduna Nova. Deutsche Übersetzung: neue Iduna. Damit ist der Name aber keineswegs erklärt. Die Iduna gibt's als Versicherung seit 1854, und zwar in Halle an der Salle. In unseren Breitengraden kennen viele noch den germanischen Gott Odin (Wotan). Mit dessen Sohn Bragi war die nordgermanische Göttin Iduna (Idun, Idhunn) verheiratet, und jene Iduna aus dem Geschlecht der Asen ist die Namensgeberin des Versicherungskonzerns.
Die Begründung für die Namenswahl lesen wir in einem Rechenschaftsbericht der Firma für 1903: »...und doch liegt zweifelsohne in der Wahl des Namens dieser Göttin eine feine Symbolik, da sie als Hüterin der Äpfel (...) die ewige Jugend gewährt und auch als Sinnbild für ein Institut dienen kann, das sich zur Aufgabe die Bekämpfung der Sorge im alltäglichen Leben gemacht hat.«[89]

Ikea

Am 30. März 1996 wurde er 70 Jahre alt, der Gründer der Möbelhauskette Ikea, Ingvar Kamprad. Im Alter von gerade mal 17 Jahren begann der Schwede mit 300 vom Vater geliehenen Kronen seinen Geschäftsbetrieb. Zunächst war es ein Versandhandel für Christbaumschmuck, Kugelschreiber, Blumen und ähnliches. Ab 1950 erweiterte Kamprad sein Sortiment um Möbel, die er außer Haus fertigen ließ. Die ersten Möbel ließ er auf Milchwagen in die nähere Umgebung verschicken, und als es in Schweden diese Milchwagen nicht mehr gab, verlegte er sich auf den Versand per Post. Inzwischen hat Ikea weit über 100 Möbelhäuser in mehr als 20 Ländern der Welt; die meisten von ihnen stehen in Deutschland.
Zum Namen Ikea: Die ersten beiden Buchstaben sind die Initialen des Firmengründers **I**ngvar **K**amprad. Das E steht für Kamprads Geburtsort **E**lmtaryd, einen Hof in Südschweden; das A schließlich kommt von **A**gunnaryd, und das ist der Name des Ortes mit dem nächstgelegenen Postamt, das von Elmtaryd zu erreichen war. Der nächstgrößere Ort heißt nebenbei gesagt Älmhult – den immerhin findet man auch auf gängigen Straßenkarten.

Ikebana

Ikebana ist ein japanischer Brauch, kunstvolle Blumengestecke zu basteln. Die Wortherkunft: »aus *ike* ›lebend‹, zum Verb *ikeru* ›lebend, frisch erhalten‹, und *bana* ›Blume, also ›lebend, frisch erhaltene Blume‹«.[90]

in petto

Es ist immer gut, noch etwas in petto zu haben, was soviel meint wie noch etwas in der Hinterhand, also zum Nachlegen, Vorbringen zu haben. Wie so viele Begriffe, so kommt auch dieser aus dem Lateinischen, was im Italienischen zu *in pectore* wurde und soviel bedeutet wie »im Herzen, in der Brust«. Die Rede von *in petto* stammt aus der katholischen Kirche, genauer von dem Recht der Päpste, den Namen eines neuen Kardinals oder Bischofs nicht sofort bekanntgeben zu müssen, sondern ihn erst für sich, d. h. *in petto* behalten zu können.

Indonesien

Wie man noch heute an dunkelhäutigen Fußballspielern in der holländischen Nationalmannschaft erkennen kann, waren die Niederlande einst eine bedeutende Kolonialmacht. Was heute Indonesien heißt, wurde 1602 als niederländische vereinigte Ostindische Kompanie gegründet. Die Holländer sprachen von *Ons Indië*, »Unser Indien«, woraus später Indonesien wurde.[91]

Inlineskater

Früher gab's Rollschuhe, die später Rollerskates genannt wurden, doch seit Mitte der 90er Jahre fährt man nicht nur in den USA Inlineskates. Dabei sind Inlineskates uralt, viel älter als die Rollschuhe. Die ersten Inlineskates, die den heutigen sehr ähnlich sahen, brachte um 1760 ein Belgier namens John Joseph Merlin in London auf den Markt. Er war Violinist und hatte sich die rollenden Schuhe als Gag gedacht – leider hatten sie keine Bremse, und so geriet die Show zum Fiasko, wie der Engländer Thomas Busby im Jahr 1820 berichtete. Die Rollschuhe mit vier Rädern sind eine amerikanische Erfindung aus dem Jahre 1863. Zum Namen Inlineskate: Die Rollen sind bei diesem Rollschuh nicht nebeneinander, sondern hintereinander »in einer Linie« *(in line)* angeordnet. Die korrekte deutsche Übersetzung für *in line skate* heißt daher »Einlinienrollschuh«.

ISDN

Seit 1995 macht die **Telekom** (bedeutet: Ferngespräch) massiv Reklame für Euro-ISDN. ISDN ist ein digitales Telefonnetz und bedeutet für den Anwender, daß er über eine Leitung mehrere Nummern und damit Funktionen erhält. ISDN ist unschwer als Abkürzung zu erkennen: **I**ntegrated **S**ervices **D**igital **N**etwork. Während die Telekom bei normalen Anschlüssen nur eine Steckdose setzt, die sie **TAE** (**T**elefon**a**nschluß**e**inheit) nennt, installiert sie bei ISDN-Anschlüssen in jedem Falle ein sogenanntes Netzabschlußgerät für den Basisanschluß. Dieses Gerät trägt die Bezeichnung **NTBA**; das steht für **N**etwork **T**erminal **B**asis **A**ccount (Netzabschlußgerät).

Isetta

Von der Knutschkugel mit Fronteinstieg aus München wurden zwischen 1955 und 1962 über 160 000 Stück hergestellt. Man könnte denken, der Name Isetta habe irgend etwas mit dem Fluß Isar zu tun. Weit gefehlt! Die Isetta ist nicht einmal ein Produkt der Bayerischen Motoren-Werke, sondern kommt aus Italien. 1939 hatte ein Herr namens Renzo Rivolta eine Firma gegründet, die Isothermos hieß und Kühlschränke, Badeöfen und elektrische Heizkörper produzierte. 1946 stellte Iso um auf die Herstellung von Motorrädern und Lieferwagen, und 1953 war es dann soweit: Die Iso-Werke in Mailand präsentierten jenen legendären Kleinwagen, der den Namen Iso-Isetta trug. BMW kaufte die Lizenz und baute ab 1955 die BMW-Isetta.

Isetta ist wie auch der Fiat **Barchetta** (»kleines Boot«, »Bötchen«) eine Verkleinerungsform, hier von Iso; *isetta* bedeutet »Klein-Isolierer« oder »Isoliererchen«. Nachgerade bösartig mutet die Erklärung bei Funke an: »Kleines motorisiertes Schlaglochsuchgerät, in den fünfziger Jahren vom Bundesverkehrsministerium bei der Straßenerneuerung eingesetzt. An seine Stelle trat in den sechziger Jahren der ›Morgan plus acht‹ aus England. Heute werden – im Sinne des Kostendämpfungsgesetzes – die entsprechenden Kontrollen durch den Bundespräsidenten persönlich zu Fuß durchgeführt.«

Islam

Mit der **Hedschra** oder Hidschra (»Flucht«) Mohammeds von Mekka nach Medina 622 n. Chr. beginnt noch heute die islamische Zeitrechnung. *Islam* heißt »Hingabe an Gott«, und der Gott der Muselmanen heißt **Allah** (»Gott«). Der Begriff **Muslim** oder **Moslem** bedeutet »treu« oder »gottergeben«; Mohammeds Nachfolger sind die **Kalifen** (»Nachfolger«). Im 8. Jahrhundert spalteten sich die Mohammedaner in zwei Richtungen: die **Sunniten**, deren Handeln von den Bräuchen (»Brauch« gleich *sunna*) der ersten Generation bestimmt war, und die **Schiiten** (*Schia* gleich »Partei«), die als Nachfolger des Propheten nur Abkömmlinge von Mohammed oder dessen Schwiegersohn Ali akzeptierten.
Die Bibel der Muslime ist der **Koran** (»Verkündigung«), die **Kaaba** in Mekka ist das zentrale Heiligtum der Mohammedaner und bedeutet »Würfel«. Sie ist ein Bauwerk aus Stein, an dessen südöstlicher Ecke ein schwarzer Meteorit (Hadschar) eingemauert ist. *Hadsch* bedeutet »sich Gott nähern«. Die Gotteshäuser der Mohammedaner heißen **Moschee** (»Ort des Betens«); **Minarett** bedeutet »Leuchtturm« und **Muezzin** zum Beten »Rufender«.
In den deutschen Wortschatz eingegangen sind die Wörter Mufti und Kadi. Was bei uns eher ein Schimpfwort ist, bezeichnet in islamischen Ländern eine hochangesehene Position: Ein **Mufti** ist ein »Rechtsgelehrter«, und **Kadi** ist ein »Richter in religiösen Angelegenheiten«. **Djihad** nennen die Muselmanen den heiligen Krieg; *djihad* bedeutet wörtlich »Anstrengung«.

Ispo

Ispo steht für Internationale Sportartikelmesse, aber auch für die Ispo GmbH – einen bekannten Hersteller von Baustoffen, spezialisiert aufs Sanieren, Renovieren und Erhalten von Bausubstanz. Die Geschichte des Unternehmens begann in der Nachkriegszeit: In Zürich setzten sich zwei Baufachleute zusammen, um einen Dekorputz zu entwickeln, und im Jahre 1953 war es dann soweit. Ein qualitativ hochwertiger Mörtelputz mit Quarzsanden als Zuschlag war geboren, und auch ein Name für das Produkt war schnell gefunden. Die beiden Spezialisten hießen **J**an **S**pillman und Silvio **P**ietr**o**boni und verkürzten ihre Namen zu Ispo.

Iveco

Was heute unter Iveco-Magirus firmiert, ist ein großer Nutzfahrzeughersteller, der ursprünglich Magirus-Deutz hieß. 1873 stellte ein Herr namens Conrad Dietrich Magirus eine Feuerwehrleiter vor, die als »Ulmer Leiter« Technikgeschichte schreiben sollte. 1864 gründeten Nikolaus A. Otto – der Erfinder des Otto-Motors – und Eugen Langen in Deutz, einem Vorort von Köln, einen Produktionsbetrieb, aus dem später die Motorenfabrik Deutz wurde, Keimzelle der späteren Klöckner-Humboldt-Deutz AG. In diese Firma wurde auch Magirus aus Ulm übernommen. Der erste Omnibus (lateinisch »allen«) mit dem Namen **Magirus-Deutz** erblickte 1919 das Licht der Welt.

Der Name **Magirus** stammt aus der Zeit des Humanismus und steht für Koch; **Deutz** kommt vom keltischen *juta* für »Brei« oder »Brühe«. Magirus-Deutz heißt also Koch-Brei. Im Zuge der allgemeinen Konzentration auch bei Nutzfahrzeugen wurde 1975 die **I**ndustrial **Ve**hicles **Co**rporation (kurz: Iveco) mit Sitz in Amsterdam gegründet, bei der Fiat 80 Prozent des Aktienkapitals hält.

J

Januar

Die Österreicher sprechen noch heute statt von Januar von Jänner. Beide Bezeichnungen sind lateinischer Herkunft: *Mensis januarius* bedeutet »Monat des Gottes Janus«. Der Gott Janus steht für Eingang und Ausgang und damit auch für Anfang und Ende. Seit Julius Cäsar beginnt das römische Kalenderjahr nicht mehr mit dem März, sondern mit dem Januar. Der Januar ist damit der Monat, der für das Ende des vorhergehenden und vor allem für den Anfang des neuen Jahres steht.

Jeans

Der Anfang des 19. Jahrhunderts aus Bayern in die USA ausgewanderte Jude Levi Strauss schneiderte für die Goldgräber in Kalifornien Arbeitshosen, die möglichst strapazierfähig sein sollten. Daher die Nieten an den Hosentaschen, und daher auch der Name Nietenhosen. Nach dem Erfinder der Jeans werden sie oft auch **Levi's** genannt (sprich: Lieweis; oft falsch Läwwis ausgesprochen). Diese Arbeitshosen ließ Levi Strauss ab 1853 in Serie herstellen, ihr Stoff stammte ursprünglich aus der französischen Stadt Nimes (»aus Nimes« gleich *de Nimes*), woraus sich sein Name **Denim** entwickelte. Die Stadt Genua war früher ein bekannter Hafen für die Ausfuhr von Tuchen; der Name Jeans ist eine angelsächsische →Verballhornung von Genua.

Jeep

Seit Ende der 80er Jahre sind sie eine Modeerscheinung: Autos, die sich Geländefahrzeuge, Off-Road-Wagen mit Four-Wheel-Drive (geländetaugliche Fahrzeuge mit Allradantrieb) oder anders nennen. Sie alle haben ihr Vorbild im Jeep. Doch woher hat der seinen Namen?
Der Jeep ist eine amerikanische Erfindung aus dem Zweiten Weltkrieg. Die Amerikaner brauchten einen geländetauglichen Personenwagen, ließen ihn entwickeln – 1942 wurde der erste Jeep produziert – und nannten ihn General Purpose War Truck, Mehrzweckkriegskraftwagen, Abkürzung: GPWT. Diese vier Buchstaben (ausgesprochen: dschiepiedabbeljuutie) wurden wegen der Unaussprechlichkeit der Kurzform noch einmal verkürzt zu G. P. (gleich General Purpose gleich Mehrzweck). Und G. P. wird ausgesprochen Dschiepie, kurz: Dschiep, geschrieben im Englischen: Jeep.

Jet-set

Das Fremdwörterbuch des Duden definiert Jet-set wie folgt: »internationale Gesellschaftsschicht, die über genügend Geld verfügt, um sich – unter Benutzung eines [Privat]jets – mehr oder weniger häufig an verschiedensten exklusiven Urlaubsorten od. entsprechenden Treffpunkten zu vergnügen.« Wörtlich übersetzt bedeutet Jet-set »Düsen-Clique«. Eine nette Definition von Jet-set lesen wir bei Peter Wehle: »Jet-setter sind Leute, die einen Hubschrauber mieten, wenn sie eine Schachtel Streichhölzer aus dem Tabakladen brauchen.«[92]

Jiu-Jitsu

Jiu-Jitsu ist eine japanische Form der Selbstverteidigung ohne Waffen. Im Japanischen bedeutet *ju* »sanft, weich« und *jutsu* »Kunstfertigkeit«.

Jogging

Früher nannte man das mal Dauerlauf oder, wenn's im Wald stattfand, Waldlauf. Seit etwa 1980 bürgerte sich dann in Deutschland der amerikanische Begriff Jogging ein. Klingt wohl etwas vornehmer. Genauso heißt Korbball jetzt Basketball und Federball Badminton. Jogging kommt vom englischen Verb *to jog*, und das bedeutet »rütteln, stoßen, schaukeln«; *jog-trot* heißt »Dauerlauf« oder »Zotteltrab«. Wer möchte schon Zotteltraber statt Jogger genannt werden?

Joghurt

Das Wort Joghurt ist türkischer Herkunft. Türkisch *yogurt* steht für »gegorene Milch« und kommt von *yogurmak* für »kneten«.

Jo-Jo

Alle Jahre wieder schwappt eine Jo-Jo-Welle übers Land, bis sie von anderen Moden wieder weggespült wird. Jo-Jo – auch Yo-Yo geschrieben – ist ein »Geschicklichkeitsspiel, bei dem durch federndes Auf- und Abbewegen der Hand eine an einer Schnur hängende Spule auf- und abrollt«.[93]

Zur Geschichte des Jo-Jo gibt es zwei Theorien. Die eine behauptet, es sei um 1000 v. Chr. in China erfunden worden und über die Philippinen später in die ganze Welt gelangt. Die andere meint, es sei von Europa nach China ›ausgewandert‹ und habe von da aus seinen Weg auf die Philippinen gefunden. Fest steht, daß das Jo-Jo auf den Philippinen ursprünglich kein Spielzeug, sondern ein Jagdgerät war, das ähnlich wie ein Bumerang funktionierte.

Den Philippinos verdanken wir auch den Namen. In Tagalog, einer Sprache der Ureinwohner, bedeutet *jo-jo* »Komm zurück, komm zurück!«. Vom Wort **Bumerang** ist nichts Genaues bekannt, außer daß wir es der Sprache der Aborigines, der Ureinwohner Australiens verdanken. Ins Deutsche gelangte es übers Englische.

Jubel

Das scheinbar urdeutsche Wort Jubel kommt nicht von jubeln und stammt auch nicht aus dem Lateinischen, sondern dem Hebräischen und bedeutet »Widderhorn«, hebräisch: *jobel.* Doch was hat ein Widderhorn mit dem Jubel zu tun? Dazu eine kleine Geschichte: Bei den Juden gab es das mosaische Gesetz, nach dem alle fünfzig Jahre Schulden erlassen, Sklaven freigelassen und das Land neu verteilt wurde zum Ausgleich von Ungerechtigkeiten. Dieses Jahr wurde im ganzen Lande eingeleitet durch den Posaunenschall des Widderhorns; daher der Name. Im Jahre 1300 übernahm Papst Bonifatius (»der Gutes Tuende«) die jüdische Tradition (»Überlieferung«), allerdings nur für den Sündenerlaß und nur alle hundert Jahre – später werden die Abstände verkürzt auf fünfzig, dann dreiunddreißig und schließlich fünfundzwanzig Jahre. In dieser Zeit wird das lateinische *jubilus* für »Jauchzer« mit dem hebräischen *jobel* verschmolzen. Hier hat natürlich auch der Begriff **Jubiläum** seine Wurzeln.

Jubelperser

Berlin, 2. Juni 1967: Beim Staatsbesuch des persischen Schahs Reza Pahlewi in der Bundesrepublik Deutschland demonstrieren Studenten gegen dessen Terrorregime im Iran. Es fliegen Rauchkerzen und Eier. In einem großen Bus eigens herangekarrte schahfreundliche Perser (daher der Name Jubelperser) – zum Teil mit Stahlrohren bewaffnet – prügeln auf die Demonstranten ein. Am Abend desselben Tages kommt es vor der Deutschen Oper zu schweren Auseinandersetzungen zwischen Polizei und Studenten. Hierbei wird der 26jährige Student Benno Ohnsorg von einem Polizisten erschossen. Der Begriff Jubelperser für bezahlte Claqeure ging in den deutschen Sprachschatz ein. Seit 1977 wird er auch angewandt auf »spielfreie Schauspieler als Claqeure«.[94] Das Wort **Claqeur** ist unschwer als französisches zu identifizieren: Es kommt von *claquer* für »klatschen«.

Judo

Die japanische Selbstverteidigungsdisziplin wurde ursprünglich als *jujutsu* bezeichnet und ist eine Entwicklung der **Samurai** (»Dienstmann«); die heutige Form des Judo hat der 1860 geborene und 1938 gestorbene Jigoro Kano entwickelt. Die Übersetzung des Wortes *judo*, »weicher, sanfter Weg«, ist nicht unlogisch, denn bei dieser Art des Kampfes geht es darum, den Gegner mit sanften Mitteln aus dem Gleichgewicht und damit zu Fall zu bringen.

Jugoslawien

Die Österreicher schreiten zur Nachmittagsmahlzeit, wenn die Sonne im Süden steht, und nennen sie **Jause**, was von den slawischen Wörter *juzni, juch* und *jug* für »Süden« kommt. Die **Slawen** haben sich ihren Namen selbst gegeben: *Slovo* heißt »die Sprechenden«; folgerichtig bedeutet Jugoslawien soviel wie »(Land der) Südslawen«. Da Slawen in der Antike vor allem bei den Römern als Sklaven sehr begehrt waren, wurde der Begriff Slawe in späterer Zeit zum Synonym für **Sklave**.

Juli

Der Juli hat seinen Namen vom berühmten Gaius Julius Caesar geerbt; dieser Monat war in seinem Kalender, der der julianische genannt wird, sozusagen sein Ehrenmonat. Im Deutschen hieß der Juli bis ins 16. Jahrhundert Heumonat wegen der Heuernte. Rechtswissenschaften und Urkunden sorgten für die Durchsetzung des Namens Juli.

Jumper

Der Jumper ist ein Kleintranporter der Firma Citroën. Der Name kommt aus dem Englischen, und zwar von *jumper* für »Springer«.

Juni

Früher wurde der Juni Brachmonat genannt, weil in diesem Monat die Brachfelder bearbeitet wurden. Die Bezeichnung Juni geht zurück auf den Monat, der der Göttin Juno geweiht war.

Junkie

Ein Junkie ist ein Drogensüchtiger, zumeist ein Fixer. Das Wort kommt aus dem Englischen und bedeutet dort Müll. Der Begriff **Junk-food** heißt demzufolge »Müll-Nahrung«.

jwd

Diese drei Buchstaben bedeuten dasselbe wie »in der Pampa« oder »am Arsch der Welt«. Aber woher kommt diese Abkürzung? Erfunden haben sie wohl die Berliner, denn die sagen »**j**anz **w**eit **d**raußen«. Der Ausdruck Pampa ist abgeleitet von den riesigen Weiten der argentinischen Steppenlandschaft, die tatsächlich **Pampa** (»niedriges Land«) heißt.

K

K 2 R

Das Kürzel K 2 R steht für ein Fleckenmittel. »Der Name ist ursprünglich in Italien als Marke eingeführt worden, und zwar im Anschluß an die Erstbesteigung des zweithöchsten Himalaja-Berges K 2 durch ein italienisches Bergsteigerteam im Jahre 1954. Die Marke war damals also eine Art patriotischer Ehrung einer nationalen italienischen Höchstleistung – mit Blick auf den entsprechenden Werbeeffekt natürlich.«[95] Der **K 2** (seit 1861 heißt er offiziell Mount Godwin-Austen) ist ein Berg im **Karakorum** (»schwarzes Gebirge«) im **Himalaya** (»Wohnsitz des Schnees«). Der Name ist für einen Berg recht ungewöhnlich; er verdankt ihn einem Herrn namens Montgomerie, der damit deutlich machen wollte, daß der K 2 der zweithöchste Berg im Karakorum ist.

Kaba

Kaba gibt es seit 1929, hieß aber ursprünglich einfach Plantagentrank. Woher der Name Kaba kommt, ist ungeklärt. Gerüchte wollen wissen, er sei eine Verkürzung des islamischen Heiligtums in Mekka, der Kaaba (»Würfel«). Eine andere Theorie meint, der Name komme daher, daß Kaba-Milchzusatzpulver ursprünglich *Ka*kao und *Ba*nanenpulver enthielt und die Banane früher in Europa eine seltene und deshalb sehr prestigeträchtige Frucht war.[96] Das Wort **Plantage** fußt auf dem lateinischen *plantare* für »pflanzen«.

Kabarett

Das Wort Kabarett wird meistens mit Kleinkunstbühne oder auch Nachtlokal übersetzt. Die schönen Namen »Überbrettl«, »Schall und Rauch« beziehungsweise »Elf Scharfrichter« trugen die ersten deutschen Kabaretts. Alle eröffneten 1901. Unschwer zu erkennen, daß *kabarett* ein französisches Wort ist; es bedeutete ursprünglich »Schenke« – gemeint waren zunächst die Schenken der **Bohèmiens** (»Menschen aus Böhmen«); diese waren oft Künstler, deren Darbietungen seit 1880 Kleinkunstbühnen etablierten.

Kadavergehorsam

Absoluten Gehorsam, Gehorsam bis in den Tod nennen wir Kadavergehorsam. Geprägt haben diesen Begriff Sozialdemokraten um 1878, um den Gehorsam-Kult des preußischen Militarismus zu geißeln. Sie griffen dabei zurück »auf VI, 1 der ›Constitutiones Societas Jesu‹ (Antwerpen 1702), wo der Begründer des Jesuitenordens, Ignatius von Loyola (eigentlich Lopez de Recalde; 1491–1556), den Brüdern vorschreibt, sich von der göttlichen Vorsehung durch die Oberen tragen und leiten zu lassen, ›*perinde ac so cadaver essent, quod quoquo versus ferri et quacunque ratione tractari se sinit*‹ – ›als wären sie ein Leichnam, der sich überall hintragen und auf jede Weise behandeln läßt‹«[97]. Das lateinische *cadaver* kommt von *cadere* für »fallen, sinken«.

Kaffee Hag

Heute ist er keine Besonderheit mehr, der Kaffee Hag, weil jeder Kaffeeröster entkoffeinierten Kaffee anbietet. Früher aber war der Name Kaffee Hag ein Synonym für – wie man damals sagte – koffeinfreien Kaffee. Und woher kommt der Name? Ganz einfach: **Kaffee**-**H**andels-**A**ktien-**G**esellschaft.

Kaiserschmarren

Den Begriff Kaiserschmarren verdanken wir Kaiserin Elisabeth von Österreich (1837–1898), der berühmten Sissi, Gemahlin des österreichischen Kaisers Franz Joseph (1830–1916). »Die Köche der Wiener Hofburg baten 1854 die frisch gebackene Kaiserin (...), ›a neue Möhlspeis‹ nach ihr benennen zu dürfen. Die schlankheitsbewußte Sissi lehnte dankend ab, aber ihr Gemahl sprang höflicherweise ein.«[98] Das Wort **Schmarren** kennen wir vornehmlich in der bayerischen Variante »So a Schmarr'n!«, der zum Ausdruck bringen soll, daß man etwas für belanglos oder für Unsinn hält. Vermutlich machte die Bekanntheit der einfachen Mehlspeise sie zu etwas Wertlosem.

Kaiserschnitt

Sowohl den Begriff Kaiserschnitt als auch den Herrschertitel **Kaiser** verdanken wir dem römischen Feldherrn und Diktator Gaius Julius Caesar. Der Herrschertitel ist eine Übernahme unserer germanischen Vorfahren, den Kaiserschnitt verdanken wir dem römischen Schriftsteller Plinius, der den altrömischen Namen Caesar damit erklärt, daß der berühmte Römer nicht auf natürlichem Wege geboren worden, sondern aus dem Leib seiner Mutter herausgeschnitten (*caedere, caesum* für »herausschneiden, ausschneiden«) worden sei. (Naturalis historia, 7,47)
Plinius dürfte aber im Irrtum sein: »Vermutlich hat der Kaiserschnitt seinen Namen von der sogenannten ›*lex regia*‹ oder ›*lex caesarea*‹ (...), einem römischen Gesetz, wonach vor der Geburt verstorbenen Frauen das Kind aus dem Bauch geschnitten werden sollte, weniger um es zu retten, als um es getrennt von seiner Mutter zu begraben. Anders als viele (...) glauben, wurde der große Julius Caesar daher auch nicht als erster Mensch per Kaiserschnitt geboren, denn seine Mutter hat die Geburt um viele Jahre überlebt.«[99] »Den ersten Kaiserschnitt in Europa, bei dem die Mutter nicht starb, führte 1550 ein des Namens unbekannter Mann durch, der von Beruf Eberkastrierer war.«[100]

Kakao

Echten Kakao kennen wir kaum noch; meist wird Kakao als Instantgetränk konsumiert. Eine nette Geschichte dazu: »Beim ›Kakao‹ handelt es sich um ein Eingeborenenwort; *cacau* ist nämlich ein Mayawort aus dem nördlichen Mittelamerika, das wir mit dem Stoff, den es bezeichnet, zugleich übernommen haben, ebenso wie wir etwa mit dem ›**Mais**‹ zugleich das Tainowort ›*mahiz*‹ von den Großen Antillen zu uns geholt haben. Auf der Eingeborenensprache fußt auch das Wort ›**Schokolade**‹; es ist zu stellen zu dem mexikanischen *choco* gleich Kakao und *latl* gleich Wasser.

Schon in vorgeschichtlicher Zeit haben die Azteken Kakao angebaut und getrunken. Der Entdecker Amerikas, Christoforo Colombo – ›Kolumbus‹ –, hat ihn wohl als erster Europäer kennengelernt. Cortez, der Eroberer von Mexiko, fand im Staatsschatz des Königs Montezuma zweieinhalb Millionen Pfund Kakaobohnen, die das übliche Zahlungsmittel waren. Die Spanier verpflegten sich auf ihren Eroberungszügen mit gerösteten, zermahlenen Kakaobohnen, denen Mais und Wasser (noch kein Zucker!) zugesetzt war, mit *kakau-atl, cacoa-hoatl*, in der Aztekensprache gleich ›Geschenk der Götter‹. (Deshalb nannte der große schwedische Naturforscher Karl von Linné den Kakaobaum mit dem gleichbedeutenden griechischen Wort ›*Theobroma*‹). Der Alte Fritz war gegen die Einfuhr von Schokolade, er beauftragte die gelehrten Scheidekünstler, einen Ersatz, etwa aus Lindenblüten, zu schaffen.«[101]

Mit dem König Montezuma nichts zu schaffen hat die Rede von **Montezumas Rache** – einem Synonym für Durchfall. Der Name geht nur scheinbar zurück auf den letzten Aztekenherrscher Montezuma II. (1466–1520). Der Begriff könnte auf die Entdeckungsreisen und Durchfallprobleme der Conquistadores (»Eroberer«) zurückgehen, ist aber neueren Datums. Er kam auf bei den olympischen Spielen 1968 in Mexiko.

Kalaschnikow

Mindestens ebenso bekannt wie Lenin und Stalin dürfte der Russe Michail Timofejewitsch Kalaschnikow (geboren 1919) sein – jedoch nicht als Politiker, sondern als Waffenkonstrukteur. Die noch heute verbreitetste Schützenwaffe ist die meistens als Maschinenpistole bezeichnete Konstruktion Kalaschnikows aus dem Jahre 1947 – die AK-47. AK steht für Automat Kalaschnikow.

Kalauer

Witze, die nicht gerade als geistreich zu bezeichnen sind, nennen wir Kalauer. Zur Herkunft des Wortes gibt es die unterschiedlichsten Theorien. Die einen führen es auf einen Herrn namens K. Lauer zurück, dessen Existenz jedoch nicht bewiesen ist, für andere ist der Erfinder ein gewisser Heinz Kahlow. Die nächsten lei-

ten unser Wort vom französischen *calembourg* ab, das »Wortspiel« bedeutet, und wieder andere schließlich knüpfen eine Verbindung zu einem Ort in der Niederlausitz, der tatsächlich Kalau heißt und Calau geschrieben wird. Dessen Einwohner nennen sich folglich Kalauer oder Calauer. Hier sollen vor Zeiten Schuhe hergestellt und nach Berlin geliefert worden sein, deren minderwertige Qualität sprichwörtlich war und auf billige Witze übertragen wurde.
Fest steht, daß das Wort Kalauer seit 1858 existiert und daß es bei der 1848 gegründeten satirischen Wochenschrift »Kladderadatsch« einen Redakteur namens Dohm gegeben hat, der aus Kalau regelmäßig Witze an die Redaktion geschickt und seine Witzspalte »Das Neueste aus Kalau« getauft haben soll. Die Zeitschrift hat ihren Namen von einem norddeutschen Wort und sorgte mit dafür, daß der Begriff **Kladderadatsch** in die Umgangssprache einging als Synonym für »Chaos, Tohuwabohu, Aufregung«.

Kalender

Ohne Terminkalender geht heute nichts mehr, und schon Kinder haben oft einen Kalender, der so voll ist wie der eines Top-Managers. Das Wort Terminkalender ist lateinischen Ursprungs und bedeutet – wörtlich übersetzt – »Grenzzahltag«. Der scheinbare Unsinn läßt sich erklären, wenn man sich vor Augen hält, daß bei den alten Römern der Monatserste (lateinisch *calendae*) der Tag war, an dem die Geldverleiher die Zinsen eintrieben, und daß noch heute jeder Kalender mit dem ersten Tag im Monat beginnt.

Kalkulation

Eine Kalkulation ist eine Berechnung oder eine Ermittlung der Kosten. Herkunft: das lateinische *calculus*, das »Stein, mit dem man rechnet« bedeutet.

Kaloderma

»Der Name ist bereits 1857 geschaffen worden und ist (...) einer der ältesten Markennamen im Bereich der Körperpflegeindustrie. Seine für die damalige Zeit unübliche griechische Bildung verdankt er der Tatsache, daß in der Familie des Herstellers Fr. Wolff ein griechischer Gymnasiallehrer war, der den Namen aus griech.

›*kalos*‹ ›schön‹ und griech. ›*derma*‹ ›Haut‹ zusammensetzte.«[102] Kaloderma bdeutet also schöne Haut.

Kamera

Eine Kamera ist ein Photoapparat. Ursprung des Wortes ist das lateinische *camera* für »Gewölbe, Wölbung, Vorratskammer, Schatzkammer, Staatskasse«. Daß sie nichts anderes ist als eine kleine Dunkelkammer, in der ein Film belichtet wird, macht den Zusammenhang deutlich. *Photoapparat* bedeutet »Licht-Werkzeug«. Das Wort *kamera* kennt man im Italienischen für »Zimmer« oder »Schlafgemach«, und für Leute, die ein solches teilen, entstand *camerata* für »**Kameraden**, Freunde«. Das Ursprungswort *camera* im Sinne von »Staatskasse« gibt's in der deutschen Sprache noch heute als »Stadt-Kämmerer«, also kommunaler Finanzminister.

Kamikaze

Kamikaze bedeutet »göttlicher Wind« und entstammt dem 13. Jahrhundert – und zwar der Zeit der japanischen Abwehr gegen Mongolenangriffe. Uns ist das Wort eher bekannt aus dem Zweiten Weltkrieg: Als Kamikazeflieger wurden die Freiwilligenverbände der japanischen Luftwaffe bezeichnet, die sich zur Abwehr der amerikanischen Invasion für den Preis des eigenen Lebens samt Flugzeug auf amerikanische Kriegsschiffe stürzten. Ebenfalls aus dem Japanischen stammt der Begriff **Harakiri** für Selbstmord durch Bauchaufschlitzen: *Hara* bedeutet »Bauch« und *kiri* »schneiden«.

Kamillosan

Kamillosan ist ein eingetragenes Warenzeichen; sein Wirkstoff: Auszug aus Kamillenblüten. Der Produktname setzt sich zusammen aus Kamille und dem lateinischen *sanus* für »gesund«, bedeutet also »gesunde Kamille«. Das Wort **Kamille** ist griechischer Herkunft und kommt von *chamai* für »auf dem Boden, klein« und *melon* für »Apfel«. Dieselbe sprachliche Wurzel hat das Kürbisgewächs, das wir **Melone** nennen.

Kampa

Kampa ist ein großer deutscher Hersteller von Fertighäusern. Was 1900 als Tischlerei von Heinrich Rolf in Minden-Dützen begonnen hatte, wurde 1945 von dessen Schwiegersohn Eugen Kampa übernommen – daher auch der Firmenname. 1960 begann das Unternehmen mit der Serienproduktion von Garten- und Fertighäusern. 1965 trat Eugen Kampas Sohn Wilfried, ein Architekt, ins Unternehmen ein, und 1966 wurde das erste Wohnhaus, ein Bungalow, vorgestellt.

Kanada

Das Land nördlich der USA verdankt seinen Namen einem Franzosen, dem Seefahrer Jacques Cartier (1491–1557). In den Jahren 1534/35 durchfuhr Carier den Sankt-Lorenz-Strom auf der Suche nach einer Westpassage um die Erde. Von den Ureinwohnern versuchte er zu erfahren, wie das Land heiße, worauf diese antworteten *»kanata«*. So kam Kanada zu seinem Namen. Heute wissen wir, daß das irokesische Wort *kanata* »Dorf« bedeutet. Die Hauptstadt Kanadas verdankt ihren Namen dem Indianerstamm der **Ottawa**, was »die mit anderen Handelnden« heißt. Deren berühmtestem Häuptling verdankt eine amerikanische Automarke ihren Namen: **Pontiac**.

Kanake

Jeder kennt das Wort Kanake, meistens im Plural gebraucht und von der Bedeutung her ein pejorativ gemeintes Synonym für Ausländer gleich welcher Herkunft. Doch Kanaken gibt's wirklich – und zwar nordöstlich von Australien, in der französischen Kolonie Neukaledonien. Dort leben auf der Insel Lifou etwa 14 000 Menschen, die die Franzosen wegen ihrer sehr dunklen Hautfarbe Melanesier nennen. Die Melanesier selbst nennen sich *kanaken*, und das bedeutet »Menschen«. Über ihre Geschichte wissen wir wenig; sie sind vermutlich vor etwa 3000 bis 3500 Jahren von Australien oder Papua-Neuguinea eingewandert.

Kandidat

Wer sich im alten Rom um ein Amt bewarb, trug eine *toga candida*, eine »weiße Toga« (umhangartiges Obergewand). Heute tragen die Kandidaten – seien es die für das Bundeskanzleramt oder die in einer Quizsendung – zwar keine Toga mehr, aber den Begriff *toga candida* gibt es in verkürzter Form immer noch.

Kaninchen

Das Kaninchen fand seinen Weg von Spanien über Italien nach Deutschland; der Name ist also nicht germanischer Provenienz. Er kommt vom mittellateinischen *caniculus*, das vom lateinischen *cuniculus* für »unterdischer Gang« stammt, und Kaninchen graben bekanntlich unterirdische Gänge mit Höhlen.

Kanister

Das Wort Kanister kennen wir eigentlich nur noch in der Zusammensetzung Benzinkanister. Es entstammt dem lateinischen *canistrum* für »geflochtener Korb«. Daß man in einem Korb auch Flüssigkeiten befördern kann, ist eher ungewöhnlich. Die heutige Bedeutung von Kanister ist über die Engländer zu uns gekommen, bei denen das Wort schon früh auch im Sinne von Dose verwendet wurde.

Kannibale

Wer Kannibale hört, denkt an Neuguinea und Menschenfresser. Weit gefehlt. Wer schon mal Urlaub in der Karibik gemacht hat, kommt der Lösung schon sehr viel näher. Karibik kommt von *caribal* für »Einwohner der karibischen Inseln«, und das kommt von *carib* für »tapferer Mann«. »Kolumbus übernimmt bei seinen Entdeckungsfahrten aus den Mundarten der Festlands- und Inlandskariben den Ausdruck in vielen Varianten zur Bezeichnung der (aus kultischen Gründen) menschenfressenden Indianerstämme der Karibik.«[103] Aus der einen Bezeichnung, *los canibales*, entwikkelte sich das Synonym für Menschenfresser; aus der anderen, *los caribales*, die Bezeichnung für die karibischen Inseln und deren Einwohner.

Kantersieg

Der Begriff Kantersieg ist der Gegenbegriff zu → Pyrrhussieg und meint einen Sieg, der einem mühelos in den Schoß gefallen ist. Das Wort Kantersieg stammt aus der Reitersprache, in der Kanter ein kurzer, leichter Galopp ist. Dieser Begriff wiederum soll zurückgehen auf *Canterbury gallop*, das wiederum den langsamen Schritt meint, mit dem früher Leute nach Canterbury gepilgert sind.

Kapelle

Das Wort Kapelle kennen wir als Synonym für eine kleine Kirche und ein Musikorchester. Das lateinische Wort *capella* ist die Verkleinerungsform zu *cappa*. Beide Wörter bedeuten nichts anderes als »Kopfbedeckung« bzw. »Mantel mit Kapuze« – noch heute kennen wir Begriffe wie **Cape**, Kappe und Kapuze. Und wo ist der Zusammenhang zur doppelten Bedeutung des Wortes Kapelle heute?
Die Antwort: Um 660 n. Chr. errichteten fränkische Herrscher über dem als Heiligtum verehrten Mantelrest des heiligen Martin von Tours einen Raum, in dem gebetet werden konnte und sollte. Der Begriff Kapelle übertrug sich im Laufe der Zeit vom Mantelrest auf den Betraum, als kleine Kirche. Der Ausdruck Kapelle für Musikorchester ist damit schnell erklärt: Im späten Mittelalter ließen sich – wegen der Akustik – die Fürsten gern bei besonderen Anlässen mit einem musikalischen Privatissimum in ihrer eigenen Kapelle verwöhnen. Und so übertrug sich die Bezeichnung von der Kirche auf die Musikergruppe als Orchester. Das Wort **Orchester** ist griechischer Herkunft: *orchestra* für »Tanzplatz« oder »Platz des Chors«.

kaputt

Kaputt gilt als das vielleicht deutscheste aller Wörter. Es ist so berühmt, daß russische Soldaten am 30. April 1945 in Berlin nach Hitlers Tod schnell wußten: »Gitler kaputt.« (Das Russische kennt kein H, deshalb nennt Boris Jelzin seinen Freund Kohl nicht Helmut, sondern Gelmut). Doch das Wort kaputt kommt aus Frankreich, und zwar von einem Kartenspiel, bei dem *faire capot* soviel bedeutet wie »besiegen«. Im Dreißigjährigen Krieg gelangte die Wendung *capot machen* oder *caput machen* für »zerstören, umbringen« dann ins Deutsche.

Karaoke

Die beliebte japanische Freizeitbeschäftigung, bei der der Sänger oder die Sängerin zu einem Schlager, dessen Instrumentalteil er sich einspielen läßt, den Text singt, bedeutet übersetzt »leere Box« – vermutlich deshalb, weil der Gesangsteil noch ›aufgefüllt‹ werden muß.

Karate

Karate ist eine japanische Kampfsportart, gleichzeitig aber auch eine Selbstverteidigungsart. Der Begriff bedeutet »leere Hände«, d. h. die Kontrahenten kämpfen mit leeren Händen, also unbewaffnet.

Kartoffel

Die Kartoffel wurde schon vor etwa 2000 Jahren in Südamerika von den dortigen Ureinwohnern angebaut. Nach der Entdeckung Amerikas durch die Spanier waren es folgerichtig auch Spanier, die die Kartoffel Anfang des 16. Jahrhunderts aus Bolivien und Peru mit nach Europa brachten. Anfang des 17. Jahrhunderts fand die Kartoffel ihren Weg über Italien nach Deutschland. In Italien wurde die Kartoffel ursprünglich nach dem Trüffel *tartufulo* genannt, die Deutschen machten daraus »Tartoffel« und später »Kartoffel«. So kam die Kartoffel zu ihrem Namen.
In Deutschland sollte sie eine beispiellose Karriere machen – allerdings eine Karriere mit Anfangsschwierigkeiten. Wegen ihrer Blüten galt die Kartoffel auch bei uns lange nur als Zierpflanze; das Mißtrauen gegen die Wurzelknollen – die roh wenig schmackhaft sind und roh gegessen nichts als Durchfall verursachen – war groß. Doch vor allem der preußische König Friedrich der Große verhalf der Kartoffel schließlich zur Durchsetzung.

Kaskoversicherung

Kaskoversicherungen versichern gegen Schäden, die man selbst am eigenen Auto ›anrichtet‹. Der Begriff taucht im 18. Jahrhundert im Schiffsversicherungswesen auf für Versicherungen für das Schiff im Unterschied zur Ladung. Im Spanischen bedeutet das Wort *casco Schiff* oder Schiffs*rumpf*.

Kasse

Ob Sparkasse oder Kasse im Supermarkt – wie fast alle Begriffe im Geldwesen verdanken wir dieses Wort den Italienern und damit dem Lateinischen. Kasse geht auf *capsa* für »Behälter« zurück und kommt von *capere* für »fangen, fassen«. »Das seit dem 16. Jh. zuerst in der Form *cassa* bezeugte Substantiv steht in einer Reihe mit anderen Fachwörtern der Kaufmannssprache und des Geldwesens wie Bank, Prokura [Generalvollmacht in der Industrie, eigentlich: für jemanden sorgen] usw., die alle ital. Herkunft sind. Auf *capsa* geht auch das franz. *châsse* [Brille, Brillenfassung] zurück, ebenso *Chassis* [Rahmen, Einfassung] für das Fahrgestell bei Kraftfahrzeugen sowie russ. *kassa*.«[104]

Kastanie

Die Herkunft des Namens ist nicht völlig geklärt: »Die ›Kastanie‹ heißt nach der Stadt Kastana am Schwarzen Meer, die in Kastanienwälder eingebettet lag, oder aber die Stadt hieß nach den Kastanien, nach deren armenischem Namen *kask-[eni]*. Eine Kastanienart benützten die Türken als Mittel gegen Pferdehusten; von Konstantinopel kommt sie nach Wien und bekommt dort den deutschen Namen ›Roßkastanie‹.«[105]

Katamaran

Die Tamilen sind uns vor allem bekannt aufgrund der politisch-ethnischen Konflikte auf Sri Lanka (Ceylon), doch der tamilischen Sprache verdanken wir das Wort Katamaran für Segelschiff mit zwei Schiffskörpern. Das tamilische *kattumaram* für »Boot mit Ausleger« setzt sich zusammen aus *kattu* für »binden« und *maram* für »Baumstamm«.

Kauderwelsch

Kauer war im Mittelalter ein Wort, mit dem die Tiroler Händler titulierten, die aus der Gegend der Stadt Chur (Kauer) in Graubünden zu ihnen kamen. Die Sprache der Händler nannten die Tiroler Kauerwelsch oder Kautrerwelsch. Sie verstanden sie nicht; daher auch die heutige Bedeutung von Kauderwelsch für unverständliche Sprache. Das Wort welsch hieß ursprünglich walish – es lebt fort bei Wallonen und Walisern – und war einfach ein Synonym für die Kelten und wurde übertragen auf die Churer Rätoromanen.

Kefir

Mit Kefirpilzen versetzte Frischmilch wird zu Sauermilch, die wir Kefir nennen. Das Wort ist tatarischen Ursprungs: *kef* bedeutet »Lust, Wonne«; Kefir bedeutet also soviel wie Lustgetränk.

Kerbholz

Bei Leuten, die etwas verbrochen haben, sagen wir: »Der hat was auf dem Kerbholz!« Noch bis ins vorletzte Jahrhundert hinein gab es Gegenden, in denen – weil viele Leute nicht lesen und schreiben konnten – Schulden in zwei Stäbe eingekerbt wurden: Den einen behielt der Geldverleiher, den anderen erhielt der Schuldner. So waren die Schulden auch für Analphabeten sichtbar. Mit der Zeit bekam der Spruch dann die heutige Bedeutung.

Ketchup

Der Ketchup hieß eigentlich *ketsiap* (für »Fischsoße«) und war ursprünglich eine chinesische Soße, die keineswegs aus Tomaten, sondern aus zu Brei verarbeitetem Fisch, Muscheln und Gewürzen bestand. Diese Würzsoße gelangte nach Singapur und Malaysia; dort wurde sie *kechap* genannt. Von Singapur und Malaysia wurde der *kechap* Anfang des 18. Jahrhunderts von britischen Seeleuten ins Mutterland gebracht. Die Engländer machten aus *kechap ketchup* – und dieser *ketchup* sollte schnell beliebt werden. Ende des 18. Jahrhunderts wurden dieser Soße erstmals Tomaten beigefügt. Die Herstellung von Ketchup in industriellem Stil verdanken wir dem deutsch-amerikanischen Koch und Fabrikanten Henry John Heinz, der ab 1876 Ketchup industriell herstellte – mit riesigem Erfolg. Noch heute ist Heinz der berühmteste Ketchup-Hersteller der Welt. Die Form der Flasche und die Rezeptur des Inhalts blieben all die Jahre fast unverändert.

Khaki

Bei Kleidung, die gelbbraun gefärbt ist, sprechen wir von khakifarben. Das Wort stammt aus Persien; dort bedeutet *khaki* »Staub« oder »staubfarben«. Es fand über eine Sprache namens Urdu, die in Teilen des Iran, in Afghanistan, Indien und Pakistan gesprochen wird, seinen Weg nach Indien und über die englischen Kolonialherren nach Europa.

Khartum

Am Zusammenfluß von Blauem und Weißem Nil liegt Khartum, die Hauptstadt des Sudan. Der Form der Flußläufe verdankt sie ihren Namen: »Elefantenrüssel«.

Kia

Offiziell heißt die koreanische Karossenschmiede Kia Motors Corporation. Sie wurde am 1. Dezember 1944 von Chul-Ho Kim gegründet als Zulieferer für die Fahrradindustrie. 1961 stieg Kia in die Motorradproduktion ein und baut seit 1973 in der südkoreanischen Hauptstadt Seoul auch Personenwagen. Kia ist ein koreanisches Wort und heißt soviel wie »Aufstieg des Ostens«.

Kilo

1000 Meter sind 1 Kilometer und 1000 Gramm 1 Kilogramm. So erklärt sich auch die Bedeutung von Kilo. Es ist eine Ableitung aus dem griechischen Wort für 1000. In Mitteleuropa wurde die Bezeichnung Kilo 1790 von der französischen Nationalversammlung eingeführt. Die Bezeichnung Kilowatt gibt's seit 1882: Sie verdanken wir Werner von Siemens, der diesen Ausdruck wählte, um den englischen Ingenieur James Watt zu ehren.
Das Wort **Gramm** ist griechischer Herkunft, bedeutet eigentlich »Buchstabe, Geschriebenes«, wurde 1790 von der französischen Nationalversammlung in der heutigen Bedeutung erstmals benutzt und 1868 in Deutschland vom Norddeutschen Bund, der Vorgängerin des Deutschen Reiches, eingeführt. Der scheinbare Widersinn von Gramm als Schriftzeichen und als Gewichtseinheit klärt sich auf, wenn man bedenkt, daß das griechische *gramma* auch »Gewicht von 1/24 Unzen« bedeutet und das lateinische *gramma* bereits eine Gewichtseinheit meinte.
Das Wort **Unze** ist lateinischer Herkunft: *Uncia* bedeutet »Einheit« und kommt von *unus* für »eins«. Da es das Wort Einheit auch im Sinne von Vereinigung gibt, erklärt sich auch die Verwendung des Begriffs **Union** etwa bei Europäische Union.

Kimono

Wer bei uns Kimono hört, denkt an einen japanischen Bademantel. Und in der Tat ist der Kimono ein mantelartiges Kleidungsstück, das die Japaner gern zu Hause tragen. Der Name Kimono ist zusammengesetzt aus *ki* und *mono* und bedeutet »anziehen« bzw. »Gegenstand, Ding«. Ein Kimono ist also »etwas zum Anziehen«.

Kinkerlitzchen

Unwichtigen Kleinkram oder auch Flausen im Kopf bezeichnen wir als Kinkerlitzchen. Die Herkunft des Ausdrucks gilt als nicht gesichert, schön ist aber folgende Deutung: »Entlehnt dem französischen ›*quincaille*‹ für ›Kurzwaren, Tand‹ oder ›Flitterkram‹ und unter Anhängung der beiden Verkleinerungssilben ›litz‹ und ›chen‹ nach dem Wortklang ins Deutsche übernommen.«[106]

Kino

Das deutsche Wort Lichtspieltheater ist völlig ungebräuchlich geworden, heute spricht man vom Kino. Dieser Ausdruck ist eine Kurzform der eingedeutschten Version einer Wortschöpfung der französischen Brüder Auguste Marie und Louis Jean Lumière (das bedeutet »Licht«) aus dem Jahre 1895: Sie bildeten das Wort *cinématographie* aus den griechischen Wörtern *kinematos* für »Bewegung« und *graphein* für »schreiben« – zusammengefaßt Bewegungsschreiber.

Kiosk

Kioske sind heute entweder Zeitungskioske oder kleine Läden, in denen Süßigkeiten verkauft werden. Die moderne Bedeutung des Wortes entstand im 19. Jahrhundert und kommt aus Frankreich. Im Französischen bedeutet *kiosque* eigentlich »Gartenpavillon«, ist aber nicht originär französisch, sondern dem Türkischen entnommen: *kyöšk* für »Gartenhäuschen«.

Kir royal

Eine Mixtur aus Sekt beziehungsweise Wein und Johannisbeerlikör (Cassis) nennen wir Kir royal. Den Namen verdankt dieser Aperitif seinem Erfinder Felix Kir (1876–1968). Der war Domherr und Bürgermeister der französischen Stadt Dijon.

Kirche

Der Begriff Kirche stammt vom griechischen *kyriakos* ab, das nichts anderes bedeutet als »zum Herrn gehörig«; *kyriakos* wiederum ist eine Ableitung von *kyrios*, dem griechischen Wort für »Herr« oder »Herrscher«.

Kitekat

Kitekat ist ein klassischer Pleonasmus (doppelt gemoppelt). Der Name des Katzenfutters wurde gebildet aus den englischen Wörtern *kit, kitten, kitty* für »Kätzchen« und *cat* für »Katze«; Kitekat bedeutet also Kätzchenkatze.

Kiwi

Weil sie so reich an Vitamin C sind, essen wir gern Kiwi-Früchte. Die heißen aber eigentlich gar nicht Kiwi, sondern asiatische oder chinesische Stachelbeere; ihre ursprüngliche Heimat ist demzufolge auch nicht etwa Neuseeland, sondern China. Die ersten Kiwi-Früchte lernten Europäer am **Jangtsekiang** (»langer Fluß«) in China um die Mitte des 19. Jahrhunderts kennen, und erst 1906 kamen diese Früchte nach Neuseeland. Unter dem ursprünglichen Namen »chinesische Stachelbeere« wurde die Export-Frucht jedoch ein Flop, so daß man sie aufgrund ihrer gewissen Ähnlichkeit mit dem australischen Schnepfenstrauß – ein Wahrzeichen Neuseeelands – 1959 in Kiwi umbenannte. Und die Frucht wurde ein Renner.
Der Kiwi hat seinen Namen von den neuseeländischen Ureinwohnern bekommen, den Maori, und zwar nach *ki-wi* – dem Balzruf der Männchen. Das Wort **Maori** ist polynesischen Ursprungs und bedeutete ursprünglich »die Gewöhnlichen«, bis es dann später für »die Einheimischen« stand. Der Name **Polynesien** ist ein griechisches Wort und bedeutet »Vielinselwelt«.

Klassik

Das Wort Klassik verorten wir in der klassischen Literatur. Wir verdanken es den alten Römern, bei denen ein *classicus* ein Angehöriger der reichsten Bürgerschicht war. Bedeutungen wie »vorbildlich, mustergültig, unübertrefflich« nahm das Wort erst später an; ursprünglich meinte *classicus* im Lateinischen »zur Flotte gehörig«.

Kleenex

Kleenex steht für Papiertaschentücher und Hygienetücher, und Hygiene (griechisch *hygieinos* gleich »gesund, heilsam«) meint Sauberkeit. Der Name Kleenex kommt vom englischen *clean* für

»sauber« und dem lateinischen *-ex* für »raus, heraus«, bedeutet also eigentlich »Sauberkeit raus« – meint aber das Gegenteil.

Klo

Klo ist eine Abkürzung von »Klosett«. Der Begriff kommt aus dem Französischen, und zwar von *closette* für »Privatraum«. Das englische Wort *closet* bedeutet dasselbe. Das Wasserklosett (kurz: **WC**) hat 1596 der Engländer John Harrington erfunden; man gab ihm kurzerhand den Namen *water-closet.* Bis diese Erfindung den Kontinent erreichte, sollte es fast 200 Jahre dauern. Die lateinische Wurzel des Wortes Klosett ist einfach: *claudere* heißt »abschließen«.
Das andere Wort für WC, nämlich **Toilette**, stammt aus dem Französischen, wie auch der Begriff **Eau de Toilette**, »Morgentoilette«. *Toilette* kommt von *toile* für »Tuch, Gewebe«, und *eau* heißt »Wasser«. Auch im Deutschen meinte das Wort Toilette früher ein Tuch, das unter die Gegenstände zur Körperpflege gelegt wurde. Später wurde aus Toilette ein Synonym für Körperpflege und die täglichen Verschönerungsarbeiten; der Begriff wurde auch übertragen auf den Raum, in dem Körperpflege betrieben wurde.
Ende des 19. Jahrhunderts schließlich – im Kaiserreich ging's prüde zu – bürgerte sich der Begriff Toilette fürs Klo ein. Diese Form der Verhüllung ist ja auch heute noch üblich: »Ich muß mal ...« Heißer Tip: Beim Frankreich-Urlaub nie nach einer Toilette fragen, sondern nach *cabinets* oder W. C. Noch ein Tip: In allen französischen Städten gibt es ein »Hôtel de ville«; diese Gebäude sind keineswegs Stadthotels, sondern das Rathaus.
Die deutsche Bezeichnung »Nullnull« für WC geht nicht zurück auf das gleichnamige Toilettenreinigungsmittel, sondern möglicherweise darauf, daß es früher mal Mode war, Toiletten und Toilettenhäuschen zur besseren Belüftung mit zwei runden Löchern zu versehen. Denkbar ist auch, daß die Toilette früher in Hotels das einzige Zimmer ohne Nummer war, eben das Zimmer mit der Ziffer 00.

Klosterfrau-Melissengeist

Klosterfrau-Melissengeist halten manche für einen hochprozentigen Schnaps, andere wiederum für ein Medikament. Klosterfrau-Melissengeist empfiehlt sich für Kopf, Herz, Magen und Nerven –

so der Werbetext auf der Verpackung. Erfinderin von Klosterfrau-Melissengeist ist eine Dame namens Maria Clementine Martin, geboren in Brüssel 1775. Vom Vater zu den Ordensfrauen der Karmeliterinnen gegeben, floh sie in den Zeiten der napoleonischen Eroberungen in ein Kloster nach Coesfeld. Im Jahre 1803 ließ Napoleon im Zuge des Reichsdeputationshauptschlusses Klöster säkularisieren, d. h. dichtmachen. Maria Clementine Martin mußte sich einen neuen Job suchen: Sie wurde Krankenschwester.

1825 verschlug es sie nach Köln. Auch dort arbeitete die Ordensfrau als Krankenschwester und verwendete häufig das ihr noch von den Karmeliterinnen her bekannte Melissenwasser. Im selben Jahre gründete Maria Clementine Martin eine Firma, die sich »Maria Clementine Martin, Klosterfrau« nannte und ein Destillat herstellte, das sie »Ächtes Spanisches Carmeliter-Melissenwasser« nannte. Ihr Destillat fand zahlreiche Nachahmer und Konkurrenten. 1829 wurde die frühere Hoflieferantin vom preußischen König privilegiert; damit begann der Siegeszug von Klosterfrau-Melissengeist, wie sich das Destillat bis heute nennt. Die Firmengründerin verstarb 1843; ihr Produkt war schon damals weit über die Grenzen Deutschlands hinaus bekannt.

Knickerbocker

Jüngere Leute kennen den Begriff Knickerbocker allenfalls noch als Synonym für Kniebundhosen und assoziieren damit ältere Leute, die, mit ebensolchen Hosen – die Hosenträger dürfen natürlich nicht fehlen – Wanderschuhen und rotweiß oder blauweiß, allemal im wahrsten Sinne des Wortes kleinkarierten Hemden ›ausgerüstet‹, die höchsten Gipfel des Odenwalds erklimmen. Dabei war dieses Beinkleid vor Zeiten äußerst vornehm. Bis zur Französischen Revolution gab es rigide Kleiderordnungen: Kniebundhosen – im Französischen *culottes* – durften nur Adlige tragen; erst die Volksbewegung der Sansculottes (»die ohne Hosen«) setzte die *pantalons* als Beinkleid durch, Hosen also in der Form, wie sie bis heute üblich sind.

Der Ausdruck Knickerbocker für Kniebundhosen hat folgenden Hintergrund: »Der Name der von (...) [Washington] Irving (1809) [für das Buch »History of New York«] erfundenen literarischen Figur *Knickerbocker* (eines New Yorkers in der charakteristischen Tracht seiner holländischen Heimat mit weiter Kniehose) wird im Engl. nach dem Erscheinen der bebilderten Ausgabe (Mitte 19.Jh.) auf das Kleidungsstück übertragen, das mit der engl. Bezeichnung in den 20er Jahren des 20.Jhs. in der dt. Sport- und Wanderbewegung populär wird.«[107]

Knigge

Der Knigge ist bei uns ein Synonym für Benimmbücher aller Art. Den Namen verdanken wir Adolph Freiherr von Knigge (1752–1796), der neben tagespolitischen Schriften und Romanen ein Buch mit dem Titel »Über den Umgang mit Menschen« (1788) geschrieben hat, das allgemeine Regeln für die Lebensführung und eben den Umgang mit seinen Mitmenschen enthält. In den 50er Jahren galt ein Buch von Erika von Pappritz als die Bibel der Benimmbücher, und noch heute existiert ein Ausschuß für Umgangsformen beim Verband der deutschen Tanzlehrer in Düsseldorf, der in Zweifelsfragen des Benimms Tips gibt.

Knorr

Das Firmenimperium, das Werbung macht mit dem Slogan »Essen mit Lust und Laune« und sich selbst als »modernste Suppenküche Europas« bezeichnet, heißt erstens nicht mehr Knorr, sondern seit 1959 Maizena und ist eine Tochtergesellschaft der amerikanischen Firma CPC (Corn Products International Company) aus New Jersey; und zweitens nahm Knorr seinen Anfang keineswegs als Suppenküche. Im Heilbronner Intelligenz-Blatt Nr. 202 aus dem Jahre 1838 war folgendes zu lesen: »Geschäftseröffnung und Empfehlung. Daß ich mein Specereiwaaren-Geschäft heute eröffnet habe, verfehle ich nicht sowohl einem hiesigen, wie auch einem auswärtigen Publikum mit dem Bemerken anzuzeigen, daß es mein Bestreben sein wird, jedermann billigst und bestens zu bedienen. Heilbronn, d. 29. August 1838. C. H. Knorr in der Kramstraße neben drei König.«

Nachdem seiner erste Ehefrau Henriette gestorben war, heiratete Carl Theodor Knorr (1800–1875) die Kaufmannstochter Caroline Seyffardt. Mit 8667 Gulden eröffnete er sein Geschäft; fast 6000 davon stammten aus der Mitgift seiner Frau. Das erste Produkt von Knorr – im September 1838 erhielt er die Konzession

zum Bau einer Zichorien-Kaffeefabrik – war Zichorien-Kaffee, den er um 1850 in 17 Varianten anbot. 1855 verkaufte Knorr diese Fabrik und erwarb 1857 eine Tuchfabrik, die er aber schon ein Jahr später wieder aufgab. 1862 tauchte er wieder aus der Versenkung auf, als »Agent in Landesprodukten« und eröffnete 1868 ein Unternehmen, das er »Engros-Geschäft mit Reis, Gerste, Sago und Landesprodukte« und ab 1875 »C. H. Knorr – Mühlenfabrikate, Landesprodukte, Fabrik von Suppenstoffen« nannte. Im selben Jahre noch starb Knorr.
Den Grundstein für das heutige Imperium legten seine Söhne Carl Heinrich und Alfred, die die Idee mit dem Suppenpulver aus Frankreich übernahmen. Den Durchbruch verschaffte ihnen dann die legendäre Erbswurst, die es bis heute gibt. Doch die haben nicht die Knorrs erfunden, sondern ein Berliner Koch namens Grünberg. Im Deutsch-Französischen Krieg bewährte sie sich derart, daß die Knorrs sie ab 1889 für die private Küche herstellten. Die Rezeptur blieb bis heute fast unverändert.

Kodak

Die Firma Kodak wurde 1888 von G. Eastman gegründet. Zum Firmennamen schrieb er: »Es handelt sich um eine völlig willkürliche Buchstabenkombination, die von keinem wirklich existierenden Wort irgendwie abgeleitet wäre. Sie wurde gefunden nach langer Suche nach einem Wort, das alle Anforderungen an ein Warenzeichen erfüllen würde; vor allem sollte es kurz, unverwechselbar in der Schreibung und von klarer und kraftvoller Schreibung sein.«[108]

Kohldampf

Der Begriff Kohldampf ist seit dem frühen 19. Jahrhundert ein Synonym für Hunger. Es entstammt der Gaunersprache Rotwelsch und bedeutet »Hunger-Hunger«. Das Wort **Rotwelsch** für Gaunersprache ist eine Zusammensetzung von *rot* für »Gauner, Landstreicher« und *welsch* für »unverständliche Sprache«.

Köllnflocken

Köllnflocken haben nichts mit der Stadt Köln zu tun, sondern Kölln ist der Name des Firmengründers. Der war Landwirt, hieß

Hans Hinrich Kölln und kaufte 1795 in Elmshorn eine »Roßmühle und alle zum Hafergrützmahlen gehörigen Geräte«. Sein Sohn Peter baute nach 1820 das Unternehmen weiter aus. Heute ist die Firma Kölln einer der größten Haferflockenhersteller Europas.

Kölnisch Wasser

Kölnisch Wasser oder **Eau de Cologne** ist besser bekannt als 4711. Woher, fragt sich, kommt diese Zahlenkombination, die weltberühmt werden sollte? Es begab sich am 8. Oktober 1792, da heiratete der Bankierssohn Wilhelm Mühlens. Eines der Hochzeitspräsente war ein altes Stück Pergament, auf dem die Rezeptur für ein *aqua mirabilis* (»Wunderwasser«) notiert war, überreicht von einem Kartäusermönch namens Franz Carl Gereon Maria Farina. Mühlens testete das Rezept, befand es für gut und begann mit der Herstellung dieses *aqua mirabilis*, das nicht nur gut roch, sondern auch in dem Ruf stand, Heilkräfte zu haben. Mühlens vertrieb sein Wässerchen als Kölnisch Wasser mit dem Logo »Franz Maria Farina – in der Klöcknergasse No. 4711 in Cöln a. R.«.
Eine Gasse mit so vielen Hausnummern? Das kam so: 1796 war Köln von den Franzosen besetzt. Der Befehlshaber der französischen Truppen erteilte den Befehl, allen Häusern der Stadt fortlaufende Nummern zu geben. Das Haus der Familie Mühlens erhielt die Nummer 4711. Die Idee, die Hausnummer zum Markenzeichen zu machen, stammt allerdings nicht vom Firmengründer Wilhelm Mühlens, sondern von seinem Enkelsohn Ferdinand, der im Jahre 1881 ins Handelsregister der Stadt Köln »4711« eintragen ließ.

Kolonne

Mitunter ist es nicht vermeidbar, in einer Kolonne zu fahren oder hinter einem Militärkonvoi herzukriechen. Historische Wurzel des Begriffs Kolonne ist das lateinische *columna* für »Säule, Pfeiler«. Ins Französische gelangte das Wort *colonne* in beiden Bedeutungen: Säule und Kolonne. Die Deutschen haben es übernommen. Begriffe wie Zeitungs-**Kolumne** (die eigentlich eine Schriftspalte ist, die man auch als Schriftsäule bezeichnen kann) oder **Kolonnade** für Säulengang haben dieselbe Wurzel.

Das Wort **Konvoi** kommt vom französischen *convoi* in derselben Bedeutung, auch wenn wir die Aussprache aus dem Englischen übernommen haben. Historische Wurzel ist das lateinische *conviare* für »begleiten«, eigentlich: »zusammen (einen Weg) gehen«.

Kondom

In der mittelhessischen Kleinstadt Grünberg – eher deswegen bekannt, weil dort der DFB ein Sporthotel besitzt – gibt es eine Condomstraße, die ihren Namen von der französischen Kleinstadt Condom in der Gascogne, einer Partnerstadt von Grünberg, hat. Der Name der Stadt Condom wiederum geht auf die Römer zurück; noch heute meinen Begriffe wie Kondominat oder Kondominium die Herrschaft mehrerer Staaten über ein- und dasselbe Gebiet bzw. auch dieses Gebiet selber. Condom dürfte also eine von den Römern geschützte Stadt gewesen sein und deshalb Condom (Schutzgebiet) heißen. Condom ist am Ufer des Flusses Baïse gelegen; das Wort *baiser* ist im Französischen ein Synonym für »küssen« oder auch »vögeln«. In aller Munde ist der Begriff Kondom aber vor allem durch die Immunschwächekrankheit Aids; davor waren Pariser, Präser oder Lümmeltüte geläufiger.

Zur Herkunftsgeschichte des Namens Kondom als Verhütungsmittel gibt es mindestens zwei Theorien: Die eine leitet den Namen her über Jacques Bénigne Bossuet (1627–1704), einst Bischof von Condom, der als Frauenheld verschrien war und von dem es hieß, er habe sich mit Schafsdärmen und Schweinsblasen gegen unerwünschten Nachwuchs absichern wollen. So sei er mit dem Spitznamen »Le Monsieur de Condom« belegt worden. Die andere Theorie behauptet, der englische König Karl II. (1630–1685) habe einen französischen Arzt mit dem Namen Conton oder Condom gebeten, Verhüterli zu entwickeln, um unerwünschte Folgen seiner außerehelichen Aktivitäten zu verhindern.

Die Franzosen nennen den Überzieher offiziell *le préservatif*, umgangssprachlich *capote anglaise* (»englische Kapuze«). Die Engländer wiederum sprechen von *French letters* (»französischen Briefen«). Der Begriff **Präservativ** (kurz: Präser) kommt aus dem Lateinischen und meint »Schutz vor etwas«; der Ausdruck **Pariser** ist vermutlich entstanden, weil die Deutschen die Franzosen schon immer für besonders ›lendenstark‹ hielten.

Konica

Die Firma Konica ist ein Hersteller von Photoapparaten. Der Name wurde gebildet aus **Koni**shiroku und **Ca**mera, kurz: Konica. Das Wort Konishiroku wiederum ist eine Zusammensetzung des Namens des Firmengründers Konishiya Rokubei.

Kontrolle

Das Wort Kontrolle ist die Eindeutschung des französischen *contrôle*, kommt aber aus dem Lateinischen: Kontrolle setzt sich zusammen aus *contra* und *rotula* und bedeutet »Gegenrädchen«. »Die wörtliche Bedeutung ist Gegenrolle, d. h. Zweitregister, wie man es zur Prüfung von Angaben verwendete, im weiteren Sinne: allgemeine Überprüfung (...).«[109]

Kopf in den Sand stecken

Diese Redewendung beschreibt Leute, die vor der Wahrheit die Augen verschließen. Der Legende nach kommt sie vom Vogel Strauß, dem nachgesagt wird, er stecke bei Gefahr einfach den Kopf in den Sand. Stimmt das? »Nein. Strauße sind nicht so dumm wie die Menschen, auf die jene Redensart metaphorisch angewandt wird. Lassen wir den alten Tierfreund Bernhard Grzimek sprechen. Der schreibt in seinem mehrbändigen Standardwerk ›Grzimeks Tierleben‹: ›Wenn der Strauß wegläuft, dann kann es geschehen, daß er auf einmal verschwunden ist, obwohl er noch gar nicht den Horizont erreicht hat. Geht man ihm nach, sieht man ihn mit lang ausgestrecktem Hals flach auf der Erde sitzen. Daher stammt wohl auch das Märchen vom Vogel Strauß, der den Kopf in den Sand steckt und glaubt, nicht gesehen zu werden.‹ Vor allem halbwüchsige Strauße, so berichtet der Biologe, legten sich gern so hin. Komme man ihnen zu nahe, so würden sie jählings aufspringen und davonsausen. Die Mär vom Straußenkopf im Sand ist nach Grzimek schon uralt: Sie stammt von den alten Arabern. Die Römer und alle späteren Bücherschreiber hätten die Geschichte ungeprüft abgekupfert.«[110]

Kosovo

1999 durch Völkermord und Krieg in die Schlagzeilen geraten, war das Kosovo vorher allenfalls Eingeweihten bekannt als Provinz Rest-Jugoslawiens. Historiker erinnern sich an das Jahr 1389 und die Schlacht auf dem Amselfeld, in der das osmanische Reich die Serben besiegte und seine jahrhundertelange Herrschaft auf dem Balkan begründete. Amselfeld heißt *Kosovo polje, Kosovo* bedeutet also »Amsel«.

Kotflügel

Der Kotflügel am Auto ist keineswegs eine Erfindung der Automobilindustrie, sondern stammt noch aus der Zeit der Pferdedroschken (**Droschke** ist ein russisches Wort für »Kutsche«). In New York gab es Ende des 19. Jahrhunderts sehr viele Pferdedroschken, und da Pferde die Angewohnheit haben, Pferdeäpfel abzusondern, hat es in den Straßen der New Yorker Innenstadt deshalb nicht nur fürchterlich gestunken, sondern die Räder der Droschken schleuderten den Dreck noch dazu durch die Luft. Zum Schutz der Fahrgäste gegen den Pferdemist wurden deshalb die Kotflügel erfunden.

Krawatte

Krawatte heißt eigentlich Kroate. Eine kurze Geschichte dazu: Im 17. Jahrhundert warb die französische Armee Soldaten aus Kroatien an. Diese hatten die Angewohnheit, Halsbinden zu tragen. Die Franzosen nannten zunächst die Soldaten *cravates* oder *croates*, später wurde das Wort *cravate* zum Synonym für die Halsbinden. Vielen französischen Offizieren gefiel diese Angewohnheit so sehr, daß sie sie übernahmen, und im Laufe des 18. Jahrhunderts schlich sich der Brauch, Halsbinden zu tragen, mehr und mehr in die ganz normale Herrenmode ein. Das Wort **Schlips** geht auf das norddeutsche Wort *Slip* oder *Slipp* zurück und meint die »Zipfel eines Tuches«, womit der Zusammenhang zur Krawatte als Halsbinde mit zwei Enden (Zipfeln) klar ist.

Kronkorken

Bis in die 60er Jahre hinein hatten Bierflaschen Schnappverschlüsse. Heute haben die meisten Bierflaschen Kronkorken, die tatsächlich ein wenig an eine Krone erinnern. Der Name soll daher rühren, daß die Tochter des Erfinders beim Anblick des Korkens gerufen haben soll: »*It's a crown*!« (»Es ist eine Krone!«)

Krösus

Wem Reichtum angedichtet wird, der sagt gern: »Ich bin doch kein Krösus.« Was also ist ein Krösus? »Krösus (560–546 v. Chr.), König von Lydien und Sohn des Alyattes, läßt erstmals in der Weltgeschichte in großem Stil reine Goldmünzen prägen und zusammen mit reinen Silbermünzen als offizielle Zahlungsmittel kursieren. Alle Krösus-Münzen zeigen Löwen- und Stierbildnisse. Krösus hortet die Goldmünzen in seinen legendären, riesigen Schatzkammern, die er den Gästen stolz vorführt.«[111] 546 wurde er vom Perserkönig Kyros II. besiegt.

Kuckuck

Der Kuckuck ist ein Vogel, der, zu faul zum Brüten, seine Eier von anderen Vögeln ausbrüten läßt. Daher hat der Kuckuck im Volksmund einen schlechten Ruf. Früher dachte man sogar, der Kuckuck bringe Unglück. Wenn im Deutschen Reich jemand seine Schulden nicht bezahlen konnte und deshalb der Gerichtsvollzieher ins Haus kam, klebte er auf die konfiszierten Gegenstände einen Zettel, auf dem der Reichsadler abgedruckt war; im Volksmund hieß dieser Zettel Kuckuck.

Kukident

Die Pflege vor allem der sogenannten dritten Zähne vertrauen viele Gebißträger Kukident an. Die Herkunft des zweiten Teils des Wortes aus dem Lateinischen ist klar: *dens, dentis* für »Zahn«. Aber was bedeutet Kuki? Ganz einfach: Der Firmengründer hieß **Ku**rt **Kri**sp, kurz: Kuki.

Kuli

Kuli ist die Kurzform von Kugelschreiber. Doch vermutlich gibt es auch eine Beziehung zu den Menschen, die Kulis genannt werden. Das nämlich sind billige Arbeiter, meistens Tagelöhner – vor allem in Indien. Da dürfte irgendwer irgendwann beides vermengt haben, schließlich ist der Kugelschreiber im Unterschied zum guten alten Kolbenfüllfederhalter eine Art billiger Schreibkraft. Das indische Wort *Kuli* für »billige Arbeitskraft« geht vermutlich auf den westindischen Stamm der Kuli zurück, die häufig niedere Tätigkeiten als Tagelöhner ausübten.

L

L'Oréal

Der Name L'Oréal steht für Körperpflegemittel und Parfüms und ist entstanden aus der Zusammenziehung des französischen Begriffs *l'or réal* für »königliches Gold«.

Labello

Labello ist ein Lippenpflegestift, der wegen seines hohen Fettgehalts vor allem im Winter beliebt ist. Der Name dürfte sich zusammensetzen aus dem lateinischen *labium* für »Lippe« und dem französischen *belle* für »schön«, übersetzt: Lippenverschönerer.

Lacalut

Lacalut ist eine Zahncreme, »die *Alu*miniumlactat enthält«.[112] **Lac**tat plus **Alu** mit einem angehängten **T** ergibt Lacalut.

Lacoste

Lacoste ist die Marke mit dem Krokodil. Der Name und das Krokodil gehen zurück auf René Lacoste, der am 2. Juli 1904 in Paris geboren ist und am 12. Oktober 1996 in Saint-Jean-de-Luz an der baskischen Atlantikküste im Alter von 92 Jahren starb. Lacoste war 1925 und 1928 Sieger des Herren-Einzels in Wimbledon, gewann 1926 und 1927 die US-Open und 1925, 1927 und 1929 die – wie sie heute heißen – French Open. Zu René Lacostes Zeiten spielten die Tennisspieler noch mit weißen Hemden mit Stehkragen – reichlich unbequem. Lacoste entwarf ein Polohemd, wie es in ähnlicher Form noch heute produziert wird. Das aber hatte noch kein Krokodil als Emblem. Wie es dazu kam?
Krokodil war der Spitzname von René Lacoste. Er soll ihn bekommen haben, weil er anno 1923 in den USA von einem riesigen Krokodillederkoffer fasziniert gewesen sein soll. Lacostes Freund Robert George zeichnete ihm ein Krokodil mit geöffnetem Maul, das zunächst lediglich die Jacken von René Lacoste als Emblem zierte, später dann zum Markenzeichen wurde.

Lätta

Lätta ist eine Margarine, die wie viele andere Produkte den Zusatz *light* für besonders kalorienarm tragen könnte. Doch hier liegt der Fall etwas anders: Das schwedische Wort *Lätta* heißt ganz einfach »die Leichte«.

Lattoflex

Lattoflex steht für Lattenroste aus flexiblem Material. Wenn man die Wörter flexibel und Latte vertauscht, ergibt sich der Produktname Lattoflex.

Lavendel

Neben der Camargue denken wir bei der Provence (lateinisch *provincia* gleich »außeritalienisches Gebiet unter römischer Herrschaft«, eigentlich »Geschäfts- und Amtsbereich«) stets auch an blühende und duftende Lavendelfelder. Das Wort Lavendel geht zurück aufs lateinische *lavandula*, das »zum Waschen gehörig« bedeutet, kommend von *lavare* für »waschen«. Des Rätsels Lösung: Das Wasch- bzw. Badewasser wurde früher in Kreisen, die es sich leisten konnten, mit Lavendelöl parfümiert. Waschmaschinen, die sich **Lavamat** nennen, sind Waschautomaten: *lavare* und *automatos*, kurz: Lavamat, deutsche Übersetzung: »Selbstwascher«.

Leberkäse

Der Leberkäse heißt heute meistens Fleischkäse, weil kaum noch Leber zu Fleischkäse verarbeitet wird. Mit Käse aber hat auch der Fleischkäse nichts zu tun. Der Name rührt her von seiner Form, die offenbar an die Käseräder etwa des Gouda erinnert.

Lego

Viele meinen, der Name Lego komme aus dem Lateinischen, denn dort bedeutet *lego* »ich sammle«; demzufolge wären Lego-Bauklötzchen zum Sammeln da. Man kann sie zwar sammeln, aber ihr Name ist anderer Herkunft; der Erfinder von Lego konnte nämlich gar kein Latein. Er starb 1995 im Alter von 75 Jahren als Dänemarks reichster Mann: Godtfred Kirk Christiansen, der im Alter von 14 Jahren die Schule verließ und eine Tischlerlehre machte. Mit 30 übernahm er von seinem Vater Ole, der eine kleine Werkstatt besaß, in der Holzklötzchen und Spielzeugtiere angefertigt wurden, die Firma als Juniorchef, die zu einem Weltkonzern werden sollte, den jedes Kind kennt: Lego. Der Name kommt von den dänischen Wörtern *leg godt*, zu deutsch: »Spiel gut«; aus **le**g **go**dt wurde Lego. So einfach ist das.

Leguma

Leguma ist eine Säuglingsnahrung mit hohem Gemüseanteil. Der Name ist dem französischen Wort *légume* für »Gemüse« entlehnt.

Leibniz

Der Leibniz-Butterkeks ist eines der vielen Produkte der Firma Bahlsen in Hannover. Der Vater des Unternehmens, Hermann Bahlsen, mißbrauchte 1892 den Namen des Philosophen Gottfried Leibniz als Namensgeber für seine Leibniz-Cakes. Und aus *cakes* (englisch für »Kuchen«) wurde im Deutschen **Keks**.

Leica

Die Leica dürfte weltweit die vor allem bei Profis bekannteste Kamera sein. Die erste Leica enstand 1913, ging aber nicht in Serie. Erst 1925 wurde erstmals eine richtige Leica vorgestellt, und zwar auf der Frühjahrsmesse in Leipzig. Ihr Name ist leicht erklärt: Die Leica ist ein Produkt der Firma Leitz, und aus **Lei**tz-**Ca**mera wurde Leica.

Lenor

Der Name des bekannten Weichspülers ist ein Kunstwort mit einer lateinischen Wurzel, die auf die Wirkung des Produkts hinweisen soll: *Lenis* bedeutet »gelinde, sanft, mild, weich«.

Leopard

Die große Raubkatze mit dem schwarzgefleckten Fell auf gelblichem Untergrund hat ihren Namen den alten Griechen zu verdanken. *Leopard* bedeutet übersetzt »Löwenpanther«.

Leukoplast

Leukozyten sind die weißen Blutkörperchen, und Leukoplast heißt nichts anderes als »weißes Pflaster«. Namensgeber ist der Hambur-

ger Apotheker und Geschäftsmann Paul C. Beiersdorf, dem am 28. März 1882 unter der Nummer 20057 ein Patent für die »Herstellung gestrichener Pflaster« geschützt wurde. Die Anregung zur Herstellung eines Pflasters erhielt Beiersdorf von einem Dermatologen namens Paul Gerson Unna. Beiersdorf stellte aus einer Art Kautschuk ein Pflaster her, das sowohl gut auf der Haut haftete als auch die Eigenschaft hatte, mit Medikamenten bestrichen werden zu können, die über die Haut in den Körper gelangen.
Im Jahre 1901 brachte Beiersdorf eine Weiterentwicklung auf den Markt: das erste weiße Zinkoxid-Kautschuk-Pflaster, das er Leukoplast nannte. Eine Weiterentwicklung davon ist **Hansaplast**, ein komfortables Pflaster mit Mullunterfütterung und Schutzoberfläche – bestens geeignet zur Versorgung von Wunden. Da Beiersdorf seinerzeit in der Freien und *Hanse*stadt Hamburg lebte und arbeitete, ist der Name Hansaplast nicht weiter erklärungsbedürftig.

Leviten lesen

Dieses Synonym für eine Strafpredigt – wir kennen es in dieser Bedeutung seit dem 15. Jahrhundert – hat in der Tat zu tun mit dem Namen Levi. Allerdings nicht mit Levi Strauß, dem Erfinder der Jeans. Levi (»der Treue, der Anhängliche«) hieß – laut Bibel – einer der Söhne von Jakob und Lea. Seine Nachfahren waren eine führende geistliche Schicht, die Leviten, bei denen es Brauch war, daß ihnen alle sieben Jahre das Gesetz vorgelesen wurde. Das dritte Buch Mose trägt den Titel »Leviticus«. Sein Inhalt sind Gesetze und Kulte religiöser Art. Im Mittelalter wurde den unteren Geistlichen oftmals täglich aus dem Leviticus vorgelesen, ihnen wurden sozusagen die Leviten (vor)gelesen. Damit ergibt sich auch der Übergang zur heutigen Bedeutung: Wer eine Strafpredigt gehalten bekommt, wird energisch darauf hingewiesen, daß er sich bitte an die geltenden Vorschriften und Regeln halten möge.

Libanon

Jahrzehntelang war der Name Libanon ein Synonym für Bürgerkrieg. Der Libanon hat seinen Namen von dem gleichnamigen Gebirge und nicht etwa von Hitze und Sonnenschein, die man mit dem Libanon verbindet. »Ausgerechnet dem Schnee verdankt dieses sonnenverwöhnte Land an den Gestaden des Mittelmeeres seinen Namen. *Lubnan*, arabisch für ›Libanon‹, bedeutet in den alten semitischen Sprachen ›weiß‹, und dieses Weiß hüllt die kahlen Höhen des über 3000 Meter hohen Gebirges, das sich hier den von Westen heranbrausenden Winterstürmen wie eine unüberwindliche Barriere entgegenstellt, bis zu zehn Monate lang ein und zwingt die Bewohner entlegener Bergregionen dazu, ihre Dörfer ein halbes Jahr lang zu verlassen. Schon im Alten Testament galt dieses Gebiet ›als ein Born lebendigen Wassers‹, und in der Neuzeit schien es wie geschaffen für Skiläufer.«[113]

Limousine

Das Wort kommt aus dem Französischen und meinte ursprünglich einen geschlossenen Pkw mit einem festen Verdeck. In Frankreich gibt es eine Landschaft namens Limousin. Fuhrleute trugen in dieser Gegend gegen Regen und Kälte einen Limousin genannten Mantel, der sehr groß und weit und aus Wolle war. Diese Schutzfunktion wurde später übertragen auf geschlossene Pkw. So kam die Limousine zu ihrem Namen.
Heute steht der Begriff nicht mehr nur für geschlossenen Pkw, sondern für geschlossene Pkw mit Stufenheck im Unterschied zu Pkw mit sogenanntem Fließheck. Daß es nicht der Limousin, sondern die Limousine heißt, liegt daran, daß die Franzosen zum Auto *la voiture* sagen, übersetzt: die Auto; folgerichtig: die Limousine.

Linoleum

Der sehr strapazierfähige Fußbodenbelag verdankt seine Existenz einem Engländer namens Frederick Walton, der eine Erfindung aus dem Jahre 1627, ein Wachs- oder Öltuch, mit oxydiertem Leinöl so veränderte, daß ein fester Bodenbelag daraus wurde. Linoleum klingt lateinisch und ist lateinisch, und zwar die Vertauschung der Übersetzung von »Öl des Leinsamens«, lateinisch *oleum lini*, zu Linoleum.

Lobby

Daß das Wort Lobby aus dem Englischen kommt wie Hobby und Party, erkennt jeder. Ursprung des Ausdrucks ist aber das Lateinische. Dort bedeutet *lobia* soviel wie »Galerie«. In England, aber auch in den USA setzte sich dieser Begriff, der eigentlich »Wandelhalle« (z. B. eines Hotels) meint, für die Wandelhallen der Parlamentsgebäude durch. Dort treffen sich nicht nur die Abgeordneten, sondern hier schleichen auch viele Interessenvertreter herum – vom Knödelfabrikanten bis zur Staubsaugerindustrie –, um vor der Verabschiedung von Gesetzen dafür zu sorgen, daß ihre Anliegen angemessen gewürdigt werden.

Loctite

Loctite ist ein Klebstoff. Der Name wurde gebildet aus »den englischen Wörtern ›*(to) lock*‹ ›schließen, sperren‹ und ›*tight*‹ ›dicht, fest‹. (Im Englischen werden ›*tight*‹ und ›*tite*‹ gleich ausgesprochen.) Der Name verspricht somit einen gut haftenden Klebstoff.«[114]

Los Angeles

Los Angeles, kurz L. A., ist die bekannteste amerikanische Großstadt am Pazifik: »Los Angeles steht an der Stelle, wo einst eine indianische Siedlung Wenot (›am großen Fluß‹) befindlich war. 1769 kampierte hier am 2. August die spanische Portola-Expedition und nannte den Platz ›Nuestra Senora de los Angeles de Porciuncula‹, ›Unsere liebe Frau von den Engeln zu Portiuncula‹, da man am 1. August den Tag dieser Muttergottes gefeiert hatte; dort sollte eine Stadt gebaut werden des Namens ›Reina de los Angeles sobre de la Pociuncula‹, also ›Königin der Engel über dem Fluß Portiuncula‹, woraus später die Kurzform Los Angeles wurde, nachdem die Stadt 1781 als ›Pueblo de los Angeles‹ gegründet wurde und 1847 von den USA als ›Ciudad de Los Angeles‹ [»Stadt der Engel«] erobert worden war.«[115]

Das Wort **Pueblo** ordnen wir den Häusern der seßhaften Indianer Nordamerikas zu. *Pueblo* aber ist kein indianischer, sondern ein spanischer Begriff, der »Dorf« bedeutet. Die spitzen Zelte, in denen die Prärieindianer Nordamerikas wohnten, heißen **Tipi**. Das Wort entstammt der Sprache der Sioux und steht für »in ihm zu leben«.

Lotto

Lotto ist die Kurzform von Lotterie, und das ist eine Ableitung aus einem niederländischen Wort *loterij* für »Glücksspiel«. **Toto** ist auch ein Glücksspiel; es ist die Abkürzung von Totalisator. Der Begriff heißt auf französisch *totalisateur*, und das ist die Stelle z. B. bei Pferderennen, die alle Wetten entgegennimmt und überwacht. Weitere Herkunft: das Verb *totaliser* für »zusammenzählen«.

Loyal

Wer einen Hund besitzt, kennt den Namen Loyal. *Loyal* ist französisch und bedeutet »zuverlässig« oder »treu«. Daß ein Hundefutter diesen Namen trägt, hängt wahrscheinlich damit zusammen, daß ein Hund, der Loyal frißt, besonders treu ist.

LTU

Wer wissen will, was LTU bedeutet, muß die Geschichte von Kurt Conie kennen. Er wurde 1918 in Mülheim an der Ruhr als Sohn eines Schreinermeisters geboren. Trotz seiner musischen und künstlerischen Neigungen wurde er Diplomarchitekt und gründete nach 1945 ein Wohnungsbauunternehmen. Als die Bundesrepublik Deutschland die Lufthoheit wiedererlangt hatte, kaufte Conie Anteile an der gerade gegründeten »Lufttransport Union«. Es dauerte nicht lange, da war er alleiniger Eigner der Firma, die er umtaufte in **L**uft**t**ransport-**U**nternehmen, kurz LTU. Kurt Conie starb 1966.

Lucky Strike

Die amerikanische Zigarette *Lucky Strike* heißt – wörtlich übersetzt – »glücklicher Schlag«. Wahrscheinlich ist damit die Vorfreude gemeint, die man beim »Anzünden des Streichholzes« *(to strike a match)* auf den anschließenden Genuß des Glimmstengels empfindet.

Lude

Ein Lude ist ein Zuhälter. Das Wort Lude nahm seinen Weg um 1870 von Berlin nach Deutschland. Herkunft ist das französische *Louis*, das umgangssprachlich »Zuhälter« bedeutet; dabei heißt Louis eigentlich Ludwig (»berühmter Kämpfer«). Die negativen Assoziationen der Franzosen dürften daher rühren, daß die französischen Könige meistens Louis hießen und sich gern mit ihren Geliebten vergnügten.

Luvs

Neben → Pampers gibt es Papierwindeln, die auf den Namen Luvs hören. Dahinter steckt vermutlich eine Verfremdung von *love* für »Liebe«.

LVM

Eine der großen deutschen Versicherungen heißt LVM. Das ist die Abkürzung von **L**andwirtschaftlicher **V**ersicherungsverein **M**ünster a. G.

Lycra

»Der Name entstand aus einer Vertauschung/Umkehrung der Buchstabenreihenfolge von Acryl, dem Grundmaterial dieser Kunstfaser.«[116] Das Wort **Acryl** ist eine Verkürzung der Chemiefaser Polyacrylnitril.

lynchen

Namensgeber der Lynchjustiz war vermutlich ein gewisser Charles Lynch (1736–1796) aus Virginia, der im Unabhängigkeitskrieg der englischen Kolonien meinte, den Kampf gegen das Mutterland unterstützen zu müssen, indem er andere, die er für schuldig hielt, willkürlich bestrafte und dadurch so bekannt wurde, daß sich im Volksmund schnell das Verb *to lynch* bildete.

M

Macintosh

Ein Macintosh ist ein PC der amerikanischen Firma Apple (»Apfel«). Macintosh ist zwar ein geläufiger Familienname, bezeichnet aber auch eine in den USA allgemein bekannte Apfelsorte.

Mafia

Ob Russen-, italienische, amerikanische oder Drogen-Mafia, was das Duden-Fremdwörterbuch als »erpresserische Geheimorgani-

sation« bezeichnet, ist in Italien und den USA in der Tat eine Geheimorganisation mit einem nicht zu unterschätzenden Einfluß auf Staat und Politik. Die (sizilianische) Mafia nennt sich keineswegs Mafia, sondern »ehrenwerte Gesellschaft« (Onorata Società). Das Wort *Mafia* ist ein sizilianisches Dialektwort und bedeutet »Überheblichkeit, Prahlerei, Anmaßung«. Möglicherweise ist das Wort arabischen Ursprungs: *mahyh* für »Prahlerei«.
Der Name **Cosa Nostra**, bekannt aus der amerikanischen Mafia, bedeutet »unsere Sache«. Der Begriff **Camorra** war ursprünglich die Bezeichnung für eine Geheimorganisation im ehemaligen Königreich Neapel und heißt übersetzt »Clique« oder »Bande«.

Maggi

Die deutsche Niederlassung von Maggi wurde 1997 hundert Jahre alt. Der Gründer des Maggi-Konzerns war ein Schweizer namens Michael Johannes Julius Maggi, Sohn eines italienischen Einwanderers und einer Schweizerin. Der am 9. Oktober 1846 geborene Maggi übernahm nach Schul- und Berufsausbildung 1869 die Getreidemühle des Vaters in Kempttal.
Auf die Idee mit den Suppen brachte ihn der Schweizer Arzt Fridolin Schuler, dessen Vortrag »Über die Ernährung der Fabrikbevölkerung und ihre Mängel« Maggi so beeindruckte, daß er gemeinsam mit Schuler auf Abhilfe sann – freilich auch, um Geld zu verdienen. 1886 gelang es ihm, aus dem Mehl von Erbsen und Bohnen eine kochfertige Fertigsuppe herzustellen, und 1887 war das Sortiment bereits auf 22 Fertigsuppen angewachsen.
Der Erfinder der Fertigsuppe aber ist Julius Maggi nicht gewesen, sondern ein Koch aus Berlin namens Grüneberg, der die Erbswurstsuppe bereits einige Jahre zuvor erdacht hatte, sowie ein Herr namens Rudolf Scheller aus Hildburghausen in Thüringen. Der hatte in der Zeit der Reichsgründung ebenfalls Fertigsuppen erfunden, die er industriell herstellte und vertrieb.
Daß Herr Maggi weltweit bekannt ist, geht weniger auf die Tütensuppen zurück als auf das, was ursprünglich Bouillon-Extract hieß und später in Maggi's Suppenwürze umbenannt wurde – eine Erfindung des Julius Maggi im Jahre 1886. Die Form der Maggiflasche und auch die typische gelbrote Farbgebung, wie wir sie auch heute noch kennen, sind Entwürfe von Meister Maggi selbst.

Julius Maggi richtete im Jahre 1886 aus Werbegründen ein »Reclame- und Pressbureau« ein, dessen Leiter ein Herr namens Frank Wedekind war, der später als Schriftsteller und Dramatiker berühmt werden sollte. Das gesamte Sortiment des Maggi-Imperiums umfaßt heute etwa 300 Artikel. Julius Maggi starb 1912. Ihm zu Ehren wird eine Gewürzpflanze, die auf den schönen Namen Liebstöckel hört, auch Maggikraut genannt.

Magnolie

Die Magnolie ist ein Zierbaum. Sie verdankt ihren Namen dem französischen Arzt und Botaniker Pierre Magnol (1683–1715).

Magura

Kein Motorradfreak, der Magura nicht kennt. Magura ist ein Unternehmen, das spezialisiert ist auf Kraftfahrzeugteile und Feinwerktechnik, vor allem für Motorräder und Fahrräder. Für Motorräder stellt die Firma vor allem Drehgriffe und Brems- und Kupplungssysteme her, für Fahrräder Bremssysteme. Das Unternehmen wurde 1893 von Gustav Magenwirth gegründet und hat seinen Sitz in Bad Urach. Aus Gustav **Mag**enwirth aus **Ura**ch wurde Magura.

Mai

Der Name Mai kommt aus dem Lateinischen und ist eine Kurzform von *jupiter majus*, dem »Gott, der Wachstum bringt«.

Malaria

Eine der gefürchtetsten tropischen Infektionskrankheiten ist die vor allem von der Tsetsefliege übertragene Malaria. Bis ins 19. Jahrhundert hinein dachte man, diese Krankheit werde über die Luft übertragen; so nannte man sie Malaria. Das ist italienisch und bedeutet »schlechte Luft«.

Malefiz

1960 erstmals auf den Markt gebracht, ist Malefiz inzwischen weltweit verbreitet. Erfunden hat das Gesellschaftsspiel ein gewisser Werner Schöppner, doch der ist keineswegs sein Namensgeber. Das war vielmehr dessen Ehefrau, die beim Probespielen plötzlich

zu ihrem Mann sagte: »Du Malefiz!« Der Name für den Welterfolg war geboren!
Das Wort Malefiz war im süddeutschen Raum früher ein Synonym für Schlingel, Schlawiner – eher spöttisch, spaßhaft gemeint. Es entstammt vermutlich dem Lateinischen: *malus* für »schlecht« und *facere* für »machen«. Der Begriff **Schlawiner** heißt eigentlich *Slawonier* (»Slowene«). »Gemeint sind ursprünglich die slowenischen Hausierer, die als besonders gerissen galten.«[117]

MAN

Der Münchner Maschinenbaukonzern stellt Nutzfahrzeuge, Motoren, Druckmaschinen und Industrieanlagen her. Den meisten ist das Kürzel MAN bekannt, weil es den Kühlergrill vieler Lkw und Stadtbusse ziert. Die heutige MAN Aktiengesellschaft mit Sitz in München ist aus der Fusion der 1840 gegründeten M. A. N. mit der Gutehoffnungshütte hervorgegangen. M. A. N. steht für **M**aschinenfabrik **A**ugsburg-**N**ürnberg.

Mansarde

Wenn der Dachboden ausgebaut wird zu einer Wohnung, nennen wir diese Zimmer Mansarden. Unschwer zu erkennen, daß das Wort französischen Ursprungs ist. Was heute Mansarde heißt, lautete im Deutschen wie im Französischen früher *à la mansarde*. Namensgeber war der französische Architekt (»Oberbaumeister«) François Mansarde (1598–1666), der die Mansarde zwar nicht erfunden hatte, aber viele Dachböden entsprechend ausbauen ließ.

Manschette

Einen Ärmelaufschlag zum Umkrempeln nennen wir Manschette; bei Hemden ohne Knöpfe in den Ärmeln gibt es entsprechend Manschettenknöpfe. Der Begriff Manschette kommt vom französischen *manchette*, und das wiederum von *manche* für »Ärmel«; letzte Wurzel ist das lateinische *manica* für »langer Ärmel«.
Wenn jemand Angst hat, sagen wir auch, er habe vor etwas **Manschetten**. »Die Redensart stammt aus dem 18. Jh., als die Herren noch weiße, lange, überfallende Spitzenmanschetten trugen, ständig in Angst, sich zu beschmutzen. Die Studenten verspotteten die vornehmen Jünglinge, weil die Manschettenmode den Gebrauch

des Degens beeinträchtigte. So wurde die Manschette mit Angst gleichgesetzt. Ein weiterer Hinweis bietet sich im ›**Manschettenfieber**‹, der Angst vor den eisernen Handschellen [Manschetten in der Gaunersprache seit dem 19. Jahrhundert synonym gebraucht für Handschellen], die dem Verbrecher im Kerker oder auf dem Gang zum Richtplatz angelegt wurden.«[118]

Maoam

Auch Süßigkeiten brauchen Namen. Maoam ist ein reines Kunstwort, und man kann Maomam auch rückwärts lesen – wie Otto. Das nennt man Palindrom.

Marathonlauf

Der Marathonlauf ist seit 1896, also seit den ersten Olympischen Spielen der Neuzeit, die der Franzose Pierre de Coubertin ins Leben rief, fester Bestandteil aller Olympiaden. Es war der Wunsch des Pariser Professors Michel Bréal, diesen Lauf ins Programm der Olympischen Spiele aufzunehmen. Die erste Olympiade der Neuzeit fand – natürlich – in Athen statt. Der erste Marathonlauf wurde am 29. März 1896 um 14.00 Uhr gestartet; ihn gewann ein Schafhirte aus dem griechischen Dorf Marussi namens Spiridon Louis. Nach 2 Stunden, 58 Minuten und 50 Sekunden traf Louis im Ziel ein. Die griechische Regierung schenkte ihm ein Bauernhaus, und dank der Spenden von in London lebenden Auslandsgriechen konnte er sich einen Acker dazukaufen. Bei der ersten Olympiade der Neuzeit ließ man die Läufer genau 40 Kilometer laufen.
Marathon ist bekannt wegen der berühmten Schlacht 490 v. Chr.: Auf den Rat von Miltiades, einem der führenden Strategen – so eine Art Kriegsminister – der Athener, zogen die Athener gegen die sie bedrohenden Perser unter Dareios. Bei Marathon trafen die Griechen auf die Perser. Die schwerbewaffneten Krieger (genannt Hopliten) der Athener waren mit ihren Waffen und ihrer Schlachtordnung (Phalanx) den Persern weit überlegen, und nach der Niederlage zog sich Dareios zurück. Die Legende, ein Läufer habe die Botschaft vom Sieg der Athener nach Athen gebracht und sei dort mit dem Ausruf »Freut euch, wir haben gesiegt!« vor Erschöpfung tot zusammengebrochen, verdanken wir dem griechischen Geschichtsschreiber Plutarch, der von etwa 46 bis 120 n. Chr.

lebte und damit fast 600 Jahre nach der Schlacht bei Marathon deren Geschichte niederschrieb.
Die Länge des heutigen Marathonlaufs geht auf den olympischen Wettbewerb im Jahre 1908 in England zurück, der auf Wunsch der damaligen Königin Alexandra von Schloß Windsor nach London ins Olympiastadion führte. Die Königin fand die Länge von 26 Meilen in Ordnung. Und das sind umgerechnet genau 42 Kilometer und 195 Meter.

Marc O'Polo

Das Markenzeichen für Kleidung ist natürlich geklaut und leicht verfremdet worden. Namensgeber dürfte der venezianische Chinareisende Marco Polo (1254–1324) gewesen sein. Marco heißt im Deutschen Markus, und *polo* ist Englisch und bedeutet »Ball« bzw. »Wasserball«. Marc O'Polo heißt also eigentlich Markusball.

Margarine

Napoleon I., den berühmten Napoleon Bonaparte, kennt jeder, weniger bekannt dagegen ist dessen Neffe Napoleon III, eigentlich Charles Louis Napoleon Bonaparte (1808–1873), der sich am 2. Dezember 1852 zum Kaiser der Franzosen krönen ließ, im Deutsch-Französischen Krieg 1870 in Gefangenschaft geriet und 1871 ins britische Exil ging. Dieser Napoleon war es, der 1870 in einem Preisausschreiben zur Erfindung einer billigen Ersatzbutter aufrief. Und ein Franzose war es auch, der die Lösung fand: der Lebensmitteltechniker Hippolythe Mège-Mourier (1817–1880). Er entwickelte die Erfindung eines Herrn namens Chevreul weiter, der Stoff und Namen ersonnen hatte: Margarine kommt von *acide margarique* für »saure Perle«; das griechische *margaron* bedeutet »Perle«. Margarine heißt also eigentlich die »Perlende«, und zwar wegen des perlenähnlichen Glanzes.

Markise

Wer eine Veranda hat, läßt sich gern als Sonnenschutz eine Markise anbringen. Das Wort stammt ab vom französischen *marquise*, was »Frau eines Marquis« bedeutet. Ein Marquis ist ein Adliger, etwa vergleichbar dem deutschen Markgrafen (bedeutet: Graf im Grenzgebiet; die Mark Brandenburg hat daher ihren Namen). In der

Bedeutung Zeltdach tauchte der Begriff um 1700 in der Seemannssprache auf und verbreitete sich in der heutigen Bedeutung weiter.
Veranda ist nur scheinbar ein englischer Begriff, eigentlich aber indischer Herkunft und bedeutet Terrasse. **Terrasse** kommt aus dem Französischen und hatte ursprünglich die Bedeutung »Plattform, Erdwall«; letzte Wurzel: das lateinische *terra* für »Erde«.

Marmelade

Marmelade war ursprünglich ein anderes Wort für *Quittenmus* und kommt aus Portugal: *marmelada*. Im 16. Jahrhundert kam der Begriff über Frankreich in der allgemeinen Bedeutung Fruchtmus nach Deutschland.

Martini

Daß ein alkoholisches Getränk ausgerechnet den Namen eines Heiligen trägt, der noch dazu auf den römischen Kriegsgott Mars zurückgeht und daher »der Kriegerische« bedeutet, ist erklärungsbedürftig. »Wie Umberto Eco in seinem hervorragenden Buch über die Kunst des → Cocktails überliefert, heißt der Martini so, weil Hemingways bevorzugter Barkeeper so hieß und ihn immer wieder zubereiten mußte: aus Neuilly Prat und Gin.«[119]
Gin ist das englische Wort für »Wacholderbranntwein«. Wie beim niederländischen Begriff **Genever** ist die letzte Wurzel das lateinische *iuniperus* für »Wacholder«.

Martinshorn

Alle Wagen von Polizei, Feuerwehr und Rettungsdiensten haben ein sogenanntes Martinshorn. Mit dem heiligen Martin hat die Namensgebung nichts zu tun. Auch heißt das Martinshorn eigentlich gar nicht Martinshorn, sondern Martin-Horn. Die Bezeichnung Martin-Horn ist unter der Nummer 809590 als Warenzeichen seit 1932 gesetzlich geschützt.
Von 1932 bis 1945 gab es nur einen Lieferanten der Martin-Hörner. Die Firma hatte ihren Sitz im sächsischen Markneukirchen und wurde 1950 enteignet. Andere Unternehmen schlossen die Marktlücke. Die heute in Philippsburg in Baden ansässige Firma heißt Deutsche Signal-Instrumenten-Fabrik Max B. Martin KG.

Erfinder des Horns mit der bekannten Tonfolge war aber der Mitarbeiter und spätere Mitinhaber Fritz Günther. Aufgrund der größeren Bekanntheit von Herrn Martin kamen beide seinerzeit überein, das Horn nicht Günther-Horn, sondern Martin-Horn zu nennen.

März

In dem lateinischen Kalender vor Julius Cäsar war der März nicht der dritte, sondern der erste Monat des Jahres und dem Kriegsgott Mars geweiht. In Frankreich heißt der Monat noch heute *mars*, in England *march*. In Deutschland wurde im 18. Jahrhundert aus Mars März.

Marzipan

Die Geschichte zum Namen Marzipan ist ganz nett, leider aber falsch: Die deutsche Marzipan-Hauptstadt ist Lübeck, und es heißt, sie sei im 14. Jahrhundert belagert worden. Alle Vorräte seien knapper geworden bis auf Unmengen von Mandeln und Honig. Am Namenstag des heiligen Markus seien Lübecker auf die Idee gekommen, diese Zutaten zu einem Markusbrot zu verarbeiten, das lateinisch *marci panis*, das »Brot des Markus«, heißt. Da die Venezianer jedoch den heiligen Markus zu ihrem Stadtheiligen gemacht haben, behaupten auch sie, die Erfinder des Markusbrotes zu sein. Die Wirklichkeit ist etwas nüchterner: Das Marzipan ist orientalischen Ursprungs und kam um etwa 800 n. Chr. auf die iberische Halbinsel und verbreitete sich von da aus über Europa.

Matchboxautos

Die wertvollsten Spielzeugautos, weil nicht aus Plastik, sondern aus Metall gefertigt, sind Matchboxautos. Ihre Geschichte beginnt im Jahre 1947 in London: Leslie und Rodney Smith, die sich noch aus der Schule kannten, ließen sich in einer Kneipe in London eine Spritzgußmaschine aufbauen; sie wollten Formen für den industiellen Bedarf herstellen. Ihre Firma nannten sie Lesney Products.

Der Zufall wollte es, daß ein Spielwarenfabrikant eine größere Menge an Metallteilen für Spielzeuggewehre in Auftrag gab, die junge Firma damit vor der Pleite bewahrte und dadurch die beiden Jungunternehmer gleichzeitig auf die Idee brachte, mit Metallspielzeug Geld zu verdienen. Das erste Spielzeug war eine Dieselwalze namens Aveling Barford, die verpackungsfrei auf den Markt kam.

Ein weiterer Zufall wollte es, daß die älteste Tochter eines Mitinhabers der Firma nur solches Spielzeug mit in die Schule nehmen durfte, das in eine Streichholzschachtel paßte. Das englische Wort für »Streichholzschachtel« lautet *matchbox*, und so war ein Name geboren und ein Produkt auf dem Markt, von dem seit 1953 mehr als 4,5 Milliarden Stück verkauft worden sind. Anno 1992 wurde Matchbox von der amerikanischen Firma Tyco aufgekauft, und inzwischen ist Tyco-Matchbox von Mattel, dem weltweit größten Spielwarenhersteller, geschluckt worden.

Maulwurf

Dieses nette kleine Pelztier, das vor allem Hobbygärtner erfreut, indem es den gepflegten Rasen mit schönen Erdhaufen künstlerisch gestaltet, wirft – so legt der Name es nahe – diese Erdhaufen mit seinem Maul. Das stimmt aber nicht. Das Auftürmen bewerkstelligt der Maulwurf nämlich mit seinen schaufelartigen Vorderbeinen. Der erste Teil des Namens existiert auch im Altenglischen *(muwa, muha, muga)* und bedeutet »Hügel«. Dessen alt- und mittelhochdeutschen Wurzeln lauten *molta, molt* oder *molte*, was soviel wie »Erde« oder »Staub« bedeutet. Maulwurf heißt also Erdhaufen- oder Hügelwerfer.

Mausoleum

Der Begriff Mausoleum hat mit Mäusen nichts zu tun. Ein Mausoleum ist ein pompös ausgestattetes Grabmal. Was heute der Südwesten der Türkei ist, hieß früher Karien. Hauptstadt war Halikarnassos. Diese Stadt lag in der Nähe des heutigen Bodrum. 386 v. Chr. geriet Karien unter die Herrschaft des Perserkönigs Artaxerxes II. Einer seiner Satrapen (Statthalter) war ein gewisser Mausolos, der von 377 bis zu seinem Tod 353 v. Chr. dieses Amt innehatte. Mausolos war sehr machtbewußt und mehrte seine Macht und seinen Reichtum durch Kriegszüge. Die Legende will, daß es seine Witwe Artemisia gewesen sei, die das Bauwerk, das in der Antike als eines der sieben Weltwunder galt, habe errichten lassen.

Da Artemisia zwei Jahre nach ihrem Gatten starb, ist dies eher unwahrscheinlich. Vermutlich hat Mausolos den Auftrag noch zu Lebzeiten selbst gegeben.

Max und Moritz

Die Namen Max und Moritz hat Wilhelm Busch unsterblich gemacht. Die schönen Bildergeschichten mit den Streichen der beiden Burschen sind allgemein bekannt. Max kommt vom lateinischen *maximus* für »der Größte«, und Moritz hat im französischen *Maurice*, das »der Maure« bedeutet, seinen Ursprung. Die Mauren wiederum waren Araber, die jahrhundertelang Südspanien beherrschten.

Mayonnaise

Die Herkunft des Wortes Mayonnaise gilt unter Sprachforschern als nicht gesichert. Trotzdem steht in vielen Herkunftswörterbüchern die passende Anekdote dazu: Frankreich im Jahre 1756. Ein pfiffiger Gastronom erfindet eine Eier-Öl-Tunke. Der Name ist schnell gefunden. Zur selben Zeit nämlich erorberten die Franzosen die spanische Festung Mahon auf der Balearenhauptinsel Menorka. Die neue Soße sei deshalb *sauce mahonnaise* genannt worden, woraus sich später *mayonnaise* entwickelt habe.

Mazola

Zu den bekannten Speiseölen gehört Mazola. Es ist ein reines Maiskeimöl, und so ist auch der Name leicht erklärt: Er leitet sich ab aus den spanischen Wörtern *mazorca* für »Maiskolben« und *oleo* für »Öl«, zusammengefaßt Mazola.

McDonald's

Die bekannteste und größte Schnellrestaurantkette der Welt heißt McDonald's. Ihr Mitbegründer, Richard McDonald, starb am 14. Juli 1998 im Alter von 89 Jahren in Manchester, New Hampshire. »Mit der nach ihm benannten Restaurantkette McDonald's Corporation, die in Oak Brook, Illinois, beheimatet ist, hatte ›Dick‹ McDonald freilich schon lange nichts mehr zu tun. Bereits im Jahre 1955 verkauften er und sein Bruder Maurice (Mac) die Rechte zur weiteren Entwicklung des McDonald's-Konzepts an

den Handelsvertreter für Küchengeräte Ray Kroc, der noch im selben Jahr die McDonald's System Inc. eröffnete.
Dies war der Beginn einer beispiellosen Erfolgsgeschichte. (...) Die beiden Brüder Dick und Mac legten den Grundstein für diesen Erfolg 1948 mit der Eröffnung ihres ersten Schnell- und Drive-in-Restaurants in San Bernadino, Kalifornien. Das Menü bestand aus Hamburgern zum Preis von 15 Cents, Cheeseburgern zu 19 Cents und einem Milch- und Malzgetränk für 20 Cents. Weitere acht Restaurants im Westen des Landes folgten, ehe die Brüder alles an Kroc verkauften, der mit ihrer Idee reich wurde. Von den beiden Pionieren des Fast-food-Gedankens war Richard McDonald der Vermarkter, der auch das Wahrzeichen des Konzerns, den berühmten goldenen Bogen, entworfen hat. Bruder Mac war dagegen für die Führung des Restaurants verantwortlich. Der ›Big Mac‹ erinnert die Schnell-Esser bis heute an ihn.«[120]

Medima

622 n. Chr. Geburt fand sie statt, die berühmte Hedschra (»Flucht«) Mohammeds von Mekka nach Medina. Damit aber hat Medima nichts zu tun. Bei Medima-Produkten handelt es sich um spezielle Unterwäsche aus Schafs- bzw. Angorawolle für Rheumakranke. Der Name Medima ist ruckzuck erklärt: Er ergibt sich ganz einfach aus der Verkürzung des Werbeslogans »**Med**izin **i**n **Ma**schen«. Das Wort **Rheuma** ist aus dem griechischen Wort *rheumatismos*, das eigentlich »Fluß« oder »Strömung« bedeutet, gebildet worden.

Meerrettich

Wächst nicht im Meer, kommt nicht aus dem Meer, heißt aber Meerrettich. Rettich kommt vom lateinischen *radix* für »Wurzel« und Meer vermutlich von »mehr«. Der Meerrettich hieße dann also eigentlich Mehr-Wurzel.

Meerschweinchen

Lebt nicht im Meer, kam aber übers große Meer – genauer: aus Südamerika – nach Europa: das Meerschweinchen. Das kleine Nagetier, so wird vermutet, trägt diesen Namen deshalb, weil es uns übers Meer erreichte und weil es Laute von sich gibt, die dem Quieken junger Ferkel ähneln.

Vor dem Auftauchen des Meerschweinchens nannte man Delphine »Meerschweine« (lateinisch *porcus marinus*). Das Wort **Delphin** ist griechischen Ursprungs: *Delphys* heißt »Gebärmutter«; die Bezeichnung dürfte daher rühren, daß man irgendwann entdeckt hat, daß der Delphin ein Säugetier ist.

Melitta

Die heute im ostwestfälischen Minden ansässige Firma für Haushaltsprodukte hatte ihren Sitz ursprünglich in Dresden. Die Geschichte der wohl berühmtesten Filtertüte ist folgende: Das, was heute als Kaffeesatz in der Filtertüte aufgefangen wird, setzte sich früher idealerweise als Bodensatz unten in der Kaffeekanne ab. Idealerweise! Tatsächlich fanden sich regelmäßig Kaffeesatzpartikel in der Tasse wieder und schließlich und endlich im Mund des Kaffeekonsumenten – eine gräßliche Tortur für den verwöhnten Gaumen, der reinen Kaffeegenuß wollte.
Es begab sich im Jahre 1908 in Dresden. Dort ärgerte sich die 35jährige Sächsin Melitta Bentz über den genußstörenden Kaffeesatz so sehr, daß sie über Abhilfe nachdachte und sie auch fand. Ihre Experimente begannen mit Hammer und Nagel und einem Messingtopf. Melitta Bentz schlug Löcher in den Topf, nahm ein Löschblatt aus einem Schulheft ihres ältesten Sohnes und hatte damit den ersten Kaffeefilter aus Papier erfunden. Gemeinsam mit ihrem Ehemann Hugo entwickelte sie die Erfindung weiter, und schließlich entstand ein 13 Zentimeter hoher runder Messingbehälter, der mit inzwischen verbessertem Filterpapier arbeitete.
Am 8. Juli 1908 erhielt Melitta Bentz, geborene Liebscher, vom Reichspatentamt in Berlin Gebrauchsmusterschutz für ihren mit »Filterpapier« arbeitenden »Kaffeefilter mit auf der Unterseite gewölbtem und mit Vertiefung versehenem Boden sowie mit schräg gerichteten Durchflußlöchern«. Seit dem 15. Dezember 1908 war in Dresden die Firma M. Bentz ins Handelsregister eingetragen. Sie begann mit einem Startkapital von 73 Reichspfennigen; erste Produktionsstätte war die Privatwohnung der Familie. Seit 1912 ist Melitta als Warenzeichen in der Warenzeichenrolle des Kaiserlichen Patentamts zu Berlin eingetragen und damit geschützt.
Da Melittas Erfindung gut ankam, konnte Ehemann Hugo seinen Job in einem Kaufhaus aufgeben. Erste Mitarbeiter waren die bei-

den minderjährigen Söhne. Aus diesem Familienunternehmen im wahrsten Sinne des Wortes entwickelte sich schnell ein ordentlicher Betrieb, der Ende der 20er Jahre 80 Mitarbeiter in Doppelschichten beschäftigte. Die vergebliche Suche nach einem größeren Grundstück für die Fabrikanlagen in Dresden zwang das Unternehmen 1929 zum Umzug nach Minden in Westfalen. Die heutige Form der Melitta-Filtertüte stammt aus dem Jahr 1937.

Mensa

Wenn Studenten nicht viel Geld fürs Essen ausgeben wollen, gehen sie in die Mensa, weil sie sich dort staatlich subventioniert satt essen dürfen. Das Wort ist lateinischer Herkunft und bedeutet eigentlich »Tisch, Eßtisch«, auch »Essen«. Wer sein Mittagessen in einer **Kantine** (italienisch *cantina*) einnimmt, speist nicht in einem Ristorante, sondern in einem – wörtlich übersetzt – »(Wein-)Keller« oder »Weinausschank«.
Offiziere speisen bekanntlich gern im Offizierscasino. Auch **Casino** ist italienischer Herkunft und bedeutet eigentlich »Lustschlößchen, Pavillon, Gesellschaftshaus« oder »Bordell«. Das italienische **Ristorante** und das französische **Restaurant** erklären sich aus dem lateinischen Verb *restaurare* für »wiederherstellen«. Man kann ein Haus restaurieren, ebenso aber auch den Hunger stillen und damit das Wohlbefinden wiederherstellen.

Mercedes

Mercedes ist eigentlich ein weiblicher Vorname spanischer Provenienz, und zwar die Verkürzung von *Festes Maria de Mercede redemptionis captivorum*, ins Deutsche übersetzt: »Maria von der Gnade der Gefangenenerlösung«; *mercedes* heißt also eigentlich »Gnade«. Zwar mag es für manchen eine Gnade sein, in einer der Stuttgarter Nobelkarossen fahren zu können, doch der Autoname Mercedes hat einen banaleren Hintergrund.
Was heute Daimler-Chrysler heißt, ist eine Gründung von Carl Benz, nämlich die Mannheimer Firma Benz & Co, aus der später die Canstatter Daimler-Motoren-Gesellschaft hervorging. Ende des 19., aber auch Anfang des 20. Jahrhunderts war es in Schickimickikreisen absolut in, bei Autorennen unter einem Pseudonym anzutreten. So zum Beispiel nannte sich Baron Rothschild Dr. Pas-

cal, und ein Herr namens Emil Jellinek – Daimler-Vertreter in Nizza – meldete seinen 28-PS-Daimler zu einem Rennen in Nizza anno 1899 unter dem Tarnnamen Mercedes, dem Vornamen seiner Tochter, an und siegte.
Daraufhin bestellte Jellinek in Canstatt weitere 36 Wagen, verlangte aber das Alleinvertriebsrecht für Österreich und Frankreich und äußerte den Wunsch, diese Autos unter dem Namen Mercedes zu vertreiben. Daimler gab sein Plazet. Diese Markenbezeichnung führte sich so gut ein, daß sie seit 1902 gesetzlich geschützt ist.

Merfluan

Merfluan ist ein Mittel zum Reinigen der Zähne. Der Name ist gebildet worden aus **Meer**salz und **Flu**or, den wichtigsten Bestandteilen der Lösung.

Meringe

Eine Meringe ist keineswegs eine Art von Hering – etwa mehr Heringe gleich Meringe –, sondern ein französisches Wort, das *meringue* geschrieben wird. Das, was die Franzosen *meringue* nennen, heißt bei uns **Baiser**. Baiser ist Eisschneegebäck, ein Schaumgebäck aus Eiweiß und Zucker.
Zum Namen Meringe eine nette Geschichte: »Im übrigen können wir für Baiser (in klanglicher Anlehnung an Kringel, Ringel usw.) auch getrost ›Meringel‹ sagen, denn das Wort ist deutsch, genannt nach dem Ort Mering in Oberbayern. Ein Schweizer namens Casparini, der die Leckerei im Jahre 1720 erfand, nannte sie nach dem Marktflecken Mering. In Frankreich wurde sie in Nancy dem Polenkönig Stanislaus vorgesetzt und fand sehr viel Anklang. Das Schaumgebäck war auch in Versailles sehr beliebt; Marie Antoinette, die 1793 in Paris enthauptete Königin, liebte es sehr. – Bei der deutschen Vorliebe für ausländische Bezeichnungen nimmt es nicht wunder, daß die deutsche Bezeichnung in französischer Gestalt später zu uns zurückkehrte.«[121]
Wer in Frankreich einen Baiser bestellen möchte, sollte aber unbedingt *meringue* bestellen. Die Franzosen kennen zwar das Wort *le baiser* für Kuß, aber *baiser quelqun* für »ficken, bumsen«. Vorsicht ist die Mutter der Porzellankiste.

Messe

Das Wort Messe kennen wir in drei verschiedenen Bedeutungen: Messe als Gottesdienst, Messe als Offiziersmesse (Verpflegungsstätte) auf einem Schiff und schließlich Messe im Sinne von **Buchmesse** oder **Frühjahrsmesse**. In allen Bedeutungen fußt das Wort Messe letztendlich auf dem lateinischen Verb *mittere* für »schicken, senden«. In den Gottesdienst werden Geistliche sozusagen geschickt, um das Wort Gottes zu verkünden nach dem Motto: »Gehet hinaus in alle Welt und verkündet allen Völkern ...«

Daher auch das Wort **Missionar** für ›geistlichen Entwicklungshelfer‹. Die Bezeichnung **Missionarsstellung** für das, was hierzulande beim **Koitus** (lateinisch *coitus* für »Begattung«, eigentlich »zusammengehen«) auch Normalstellung heißt, rührt daher, daß die Missionare den Menschen in den **Kolonien** (lateinisch *colonia* für »Ansiedlung«) nicht nur den Weg zu Gott zeigten, sondern auch andere Wege der ›Erlösung‹, deren Form für Eingeborene eher ungewohnt war.

Der angelsächsische Mönch, der im Mittelalter die Deutschen missionierte und deshalb später »Apostel der Deutschen« genannt wurde, hieß Winfried (eigentl. Winfrid; 672 oder 673 geboren, 754 bei Dokkum in Friesland umgebracht) und mit ›Künstlernamen‹ **Bonifatius**. Deutsche Übersetzung: »der Gutes Tuende« *(bonum facere)*. Dieselbe Bedeutung hat der Name des portugiesischen Fußballclubs **Benfica Lissabon**. So erklärt sich auch der Begriff **Benefizkonzert** für Wohltätigkeitsveranstaltung.

Die Bezeichnung Messe für Waren- bzw. Handelsausstellung oder auch Verkaufsausstellung kommt daher, daß im Mittelalter und bis in die Neuzeit an hohen Feiertagen neben den kirchlichen Messen gleichzeitig ein Jahrmarkt abgehalten wurde. Daraus ging der Begriff Messe von Gottesdienst über auf den **Jahrmarkt** (Markt, der einmal im Jahr abgehalten wurde). Noch heute gibt es in vielen Gegenden dieser Republik Jahrmärkte, die den alten Zusammenhang noch im Namen tragen: Kirchweihfest (gleich Jahrestag der Einweihung einer Kirche) oder Libori-Markt. Jahrmärkte werden oft auch Kirmes genannt. **Kirmes** ist eine Verkürzung von Kirchweihmesse. Die **Offiziersmesse** hat ihren Namen daher, daß im Altfranzösischen das Wort *mes* neben »Botschaft« auch die Bedeutung »aufgetragene Speise« hat.

Metabo

Metabo ist ein Markenname, der für Heimwerker-Maschinen steht. Woher der Name kommt, läßt sich einfach klären: Man verkürze **Meta**ll**bo**hrdreher und erhält Metabo.

Mezzomix

Mezzomix ist ein alkoholfreies Mischgetränk aus Orangenlimonade und → Coca-Cola. Der Inhalt wurde zum Namen, geformt aus dem italienischen *mezzo* für »halb« und dem englischen *mix* für »mixen«.

Mikado

Mikado fehlt auch heute noch in keiner größeren Spielesammlung. Der Name des Geschicklichkeitsspiels mit den verschiedenfarbigen Stäbchen ist japanischer Herkunft, bedeutet »erlauchtes Tor« und war vor Zeiten auch eine Bezeichnung für den Kaiser von Japan.

Milchmädchenrechnung

Dieser Begriff meint eine »wirklichkeitsfremde Rechnung, Überlegung«. Erdacht hat ihn der französische Dichter Jean de la Fontaine (1621–1695), der in seiner Fabel »Die Milchfrau und der Milchtopf« von einem jungen Mädchen namens Perette erzählt, das das Geld für die Milch, die es auf dem Markt verkaufen soll, anlegen will, um daraus mehr Geld zu machen. Das Mädchen ist total begeistert über diese Möglichkeit, zusätzlichen Gewinn zu machen. Es beginnt zu hüpfen und zu tanzen und verschüttet dabei die Milch. Aus der Traum.

Milchzähne

Die ersten Zähne heißen Milchzähne, obwohl sie gar nicht aus Milch sind. Man muß wissen, daß Kinder in früheren Zeiten sehr viel länger gestillt worden sind als heute. Die ersten Milchzähne fielen schon aus, als die Kinder noch gestillt wurden. Daher der Name.

Milky Way

Der kleine Schokoladenriegel heißt in deutscher Übersetzung »Milchstraße«. Der Fachausdruck für Milchstraße lautet **Galaxis**;

er kommt vom griechischen *galaxias* für »Milchstraße«. Ob Milky Way tatsächlich in Milch schwimmt, muß jeder selbst herausfinden.

Milupa

Die meisten Säuglinge werden mit Produkten von Hipp (ist ein Name, sonst nix!), Alete oder Milupa gefüttert. Die Firma Milupa hat ihren Sitz in Friedrichsdorf im Taunus. Vater der heutigen Milupa GmbH und Co. KG war ein Herr namens Emil Pauly, der 1921 die Pauly GmbH Friedrichsdorfer Zwieback und Chocoladenfabrik gründete. Anfang der 30er Jahre brachte Emil Pauly ein Produkt mit dem Namen »Pauly's Nährspeise« – das war ein in Milch aufgelöster Zwieback – auf den Markt, das noch nach dem Zweiten Weltkrieg produziert und verkauft wurde. Da der Name Pauly keinen Seltenheitswert hatte, erfand Emil Pauly einen neuen Namen: E**mil** Pa**u**ly plus **Pa**uly gleich Milupa.

Minister

Minister werden die Mitglieder der Bundesregierung und auch der meisten Landesregierungen genannt: Wirtschaftsminister, Kultusminister, Finanzminister etc. Der Begriff kommt aus dem Französischen, und zwar von dem Wort *ministre*, das nichts anderes als »Diener« oder »Untergebener« bedeutet. Ursprünglich kommt Minister von dem lateinischen Wort *minus* für »klein, gering« her. Davon gibt es die Form *minor* für »kleiner, geringer«, woraus das Wort *minusteros* hervorging. Daraus wurde später *ministeros* und noch später Minister.

Minolta

Minolta ist ein bekannter japanischer Kamerahersteller; gegründet hat sie ein Herr namens Tashima: **M**ashinery and **In**strumental **O**ptica**l** by Tashi**ma**, kurz: Minolta. Das Englisch ist natürlich eine schiere Katastrophe; es müßte heißen: Machinery and Optical Instruments by Tashima.

Minox

Die erste Kleinstbildkamera der Welt hieß Minox. Ihr Erfinder Walter Zapp wurde 1905 in der lettischen Hauptstadt Riga geboren. Noch während seiner Fotografenlehre 1922 bis 1924 kam er auf die Idee, eine Kamera zu entwickeln, die so klein sein müsse, daß sie in einer Faust verschwinden kann. Doch bis zur Vorstellung der Ur-Minox sollte es noch bis 1936 dauern. Im selben Jahr wurde die Minox dann weltweit zum Patent angemeldet.

Nach dem Zweiten Weltkrieg siedelte das Unternehmen nach Wetzlar um, und man suchte nach einem einprägsamen und in möglichst vielen Sprachen leicht aussprechbaren Namen für die neue Kamera. Ausgangspunkt war das französische Wort *miniature*, dem zunächst die seinerzeit nicht seltene Produkt-Endsilbe -ax angefügt wurde: Minax. Zapps Mitarbeiter Nixi Nylander war es schließlich, der das A in ein O verwandelte und den Poduktnamen Minox erfand.

mit Kind und Kegel

Wer mit fast dem gesamten Hausstand in Urlaub fährt, macht Urlaub mit Kind und Kegel. Was hat das Wort Kegel hier zu suchen? Nix! Die Wendung »mit Kind und Kegel« ist uralt, und Kegel meint uneheliches Kind, das im Hause der ›richtigen‹ Familie mit aufwuchs. »Mit Kind und Kegel« hört sich halt besser an als »mit ehelichen und unehelichen Kindern«, oder?!

Mitropa

Ostdeutschen ist der Begriff Mitropa ohnehin geläufig, und seit der Wiedervereinigung mischt die Mitropa auch bei der Deutschen Bahn AG erfolgreich mit. Mitropa ist eine Abkürzung, und zwar für **Mit**teleu**rop**äische Schlafwagen- und Speisewagen **A**G. Das bundesdeutsche Pendant zur Mitropa war die **DSG**. Als die Bahn noch Deutsche Bundesbahn hieß, war DSG die Abkürzung für **D**eutsche **S**chlafwagen- und Speisewagen-**G**mbH; seit der Privatisierung der Bahn steht DSG für **D**eutsche **S**ervice-**G**esellschaft der Bahn.

Mitsubishi

Das Logo von Mitsubishi ist ein Stern, der sich aus drei Rhomben zusammensetzt. Sie sollen für die traditionellen Kaufmannstugenden stehen: Verantwortung, Redlichkeit und Völkerverständigung. *Mitsubishi* heißt »drei Rhomben«. Nach Mitsubishi-Lesart sollen die drei Rhomben drei Diamanten symbolisieren.

Mittwoch

Der Name Mittwoch bedeutet Mitte der Woche. Diese neutrale Bezeichnung wurde von der Kirche im Mittelalter durchgesetzt, um Erinnerungen an die heidnischen Götter der Germanen auszulöschen. In der englischen Bezeichnung *Wednesday* und dem schwedischen onstag für »Wotans-« bzw. »Odinstag« ist die Herkunft aus der germanischen Götterwelt bis heute noch erhalten geblieben.

Mockturtlesuppe

Eine Mockturtlesuppe ist eine falsche Schildkrötensuppe, weil sie aus Kalbskopf hergestellt wird. Das Wort *turtle* bedeutet im Englischen »Turteltaube« und »Schildkröte«; das Verb *to mock* »spotten, täuschen, scheinbar«. Eine Mockturtlesuppe ist also eine scheinbare, unechte Schildkrötensuppe.

Model

Das englische Wort Model für **Modell** kommt natürlich von Mode; und **Mode** entstammt dem Lateinischen: *modus* für »Art und Weise«, hier: die Art und Weise, sich zu kleiden.

Auch wenn der Begriff Model mittlerweile gebräuchlicher ist, kennt man immer noch das Wort **Mannequin** für attraktive junge Damen, die auf dem Laufsteg die neueste Mode präsentieren. Die Herkunft des Wortes Mannequin hat aber mit Laufstegfräuleins nichts zu schaffen, sondern mit dem Manneken-Pis in Brüssel – wer kennt das nicht?! Der pinkelnde Brunnenbube ist eines der Wahrzeichen von Brüssel, und Mannequin und Manneken-Pis haben dieselbe sprachliche Wurzel: Das niederländische *mannekijn* bedeutet »Männchen« im Sinne von »Hampelmann, Harlekin (Hanswurst)«. Die französische Aussprache von *mannekijn* ist Mannequin.

Moin, moin

Im Unterschied zur allgemeinen Auffassung bedeutet »Moin, moin« nicht »Morgen« im Sinne von »Guten Morgen!«. Die Friesen sagen nämlich auch abends »Moin, moin«. Wer Ostfriesenwitze kennt, könnte sich natürlich auch darauf einen Reim machen. Die Lösung ist ganz einfach: »Moin, moin« bedeutet »gut,

gut« und sonst nix. Die Friesen wünschen sich »een moin dach« – einen guten Tag. Kurzform: moin, moin.

Moltex

Moltex sind Papierwindeln. Der Name ist gebildet worden aus den italienischen bzw. französischen Wörtern *molle* für »weich« und *textil* für »Gewebe«; Moltex heißt also Weichgewebe.

Mondamin

Mondamin nennt sich »Feine Speisestärke« und ist auch heute noch in jeder Küche ein unentbehrlicher Helfer. Es ist ein Maisprodukt, das es in Europa erst seit 1854 gibt. In diesem Jahr begann der Schotte John Polson jr. mit seiner Firma Brown und Polson's Patent Corn Flour in England die Speisestärke zu vermarkten – mit viel Erfolg. Seit etwa 1860 fing sich Mondamin dann auch in Deutschland an zu verbreiten.

Der Name Mondamin hat seinen Ursprung darin, daß die Indianer Südamerikas Mais für ein Geschenk der Götter hielten. Die deutsche Übersetzung des indianischen Gottes *Mon-da-min* heißt »Freund des Menschen«.

Moneten

Der Begriff Moneten ist ein heute noch gängiges Synonym für Geld. Der Begriff geht zurück auf das lateinische Wort *moneta* für »Münzstätte«. Die Münzstätte im alten Rom befand sich auf dem Kapitol, im Tempel der Staatsgöttin *Juno moneta*, zu deutsch: die »Mahnerin Juno«. Im Deutschen kennen wir noch heute das Fremdwort etwas **monieren** für etwas beanstanden. Der Begriff *moneta* ist ins Deutsche als **Münze** eingegangen; in der gern latinisierenden Studentensprache wurden aus Münzen Moneten.

Monopoly

Eines der bekanntesten Gesellschaftsspiele heißt Monopoly. Es wurde wie → Scrabble nach der Weltwirtschaftskrise 1929 erfunden: »Als Reaktion auf die Armut während der Wirtschaftskrise schuf Charles B. Darrow, ein stellungsloser Ingenieur aus Germantown, Pennyslvania, das mit Hindernissen gespickte Monopoly, bei dem es um den Erwerb und Verkauf von Immobilien

[Sachen, die »nicht beweglich« sind] geht. Finanziell am Ende und ziemlich deprimiert, brachte Darrow ganze Tage damit zu, sich in seinen vier Wänden Brettspiele auszudenken, nur um eine Beschäftigung zu haben. Mittelpunkt seines Zeitvertreibs war das mühelos erworbene Spielgeld – in Umkehrung der Realität. (...) Die Freunde und Angehörigen Darrows fanden so viel Spaß an dem selbstgebastelten Spiel, daß sie ihn im Jahr 1934 überredeten, es der Spielwarenfirma Parker Brothers in Massachusetts vorzustellen. Deren leitende Angestellte testeten Monopoly, indem sie es selbst spielten, und lehnten es dann einhellig mit der Begründung ab, das Konzept sei langweilig, die Handlung langatmig, und die Regeln seien viel zu kompliziert. Darrow gab nicht auf. Und in Philadelphia fand er im Leiter einer Spielwarenabteilung einen Mann, dem das Spiel nicht nur Spaß machte, sondern der sich auch bereit erklärte, Monopoly seinen Kunden anzubieten.
Mit finanzieller Unterstützung von Freunden und Angehörigen ließ Darrow 5000 Stück seines Spiels herstellen und über Wanamaker verkaufen. Als die Leute von Parker Brothers entdeckten, daß die Monopoly-Spiele bei den Käufern auf starke Resonanz stießen, machten sie einen erneuten Versuch und gelangten zu dem Ergebnis, daß Monopoly phantasievoll, spannend und erstaunlich leicht zu lernen sei. Das Spiel wurde im Jahr 1935 mit Copyright geschützt, und nach kurzer Zeit produzierte die Firma 20 000 Monopoly-Spiele in der Woche.
Die Manager von Parker Brothers hatten jedoch weiterhin Vorbehalte. Ihrer Ansicht nach war Monopoly ein Spiel für Erwachsene und eine bloße Modewelle, die spätestens nach drei Jahren abgeebbt sein würde. (...) Zu dem voreilig befürchteten Rückgang der Nachfrage kam es jedoch nie. Und den arbeitslosen Charles Darrow machten die Lizenzgebühren zum Millionär, da sein Spiel sich in 28 Ländern und 19 Sprachen als Renner erwies. Es spricht einiges dafür, daß dieses erzkapitalistische Spiel sogar in der ehemaligen Sowjetunion gespielt wurde: Sechs Monopoly-Spiele, die auf der Amerikanischen Nationalausstellung 1959 in Moskau gezeigt wurden, verschwanden allesamt auf geheimnisvolle Weise.«[122] Monopoly kommt von *Monopol*, das bedeutet »marktbeherrschende Stellung«, und leitet sich her aus den griechischen Wörtern *monos* für »allein, einzig« und *pole* für »Verkauf«.

Montag

Die Wurzel von Montag ist im Wort noch erkennbar: Mond-Tag. Dies ist eine Übersetzung des lateinischen *dies Lunae* (»Tag der Göttin Luna«).

Moulinex

Der bekannte französische Hersteller von Haushaltsgeräten – vor allem Küchengeräten – hat seinen Namen von einer Vielzahl von Küchenhilfen abgeleitet, die das Wort *moulin* in ihrem Namen führen: Der »Fleischwolf« heißt *moulin à viande*, die »Gemüsepresse« nennt sich *moulin à légume*, und die »Kaffeemühle« schließlich ist im Französischen eine *moulin à café*. Moulinex heißt also übersetzt »Mühle-Aus«, gemeint ist wahrscheinlich »aus der Mühle«.

Movado

Der Name Movado steht für Uhren mit edlem Design. Wer wissen will, woher der Name kommt, muß Achille Ditesheim aus La Chaux-de-Fonds in der französischen Schweiz kennen. Der nämlich war Uhrmacher und gründete 1881 ein Unternehmen, das seit 1905 Movado heißt. Ditesheim hatte das Ziel, Uhren herzustellen, die qualitativ allen anderen Uhren überlegen waren. Anno 1905 wurden seine Uhren auf einer Ausstellung in Lüttich mit einer Goldmedaille für Qualität, Kreativität und Design ausgezeichnet. Der Markenname entstammt der künstlichen Welthilfssprache Esperanto, in der *movado* »immer in Bewegung« bedeutet. Den Namen **Esperanto** verdanken wir dem Erfinder dieser Sprache, einem polnischen Arzt namens Ludwik L. Zamenhof, der sie 1887 entwickelte. Dieser Herr nannte sich mit Pseudonym Doktoro Esperanto (»der hoffende Doktor«). Das Wort **Pseudonym** für Deckname ist griechischer Provenienz und eine Zusammensetzung der Wörter *pseudos* für »Unwahrheit, Täuschung« und *onyma* für »Name«.

Muckefuck

Muckefuck nennen wir Kaffeersatz oder auch sehr dünnen oder mit Zichorien gestreckten Kaffee. Letzteren gibt's oft in schlechten Hotels: Wenn man Milch hineingießt, wird der Kaffee nicht

goldgelb, sondern grau. Der Begriff stammt aus dem Rheinland, wo man »braunen Holzmulm« als Torfersatz Muckenfuck nannte und dieses Wort später auf Ersatzkaffee übertrug.
Interessanter, wenn auch vermutlich falsch, ist die Theorie, der Begriff sei im Deutsch-Französischen Krieg von 1870/71 entstanden: Preußische Soldaten, heißt es, hätten den französischen Begriff *mocca faux* für »falschen Mokka« mit »Muckefuck« ins Deutsche übersetzt. Der Begriff **Mokka** ist arabischer Herkunft. Am Roten Meer gab's einen Hauptausfuhrhafen für Kaffeebohnen namens *muha*, aus dem die Franzosen *moka* und die Engländer *mocha* machten. So entstand der Name Mokka.

München

Was heute die Hauptstadt des Freistaates Bayern ist, wurde 1158 gegründet vom Welfen Heinrich dem Löwen, Herzog von Bayern und Sachsen. Vor der Gründung ließ der Herrscher die Zollbrücke des Bischofs von Freising in Unterföhring zerstören und den Markt an einen Ort verlegen, den er mit Münz- und Zollrechten ausstattete und der später München genannt werden sollte. Den Ort hat es also schon vor 1158 gegeben. 1158 wurde er *apud munichen* für »bei den Mönchen« genannt. »Erst 1533 berichtet der bayerische Geschichtsschreiber Aventinus (eigentl. J. Turmair), die Stadt sei auf Grundbesitz des Klosters Schäftlarn erbaut und darum *München* genannt worden.«[123]

N

Nagelfeile

Die Nagelfeile kennt jeder, doch kaum einer weiß, wie sie erfunden wurde. Dazu eine nette Geschichte: Güterbahnhof Kiel, »6. Mai 1927: Der Packer Heribert Steinweg sortierte Filzballen. Sie waren für den Güterzug nach Plön bestimmt, wo ja bekanntlich im Sommer 1927 besonders viel Filz benötigt wurde. (Anmerkung: Insgesamt handelte es sich um 6800 Quadratmeter.)

Die Arbeit ging schleppend voran, Steinweg verhakte sich ständig mit der Spitze seines angerissenen Daumennagels im groben Gewebe. Das war äußerst lästig. Übellaunig versetzte er dem Filzhaufen einen Tritt in die Seite und bemerkte, daß seine Schuhsohle schon wieder durchgescheuert war. Was für ein schlechter Tag! Erst der Daumennagel, und nun auch noch ein Loch im Schuh. Dieser elende Sandsteinbelag! Die rauhe Oberfläche der Bahnsteinkante hatte den Packer zum Dauerkunden beim Schuster gemacht.

Wütend starrte er abwechselnd auf Schuhsohle, Nagelspitze und Steinboden. Plötzlich hielt er inne. Ein Gedanke. Kurz entschlossen bückte er sich und rieb die Spitze des Daumennagels mehrmals kraftvoll am körnigen Gestein. Er hatte die Lösung gefunden: Sein Daumennagel war tadellos glattgeschliffen. Nichts hakte mehr im Filz, als Steinweg beschwingt wieder seine Arbeit aufnahm. Zu Hause erzählte er nicht ohne Stolz von seiner Entdekkung. Sein geschäftstüchtiger Schwager verhandelte kurz darauf mit einem Fabrikanten, der schon acht Wochen später die ersten Steinweg-Manikürefeilen auf den Markt brachte – Miniaturnachbildungen der Bahnsteigkarte von Gleis 8 des Kieler Güterbahnhofs. Sie fanden reißenden Absatz.

Aus Gründen der Materialersparnis produzierte die Fabrik jedoch von Jahr zu Jahr flachere Bahnsteigkarten, die aber ebenso zuverlässig ihren Dienst erfüllten. Nach der Steinkrise von 1931 ging man dazu über, die Feilen aus dünnen, aufgerauhten Stahlstreifen herzustellen. Das ist der Grund, warum heutige Nagelfeilen keinerlei Ähnlichkeit mit Bahnsteigkarten haben.«[124]

Nasi-goreng

Nasi-goreng kennen wir aus China-Restaurants. Das Gericht, das meistens aus gekochtem Reis, Gemüse und Fleisch besteht, ist eigentlich indonesischer Herkunft und bedeutet »gebratener Reis«. **Bami-Goreng** heißt »gebratene Nudeln«.

NEC

Der Name NEC hat sich uns eingeprägt für einen japanischen Produzenten von allerlei elektronischen Geräten. Die Firma heißt eigentlich **N**ew **E**lectric **C**ompany, kurz NEC.

Nelke

Den Begriff Nelke kennen wir für die Blume und die Gewürznelke. Die Gewürznelke ist ursprünglich auf den Molukken und den Philippinen beheimatet gewesen. Da die Gewürznelke die Form eines von Hand geschmiedeten Nagels hat, wurde sie in unseren Breitengraden zunächst »Negelke« für Nägelchen und später Nelke genannt. Ihr Duft animierte zur Übertragung des Namens auf die Gartennelke.

Nescafé

Nescafé und Nesquick sind Produkte des Schweizer Lebensmittelkonzerns Nestlé. Aus **Café** und **Nes**tlé läßt sich leicht Nescafé machen. Er ist so erfolgreich, daß der Markenname Nescafé zum Synonym für lösliches Kaffeepulver geworden ist. Die Bezeichnung **Nesquick** für lösliches Kakaopulver ist auf dieselbe Weise entstanden: Das englische *quick* heißt »schnell« und soll auf die Sofort-Löslichkeit des Pulvers hinweisen.

netto

Brutto bedeutete ursprünglich »mit Verpackung«, und netto hieß »ohne Verpackung«. Im Italienischen steht *netto* für »rein, sauber«. Die lateinische Wurzel: *nitidus* für »sauber, glänzend«. Das Wort *nitidus* hat ins Deutsche Eingang gefunden in Form des Adjektivs **nett**.

Nigrin

Der Winter kommt, das Auto wird entsprechend präpariert, und der pflichtbewußte Autofahrer vergißt natürlich nicht, den Türschloßenteiser ordnungsgemäß im Handschuhfach zu verstauen, denn der Wintermantel ist dafür wirklich zu schade. Nicht selten steht auf dem Türschloßenteiser der Name Nigrin. Diese Firma produziert Autopflegeartikel aller Art; der Name kommt vom lateinischen *niger* für »schwarz«. Passend dazu ziert das Logo von Nigrin ein über dem Schriftzug angebrachter Schornsteinfeger. Was hat der schwarze Mann mit einem Türschloßenteiser zu tun? Rein gar nichts. Was heute von der Firma Inter-Union vermarktet wird, gehörte einst dem Mannheimer Unternehmen Opania, das schon 1870 existierte und Produkte unter dem Namen Nigrin vertrieb, darunter Haushaltspflegemittel und Schuhcreme. Und der wurde Ruß beigemischt.

Nike

Der größte Sportartikelhersteller der Welt heißt Nike (sprich: Neiki). Der Name dieser amerikanischen Firma ist aber keineswegs englisch, sondern griechischen Ursprungs. Für die alten Griechen war Nike (wörtlich »Sieg«) die gottgleiche Personifikation des Sieges. Die Botschaft des Firmennamens ist damit klar: Nike tragen bedeutet siegen.

Nikolaus

Noch heute ist es bei uns Brauch, am Vorabend des Nikolaustages (6. Dezember – das ist der Namenstag des heiligen Nikolaus) Schuhe vor die Tür zu stellen in der Hoffnung, der Nikolaus beschenke über Nacht die braven Kinder. Meistens tut er das ja auch, obgleich ihn wohl noch niemand in flagranti ertappt hat. So sind sie halt, die Heiligen.

Vor der Erfindung von Christkind und Weihnachtsmann war es allein der heilige Nikolaus, der zur Weihnachtszeit Geschenke brachte. Der heilige Nikolaus verdankt sich dem Bischof Nikolaus von Myra. Der soll drei bettelarmen Bräuten zu einer respektablen Mitgift verholfen haben; daher der Ruf, er verteile gern Geschenke. Im Mittelalter war er der Schutzheilige diverser Gilden und Zünfte, aber auch der Kinder.

Der Nikolaus-Brauch geht auf das späte Mittelalter zurück, Knecht Ruprecht ist eine Erfindung des 18. Jahrhunderts – was dem Himmel die Hölle, ist dem Nikolaus Knecht Ruprecht. **Ruprecht** bedeutet »von glänzendem Ruhm«. Die heutige Darstellung des Nikolaus ist eine Mißinterpretation der Zeichen der Bischofswürde. Den Bischofsstab trat er ab an Knecht Ruprecht, das Ornat mutierte zum Wintermantel und die Mitra, die Bischofskopfbedeckung, verwandelte sich in die Zipfelmütze. Der Name Nikolaus (*Nikolaos*, deutsche Kurzform »Klaus«) ist griechischer Provenienz und bedeutet »Volkssieger«.

Das Nikolausgebäck überhaupt ist der **Spekulatius** – ein Pfefferkuchen. Spekulatius war der Beiname des heiligen Nikolaus in seiner Funktion als Schutzheiliger der Kinder, die er folgerichtig das ganze Jahr über beobachten mußte. *Spekulatius* bedeutet »Hüter, Späher, Beobachter«.

Nikon

Der Name des bekannten japanischen Herstellers von Photoapparaten ist eine Wortschöpfung, die sich ableitet aus **Ni**ppon für »Japan« und **Ko**ogaku für »Optik«. Nikon heißt also japanische Optik.

Nikotin

Der süchtig machende Bestandteil des Tabaks heißt Nikotin. Seine Bezeichnung verdankt das Nikotin einem französischen Gesandten am Hof der portugiesischen Krone, der den Namen Jean Nicot, Sieur de Villemain trug. Dieser Nicot interessierte sich für Tabakpflanzen und ließ sie um 1560 nach Frankreich importieren.

Nintendo

Was heute weltweit Marktführer für Videospiele – vor allem für Gameboys (»Spieljungen«) – ist, begann Ende des 19. Jahrhunderts sehr bescheiden: Am 22. Mai 1889 gründete der Japaner Fusajiro Yamauchi in Kyoto eine kleine Firma, in der er fernöstliche Spielkarten herstellte, sogenannte *hanafuda* (»Blumenkarten«). 1949 übernahm Hirosho Yamauchi, ein Urenkel des Firmengründers, die Leitung. 1977 stieg Nintendo mit ersten Telespielen in die Unterhaltungselektronik ein und landete 1981 mit »Donkey Kong« einen ersten Hit. Im selben Jahr tauchte erstmals der Name »Super Mario« auf. 1990 wurde im bayerischen Großostheim bei Aschaffenburg die Nintendo of Europe GmbH gegründet.
Der Name Nintendo setzt sich zusammen aus den Silben *nin-ten-do*, die mehrere Lesarten zulassen: »Überlasse das Glück dem Himmel« oder »In unserem tiefsten Inneren haben wir nur zu tun, was wir tun müssen«. Als häufigste Lesart gilt: »Arbeite hart, doch letztlich liegt alles in der Hand des Himmels.«

Nippon

Der Name Nippon ist dem Japanischen entlehnt worden. Die Japaner nennen ihr Land *nippon* oder *nihon*. Deutsche Übersetzung beider Wörter: »Ursprung der Sonne«. Die Herkunft des Namens

Japan ist nicht ganz geklärt. Die eine Theorie behauptet, er leite sich aus *zipangu* oder *jipangu* her, dem portugiesischen Versuch, die nordchinesische Bezeichnung *jipenkuo* für »Japan« in die Muttersprache zu übernehmen. Die andere Theorie besagt, der Name Japan komme von dem holländischen *japan*, dem niederländischen Versuch, die südchinesische Bezeichnung *yatpun* für »Japan« zu europäisieren.

Nirosta

In den 60er Jahren war die Nirosta-Spüle der Stolz jeder Hausfrau. Nirosta steht für **nie** **ro**stenden **Sta**hl.

Nissan

Das Logo der japanischen Autoschmiede ist ein weißer Schriftzug auf blauem Grund, dahinter ein roter Kreis. Der rote Kreis steht für die aufgehende Sonne, das Blau für den Himmel. Bis 1981 hießen die Wagen dieser Firma auch auf dem deutschen Markt noch Datsun.

Dazu ein Blick in die Unternehmensgeschichte: Anno 1912 bauten drei Herren namens **D**en, **A**oyama und **T**akeuchi den ersten Prototyp eines Pkw und nannten ihn nach den ersten Buchstaben ihrer Nachnamen Dat. Das neue Wort war zwar ein Kunstwort, bedeutet aber im Japanischen gleichzeitig »Hase«. So wird der Hase zur Kühlerfigur des Dat. Jahre später wird Dat in **Datsun** umgetauft. Die Legende erzählt, die Umbenennung sei vorgenommen worden, weil das englische Wort *sun* »Sonne« heißt und die Sonne gleichzeitig das Nationalsymbol Japans ist.

Was heute Nissan Motor Company Ltd. heißt, wurde 1934 gegründet und nannte sich damals Kyodo Kokusan Jidosha Kabushiki Kiasha. Diese Firma gehörte Yoshisuke Aikawa, der sich bei Datsun einkaufte und den Atomobilbau in Großserie einführte. Der Name Nissan ist eine Abkürzung aus **Ni**hon **San**gyo Ltd., was »japanische Industrie« bedeutet.

Nivea

»Zusammensetzung: Water, Paraffin Oil, Microcrystaline Wax, Glycerin, Lanolin Alcohol (Eucerit), Paraffin, Ceresin, Octyldodecanol, Decyl Oleate, Magnesium Stearate, Aluminium Stearates, Magnesium Sulfate, Citric Acid, Panthenol, Fragrance«. So lautet der Text auf den Nivea-Tuben und -Dosen. Wenn man Speiseöl in Wasser schüttet, schwimmt das Öl auf dem Wasser. 1911 hatte ein Herr namens Oskar Troplowitz, von Beruf Apotheker und Inhaber der pharmazeutischen Laboratorien Beiersdorf in Hamburg, dieses Problem gelöst, indem er Wasser und Öle mittels Eucerit mischte und so eine schneeweiße Creme entstehen ließ. »Schneeweiß« heißt auf lateinisch *niveus*. Da die Creme grammatisch weiblich ist, verpaßte Troplowitz ihr folgerichtig den Namen Nivea. 1912 erstmals auf den Markt gebracht, hat sich an der chemischen Zusammensetzung der Nivea-Creme bis heute fast nichts geändert.

Noise-Design

Daß sich Autohersteller um die Optik ihrer Autos kümmern, ist klar, aber es gibt auch sogenannte Noise-Designer. Die sorgen dafür, daß zum Beispiel der Motor den richtigen Sound hat und der Auspuff angenehm röhrt. Das englische *noise* heißt »Geräusch, Lärm«.

Nokia

Einer der großen Handy-Hersteller heißt Nokia – gesprochen Nockia, sonst schriebe es sich im Finnischen *Nookia*, denn ausnahmsweise handelt es sich bei dieser Firma nicht um einen japanischen Hersteller.

Nokia A Oyi (Nokia Korporation) wurde im letzten Jahrhundert gegründet. Zunächst war es eine Papierfabrik, die der finnische Ingenieur Frederik Idestam in der Nähe der Stadt Tampere an einem Fluß erbaut hatte. In Magdeburg hatte er ein Verfahren kennengelernt, Zellulose zur Papierherstellung zu nutzen. Dank des Erfolgs wuchs die Fabrik so schnell, daß um sie herum ein Dorf entstand; Dorf und Fabrik wurde Nokia genannt. Ende des 19. Jahrhunderts siedelten sich hier auch die Finnischen Gummiwerke an, die nach dem Ersten Weltkrieg die Finnischen Kabelwerke übernahmen. Diese drei Unternehmen fusionierten 1967 zur Nokia-Gruppe.

Dank der Gummiherstellung war für die Finnen Nokia bis vor einigen Jahren eher ein Synonym für Gummistiefel. Mit dem

Boom von Elektronik und vor allem Handys mauserte sich der Name Nokia dann Ende des 20. Jahrhunderts zum Synonym für Handys und andere High-Tech-Produkte. Was der Name Nokia bedeutet, ist nicht geklärt. Viele Finnen halten ihn für den umgangssprachlichen Namen einer Wieselart, die in den Wäldern rund um Tampere vorkommt.
Zu den Konkurrenten von Nokia gehört der schwedische Elektronikkonzern **Ericsson** - deutsche Übersetzung: »Erichs Sohn« – in Schweden kein seltener Familienname. Da Erich »der allein Mächtige« meint, bedeutet Ericsson folgerichtig »der Sohn des allein Mächtigen«.

Nomaden

Völker oder Volksgruppen, die nicht seßhaft sind, nennen wir Nomaden. Der Begriff ist griechischen Ursprungs und bedeutet »auf der Weide umherziehender Hirte«. Zu den bekanntesten Nomaden gehören die arabischen **Beduinen**. Dieses Wort ist arabischer Herkunft und bedeutet soviel wie »Bewohner der Wüste«.

November

Der Name kommt von *novem*, dem lateinischen Wort für die Zahl »neun«. Der elfte Monat als der neunte? Bei den Römern begann das Jahr ursprünglich mit dem März; auch nach der julianischen Kalenderreform wurde für den November die alte Zählung beibehalten.

Nuk

Bei Nuk denkt man heute an den Saug-Nippel von Babyfläschchen. Erfunden hat den ein Zahnmediziner namens Müller, der sich über die Möglichkeiten der optimalen Aufnahme der Baby-Flaschennahrung Gedanken machte. Der Name Nuk soll sowohl **n**atürlich **u**nd **k**iefergerecht als auch **nuck**eln bedeuten. Den Nuk-Sauger gibt es seit 1949.

null Bock

Statt »keine Lust« war es zeitweise üblich, »null Bock« zu sagen. Herkunft ist die Zigeunersprache, in der *bokh* »Hunger« heißt – nach 1910 in der Bedeutung Gier, Lust in die Umgangssprache eingegangen. Ende der 60er Jahre setzte sich dann der Begriff der Null-Bock-Generation durch. Den Ausdruck »Den Bock zum Gärtner machen«, der bekanntlich benutzt wird, um auszudrücken, daß ein Unfähiger mit einer Aufgabe betraut wird, die er nicht erfüllen kann, gibt es bereits seit dem 15. Jahrhundert: »Ein Bock liebt Grünfutter; einen Garten hätte er schnell zerstört.«[125]

nullachtfünfzehn

Diesen Begriff verdanken wir einer Pistole aus dem Jahre 1908, die 08 genannt wurde. Eine Weiterentwicklung dieser Pistole war die 08/15 des deutschen kaiserlichen Heeres aus dem Jahre 1915, die im Ersten Weltkrieg massenhaft Verbreitung fand, also zu einer sehr normalen, gewöhnlichen Pistole wurde. So erklärt sich die heutige Verwendung des Wortes 08/15 in der Bedeutung »nichts Besonderes«.
Die Pistole 08/15 wurde sogar noch zu Beginn des Zweiten Weltkriegs verwendet, dann aber abgelöst durch die Pistole P 38. In einem Roman von Hans H. Kirst wurde 08/15 sogar zum Buchtitel, und schließlich gibt es zu 08/15 auch noch einen Witz: Was ist 08/15? Ganz einfach: 0 Ahnung, 8 Stunden faulenzen und dafür A 15 kassieren.

Nylon

Anno 1939 brachte der US-amerikanische Chemie-Konzern DuPont eine Synthesefaser auf den Markt, die aus Polyamiden bestand. Erfunden hatte diese Faser Wallace H. Carother (1896–1937), der den Siegeszug seiner *Carother's Side* jedoch nicht mehr erleben sollte. Ursprünglich sollte die neue Synthesefaser *No-run* für »keine Laufmaschen« heißen, doch an diesem wenig werbewirksamen Namen wurde so lange herumgebastelt, bis schließlich der Kunstname Nylon geboren war. Lange hielt sich das Gerücht, er sei eine Abkürzung und stehe für *»**N**o, **y**ou **l**ousy **O**ld **N**ipponese«*, »Nein, du verdreckte alte japanische (Seide)« – kurz: Der Begriff Nylon sei ein Kampfslogan gegen die japanische Seidenindustrie.

O

o. k.

Die Zahl der Theorien zur Herkunft von o. k. ist groß. Manche meinen, Namensgeber sei ein deutsch-amerikanischer Geschäftsmann gewesen mit dem Namen Oskar Krause, andere führen einen amerikanischen Präsidenten ins Feld, der die Orthographie nicht beherrscht habe. Als relativ gesichert gilt folgende Deutung: »Der amerikanische Sprachforscher A. W. Read entdeckte die erste Verwendung des Kürzels in einer Ausgabe der ›Boston Morning Post‹ vom 23. März 1839 und deutete sie als scherzhafte Änderung der umgangssprachlichen Aussprache von *all correct*. Diese Erklärung lesen wir auch in der zweiten Ausgabe des berühmten ›Oxford English Dictionary‹.«[126]

Obi

Einer der größten, wenn nicht der größte Bau- und Heimwerkermarkt Deutschlands ist Obi – die Kette mit dem Biber als Logo. Offizieller Name: Obi Bau- und Heimwerkermärkte GmbH & Co. KG, mit Sitz in Wermelskirchen. Der Firmengründer ist Emil Lux, der zusammen mit seinem Mitarbeiter Manfred Maus am 5. November 1970 im Einkaufszentrum Alstertal in Hamburg-Poppenbüttel den ersten Obi-Markt eröffnete. Heute hat Obi fast 300 Filialen, die aber als selbständige Unternehmen im → Franchisingsystem geführt werden.
Wie Obi zu seinem Namen kam, erzählt Geschäftsführer Manfred Maus: »Die Idee stand, und wir waren auf der Suche nach einem Namen. Da las ich in einer Zeitung, daß in der Nähe von Marseille ein Heimwerkermarkt mit dem Namen ›Obi‹ aufmachte. Am nächsten Morgen saß ich im Flugzeug und sicherte mir die Namensrechte für Deutschland.«[127] Damit ist aber der Name immer noch nicht ganz geklärt, der ergibt sich wie folgt: Die Franzosen sprechen das englische Wort *hobby* aus wie »obi«.

Odol

»Odol bringt sympathischen Atem.« Über 70 Prozent aller Mundwasser, die hierzulande verkauft werden, heißen Odol. Erfunden hat es ein Drogist namens Karl-August Lingner aus Dresden, der das Mundwasser erstmals 1893 präsentierte. Form und Farbe der Flasche blieben bis heute fast unverändert. Im Griechischen heißt »Zahn« ***odous***, und im Lateinischen bedeutet »Öl« ***oleum***. Odol heißt übersetzt also Zahnöl.

Ohropax

Ohr plus O plus das lateinische Wort für »Frieden« *(pax)* ergibt Ohropax.

Oktober

Oktober kommt von *octo*, dem lateinischen Wort für die Zahl »acht«. Der zehnte Monat als der achte? Die Lösung ist ganz einfach: Bei den Römer begann das Jahr ursprünglich mit dem März; auch nach der julianischen Kalenderreform wurde für den Oktober die alte Zählung beibehalten.

Oktoberfest

Das Münchner Oktoberfest ist das bekannteste und größte Volksfest der Welt. Sinnigerweise beginnt das Oktoberfest Ende September und müßte eigentlich Septemberfest heißen. Der Name Oktoberfest geht zurück auf den 12. Oktober 1810: An diesem Tag heiratete der bayerische Kronprinz Ludwig – später König Ludwig I. – Prinzessin Therese von Sachsen-Hildburghausen. Auf einer Wiese vor den Toren Münchens fand die Hochzeitsfeier statt; krönender Abschluß war ein Pferderennen, das im Jahr darauf wiederholt wurde und als Tradition bis 1938 beibehalten wurde. Die besagte Wiese wurde zu Ehren der sächsischen Prinzessin **Theresienwiese** genannt. 1818 kamen die ersten Schausteller, 1898 standen die ersten Bierzelte auf der »Wies'n«, die heute das größte Besäufnis der Welt ist.

Old Spice

Old Spice ist ein Eau de Toilette. Der Name bedeutet wörtlich übersetzt: »altes Gewürz« oder »alte Würze«. Die Popgruppe **Spice Girls** heißt in deutscher Übersetzung also »Gewürzmädchen«.

Onanie

Im Alten Testament lesen wir: »Da sagte Juda zu Onan: Geh mit der Frau deines Bruders eine Schwagerehe ein, und verschaff deinem Bruder Nachkommen! Onan wußte also, daß die Nachkommen nicht ihm gehören würden. Sooft er zur Frau seines Bruders ging, ließ er den Samen zur Erde fallen und verderben, um seinem Bruder Nachkommen vorzuenthalten. Was er tat, mißfiel dem Herrn, und so ließ er ihn sterben.« (1. Buch Mose, 38,9) Da kaum anzunehmen ist, daß Onan zur Frau seines Bruders ging, um zu onanieren, beschreibt diese Bibelstelle also vermutlich eine Praktik, die *coitus interruptus* genannt wird.
Ein ordinärer Ausdruck für onanieren ist wichsen. Er kommt von wächsen, und das kommt von Wachs: Schuhe werden mit Schuhwichse gewichst, d. h. blankpoliert. Die Übertragung aufs Onanieren liegt nahe wegen der Handbewegungen beim Polieren von Schuhen.
Der Begriff **Wichs** hingegen meint die Accessoires, mit denen sich jemand herausputzt, und kommt aus der Studentensprache. Studentische Verbindungen pflegen gelegentlich Uniformen mit Schärpe und Gürtelkettchen – genannt Bierzipfel – zu tragen. Hierzu gibt's ein schönes Zitat von Herbert Marcuse: »Nicht das Bild einer nackten Frau, die ihre Schamhaare entblößt, ist obszön, sondern das eines Generals in vollem Wichs, der seine im Aggressionskrieg verdienten Orden zur Schau stellt.«[128]
Mediziner sprechen meistens nicht von Onanie, sondern von **Masturbation**. Das Wort kommt aus dem Lateinischen und heißt eigentlich *manus stuprare*, was bedeutet »mit den Händen schänden, entehren«. Der Ausdruck *stuprare* kommt von *stuprum*, und das bedeutet »Schändung, Unzucht, unehelicher Geschlechtsverkehr«.

Onko-Kaffee

Der Onko-Kaffee ist ein Produkt des Hauses → Kaffee Hag – noch heute Synonym für koffeinfreien Kaffee. Um nach dem Zweiten Weltkrieg gegen die Konkurrenz bestehen zu können, erweiterte das Haus Kaffee Hag seine koffeinfreie ›Monokultur‹ um einen koffeinhaltigen Kaffee und nannte ihn Onko-Kaffee. Ein klassisches Paradoxon: Der koffeinhaltige Kaffee hat seinen Namen Onko von **ohn**e **Ko**ffeein.

Orang-Utan

Orang-Utan ist ein malaiisches Wort und bedeutet übersetzt »Mensch des Waldes«.

Orchidee

Orchideen sind tropische Pflanzen, die als Königinnen unter den Zierpflanzen gelten. Der so schön klingende Name ist griechischer Herkunft: Er kommt von *orchis* für »Hoden« und spielt damit auf die Form der Wurzelknollen an.

Orgasmus

Eher selten Klimax oder Höhepunkt, meistens Orgasmus genannt, ist das Wort griechischen Ursprungs und kommt von *orge* für »Trieb, heftige Leidenschaft«. Der Begriff **Orgie** ist auch griechischen Ursprungs und bedeutet eigentlich »religiöse Handlung«. Die **Organe**, mittels deren nicht nur ein Orgasmus bewerkstelligt wird, sind etymologisch auch griechischer Provenienz: *organon* für »Werkzeug« oder »Instrument«.

Oscar

Alljährlich Ende März wird in → Hollywood die begehrteste Filmtrophäe (**Trophäe** kommt vom griechischen *tropaion* für »Siegeszeichen, Siegesdenkmal«) der Welt verliehen. Seit 1927 geschieht dies durch die Academy of Motion Picture Arts and Sciences (Akademie für Filmkunst und Filmwissenschaft) und heißt offiziell gar nicht Oscar, sondern Academy Award.
Doch der Name Oscar hat sich für die etwa 35 Zentimeter hohe und ungefähr vier Kilogramm schwere Statuette, die einen Menschen darstellt und von dem amerikanischen Bildhauer George Stanley nach Entwürfen des Art-Directors Cedric Gibbons angefertigt wurde, durchgesetzt. Und das kam so: Kaum war der Preis aus der Taufe gehoben, erzählte eine Mitarbeiterin der Filmbibliothek der Akademie, die Statue erinnere sie an ihren Onkel. Und der hieß Oscar. Fix setzte sich der Spitzname für den Academy Award durch.
Bislang einziger deutscher Film, der einen Oscar einheimste, war die Verfilmung des Romans »Die Blechtrommel« von Günter Grass durch Volker Schlöndorff.

Otto Normalverbraucher

Wer den Autor Charles Bukowski kennt und dessen Vorliebe für Bier im Sechserpack, kann sich einen Reim darauf machen, warum die Amerikaner von Joe Sixpack sprechen, wenn sie Otto Normalverbraucher meinen. Was bei uns ein Synonym ist für den Durchschnittsverbraucher, verdanken wir dem bekannten Schauspieler Heinz Rühmann, der sich nach dem Zweiten Weltkrieg auch als Produzent versuchte. 1948 kam sein Film »Berliner Ballade« in die Kinos und wurde ein Riesenerfolg – auch im Ausland; Hauptdarsteller: Gert Fröbe in der Rolle des Otto Normalverbraucher. Die Komödie schildert den Überlebenskampf eines Mannes, der aus der Kriegsgefangenschaft in die geteilte Trümmerstadt zurückkehrt. Ob die Namensgebung des Protagonisten eine Hommage an Nikolaus Otto ist, den Erfinder des Otto-Motors, der sich mit Normalbenzin begnügt, ist nicht bekannt.

Ovomaltine

Ovomaltine ist ein Kakaopluver, das Ei und Malz enthält. Der Name ist gebildet worden aus dem lateinischen *ovum* für »Ei« und dem englischen *malt* für »Malz«.[129]

P

Pal

Das englische Wort *pal* bedeutet im Deutschen »Kumpel« oder »Freund«. Pal heißt sozusagen »Freund des Hundes«. Eine Sorte von Pal trägt den Namen **Pedigree-Pal**. *Pedigree* kommt aus dem Englischen und bedeutet »Ahnentafel, Stammbaum«, letztlich ist es aber französischer Herkunft: *pied de grue* für »Kranichfuß«. Die Form des Kranichfußes ähnelt Ahnentafeln. Das Wort Pal gibt's auch noch als Bezeichnung für einen bestimmten Modus der Übertragung der Farbsignale im Fernsehen. Das Pal-System ist englischer Provenienz: **P**hase **A**lternating **L**ine.

Pampers

Die wohl bekanntesten Papierwindeln heißen Pampers. Das Wort kommt vom englischen *to be pampered* für »verwöhnt, verhätschelt werden«. Erfunden hat diese Papierwindeln ein Herr namens Victor Mills, der Ende der 60er Jahre seine Enkel betreute und nach einer Möglichkeit suchte, das Wickeln zu rationalisieren.

Panasonic

Der japanische Panasonic-Konzern ist spezialisiert auf Elektrogeräte aller Art. Sein Name ist ein Kunstwort, das griechischen und lateinischen Ursprungs ist: das griechische Wort *pan* bedeutet »alles« und das lateinische *sonus* steht für »Klang«. Pansonic heißt also soviel wie »Allesklang«.

Paniermehl

Trockenes und anschließend gemahlenes Brot nennen wir Paniermehl. Mit Panier im Sinne von »Banner für Heerfahne« (französisch: *banier*, woraus »Panier« entstand) hat Paniermehl nichts zu schaffen. Das Wort ist lateinischer Herkunft, kommt von *panis* für »Brot« und bedeutet daher »Brotmehl«.

Panik

Begriffe wie panische Angst oder eine panische Reaktion sind über das französische Adjektiv *panique* ins Deutsche gekommen. Namensgeber der Panik ist ein Gott der alten Griechen namens Pan. Pan ist in der griechischen Mythologie der Gott des Waldes und der Herden, auf den die Griechen unerklärliche Schreckensreaktionen von Tieren und Menschen zurückführten.

Der griechischen Sage nach schnitzte Pan aus der zu Schilfrohr verwandelten Nymphe Syrinx die erste Hirtenflöte, die daher **Panflöte** genannt wird. Die Römer gaben diesem Gott den Namen Faunus. Auch er ist bis heute erhalten geblieben: In der Biologie wird die Pflanzenwelt als **Flora**, die Tierwelt als **Fauna** bezeichnet. Der griechische Gott Pan hatte den Ruf, ununterbrochen Nymphen nachzustellen; in der lateinischen Fassung hat sich diese Assoziation bis heute gehalten: Als **Faun** bezeichnen wir einen ›geilen Bock‹ – geläufiger allerdings sind Begriffe wie **Don Juan** oder → Casanova.

Paparazzi

Spätestens seit dem 31. August 1997 – dem Todestag von Lady Diana Spencer – kennt jeder auf der Welt das Wort Paparazzi für Pressephotographen, die davon leben, möglichst private Photos von Prominenten zu schießen und sie für viel Geld der Regenbogenpresse zu verkaufen. Woher aber kommt der Name Paparazzi?
»Federico Fellini hat es gewußt. Vor 38 Jahren stellte er in ›La dolce vita‹ die Vernichtung der Privatsphäre durch den erbarmungslosen Fotoreporter dar, der die Welt nur noch durch seine einäugige Spiegelreflexkamera sieht: Wie ein Heckenschütze sein Präzisionsgewehr richtet er seine Teleobjektive mit ihrer nicht zufälligen Phallus-, Schußwaffen- und Vergewaltigungssymbolik auf sein Opfer. Zynisch stimuliert er, noch in dessen unmenschlicher Spielart, ein menschliches Bedürfnis, die Neugier und Schaulust, indem er es befriedigt. Fellini hat den Typ so emblematisch [sinnbildlich] gezeichnet, daß der Filmname der Figur, Paparazzo, über den Fachjargon hinaus zum Gattungsbegriff wurde. Das Wort umreißt im Italienischen phonetisch überwiegend negative Assoziationsfelder, die beim pejorativen Suffix [abwertende Nachsilbe] anfangen und bei Wörtern wie ›Razzo‹ (Rakete) und dem epidemischen Five-letter-word für das männliche Glied [*cazzo* gleich »Schwanz«] lange nicht aufhören.«[130]
Apropos Paparazzi! Neuester Trend: »Eine Riege besonders aggressiver Bildbeschaffer entwickelte mittlerweile den Beutezug mit Videokameras zur Perfektion. Die **Scumerazzi** (*scum* gleich ›Abschaum‹) genannten Verfolger stellen Filmidole und Rockmusiker auf offener Straße, schimpfen, spucken und provozieren einen verkaufsfördernden Streit.«[131]

Pappenheimer

Statt »Ich kenne meine Leute (mit ihren Schwächen)« sagen wir auch heute noch gelegentlich »Ich kenn' doch meine Pappenheimer«. Literarischer Urheber ist Friedrich Schiller mit seinem Drama »Wallensteins Tod«. Dort sagt Wallenstein: »Daran erkenn ich meine Pappenheimer.« (III,15) Historische Vorlage war »Gottfried Heinrich Graf zu Pappenheim (1594–1632), dessen Truppen wesentlich an der Erstürmung und Plünderung Magdeburgs am 20. Mai 1631 beteiligt waren und dabei als ›die Pappenheimer‹

eine traurige Berühmtheit errangen«.[132] An jenem Tag versank Magdeburg in wenigen Stunden in Schutt und Asche.

Parfüm

Der Begriff kommt vom französischen *parfumer*, was nichts anderes meinte als die Erzeugung von wohlriechenden Dämpfen, um Krankheiten zu heilen. Aber: *fumer* heißt auch »rauchen« und geht zurück auf das lateinische Wort *fumare* für »rauchen« und *fumus* für »Rauch« und »Dampf«. *Per fumus* heißt übersetzt: »durch den Rauch«. In der Antike und auch füher waren Tieropfer für die Götter ein beliebtes Ritual. Der unerträgliche Gestank verbrennender Tierkadaver – bei den griechischen Olympiaden zum Beispiel wurden bis zu 100 Ochsen zu Ehren des Gottes Zeus verbrannt – wurde mit Weihrauch und Myrrhe ›übertüncht‹. Dies ist die eigentliche Herkunft des Parfüms.

Paternoster

Beim Paternoster denkt man an das Gebet »Vaterunser« oder an antiquierte Aufzüge. Wo ist der Zusammenhang? Bei Heimannsberg steht: »Das Konstruktionsprinzip des Paternosters stammt aus der Fördertechnik im Bergbau. Dort hingen Tragkörbe an einer umlaufenden Kette. Die Bergleute des Mittelalters erinnerte dies an einen Rosenkranz, dessen Gebetsreihe jeweils mit einem ›Paternoster‹, einem ›Vaterunser‹, eröffnet wurde.«

Pavian

Den Namen verdankt der Pavian den Franzosen. Sie nennen ihn *babouin*, was neben Pavian früher »groteske Figur, Vogelscheuche« bedeutete und sich ableitet aus dem altfranzösischen *baboin* für »Dummkopf«.

Pavillon

Das Wort Pavillon kennen wir für Gartenhäuschen, für freistehende, oft gläserne kleine Bauten, aber auch für provisorische Hütten, die aus Raumnot auf Schulhöfe gesetzt werden. Das Wort vermag seine französische Herkunft nicht zu leugnen. Dort bedeutete Pavillon auch Zelt. Nächste Wurzel ist das französische *papillon* für »Schmetterling« und das lateinische *papilio*, das »Schmetterling«, aber auch »Zelt« bedeutet, »da die am Zelteingang nach außen umgeschlagenen Enden einem Schmetterling ähneln«.[133]

Pazifik

Der Stille Ozean wird meistens Pazifischer Ozean oder kurz Pazifik genannt. Seinen Namen verdankt er dem portugiesischen Seefahrer Fernão de Magalhães (1480–1521), uns besser bekannt als Ferdinand Magellan. Magellan war der Auffassung, jenes Weltmeer sei frei von Stürmen und Unwettern; deshalb nannte er es *Mar Pacífico*, was »friedliches Meer« bedeutet.

Pechvogel

Bis in die Neuzeit hinein gab es den Beruf des Pechsieders. Pechsieder »trennten Holzteer oder Harz von Fichten und Kiefern in den Pechhütten durch Erhitzen oder Destillieren von flüchtigen Bestandteilen (Pechöl) und von Wasser. Das so gewonnene Pech hatte dunkle Farbe, zersprang in der Kälte wie Glas und diente zum Kalfatern des Schiffsrumpfes (Schiffspech), zum Steifen des Schuhmacherzwirns (Schusterpech), zum Auspichen der Bierfässer (Pichpech), zur Herstellung von wasserdichten Kitten, Terpentinöl, Kolophonium (Geigenharz), Heilsalben, Wagenschmiere, Schuh- und Lederpasten. Pech war im Mittelalter ein wichtiger, besonders in deutschen Wäldern gewonnener Handelsgegenstand. Mit siedendem Pech hat man Burgen und Städte gegen deren Angreifer verteidigt, die ihrerseits mit brennenden Pechfackeln und -pfeilen Feuer an Haus und Hof legten.«[134]
Die heutige Bedeutung von Pech geht darauf zurück, daß früher Zweige und Äste mit Pech bestrichen wurden, um Vögel zu fangen: Ein Vogel, der den Jägern so auf den ›Leim‹ ging, hatte Pech gehabt und war ein Pechvogel.

Penaten

Der Hit gegen wunde Babypopos ist die Penaten-Creme. Wie kam's zu diesem Namen? Anno 1904 erfand ein Herr namens Max Riese in Rhöndorf am Rhein (heute Ortsteil von Bad Honnef, das wiederum bekannt ist für das **»Honnefer Modell«** = Studienförderungsprogramm – Vorläufer des **Bafög** gleich Bundesausbildungsförderungsgesetz) eine Schutzcreme für Babypopos.

Den Namen aber verdankt Penaten-Creme Elisabeth Riese, der Ehefrau des Firmengründers. Elisabeth Riese war Fan des Alten Rom. Sie taufte die Creme nach den »Penaten« (lateinisch *penates*) – den römischen Schutzgöttern des Hauses und der Familie. Rhöndorf am Rhein wurde weniger durch Max Riese bekannt als durch Konrad Adenauer, den ersten Kanzler dieser Republik. Der nämlich wohnte und starb in Röhndorf.

Penicillin

Penicillin ist ein Medikament aus der Gruppe der **Antibiotika** (wörtlich »gegen das Leben«). Einer der Hauptlieferanten von Penicillin ist der »Pinselschimmelpilz« (lateinisch *penicillium*). Letzte Herkunft ist das lateinische Wort *peniculus* für »Schwänzchen, Pinselchen«, das von *penis* für »Schwanz« kommt.

Pentax

Pentax ist ein japanisches Unternehmen, bekannt für Kameras und Objektive. »Der Name leitet sich von der Optik dieser Kamera ab, welche mit einem Penta-Prisma (fünfseitiges Prisma) konstruiert ist.«[135] Das Wort Prisma meint in der Optik Glaskörper, die Licht brechen. So erklärt sich auch der Name: Prisma kommt vom griechischen *prisma* für »das Zersägte, dreiseitige Säule«. Pentax brachte 1952 die erste japanische Kleinbild-Spiegelreflexkamera auf den Markt. Sie hieß Ashiflex I.

Pepita

Pepita gibt's als Fruchtsaftgetränk, aber auch als Damenmode, und zwar ist Pepita »kleinkariertes Gewebe in Leinwandbindung«[136], meistens schwarzweiß gemustert. Der Name kommt aus dem Spanischen und bedeutet soviel wie »kleine Josefine«.

Pepsi-Cola

Das Konkurrenzprodukt zu → Coca-Cola hat seinen zweiten Wortbestandteil von der Cola-Nuß. Erklärungsbedürftig ist lediglich der erste Teil. Pepsi kommt von Pep. Und woher kommt **Pep**? Auch im Deutschen ist Pep ein Synonym für »Elan, Schwung«. Das englische Wort soll vergleichsweise jung sein. Um 1890 ›grassierte‹ in den USA eine Gesundheitsmodewelle: Das ei-

weißspaltende Magensaftferment Pepsin galt als *das* Mittel zur Förderung der Gesundheit schlechthin. Wer gesund ist, hat Schwung, Elan. So entstand offenbar das Wort Pep.
1896 wurde Pepsi-Cola erfunden. Vermutlich sollte mit dem Namen suggeriert werden, das Getränk versetze die Konsumenten in Schwung. Es gibt auch Deutungen, nach denen Pep eine Verkürzung von *pepper* (»Pfeffer«) ist. Dabei enthält Pepsi nicht eine Spur von Pfeffer.

Pepsodent

Vermutlich aus *pep* für »Schwung, Elan« und *dens, dentis* für »Zahn« ergibt sich Pepsodent.

Persil

1907 von der Firma Henkel erstmals auf den Markt gebracht, war Persil das erste Waschmittel, das selbsttätig wirkte. Der Name Persil ist gebildet aus **Per**borat und **Sil**ikat. Perborat ist ein Bleichmittel; Silikate sind Teile einer chemischen Substanz namens Monokieselsäure.
In den allgemeinen Sprachgebrauch übergegangen ist Persil in Form des **Persilscheins**. Dieser Begriff für »Entlastung« stammt aus der Zeit nach 1945, und zwar aus den Entnazifizierungsprozessen, die seinerzeit mehr oder eher weniger intensiv durchgeführt wurden. Für die Bescheinigung der Alliierten, die jemandem attestierte, kein Nazi oder nur Mitläufer gewesen zu sein, bürgerte sich recht fix der Begriff Persilschein ein. Die Farbe Weiß steht für Unschuld, Persil wäscht die Wäsche weiß, ein Persilschein ist also ein Unschuldsschein.
Aus dem Hause Henkel stammt auch das Spülmittel **Pril** – ein Wort ohne jegliche Bedeutung. Im selben Atemzug mit der Sicherung der Rechte am Namen Persil ließ sich die Firma Henkel gleich auch den Namen Pril schützen, obwohl noch kein Produkt vorhanden war. Pril ist eine Verkürzung von **P**e**r**s**il**.
Auch **Perwoll** stammt aus dem Hause Henkel und ist ein spezielles Wollwaschmittel, müßte also eher »Prowoll« heißen. Der Name Perwoll ist gebildet aus **Per**sil und **Woll**e, kurz: Perwoll.

Pétanque

Das in Italien und im französischen Mittelmeerraum verbreitete Spiel, dessen Ziel es ist, eine kleine Kugel aus Holz oder Metall aus einigen Metern Entfernung möglichst nahe bei einer großen Kugel zu plazieren, ist bei uns besser bekannt als **Boule** (französisch für »Kugel«) oder **Boccia** (italienisch für »Ball«). Der Name Pétanque ist vor allem in der Gegend von Marseille verbreitet und soll auf einen Herrn namens Jules Noir zurückgehen, der an Rheuma litt und deshalb beim Werfen der Kugel keinen Anlauf nahm, sondern sie aus dem Stand »mit geschlossenen Beinen« *(à pieds tanqués)* geworfen haben soll.

Peter Stuyvesant

Die Zigarettenmarke verdankt ihren Namen einem Mann, den es tatsächlich gegeben hat: Peter Stuyvesant war im 17. Jahrhundert Generaldirektor der niederländischen Westindischen Kompanie mit Sitz in New Amsterdam, das später zu New York wurde.

PET

Seit etwa Mitte der 80er Jahre häuft sich auch bei uns die Zahl der Getränke, die in sehr leichten und haltbaren Plastikflaschen angeboten werden, die als PET-Flaschen bezeichnet werden. Pet ist die Abkürzung für den chemischen Stoff, aus dem die Gebinde hergestellt werden: **P**olyethylent**e**rephthala**t**.

Pez

Pez ist das Produkt eines Familienunternehmens, der Eduard Haas Nährmittel im österreichischen Traun. Das Unternehmen wurde 1915 gegründet, und die Idee für Pez kam Eduard Haas 1927. 1949 wurde der berühmte Pez-Spender erfunden, der zunächst einem Feuerzeug ähnelte, weshalb es auch zuerst nur von Erwachsenen gekauft wurde. 1962 wurde der erste Lizenzvertrag mit Walt Disney geschlossen. Dadurch ›mutierte‹ dank der Spender mit Comic-Figuren Pez zu einer Süßigkeit für Kinder und wurde ein internationaler Erfolg. Viele der Pez-Spender haben einen hohen Sammlerwert. Der Name ist einfach erklärt: **P**feff**e**rmin**z**, kurz Pez.

Pfarrer Aßmann

Statt »Das kannst du machen, wie du willst!« sagen wir gern: »Das kannst du halten wie Pfarrer Aßmann.« »Es gibt verschiedene Geschichten, die seit Jahrzehnten durch die Fachbücher geistern. Jedenfalls scheidet die Erzählung vom thüringischen Geistlichen offenbar aus, der durch einen geglückten Wurf mit der Bibel einen Hasen tötete und angeblich von seinem Landesherrn, Herzog Karl August, Goethes Freund und Dienstherrn, eine nachträgliche Jagdlizenz in der Form erhielt: ›Der Pfarrer Aßmann hat zwar keine Jagdberechtigung, mit den Hasen aber, so er mit der Bibel totwirft, kann er machen, was er will!‹ –
Wahrscheinlich ist als Urbild der hessische Pfarrer Karl Christian Raßmann anzusehen, der durch sein eigenmächtiges Wesen der geistlichen und weltlichen Obrigkeit viele Sorgen bereitete. Er, der um 1860 in Mecklar bei Hersfeld amtierte, war jedenfalls dafür bekannt, daß er's hielt, wie er wollte! Ihm gesellte der Volkswitz des unvermeidlichen Reimes wegen noch den Amtsbruder Nolte bei, denn ›der Pfarrer Nolte machte es‹ natürlich erst recht, ›wie er wollte‹!«[137]

Pfirsich Melba

Pfirsich Melba ist bekannt als ein beliebter Nachtisch. Der Pfirsichbaum heißt fachsprachlich *prunus persica* (»persischer Pflaumenbaum«) und ist ein Rosinengewächs. Der Name kommt vom lateinischen *persicum (malum)* für »persischer (Apfel)«. Der Pfirsich Melba »war die Lieblingsspeise der australischen Sängerin Helen Porter Mitschell, deren Bühnenname Nellie Melba lautete«[138] – nach ihrer Heimatstadt Melbourne, und zwar seit 1887. Ende des 19. Jahrhunderts war sie eine weltberühmte Primadonna.
Wie es vom Künstlernamen zum Nachtisch kam, ist überliefert: »1892 wurde ihr zu Ehren im Londoner Savoy-Hotel ein Empfang gegeben. Der Chefkoch, ›König der Köche‹, Monsieur George August Escoffier, hatte sie als Elsa im Lohengrin gesehen. Begeistert erfand er eine neue Süßspeise für sie: In Vanille-Eis, auf ein Eiskissen gebettet und mit Himbeermark und Mandelsplittern verfeinert, servierte er in einer silbernen Schüssel einen Pfirsich. ›Das Gericht hat noch keinen Namen – darf ich es nach Ihnen, Madame, benennen?‹ Die Melba gab gnädig ihre Zustimmung.

Mit Escoffiers köstlichem Dessert ging es wie mit dem Stein, den man ins Wasser wirft: Es bildeten sich schnell große Kreise. In allen Feinschmeckerlokalen galt es schon bald als chic, Pfirsich Melba anzubieten. Bis heute ist das Rezept (von Escoffier später in einem Guide Culinaire ausführlich beschrieben) in jedem guten Kochbuch zu finden.

Nellie Melba berichtet in ihrer Autobiographie von einer beeindruckenden Begegnung. Viele Jahre nach dem glücklichen Londoner Auftritt traf sie in den Gärten von Monaco einen zarten, schwarz gekleideten Greis, mit einem feinen Gesicht und einem gepflegten Ziegenbärtchen. Sie erkennt in ihm Monsieur Escoffier wieder. Er ist ganz aufgelöst, hat Tränen in den Augen: ›Stellen Sie sich nur vor, Madame, eine Zeitung hat meinen Pfirsich Melba einem anderen Koch zugeschrieben.‹ Die Melba hat darauf ihrem Freund Hazelton-Cochrane, der Zeuge dieses Zusammentreffens war, geraten: ›Lassen Sie sich von ihm ein Autogramm geben: Er ist für die Kunst der grande cuisine dasselbe wie ich für die Kunst des belcanto.‹ Und dann hat sie etwas bitter hinzugesetzt: ›Wenn meine Stimme verklungen sein wird, dürfte man sich noch immer seiner göttlichen Süßspeise erfreuen.‹«[139] Wie recht sie hatte!

Philippinen

Die Philippinen haben ihren Namen nicht von den Filipinos, sondern von den Spaniern. Nach der Entdeckung 1521 durch Ferdinand de Magalhães wurden die heutigen Philippinen 1543 nach dem späteren König Philipp II. benannt.

Der Name **Philipp** kommt von den griechischen Wörtern *philos* und *hippos*, zusammengefaßt und ins Deutsche übersetzt: »Pferdefreund«. Philippinen heißt also – lax übersetzt – »Pferdefreunde«.

pi mal Daumen

Bei einer groben Schätzung sprechen wir von pi mal Daumen. »›Pi‹ ist der sechzehnte Buchstaben des griechischen Alphabets und steht in der Mathematik für die irrationale Kreiszahl (Ludolphsche Zahl; (= 3,14 ...).«[140]

Pidgin-Englisch

Pidgin-Englisch heißt nichts anderes als *Geschäfts*englisch. Und das kommt daher, daß die Chinesen das englische Wort *business* für »Geschäft« *pidgin* aussprachen. Pidgin-Englisch besteht aus englischen Grundwörtern, gemixt mit chinesischen Wörtern; das Ganze wird dann noch chinesisch-englisch ausgesprochen. Pidgin-Englisch hat sich seit dem 17. Jahrhundert als Behelfssprache in den Bereichen Handel und Verkehr entwickelt.

Pinguin

Was ein Pinguin ist, weiß jeder; zur Herkunft des Namens aber gibt es zumindest zwei Theorien. Nach der einen »vermutete [man, der Name komme von] (...) lat. *pinguis* ›fett, plump, unsicher‹ (...), doch ist diese geradlinige Ableitung historisch nicht gesichert«.[141] Die andere Theorie behauptet: »Der eigentliche Pinguin ist ein ganz anderes Tier. Aber das hat man inzwischen fast ganz vergessen. Der vom Menschen ausgerottete Riesenalk (die beiden letzten wurden 1844 erschlagen) war der ursprüngliche Träger des Namens ›Pinguin‹ (...). Das französische *pinguin* stammt nicht vom lateinischen Adjektiv *pinguis* (›fett‹), sondern von der alten keltischen Bezeichnung *Pen-gwyn*. Bretonische Fischer, die vor Neufundland ihre Netze auswarfen, pflegten sich schon vor 400 Jahren mit Riesenalken zu verproviantieren; sie nannten die großen fluglosen Vögel der leuchtendweißen Augenflecke wegen (...) *Pen-gwyn*, ›Weißköpfe‹.«[142]

Pitbullterrier

Kaum in Mode, gerieten sie in Verruf wegen Ihrer Aggressivität: die Pitbullterrier, kurz Pitbulls genannt. »Stammvater der meisten Kampfhunderassen ist der Bulldog [»Bullenhund«]. Dieses Tier – vorstehendes Maul, tiefhängende Lefzen – wurde im 15. Jahrhundert für eine blutrünstige Volksbelustigung gezüchtet, das ›Bullenbeißen‹. Beim Kampf gegen die schweren Rinder zeichnete sich der Hund durch ungehemmte Attacken aus. Er verbiß sich in der Nase der Huftiere. Im 18. Jahrhundert wurde der Kraftprotz mit Terrierrassen gekreuzt. Es entstand der Pitbull, ein Beißteufel in Kleinversion für die Hundekampfarenen (›Pits‹) auf der britischen Insel.«[143]

Das englische Wort *pit* bedeutet »Grube«. Der Name **Terrier** kommt aus dem Englischen, und zwar von *terrier dog*, was »Erdhund« bedeutet (lateinisch *terra* gleich »Erde«). Der Hintergrund ist der, daß sich Terrier aufgrund ihrer Größe auch für die Jagd in Tierbauten (z. B. Fuchs- oder Dachsbauten) eignen.

Pizza

Die Pizza kommt aus Neapel und war ein Armeleuteessen. Die Essensreste vom Vortag wurden auf ein Stück runden Teig gelegt und gebacken. Der Begriff Pizza ist aus dem italienischen Wort *pezzo* für »Stück« hervorgegangen. Der Zusammenhang ist klar: Essensreste sind irgendwelche (kleinen) Stücke. Und wie kam die Pizza nach Deutschland? Ende 1955 wurden die ersten italienischen Gastarbeiter ins Land geholt, sie kamen vor allem aus dem Mezzogiorno, dem Armenhaus Italiens. Viele dieser Gastarbeiter machten sich später als Pizzabäcker selbständig.

Po

Warum heißt der Po Po? Hier geht es nicht um den gleichnamigen Fluß in Italien, sondern um das Gesäß, auch Popo genannt. Wie so oft, verdanken wir auch diesen Begriff den alten Römern. Po ist die Kurzform von *podex*, dem lateinischen Wort für »Furzer«, vom Verb *pedere* für »furzen«. Im 17. Jahrhundert wurde Podex ins Deutsche übernommen, woraus in der zweiten Hälfte des 18. Jahrhunderts Popo wurde – ein Wort, das im 20. Jahrhundert zu Po verkürzt wurde.

Poesiealbum

Das Duden-Fremdwörterbuch erklärt Poesiealbum als »(bes. bei Kindern und jungen Mädchen) Album, in das Verwandte, Freunde, Lehrer o. ä. zur Erinnerung Verse und Sprüche schreiben«.[144] Das deutsche Wort für Poesie ist Dichtkunst, letzter Ursprung für Poesiealbum sind aber das Griechische und Lateinische: Das griechische *poiesis* bedeutet wörtlich »Tun, Herstellung, Schöpfung«, das lateinische *album* »das Weiße«. Poesiealbum heißt also eigentlich das »Schöpfungsweiße«. Da Poesie auch im Sinne von Dichtung gemeint ist und ein Album zunächst nur leere, d. h. weiße Blätter hat, ist die heutige Bedeutung nicht weiter erklärungsbedürftig.

Pokemon

Erfunden hat das Pokemon der japanische Unterhaltungselektronikkonzern → Nintendo. Pokemon sind 151 Rollenspielfiguren, die gegeneinander kämpfen – in einer Fernsehserie oder auch auf dem Gameboy. Passend zu beidem gibt's Kartenspiele, Comics und Puppen zu kaufen. Pokemon ist eine Abkürzung – und zwar von *pocket monster* (»Taschen-Ungeheuer«).

Polier

Der Chef der Maurer oder Zimmerleute heißt Polier. Da ein Polier Anweisungen gibt, ergibt auch die französische Herkunft des Wortes Sinn: Polier kommt von *parler* für »sprechen«.

Polizei

Im Italienischen heißt es *carabinieri*, im Französischen – auch in Österreich – *gendarmerie*. In England *police*, in Deutschland »Polizei«. Das Wort Polizei ist seit dem späten Mittelalter bezeugt in Form von *policy, policei* oder *polizei* und meinte ursprünglich »Stadtverwaltung, Staatsverwaltung«, auch »Ordnungsmacht«. Später wurden daraus Polizei und Politik im heutigen Sinne. Letzte Wurzel beider Begriffe ist das griechische Wort *polis* für »Stadt« bzw. »Stadtstaat«.

Der Begriff **Gendarm** ist ein Neubildung aus dem französischen *gens d'armes* für »Leute mit Waffen«. Die italienischen **Carabinieri** haben ihren Namen vom französischen Wort *carabine*, das »kurze Reiterflinte« bedeutet.

Popcorn

In der Nachkriegszeit, als die Amerikaner das zerstörte Europa fleißig mit Carepaketen – sie enthielten vor allem Lebensmittel und andere Dinge des täglichen Bedarfs – versorgten, hatten die Deutschen auf die Frage des amerikanischen Gouverneurs Lucius D. Clay, was noch dringend benötigt werde, den Wunsch nach Getreide geäußert. Das deutsche Wort »Korn« wurde Clay ›simultan‹ übersetzt: *corn* – im Amerikanischen heißt das »Mais«. Die ersten Getreidelieferungen waren also Maislieferungen. Die Deutschen reagierten mißmutig und beschwerten sich darüber, ihnen sei Hühnerfutter geliefert worden. Der damalige Direktor

der deutschen Wirtschaftsverwaltung der Bi-Zone, Johannes Semler, wurde im Frühjahr 1948 wegen seiner Rede über das sogenannte Hühnerfutter sogar entlassen.
Popcorn – soviel ist jetzt klar – ist Mais; der erste Teil des Wortes, *pop*, heißt im Englischen »knallen, knallend platzen«, im Amerikanischen »rösten«. Popcorn heißt also »Knallmais« oder »Röstmais«. Die Erfindung des Popcorn ist kein Verdienst der weißen Amerikaner, sondern der Indianer Süd- und Nordamerikas, die schon seit etwa 5000 Jahren Puffmais herstellen. Der deutsche Begriff für Pocorn ist **Puffmais**. Das Wort »puffen« heißt im Deutschen nämlich »einen Knall erzeugen«, aber es kann auch »stoßen« – auch im Sinne von »bumsen« – bedeuten; daher das Wort **Puff** für Bordell. **Bordell** geht auf das italienische Wort *bordello*, das »kleines Hüttchen (aus Brettern)« heißt, zurück.

Popocatepetl

Der Popocatepetl ist mit 5452 Metern der zweithöchste Berg Mexikos, ein Vulkan in der Nähe der Hauptstadt Mexiko-Stadt. Der Name Popocatepetl ist aztekischen Ursprungs und bedeutet »rauchender Berg«.

Porto

Der Begriff ist italienischer Herkunft und kommt von *portare* für »tragen«. Das Porto ist sozusagen eine Trage- oder Zustellgebühr. Deshalb müssen Briefe nicht nur bei uns **frankiert** werden. Dieses Wort wiederum ist eine Eindeutschung von *franco di porto*, zu deutsch: »frei von Zustellgebühr«. Früher war es üblich, daß entweder beim Abschicken *(franco)* oder beim Empfang *(porto)* gezahlt wurde.

Post it

Das amerikanische Unternehmen 3 M steht für eine Produktpalette von über 50 000 Artikeln – vom Klebeband für Höschenwindeln über Reflexfolien, Haftnotizzettel und Haushaltsschwämme bis hin zu Asthmasprays. Logo der Firma ist eine rote Drei mit einem roten M dahinter, und sie existiert seit 1978.
Die Anfänge des Unternehmens reichen zurück in das Jahr 1902, als in Two Harbors, Minnesota, eine Firma gegründet wurde, die

sich mit dem Abbau von Korund für die Sandpapierherstellung befaßte. Dieses Unternehmen nannte sich **M**innesota **M**ining and **M**anufacturing Company, daraus wurde später 3 M.
Eines der bekanntesten Produkte von 3 M sind die Post-it-Haftnotizzettel. Dazu eine nette Geschichte: Um 1975 war ein Angestellter der Firma, der Wissenschaftler Spencer Silver, mit der Entwicklung eines Superklebstoffs befaßt. Ergebnis der Bemühung war aber keineswegs ein besonders guter Klebstoff, sondern ein Material, das zwar überall haftete, sich aber jederzeit wieder entfernen ließ. Rein zufällig war ein anderer Mitarbeiter von 3 M, Arthur Fry, Sänger im Kirchenchor seiner Gemeinde. Fry pflegte kleine Zettel ins Gesangbuch zu legen, um die Lieder schnell wiederzufinden. Diese aber hatten den Nachteil, oft herauszufallen. Fry erinnerte sich der Forschungen seines Kollegen Silver, schnitt das Rohmaterial zu kleinen Zettelchen, die er jetzt ins Notenbuch kleben und jederzeit wieder ablösen konnte. Damit war die Idee für die Post-it-Haftnotizzettel geboren. Was zunächst der firmeninternen Kommunikation diente, wurde Ende der 70er Jahre auf den Markt gebracht – und wurde ein Welterfolg.

Postkarte

Die Postkarte gibt's heute fast nur noch als Urlaubs- oder Glückwunschkarte. Als Erfinder werden mehrere Namen genannt: Manche meinen, ein Herr Feuer-Matter aus dem schweizerischen Basel habe 1881 die Ansichtskarte erfunden, indem er auf die Rückseite ein Landschaftsphoto drucken ließ.
Andere glauben zu wissen, die Postkarte gehe zurück auf einen August Schwartz aus Oldenburg, der die anfänglich noch »Correspondenzkarte« genannte Karte mit dem Bild eines Kanoniers bedrucken ließ. Im Deutsch-Französischen Krieg von 1870/71 wurde diese Karte als Feldpostkarte verwendet; mehr als zehn Millionen dieser Feldpostkarten sollen damals verschickt worden sein. Wieder andere führen die Postkarte auf den österreichischen Volkswirt Hermann zurück, der die Postkarte im Jahre 1869 erfunden und den Namen Correspondenzkarte vorgeschlagen haben soll.
Wie dem auch sei. 1875 wurde die Postkarte amtlich im Deutschen Reich eingeführt. Der Begriff Postkarte geht zurück auf Post-

linienkarte, d. h. auf Landkarten, auf denen die Strecken der Postkutsche eingezeichnet war.

Potemkinsche Dörfer

Laut Duden handelt es sich bei Potemkinschen (sprich: patjomkinschen) Dörfern um »Trugbilder«, »Vorspiegelungen«, also um so eine Art Fata morgana. Und so wird dieser Begriff auch heute noch verwendet. Den geschichtlichen Hintergrund dazu bildet folgende Anekdote: Im Jahre 1787 machte Katharina II., die Zarin von Rußland, eine Reise in den Süden ihres Landes. Fürst Gregorij Potemkin (1739–1791), einer ihrer vielen Liebhaber, soll vor dieser Reise Dörfer angelegt haben, die aus nichts als Fassaden – daher: Trugbilder, Vorspiegelungen – bestanden haben sollen. Doch dies ist nichts als Klatsch. Richtig ist, daß Katharina diese Reise tatsächlich gemacht hat; richtig ist auch, daß Fürst Potemkin Bauern im Schwarzmeergebiet angesiedelt, Städte gegründet, Häfen angelegt und die russische Schwarzmeerflotte gegründet hat.
Das Gerücht über die Potemkinschen Dörfer hat sich so hartnäckig gehalten, daß wir zumindest den Begriff noch heute kennen, auch wenn kaum noch jemand weiß, woher er stammt. Die berühmtesten Potemkinschen Dörfer der Gegenwart wurden für den ehemaligen Staatsratsvorsitzenden der DDR, Erich Honecker, ›gebaut‹. Wenn dieser eine Reise durch sein Land machte, wurden die Fassaden der Häuser, die Honeckers Route säumten, frisch gestrichen, damit Erich sich davon überzeugen konnte, wie schnieke sein Arbeiter-und-Bauern-Paradies war.
Das Wort **Fassade** ist vom Lateinischen übers Italienische und Französische ins Deutsche gelangt, und zwar kommt es von *facies* für »äußere Erscheinung, Form«.

Praline

Ihren Namen verdankt die Praline vermutlich einem französischen Koch, genauer gesagt: dessen Chef. Der hieß César de Choiseul, Graf von Plessis-Praslin (1598–1675), »Feldmarschall und Minister des Sonnenkönigs Ludwig XIV. Daß er dem Menschheitsgedächtnis erhalten blieb, verdankt er allerdings weder seiner staatsmännischen Klugheit noch seinen militärischen Erfolgen: Er ver-

dankt es vielmehr seinem Koch, der ein Konfekt aus Mandeln und Zucker herstellte. Ein Nachfahre Choiseuls namens Étienne François war übrigens ein Günstling Madame Pompadours (...), der Mätresse Ludwigs XV. Eine genußfreudige Familie.«[145]
Das Wort **Konfekt** ist lateinischer Herkunft, kommt von *conficere* für »anfertigen, zusammenbringen, zubereiten«. Dieselbe sprachliche Wurzel haben **Konfitüre**, **Konfektion** und **Konfetti**.[146]
Ein **Marschall** war im Mittelalter einer der wichtigsten Diener des Königs, heute bezeichnet es den höchsten Rang im Militär. Früher hieß Marschall *marschalc*, und das bedeutet »Pferdeknecht«.[147] Das Wort **Militär** kommt aus dem Lateinischen: *miles* für »Krieger, Soldat«.
Der Ausdruck **Mätresse**, früher Maitresse geschrieben, ist französischer Provenienz: Dort bedeutet *maitresse* »Herrin, Gebieterin, Geliebte«, die männlich Form *maitre* entsprechend »Gebieter, Meister, Lehrer«. Letzte Wurzel ist das lateinische *magister* für »Aufseher, Meister, Lehrer«. Die pejorative Bedeutung des Wortes Mätresse entsteht im 17. Jahrhundert in Soldatenkreisen, etwa gleichzeitig mit »Geliebte eines hochrangigen Adligen«.[148]

Prolet

Mit dem Begriff Prolet (auch: **Prolo** oder **Prolli**) bezeichnen wir Leute, die sich schlecht benehmen, kein Niveau haben oder ungebildet sind. Das Wort kommt von **Proletariat**, einem Ausdruck, der im 19. Jahrhundert vor allem durch Karl Marx Karriere machte und den sogenannten vierten Stand bezeichnete, die Arbeiterklasse. Etymologisch geht das Wort zurück auf das lateinische *proletarius*, das im alten Rom Bürger der untersten Schicht meinte und sich herleitet aus *proles* für »Nachkomme«. Proletarier im alten Rom waren Menschen, die nichts hatten außer ihren Nachkommen.

Pronto

Unschwer zu erkennen, daß das Wort Pronto aus dem Italienischen kommt. Die Italiener melden sich am Telefon gern mit *»pronto«*, also mit »hallo«, aber *pronto* heißt auch »bereitwillig, schnell, fertig«. Diese Bedeutung dürfte Grund der Namensgebung des Möbelsprays sein.

Pronto aus dem Hause Johnson hat uns der Amerikaner Samuel Curtis Johnson beschert, der in der Kleinstadt Racine 1886 mit der Herstellung von Parkettfußböden und dazu passendem Bohnerwachs begann. Die Firma ließ sich 1953 auch in Deutschland nieder; das gleichzeitig auf den deutschen Markt gebrachte Pronto machte schnell Karriere, die dazu führte, daß heute kaum noch jemand Möbelspray verlangt, sondern Pronto.

Prost

Prost ist die Kurzform von **Prosit**, und das ist ein lateinisches Wort und heißt übersetzt: »Es nütze«. Der Begriff entstammt dem akademischen Sprachgebrauch und ist der Versuch gewesen, »Zum Wohl!« ins Lateinische zu übertragen. Gelegentlich sagen Leute statt Prost scherzhaft Prostata. Die **Prostata** ist die Vorsteherdrüse. Der Name ist griechischer Herkunft: *prostates* für »Vorsteher«.

Protestanten

Den Ausgangspunkt der Reformation bildeten Martin Luthers 95 Thesen gegen den Ablaßhandel vom 31. Oktober 1517. Gegen den Beschluß zur Durchführung des Wormser Edikts von 1521, auf dem über Luther die Reichsacht verhängt worden war, erhoben die evangelischen Reichsstände unter Führung Philipps I. von Hessen auf dem Reichstag zu Speyer 1529 Protest, damals Protestation (kommt aus dem Lateinischen – *pro* und *testare* gleich »für etwas Zeugnis ablegen« – und meinte zunächst »etwas öffentlich bezeugen«, später »Einspruch einlegen«) genannt. Seitdem bürgerte sich für die Anhänger Luthers der Name Protestanten ein. Warum die Protestanten auch die Evangelischen genannt werden, liegt auf der Hand: Nur das zählt, was evangelisch ist, also dem **Evangelium** entspricht. *Evangelium* entstammt dem Griechischen und bedeutet »gute Botschaft« wie auch der Begriff **Katholik**, der ursprünglich »allgemein, universal, generell« meinte und später die Bedeutung »rechtgläubig« annahm.

Pubertät

Vor dem Erwachsenwerden, der Adoleszenz, liegt die Pubertät. Das Wort kommt aus dem Lateinischen: *Pubertas* bedeutet »Mannbarkeit, Manneskraft, Bartflaum«.

Pullmoll

Pullmoll sind kleine Hustenbonbons. Das Wort kommt von den lateinischen Bezeichnungen *pulmo* für »Lunge« und *mollis* für »weich, angenehm«; Pulmoll bedeutet also Lungenweichmacher.

Pumpernickel

Pumpernickel kennen wir heute als Synonym für »Westfälisches Schwarzbrot«. Die Übersetzung lautet: »Furzkerl«. Das Wort ist bekannt seit dem Anfang des 17. Jahrhunderts und meinte einen groben, ungeschlachten Menschen mit schlechten Manieren. Nikkel ist die Kurzform von Nikolaus und Pumper ein anderes Wort für »Furz« – daher Pumpernickel gleich Furzkerl. Das Schwarzbrot stand im Ruf, schwer verdaulich zu sein und Blähungen zu verursachen; deshalb wurde es seit Mitte des 17. Jahrhunderts scherzhaft Pumpernickel genannt.
Da der Begriff schon so alt ist, ist natürlich folgende gern erzählte Anekdote zu seiner Herkunft falsch: Anfang des 19. Jahrhunderts hatte bekanntlich Napoleon auch Deutschland und auch Westfalen besetzt. Es heißt, ein westfälischer Bauer habe einen französischen Soldaten mit einem Stück Schwarzbrot begrüßt. Selber habe der Soldat das Stück Brot aber nicht essen wollen, sondern den Bauern mit dem Hinweis beschieden »*Bon pour* [gut für (mein Pferd)] Nickel« und es dem Pferd zu fressen gegeben.

Punk

Ende der 70er Jahre entstand in England der Punkrock. Das Wort *punk* bedeutet »miserabel, wertlos«. Nichts anderes bedeutet der Ausdruck *rotten*, nämlich »verdorben, faul«. Die Punkbewegung geht im wesentlichen zurück auf die Rockgruppe »Sex Pistols«. Deren Chef hieß Johnny Rotten.

Punsch

Punsch ist bekanntlich ein alkoholisches Mischgetränk, das heiß getrunken wird. Ursprünglich bestand es aus fünf Zutaten, und zwar aus Rum oder Arrak, Tee, Wasser, Zitrone und Zucker. Arrak ist ein Branntwein, der auf Reisbasis destilliert wurde; das Wort *arrak* kommt aus dem Arabischen und bedeutet eigentlich »Schweiß«.

Das Wort Punsch ist indischen Ursprungs, kommt vom Hindi-Wort *panca*, und das heißt »fünf«.

»Die indischen Priester brauten den Trank geheimnisvoll in ihren Tempeln. Vor mehr als dreihundert Jahren brachte ein englischer Weltreisender die Kunde von der Herstellung des Punsches in seine Heimat, in England lernte Fürst Franz von Dessau (1765) den Punsch kennen, zu dem man inzwischen auch Wein und Geschmackszusätze zu verwenden gelernt hatte, und er führte ihn in seiner Hofhaltung ein, von wo er bald über ganz Deutschland bekannt wurde. Das indische Wort *panca* findet sich auch im ›**Pandschab**‹ oder Pendschab gleich Fünfstromland, also im Namen des (…) Gebietes, das nach den fünf im Himalaya entspringenden und in den Indus mündenden Flüssen benannt ist.«[149]

Pupille

Ob groß oder klein, durch die Pupillen fällt das Licht ins Auge. Das Wort ist lateinischer Herkunft und bedeutet eigentlich »Püppchen« oder »kleines Mädchen«. Des Rätsels Lösung: Blickt man in das Auge eines anderen, sieht man sich selbst – stark verkleinert.

Pygmäen

Das afrikanischen Nomadenvolk der Pygmäen, bei denen selbst die Männer meist nicht größer als 1,50 Meter werden, ist benannt worden nach dem griechischen Wort *pygmaios* für »eine Faust lang«. *Pygmäe* heißt übersetzt »Fäustling«.

Pyrrhussieg

Pyrrhussieg meint einen Sieg mit so hohen Verlusten, daß er fast einer Niederlage gleichkommt. Der Begriff geht zurück auf einen König von Epirus namens Pyrrhus, der im Jahre 279 v. Chr. nach der Schlacht gegen die Römer bei Ausculum ausgerufen haben soll: »Noch so ein Sieg, und wir sind verloren.« Der Gegenbegriff zu Pyrrhussieg lautet → Kantersieg.

Q

Q-TIPS

Alle kleinen Plastikstäbchen mit einem Wattebausch an beiden Enden nennen wir Q-TIPS, obwohl sie gar nicht alle so heißen. Eine nette Geschichte dazu: »Die meisten Benutzer der praktischen Wattestäbchen werden zwar sehr erstaunt sein, aber das ›Q‹ steht für ›Quandahar‹, eine Stadt in den Bergen Afghanistans. Wer hätte jemals gedacht, daß ein einsamer Erfinder in der Abgeschiedenheit der afghanischen Bergwelt ein Produkt erfindet, das heute in jeder Arztpraxis der westlichen Welt seinen festen Platz hat?

Aber Spaß beiseite! Sie müssen zugeben, daß ›Quandahar‹ wesentlich aufregender und exotischer klingt als das Wort ›Qualität‹ – für das das ominöse ›Q‹ tatsächlich steht. Die ›Q-tips‹ wurden in den zwanziger Jahren von einem aus Polen stammenden Amerikaner namens Leo Gerstenzang erfunden. Immer wenn seine Frau ihr gemeinsames Baby badete, beobachtete er sie dabei, wie sie einen Wattenbausch auf einen Zahnstocher pikste und damit den Säugling reinigte. Da kam ihm der Gedanke, daß fertige Wattestäbchen den Eltern einige Mühen ersparen könnten. Er gründete die Leo Gerstenzang Infant Novelty Co. und stellte diese und andere Produkte für die Säuglingspflege her.

Obwohl ›Q-tips‹ auf den ersten Blick recht einfach wirken, dauerte es noch einige Jahre, bis Gerstenzang die anfänglichen Probleme aus dem Weg geräumt hatte. Er mußte dafür sorgen, daß das Holz nicht mehr splitterte und die Wattepfropfen fest genug auf dem Hölzchen saßen.«[150]

Quäker

Die Quäker sind eine heute weltweit verbreitete Religionsgemeinschaft, deren antikirchlicher Charakter hervorstechendstes Merkmal ist. Die Quäker nannten sich ursprünglich »Gesellschaft der Freunde«, den früheren Spottnamen Quäker (»Zitterer«) übernahmen sie später selbst als Eigenbezeichnung.

Dazu gibt's eine nette Anekdote: Der »Gründer der Bewegung,

George Fox, hatte 1650 bei einer Gerichtsverhandlung dem Richter zugerufen, er solle das Wort Gottes hören und vor dem Jüngsten Gericht zittern, woraufhin der Richter ihn spöttisch ›Zitterer‹ nannte.«[151]

Quarantäne

Quarantäne kommt von italienisch *quaranta giorni* für »vierzig Tage«. Anno 1348 wütete die Pest in Venedig. Verdächtige wurde für 40 Tage auf eine Insel gesteckt, um zu beobachten, ob sie gesund oder krank waren.

Quiz

Quiz kommt aus dem Englischen: *To quiz* bedeutet »abfragen« oder »ausfragen«. Die Herkunft des Wortes gilt als ungeklärt, es sei denn, die folgende Theorie bei Joachim Heimannsberg ist richtig: »Im Jahre 1791 wettete ein Dubliner Theaterdirektor names Daly bei einem abendlichen Trinkgelage, daß er in der Lage sei, noch im Laufe der Nacht die Sprache um ein neues Wort zu bereichern. Am nächsten Tag war überall in Dublin an den Häusern das bis dato unbekannte Wort ›Quiz‹ zu lesen. Es war Tagesgespräch und sorgte überall für Rätselraten. Die Wette war gewonnen, und bis heute wurde kein besseres Wort für ein Ratespiel gefunden.«

R

Radler

Das Wort Radler kennen wir als Kürzel für Radfahrer und als Bezeichnung für ein Mischgetränk, das zur einen Hälfte aus Bier, zur anderen aus Limonade (meist Zitronenlimonade) besteht. Frage also: Wie kommt ein alkoholisches Getränk zum Namen Radler? Um die Antwort zu finden, muß man Franz Xaver Kugler kennen. Der nämlich ist der eigentliche Erfinder des Radler.
Franz Xaver Kugler war ein Gastronom, der in Deisenhofen – etwa 15 Kilometer von München entfernt – die Kugler-Alm betrieb,

ein überaus beliebtes Ausflugslokal. Nach dem Ersten Weltkrieg wurde das Radfahren immer beliebter, und Franz Xaver Kugler ließ einen Radweg von München quer durch den Wald zu seiner Kugler-Alm anlegen. Dies machte sein Lokal noch populärer. An einem Samstag im Sommer 1922 ereignete sich dann ein ›Drama‹: Etwa 13 000 Radfahrer sollen dem Vernehmen nach – wahrscheinlich waren es allenfalls 130 – die Kugler-Alm gestürmt haben. Da die Biervorräte ohnehin zur Neige gingen, aber noch unglaublich viel Zitronenlimonade vorrätig war, mischte Franz Kugler kurzerhand Bier und Limo und präsentierte seinen Gästen das Getränk als Radlermaß, das er eigens für Radfahrer erfunden habe, damit diese nicht besoffen nach Hause fahren müßten.
Das Mischgetränk machte schnell Karriere, auch über Bayern hinaus, war allerdings bis 1993 ein Getränk, das stets vor Ort zubereitet werden mußte. Erst seit der Änderung des Biersteuergesetzes, die zum 1. Januar 1993 in Kraft trat, ist die Herstellung fertiger Biermischgetränke erlaubt. Kuriosität am Rande: Im fertigen Radler muß auch für den Limonade-Anteil Biersteuer gezahlt werden.[152]

Rado

Die Marke Rado steht für hochwertige Uhren mit edlem Design. Was heute Rado Watch Co. Ltd. heißt, ging aus der Uhrwerkfabrik Schlup & Co. in Lengnau in der Schweiz hervor, die 1917 gegründet wurde. Entscheidend geprägt wurde das Unternehmen durch einen jungen Mann, der während des Studiums eine Tochter der Schlups kennenlernte und 1947 mit gerade dreißig Jahren in die Firma eintrat. Die erste eigene Uhrenmarke des kleinen Unternehmens hieß Exacto und wurde 1956 geboren.
Wie es zum Namen Rado kam, verrät uns die Firmengeschichte: Mit der Exacto reiste »Lüthi 1956 nach Argentinien und Brasilien. (…) Die Reise mit ›Exacto‹ in Südamerika war ein Erfolg. Lüthi wollte die Uhr anschliessend auch in anderen Märkten einführen, scheiterte aber am Schutz des Markennamens. Exacto sei, so hiess es, ein Qualitätsbegriff und dürfe daher nicht als Markenname für Uhren eingetragen und geschützt werden. Dr. Paul Lüthi musste also nach einem neuen Namen für seine Uhren suchen: leicht verständlich, leicht auszusprechen und weltweit schützbar,

dies war das Anforderungsprofil, und so entschied man sich für den Markennamen Rado. Rado war aber nicht nur eine neue Marke, sie setzte auch einen neuen Trend. Robust und wasserdicht mussten sie sein, die Uhren aus Legnau.«[153] So begann die Geschichte eines Erfolgsprodukts.

Raglanmantel

Jeder denkt, Raglan sei irgendein Kunststoff oder eine Faser. Keineswegs! Raglan ist ein Name. Aber nicht der Name eines Erfinders, sondern der eines englischen Lords. Lord Raglan lebte von 1788 bis 1855 und hatte im Range eines Feldmarschalls den Oberbefehl über die englischen Truppen im Krimkrieg (1853–1856). Lord Raglan hatte in der letzten Schlacht der Befreiungskriege gegen Napoleon bei Waterloo am 18. Juni 1815 einen Arm verloren und ließ sich später einen Mantel schneidern, bei dem Schulterstück und Ärmel ineinander übergehen. Dieser Mantel machte in der zweiten Hälfte des 19. Jahrhunderts Karriere und Lord Raglan wenigstens als Namensgeber für einen Mantel unsterblich.
Ein Feldmarschall war in jener Zeit ein Militär, der den höchsten Rang innerhalb der Armee bekleidete. Der Ausdruck Marschall bedeutet übersetzt Pferdeknecht. Da den Pferden an den mittelalterlichen Höfen eine große Wichtigkeit zukam, war auch die Arbeit eines Pferdeknechts von großer Bedeutung.

Ragout

Der Fremdwörter-Duden übersetzt Ragout mit »Mischgericht aus Fleisch, Wild, Geflügel od. Fisch in pikanter Soße«. Das Wort Ragout kommt vom französischen *ragouter* für »Appetit machen« und leitet sich ab aus dem lateinischen *re-ad-gustare* für »wieder Eßlust geben«. Ein Ragout ist also ein »Appetitmacher«.

Raider

Der Name dieses Schokoriegels ist englischer Provenienz: *Raider* bedeutet »Angriffsflugzeug, Handelsstörer, Überfallender«.

Rakete

Was eine Rakete ist, weiß jeder, was ein Spinnrocken ist dagegen kaum noch einer. Ein Spinnrocken ist ein spindelförmiger Holzkörper am Spinnrad, von dem aus die Wollfasern zu einem Faden versponnen werden. Der Begriff Rocken wiederum kommt aus dem Italienischen: *Rocchetta* oder *racchetta* waren Diminutiva zu *rocca* für »Spinnrocken«. Aufgrund der Ähnlichkeit der Form wurde der Begriff zunächst übertragen auf Feuerwerkskörper und im 20. Jahrhundert dann auf das, was wir heute als Rakete kennen.

Rama

Als Erfinder der → Margarine gilt der Franzose Hippolythe Mège-Mourier, und 1869 wurde die Kunstbutter als Oleo-Margarin patentiert. Zwei Holländer – Simon Van den Bergh und Henri Jurgens – sicherten sich die Herstellungslizenz für Deutschland. Da Bismarcks Schutzzollpolitik den Import behinderte, beschlossen sie, eine eigene Margarinefabrik zu bauen. 1924 kreierte Jurgens den Namen »Rahma«, und Van den Bergh kam auf »Schwan im Blauband«; 1929 schlossen sie sich dann zusammen – Rahma hatte inzwischen das »h« verloren – zu »Rama im Blauband«. Rama ist natürlich die Verkürzung von **Ra**hm und **Ma**rgarine.

Rechaud

Das Wort wird »rescho« gesprochen und ist im süddeutschen Raum, in Österreich und der Schweiz bekannt als Synonym für Kocher oder Gaskocher, in Deutschland wird als Rechaud meistens der kleine Spirituskocher bezeichnet, mit dem Käse- oder Fleischfondue erhitzt wird. In der Gastronomie ist Rechaud der Fachbegriff für Tellerwärmer. Die Übersetzung aus dem Französischen lautet »wieder warm«, hat aber mit der Herkunft des Wortes nichts gemein. Der Rechaud geht zurück auf einen zu seiner Zeit berühmten Koch namens Rechaud. Nur um diesen Herrn Rechaud in die französische Hauptstadt Paris zu holen, ernannte Napoleon Bonaparte einen General mit dem Namen Junot, Herzog von Abrantès, zum Gouverneur von Paris. Denn dessen Koch war jener Herr Rechaud.

Reeperbahn

Das Wort *Reeper* ist das niederdeutsche Wort für »Seiler« und meint den Beruf des Seilemachers. Die Reeperbahn, heute die Lustmeile des Hamburger Stadtteils St. Pauli, war ursprünglich also eine Straße, in der viele Seiler **(Reeper)** wohnten und auf **Bahn**en ihre Seile herstellten.

Regenbogenpresse

Sensationsblätter figurieren bei uns unter Begriffen wie Regenbogenpresse, Boulevardzeitungen oder Yellow Press. Der Ausdruck Regenbogenpresse taucht um 1960 auf im Sine von »Wochenzeitung für den Massengeschmack. Anspielung auf die Unwirklichkeit und Schnellvergänglichkeit des Regenbogens; wohl auch wegen des Buntdrucks«.[154]
Dieselbe Bedeutung hat der Begriff **Boulevardpresse**. Er rührt wohl daher, daß diese Massenblätter früher vor allem im Straßenverkauf unters Volk gebracht wurden. Das Wort **Boulevard** haben wir natürlich von den Franzosen. Was auch bei den Franzosen eine breite (Pracht-)Straße meint, war ursprünglich nichts anderes als ein Festungswall, ein Bollwerk. Bollwerk entstammt dem niederländischen *bolwerc* in derselben Bedeutung.
Das Wort **Yellow Press** entstammt natürlich dem Englischen. Ende des 19. Jahrhunderts gerieten die Verleger der Massenblätter »Sunday World« und »Sunday Journal«, Joseph Pulitzer und William R. Hearst, in Streit wegen des Abdrucks der Comicserie »Yellow Kid«. Seither bürgerte sich für Massenblätter der Begriff Yellow Press ein.

Rei

Rei in der Tube ist noch heute ein beliebtes Waschmittel – vor allem auf Reisen. Rei gibt es seit 1949, und es war das erste Feinwaschmittel auf dem deutschen Markt. Nette Werbung in den 50ern: »Morgens Rei, mittags frei«. Der Name ist einfach erklärt: Rei steht für **Rei**nigung.

Reibach machen

Statt reichlich Gewinn erzielen sagen wir gern »einen Reibach machen«. Diese Redewendung verdanken wir dem Jiddischen, in dem *reibach* oder *rebach* – abgeleitet vom hebräischen *rewah* – dasselbe wie »Gewinn« oder »Profit« bedeutet.

Reinheitsgebot des deutschen Bieres

Waren es frühe Ökos, die im Jahr 1516 des Reinheitsgebot des deutschen Bieres schufen, nach dem zu brauen sich bis heute jede deutsche Brauerei rühmt? Die Wahrheit ist im wahrsten Sinne des Wortes ein wenig nüchterner. Das Reinheitsgebot, nach dem als Zusätze zum Bier nur Gerstenmalz, Hopfen und Malz erlaubt sind, wurde am 23. April 1516 vom bayerischen Landstädtetag in Ingolstadt erlassen. Meist wird diese älteste lebensmittelrechtliche Verordnung Herzog Wilhelm IV. zugeschrieben, der seinerzeit gleichberechtigt mit seinem Bruder Ludwig X. in Bayern regierte. Beide sprachen sich für die Durchsetzung des Reinheitsgebotes aus. Aber warum?

»Was man vor 500 Jahren trank, hatte mit dem, was wir heute ›Bier‹ nennen, so gut wie nichts zu tun. Von den Grundbestandteilen, auf die heute jeder Brauer verpflichtet ist, wurde mit einiger Verläßlichkeit nur das Wasser benützt. Die Würze bestand bei guten Bieren schon immer aus Brotgetreide: aus Gerste, Weizen oder Hafer. Manchmal wurden auch Hirse, Bohnen, Erbsen oder andere stärkehaltige Körner genommen, die sich zur Not vermälzen ließen. Hopfen war schon im 8. Jahrhundert bekannt, aber die meisten Brauer und Brauerinnen schütteten noch lange danach anderes Zeug ins Bier, um seinen Geschmack zu verändern, zu verhindern, daß es sauer wurde – und um, wenn nötig, den schlechten Geschmack von sauer gewordenem Bier zu überdecken. (...) Aber es gibt noch weit mehr absonderliche Mittel, die da verwendet wurden: Pech und Ochsengalle, Schlangenkraut und harte Eier, Ruß und Kreide – jeder hatte sein Patentrezept, um das Bier ›trincklich‹ zu machen. Und so ›trincklich‹ schmeckte es dann auch.«[155]

Es kommt noch ärger: »In Europa wurde der Hopfen erst wieder von finnisch-baltischen Völkern genutzt. Von dort gelangte er allmählich in den Südwesten. Und das hatte seinen Grund: Im Mittelalter wurden die eigenartigsten Ingredienzien zum Brauen verwendet. Neben allerlei Kräutern, wie zum Beispiel Rosmarin, war auch die Zugabe von Sumpfporst oder Bilsenkraut Usus. Diese enthalten jedoch recht schädliche Wirkstoffe. Räusche mit Sumpfporstbier gelten als Ursache für die sprichwörtliche ›Berserkerwut‹ der Wikinger. Aggressives Verhalten ist jedoch nur in kriegerischen Zeiten erwünscht. In friedlicheren Tagen schätzt man ruhige Untertanen. Dies ist vermutlich der Grund, warum die Obrigkeit 1516 in Bayern das berühmte ›Reinheitsgebot‹ erließ, darin den beruhigenden und zugleich konservierenden Hopfen zum Brauen vorschrieb und alle ›aufmüpfigen‹ Zutaten verbot.«[156]

Nette Anekdote am Rande: »Auch die Weimarer Republik übernahm das Reinheitsgebot. Sie mußte, wohl oder übel, denn der Freistaat Bayern erklärte 1918, er werde nur dann der Republik beitreten, wenn das Reinheitsgebot im gesamten Reichsgebiet gelte.«[157]

Remoulade

Früher nannte man Remoulade Beiguß oder Kräuteröltunke – Begriffe, die verschwunden sind. Unschwer zu erkennen, daß das Wort Remoulade französischer Provenienz ist; es kommt vom Verb *remoudre*, das »immer wieder mahlen« bedeutet. Die Bezeichnung *moulin* für »Mühle« ist auch in Remoulade noch erkennbar.

Reneklode

Eine sehr bekannte Pflaumensorte heißt Reneklode. Die Namensgebung läßt sich erklären, wenn man die ältere Schreibweise betrachtet: Reine-Claude. Hier wird deutlich, daß das Wort dem Französischen enstammt, und zwar kommt es von *reine Claude*, zu deutsch: »Königin Claudia«. Im Französischen gibt es seit dem 17. Jahrhundert die Bezeichnung *prune de reine-claude* (»Pflaume der Königin Claudia«). Die Pflaume wurde so genannt zu Ehren der Gattin Königs Franz I., und die hieß Claude (1494–1547). Im Österreichischen wurde Reine-Claude entfremdet zu »Ringlotte«, in der Pfalz gar zu »Rinklo«.

Das Wort **Pflaume** kommt vom lateinischen *prunum*. Ein ganz bekannter Plaumenschnaps ist der Sliwowitz. Der Name geht auf das slawische Wort *sliwa* für »Pflaume« oder »Schlehe« zurück.

Resopal

Kunststoffbeschichtungen für Arbeitsplatten, Tische und z. B. Küchenmöbel sind oft aus Resopal. Resopal ist ein Kunstharzprodukt, und damit erklärt sich auch der Name: Das lateinische Wort *resina* bedeutet »Harz«. Der zweite Wortbestandteil heißt **Opal** nach dem gleichnamigen Edelstein wegen des glänzenden, z. T. marmorierten Aussehens, das die Resopal-Beschichtungen früher hatten. Der Name Opal kommt aus dem Sanskrit und bedeutet allgemein »Stein«.

Rewe

Die Rewe-Handelsgruppe ist die Nummer eins der Lebensmittelkonzerne in Deutschland und Europa. In der Bundesrepublik besitzt die Rewe-Gruppe 9500 Geschäfte, sie beschäftigt 170 000 Mitarbeiter und macht jährlich einen Umsatz von ungefähr 50 Milliarden Mark. Die Rewe-Zentrale in Köln gibt es seit dem 1. Januar 1927 – dem Tag, an dem die Gruppe ins Genossenschaftsregister der Stadt Köln eingetragen wurde. Gegründet wurde Rewe Ende 1926: 17 Einkaufsgenossenschaften schlossen sich in Düsseldorf zusammen und gründeten den **Re**visionsverband der **We**stkauf-Genossenschaften.

Rhabarber

Der fremdländische Name Rhabarber verrät, daß dieses Knöterichgewächs ein Import ist; es hat den Weg aus Asien über den Mittelmeerraum zu uns gefunden. Das Wort kommt aus dem Griechischen und bedeutet wörtlich »fremdländische Pflanze«. In Rhabarber steckt der Ausdruck Barbar für grobschlächtiger, gewalttätiger Mensch. Die alten Griechen bezeichneten alle Menschen, die des Griechischen nicht mächtig waren, als Barbaren. **Barbar** heißt wörtlich übersetzt »Lallender«. Der weibliche Vorname **Barbara** (Bärbel, Babs) bedeutet dasselbe: die »Lallende« oder die »Fremdländische«.

Rheila

In mehr als 50 Ländern dieser Welt – von Frankreich über Japan bis nach Thailand – sind sie bekannt, die Rheila-Perlen gegen Husten. Dem Namen kommt man auf die Spur, wenn man weiß, daß die Pastillen ein Produkt der Firma Diedenhofen in St. Augustin bei Bonn sind. Bonn liegt bekanntlich am Rhein, und eine der Hauptzutaten der Rheila-Perlen ist Lakritze. Also: **Rhei**nische **La**kritze. **Lakritze** ist eingedickter Süßholzsaft; das Wort stammt vom mittellateinischen *liquiricia* ab, das zurückgeht auf das griechische *glykyrhiza* für »Süßwurzel, Süßholz«.

Rhinopront

Das griechische *rhinos* für »Nase« und das italienische *pronto* für »sofort« ergeben Rhinopront, deutsche Übersetzung: »Nase sofort (frei)«.

Ricola

Die bekannten Kräuterpastillen verdanken ihren Namen dem Firmennamen und dem Standort des Unternehmens: **Ri**chterich & **Co**. in **La**ufen.

Ricosta

Zu den großen deutschen Schuhmarken gehört Ricosta. Der Name ist keineswegs die Umkehrung von Costa Rica (»reiche Küste«), nicht einmal eine Abkürzung. Die Marke Ricosta ist vielmehr hervorgegangen aus der Rieker-Schuh GmbH, und ihr Name ist bereits seit 1937 patentrechtlich geschützt. Seit 1969 ist Ricosta ein selbständiges Unternehmen. Der Name ist ein reiner Kunstname, soll aber mit der ersten Silbe die Erinnerung an Rieker aufrechterhalten.

Rido

Zu den beliebtesten Faltkalendern im Taschenformat gehört der Rido-Miniplaner. Der Kleinkalender wird von der Bielefelder Firma Dohse und Broelemann vertrieben, die es seit Ende des 19. Jahrhunderts gibt; seit Mitte der 60er Jahre des 20. Jahrhunderts wird der Rido-Miniplaner produziert. Auf die Idee mit dem Leporello-Kalender wurde die Firma von einem Studienrat gebracht, und sie machte das Unternehmen zu einem der ersten großen Hersteller von Faltkalendern. Bis heute nimmt der Rido-Miniplaner eine herausragende Rolle in der Produktpalette der Firma ein. Die Bezeichnung Rido ist die Abkürzung von **Ri**chard **Do**hse, dem Firmengründer. Der Begriff **Leporello** für Kalender bezog sich ursprünglich auf Bilderbücher und Ansichtskarten, die man ziehharmonikamäßig auseinanderfalten konnte. Den Namen verdanken Leporellos dem Buch eines Dieners namens Leporello in

Mozarts Oper »Don Giovanni« (»Herr Johannes«; Johannes bedeutet »Gott ist gnädig«).

Rigipsplatten

Der Name Rigips geht auf Max Braun-Wogau zurück. Der nämlich war Baustoffabrikant in Lettland und stellte Zement- und Gipsprodukte her. In England hatte er Gipskartonplatten kennengelernt und ließ sie dann in seinem Heimatland fertigen. Der Zweite Weltkrieg zwang das Unternehmen zur Umsiedlung nach Deutschland, und zwar nach Bodenwerder an der Weser. Am 7. September 1948 war es dann endlich soweit: Die erste verkaufsfähige Rigipsplatte war produziert. Der Name Rigips ist schnell erklärt: Die Firma hatte ihren ursprünglichen Sitz in der lettischen Hauptstadt Riga: **Ri**gaer **Gips**platten. Gips ist ein schwefelsaurer Kalk, der im Griechischen *gypsos* heißt.

Rikscha

Vor allem in Indien und Pakistan sind die Rikschas noch heute gängige Personenbeförderungsmittel. Eine Rikscha ist ein zweirädriger Wagen, der von einem Menschen gezogen wird. Der Name kommt aus dem Japanischen: *Jin-riki-sha* bedeutet in etwa »Fahrzeug mit Menschenkraft«. Manche gehen davon aus, ein gelähmter Geschäftsmann aus der japanischen Stadt Kyoto, der eine Sänfte zu unbequem fand, habe die Rikscha erfunden. Andere meinen, ein amerikanischer Baptistenpfarrer sei der Erfinder und habe das Gefährt 1869 erdacht, um seine Frau – sie war krank – durch Yokohama kutschieren zu können.

Fest steht, daß die erste Rikscha-Fabrik 1870 in Tokio gebaut wurde, und kurze Zeit später wurden die ersten dieser Gefährte in chinesischen Hafenstädten gesichtet. 1900 brachte ein chinesischer Geschäftsmann die erste Rikscha nach Indien – und zwar nach Kalkutta. Die Rikscha machte nicht nur in Kalkutta eine beispiellose Karriere. Sie dürfte in Indien noch heute das verbreitetste Beförderungsmittel für eine oder zwei Personen sein. Ist sie auch für uns Europäer ein Symbol für unmenschliche Arbeit, so darf man nicht vergessen, daß in Indien Millionen von Menschen davon leben, daß ihre Väter und Ehemänner Rikschas ziehen – für einen Hungerlohn.

Rimowa

Rimowa steht für Reisekoffer aus Aluminium – seit dem Siegeszeug der Luftfahrt ein Muß für Flugzeugpassagiere. Die in Köln ansässige Firma stellte bereits im letzten Jahrhundert Reise- und Überseekoffer her. Im Zweiten Weltkrieg wurde die Fabrik von einer Bombe getroffen und in Brand gesetzt; nur ein Material überstand das Feuer unbeschadet: Aluminium. Überseekoffer wurden fürderhin auch mangels anderer Materialien, die bei dem Brand vernichtet worden waren, aus Aluminium hergestellt. Nach dem Krieg spezialisierte sich die Firma auf Handkoffer.

Seit 1941 ist der Markenname Rimowa im Handelsregister der Stadt Köln eingetragen und damit geschützt. Er steht für **Ri**chard-**Mo**rszeck-**Wa**renzeichen. Richard Morszeck ist der Firmengründer; sein Sohn Paul kam auf die Idee mit dem Alu-Koffer. Der Name Aluminium kommt vom lateinischen *alumen* für »Alaun«; Alaun ist ein Salz.

Rio de Janeiro

Rio de Janeiro ist nicht nur die Hauptstadt des gleichnamigen brasilianischen Bundesstaates, sondern auch der Inbegriff von Brasilien. Wer Rio hört, denkt an den Zuckerhut, den Karneval und den berühmten Badestrand Copacabana. *Rio de Janeiro* bedeutet »Fluß des Januars«.

Rivella

Rivella ist ein Erfrischungsgetränk, das ursprünglich nach dem Ort Riva San Vitale benannt werden sollte, aus dem *rivellazione* (»Offenbarung«) gemacht wurde, in verkürzter Form ergibt sich Rivella.

Roboter

Der Begriff steht bei uns für Maschinen, die (dank Computerhilfe) komplizierte Arbeiten verrichten können, aber auch aufgrund des Aussehens mancher Roboter für Maschinenmensch. Die Enstehungsgeschichte des Begriffs Roboter ist schnell erzählt: 1920 erschien in der Tschechoslowakei ein »utopistisches Kollektivdrama« mit dem Titel »R. U. R.«, verfaßt von Karel Čapek. Die Abkürzung »R. U. R.« steht für Rossums Universal Robots, eine

Firma, die künstliche Menschen herstellt. Das tschechische Wort *robot* meint »Arbeit, Fronarbeit«.
Durch dieses Theaterstück wurde Čapek ruck, zuck bekannt. Der Begriff Roboter fand schnell Eingang in die angelsächsische Science-fiction-Literatur und wurde später Bestandteil des allgemeinen Sprachgebrauchs – wohl vor allem deshalb, weil nicht nur in der Automobilindustrie in den letzten 20 Jahren zunehmend Roboter menschliche Arbeitskraft ersetzen.

Roki

In vielen Schulen findet sie Verwendung, die Roki-Schulkreide. Die Bezeichnung verdankt sich den Namen der Gründergesellschafter: Die heißen **Ro**hde und **Ki**ekeborn.

Rolex

»Was lacostet die Welt – Geld spielt keine Rolex.« Ebenso wie die beliebten Tennishemden von Lacoste sind die Rolex-Uhren hochpreisige Qualitätsware. Der Name Rolex ist seit 1908 als Markenzeichen eingetragen. Von Rolex stammt die erste wasserdichte Armbanduhr, der erste Automatik-Rotor und das Datumsfenster. Seit 1919 vertreibt die Firma Rolex S. A. mit Sitz in Genf ihre Produkte weltweit. Der Name Rolex ist – für 1908 eine Seltenheit – ein Kunstwort, das gewählt wurde, weil es sich gut merken läßt, gut klingt und in den meisten europäischen Sprachen identisch ausgesprochen wird.

Rollei

Eine der berühmtesten Kameras der Welt ist die Rollei. Dazu eine kleine Geschichte: 1920 gründeten Paul Francke und Reinhold Heidecke in Braunschweig eine Firma für Stereokameras. Ihre erste Kamera nannten sie Heidoscop, das Nachfolgemodell Rolleidoscop, kurz: Rollei – und zwar wegen der Verwendung des Rollfilms, der bekanntlich auch heute noch in Gebrauch ist. Ab 1929/30 wurde die Rolleiflex hergestellt.

Römer

Am 1. Juli 1996 kehrte die deutsche Fußballnationalmannschaft aus England heim mit dem Titel Europameister im Gepäck. Nach der

Landung auf dem Rhein-Main-Airport ging's ab nach Frankfurt zum Römer, d. h. zum Frankfurter Rathaus. Weil man im Hessenland die Saalburg bei Bad Homburg kennt – ein altes Römerkastell – und auch den Limes – den römischen Grenzwall im alten Germanien –, denken natürlich alle, der Name »Römer« habe etwas mit den Römern zu tun.
Weit gefehlt: Das heutige Rathaus der Stadt Frankfurt wurde Anfang des 15. Jahrhunderts vom Rat der Stadt gekauft und zum Rathaus umfunktioniert. Es gehörte vorher einer Familie mit dem Namen Römer.

Romika

Die Schuhmarke Romika ist eine Gründung dreier Kaufleute. Die hießen **Ro**mann, **Mi**chael und **Ka**ufmann, kurz Romika.

Rommé

Rommé ist fast 100 Jahre alt und ist vom Namen her unzweifelhaft ein französisches Spiel. Das stimmt so aber nicht! Der Name Rommé geht zurück auf das englische Wort *rummy*, was »komisch« oder »ulkig« bedeutet. Die Namensgebung hat vermutlich damit zu tun, daß beim Rommé die **Joker** eine wichtige Rolle spielen. Und Joker kommt von *joke* für »Spaß«.

rororo

Der Verleger Heinrich Maria Ledig-Rowohlt ließ nach dem Zweiten Weltkrieg Weltliteratur auf Zeitungspapier drucken; er nannte sie **Ro**wohlts **Ro**tations-**Ro**mane.

Rosine

In Nordfrankreich existiert ein Dialekt, der Pikardisch genannt wird und in dem es das Wort *rosin*, das im Französischen *raisin* für »Rosine« heißt, gibt. Daher der Name Rosine. Letzte Wurzel ist das lateinische *racemus* für »Weinbeere« und »Traubensaft«. Die Bezeichnung Korinthe für Rosine kommt vom griechischen Ausfuhrhafen Korinth. Das Schimpfwort Korinthenkacker für einen kleinkarierten Menschen oder Pfennigfuchser gibt's seit dem 19. Jahrhundert.

Rosinenbomber

24. Juni 1948: Keine drei Jahre nach dem Potsdamer Abkommen verschärften sich die Spannungen zwischen den westlichen Alliierten und der Sowjetunion (»Räteunion«). Die UdSSR sperrte sämtliche Land- und Wasserwege zwischen Westdeutschland und West-Berlin. Für weit über zwei Millionen Westberliner brach der Notstand aus. Doch dank des Potsdamer Abkommens durften die Luftkorridore nicht gesperrt werden, und so organisierte der amerikanische Militärgouverneur Lucius D. Clay mit Hilfe der Engländer und Franzosen eine Luftbrücke zwischen Westdeutschland und Berlin, die die Berliner mit dem Nötigsten – täglich etwa 6000 Tonnen Güter, pro Tonne kostete das etwa 400 Mark – versorgte. Seit Herbst 1948 landeten und starteten die Maschinen im Abstand von nur wenigen Minuten. 67 Prozent der Güter waren Kohle, 24 Lebensmittel.

Am 12. Mai 1949 brachen die Sowjets die Blockade ab. Insgesamt wurden etwa 1,5 Millionen Tonnen Güter mit 200 000 Flügen nach West-Berlin gebracht. Die Flugzeuge wurden von den Berlinern zärtlich Rosinenbomber getauft, obwohl nur der geringste Teil der Lebensmittel Rosinen waren. Der Hintergrund: Um Gewicht zu sparen, wurden die Nahrungsmittel dehydriert, also getrocknet – wie Rosinen. Der Begriff Rosinenbomber ist jedoch älter: »Aufgekommen 1941 an der Afrikafront als Bezeichnung für ein Hilfsflugzeug, das in der Wüste abgestürzte oder notgelandete Soldaten des Afrikakorps suchte und ihnen vorab Lebensmittel am Fallschirm abwarf.«[158]

Rotes Meer

Es ist nicht rot, sondern blau, heißt aber Rotes Meer. Dazu eine kleine Geschichte: »Ein gewisser Martin Luther ist als Übersetzer berühmt geworden, obwohl nahezu nichts von den Märchen stimmt, die über diese seine bedeutende Leistung im Umlauf sind. Dafür hatten die Fehlleistungen des großen Mannes geradezu verblüffende Wirkungen und unsterbliche Lebensdauer. Zum Beispiel war bereits im Altertum ein gewisser See in der damaligen Welt berühmt wegen der Bläue seines Wassers und wegen seiner großen Schilffelder, weshalb er zum Beispiel auf hebräisch Jam Suff hieß, das Schilfmeer. Doch waren Luthers Hebräischkenntnisse nur oberflächlich. Weshalb er bei seiner Übersetzung der Bibel vowiegend auf die lateinische Vulgata zurückgriff und auf die englische Bibelübersetzung von John Wycliff aus dem Jahre 1375. Der hatte Jam Suff richtig als ›The Reed Sea‹ übersezt. Aber Luthers Englischkenntnisse waren auch nicht eben vom Besten, weshalb er das blaue Schilfmeer falsch als ›Rotes Meer‹ eindeutschte, von wo aus diese Umfärbung ihren Weg in ungezählte andere moderne Sprachen nahm, sogar ins Englische, seit Wycliffs Bibel aus ideologischen Gründen verworfen worden ist.«[159]

Rover

Die ehemalige Tochtergesellschaft von BMW hat nicht etwa ein Herr namens Rover gegründet, der Name kommt vielmehr aus dem Englischen: *Rover* bedeutet »Umherstreifer, Wanderer, Pfadfinder«. Mit dazu gehören Land Rover und Range Rover. Ein *ranger* ist im Englischen ein »Forstaufseher« oder auch »Parkaufseher«. **Land Rover** heißt also – flapsig übersetzt – »Landstreicher« und **Range Rover** – wenn man es böse ausdrücken will – »umherstreunender Forstaufseher«. Gemeint ist mit den Produktnamen die besondere Geländetauglichkeit der Autos.

Rowdy

Autofahrer, die zu dicht auffahren oder andere schneiden, auf der Autobahn rechts überholen oder ähnliches, bezeichnen wir als Verkehrsrowdys. Das Wort *rowdy* kommt aus dem Englischen und taucht erstmalig um 1819 auf im Sinne von »rauhbeiniger Hinterwäldler«, später ging es in die heutige Bedeutung über. Seine Herkunft ist ungeklärt; in der englischen Umgangssprache steht *row* für »Lärm, Krach, Streit«.

Rowenta

Der Name Rowenta steht für Haushaltsgeräte, vor allem Küchengeräte. Der Name geht auf den Firmengründer zurück: Der hieß **Ro**bert **Weintra**ub.

RTL

Der größte bundesdeutsche Privatsender heißt RTL, hat seinen Sitz in Köln und wurde 1984 gegründet. RTL ist natürlich eine

Abkürzung, aber wofür? Die Antwort ergibt sich aus einem Blick in die Geschichte des Senders. Der nämlich hatte seinen Sitz in Luxemburg, war ursprünglich ein reiner Rundfunksender und hieß Radio Luxemburg. Der Sprung in die Welt der bewegten Bilder machte daraus **R**adio **T**elevision **L**uxemburg, kurz RTL.

Rubel

Die russische Währung heißt Rubel. Das bedeutet eigentlich »Stück abgehauenes Holz«. Wie eine Währung zu solch einem Namen kommt? »... die Bezeichnung wurde Anfang des 14. Jh. auf eine Zahlungseinheit übertragen, nämlich auf die Hälfte einer *Griwna*; diese war in Nowgorod ein Silberbarren von 200–250 g Gewicht; die davon abgehauene und gestempelte, als Münze verwendete Hälfte wurde *rubl* genannt, zu rubit ›abhauen, abschneiden‹.«[160]

S

Saab

Wir kennen neben Volvo noch einen weiteren schwedischen Automobilhersteller: Saab. Saab war ursprünglich gar kein Autoproduzent, sondern ein Flugzeugbauer, und der hieß **S**venska **a**eroplan **a**ktie**b**olaget (»Schwedische Flugzeug-Aktiengesellschaft«). Seit 1984 nennt sich Saab Saab-Scania. Der ursprüngliche Lkw-Hersteller **Scania** hat nicht das Wort Skandinavien verändert, um zu einem Namen zu kommen, sondern den Landschaftsnamen um den Firmensitz Malmö latinisiert: Aus Schonen wurde Scania gemacht.

Saba

Saba ist ein deutscher Hersteller von Radios und Fernsehgeräten. Der Name ist einfach zu enträtseln: **S**chwarzwälder **A**pparate**ba**u.

Sabo

Kein Gartenfreund, der Sabo nicht kennt. Sabo ist ein Maschinenhersteller, der auf Gartengeräte aller Art spezialisiert ist und vor allem Rasenmäher und Heckenscheren produziert. Das Unternehmen wurde 1932 von Heinrich Sanner und seinem Partner Walter Born gegründet, der allerdings bereits 1933 die Firma verließ. Bei der Namensgebung war er jedoch noch beteiligt: **Sa**mmer und **Bo**rn wurde verkürzt zu Sabo.

Sachertorte

Die Sachertorte hat ihren Namen von ihrem Erfinder, dem Wiener Hotelier Franz Sacher (1816–1907). Der allerdings begann seine Karriere keineswegs als Hotelier, sondern als Küchenjunge. »Wien, einige Jahre nach dem Wiener Kongreß. Der Fürst Metternich hat zu einem festlichen Empfang geladen. Spät, fast zu spät, teilt man ihm mit, daß sein Konditor erkrankt sei. Ratlosigkeit erst, dann befiehlt der Fürst. Laßt mir den Küchenjungen kommen. Dieser, ein gänzlich unerfahrener Bub, kaum 16 Jahre alt, ist bald geholt. Der Fürst gibt ihm den Auftrag, irgend etwas für die Gäste anzurichten, das die verwöhnten Zungen zu kitzeln vermag. ›Laß dir etwas einfallen!‹ spricht er mit einem Schulterklopfen. Und Franz, der Küchenjunge, läßt sich etwas einfallen. Er mischt Butter, Zucker, Mehl und Eier mit bitterer Schokolade, bäckt das Ganze zu Torten, bestreicht sein Gebäck mit heißer Aprikosenkonfitüre und glasiert mit bittersüßer Schokoladenmasse.
Was hat der Junge damit angerichtet! Nicht nur die versammelte Gesellschaft ist des überschwenglichen Lobes voll, der Ruhm der köstlichen Näscherei dringt im Nu nach draußen: Erst in alle Wiener Kaffeehäuser, rasch verbreitet er sich über ganz Österreich, ja sogar über ganz Europa. Franz Sacher hat die berühmteste Wiener Torte erfunden. Sie wurde schon bald nach ihm benannt. Reporter, die ihn nach dem Rezept befragten, erhielten die Antwort: ›Ach, das sind bloß ein paar zusammengewürfelte Zutaten …‹
Franz Sacher wurde später zum Küchenchef des Fürsten Metternich befördert, in reiferem Alter eröffnete er eine eigene Konditorei, die noch heutigentags (als Hotel, Restaurant und Kaffeehaus) besteht und – wie kann es anders sein – noch immer an der Spitze ihres Schlemmerangebotes die Sachertorte führt.«[161]

Sadismus

Der 14. Juli ist der Nationalfeiertag der Franzosen. Er soll die Erinnerung wachhalten an den 14. Juli 1789, an dem beim Sturm auf die Bastille (»Zwingburg«) sieben Gefangene befreit wurden. Einer von ihnen hieß Donatien Alphonse François Marquis de Sade (1740–1814), und er erbte das Familienamt als Statthalter des Königs in der Provence. Obwohl de Sade sich zunächst sträubte, gelang es einer gewissen Madame de Montreuil, Gattin des Obersteuergerichtspräsidenten, eine ihrer Töchter mit dem Marquis zu verheiraten.

Doch dieselbe Madame de Montreuil sorgte dank bester Beziehungen zum Königshaus später dafür, daß de Sade mehr als zehn Jahre im Knast verbringen mußte. Wie das? Ganz einfach: Wie viele seiner adligen Zeitgenossen nahm de Sade es nicht so genau mit der Treue; er hielt sich Mätressen und hatte sogar ein Techtelmechtel mit der Schwester seiner Frau. Dadurch zog er sich den Haß seiner Schwiegermutter zu und wanderte hinter schwedische Gardinen.

Vor seiner letzten Verhaftung vor 1789 kursierten Gerüchte, auf seinem Stammsitz La Coste fänden (sadistische) Orgien übelster Art statt. 1997 erschienen (anonym) zehn Bände seiner »Nouvelle Justine«; weitere Werke: »Die Marquise de Grange«, »Die Philosophie im Boudoir«, »Die 120 Tage von Sodom«. Auf Betreiben von Napoleon wurde de Sade 1801 verhaftet und 1803 in die Irrenanstalt von Charenton geschafft, in der er am 2. Dezember 1814 starb.

Den Begriff **Masochismus** verdanken wir Leopold Ritter von Sacher-Masoch (1836–1895). Dieser Sacher-Masoch war u.a. Redakteur und Professor, aber auch Schriftsteller, »der seit 1870 Romane und Kurzgeschichten über (...) Männer veröffentlichte, welche Frauen brauchten, die ihnen Schmerz zufügten. Die berühmteste der Geschichten Sacher-Masochs war ›Venus im Pelz‹, die ein für allemal (...) das Rüstzeug des Masochismus festlegte. Wanda, grausam, gebieterisch und pelzbekleidet, lockt ihren Liebhaber Severin in eine Falle, fesselt ihn und erscheint dann vor ihm mit einer Peitsche in der Hand.«[162]

Wissenschaftlich ›geadelt‹ wurde Sacher-Masoch durch den österreichischen Polizeiarzt und Psychiater Richard von Krafft-Ebing, der in seiner »Psychopathia sexualis« (1886) den Begriff Masochismus in die Wissenschaft einführt.

Sagrotan

Das Produkt Sagrotan ist hierzulande fast schon ein Synonym für Desinfektionsmittel. Was heute zur Reckit & Colman Deutschland AG gehört, kam früher aus dem Hause Schülke & Mayr. Bereits 1889 setzte diese Firma ein Desinfektionsmittel gegen Cholera ein. Die Geburtsstunde von Sagrotan ist das Jahr 1913, aber erst nach dem Ersten Weltkrieg fand Sagrotan Eingang in Privathaushalte.
Um den Namen zu erklären, muß man das lateinische *sanus* für »gesund, heil« kennen sowie den damaligen Geschäftsführer von Schülke & Mayr, Arnold Groethuysen. Aus ***sa**nus* und **Gro**ethuysen wird, bereichert um die beliebte Endsilbe -**an**, Sagrotan. Symbolische Verkörperung von Sagrotan ist die griechische Göttin Hygieia, Tochter des Äskulap und Quelle von Gesundheit und Wohlergehen.

Sahara

Der Name Sahara ist arabischen Ursprungs und bedeutet »Wüste«. Kaum weniger bekannt ist die Wüste **Gobi**. Das Wort ist mongolischen Ursprungs und bedeutet »Stein- und Schotterwüste«.

Sakko

Sakko ist ein anderes Wort für Herrenjackett. Über das italienische *sacco* geht das Wort auf das lateinische *saccus* zurück; und das bedeutet »Sack«. Der Zusammenhang ist der, daß im 19. Jahrhundert »der Sakko ein kurzer Männerrock ohne Taille, also gleichsam ›sackförmig‹ geschnitten (war)«.[163]
Das Wort **Taille** kommt aus Frankreich und bedeutet »Schnitt, Zuschnitt, Größe, Wuchs«. Bis 1789 war in Frankreich die Taille die »Steuer der nichtprivilegierten Stände; frz. *taille* bedeutete auch ›Kerbholz‹, d. h. Holz, in das früher Einschnitte als Merkzeichen für Schulden gemacht wurden, aus lat. *talea* ›Stab, stabförmiges Stück‹; die Bedeutung ging dann von dem Stock mit den eingekerbten Schulden auf diese selbst über und wandelte sich dann zu Abgabe, Steuer«.[164]

Die Bezeichnung **Jackett** ist nicht englischer, sondern französischer Herkunft. Was den deutschen der (dumme) Michel, ist den Franzosen der Jacques – ein sehr häufiger männlicher Vorname. Das modische Jackett war ursprünglich eine *jacquette*, also eine »Bauernjacke«. Aus dem englischen Sprachraum kennen wir die **Jacketkrone**, Übersetzung: »Mantelkrone«.

Salami

Viele essen gern Pizza mit Salami. Die Salami-Pizza ist aber in den seltensten Fällen mit Salami belegt, meistens handelt es sich um Plockwurst. Der Fremdwörter-Duden erläutert Salami als »stark gewürzte Dauerwurst« und übersetzt das Wort mit »Salzfleisch, Schlackwurst«. Das italienische Wort *salame* bedeutet dasselbe: »gepökeltes Salzfleisch«. So erklärt sich auch das Wort Dauerwurst: Eine Dauerwurst ist eine Wurst, die so stark mit Salz gepökelt ist, daß sie lange haltbar ist. Manche Quellen behaupten, in einem Kochbuch aus dem Jahre 228 v. Chr. sei die Salami erstmals erwähnt worden; ihr Name gehe zurück auf eine Stadt namens Salamis in der Nähe von Famagusta (Zypern).

Salat

Was wir Salat nennen, heißt bei den Franzosen *salade* und bei den Italienern *insalata*. Das Wort *insalata* bedeutet eigentlich »Eingesalzenes«. Dieselbe Wurzel hat das dem Französischen entnommene und auch heute noch gelegentlich verwendete Wort **Salär** für Gehalt. Früher war Salz selten und teuer. In Frankreich wurden Soldaten deshalb nicht selten mit »Salzgeld« *(salaire)* entlohnt.

Salmonellen

Wer schon mal eine Salmonelleninfektion hatte, weiß, wie quälend das ist: Durchfall ohne Ende – für Kinder, ältere Menschen und Leute mit schwacher Immunabwehr kann eine Salmonelleninfektion sogar lebensbedrohlich sein. Dank Käfig-Intensivhaltung gelten Eier als Hauptübertragungsweg der bakteriellen Infektion.

Ihren Namen verdanken die Salmonellen dem amerikanischen Bakteriologen Daniel E. Salmon (1850–1914). Bakterien sind Kleinstlebewesen, die oft stäbchenförmig sind. So erklärt sich

auch der Name. **Bakterium** kommt vom griechischen *bakteria, baktron* für »Stock, Stab«.
Das Wort Immunabwehr hat ursprünglich mit Gesundheit gar nichts zu tun. Schließlich genießen auch Abgeordnete **Immunität**, d. h., sie dürfen strafrechtlich nur verfolgt werden, wenn das Parlament ihre Immunität (Unantastbarkeit) aufhebt. Diese verdanken wir der Glorious Revolution in England 1688/89. Das lateinische Adjektiv *immunis* bedeutet »frei von Diensten, Abgaben, Steuern«, wobei die Bedeutung »unantastbar« bereits mitschwingt. So erklärt sich die Übertragung auf den Status von Abgeordneten wie auch die Verwendung des Wortes im Sinne von »gefeit gegen Krankheitserreger«.

Samowar

Eines der wenigen Wörter aus dem Russischen, das wir auch in Deutschland kennen, ist *Samowar* für »Teekocher«. Wörtliche Übersetzung: »Selbstkocher«.

Samstag

Auch heute noch sind beide Bezeichnungen üblich: Samstag und Sonnabend. Der Begriff Samstag geht ausnahmsweise nicht auf einen Gott zurück, sondern auf den jüdischen Sabbat (das Wort kommt also aus dem Hebräischen), d. h. den Ruhetag. Der Begriff Sonnabend meint nichts anderes als den Abend vor dem Sonntag. Früher dachten die Leute, der kommende Tag beginne bereits mit dem Abend des Vortages.

San Francisco

Eine der bekanntesten Städte Kaliforniens ist San Francisco, vor allem wegen der 1936/37 erbauten Golden Gate Bridge (»Brücke des goldenen Tores«). San Francisco wurde 1766 als spanische Missionsstation errichtet, die San Francisco de Asis genannt wurde. 1848 traten die Spanier San Francisco an die USA ab. 1906 wurde die Stadt durch das große Erdbeben zerstört und sofort wieder aufgebaut. Die Charta der Vereinten Nationen (UNO) wurde auf der Konferenz von San Francisco (25.4- 26. 6. 1945) beschlossen. Der ursprüngliche Name San Francisco de Asis heißt im Deutschen »Der heilige Franz von Asisi«. Der aber hieß eigentlich gar nicht Franz, sondern Giovanni (Johannes, hebräisch für »Gott ist gnädig«) Bernardone: »Er wurde von seinem Vater Francesco (›Franzose‹) genannt, weil seine Mutter Französin war und weil er gut Französisch sprach.«[165] San Francisco heißt übersetzt also »heiliger Franzose«.

Sandwich

Zwei Brotscheiben, zwischen die Käse oder Fleisch gelegt wird, nennen wir ein Sandwich. An der englischen Aussprache ist unschwer zu erkennen, daß das Sandwich eine englische Erfindung ist. Sie geht zurück auf John Montagu, der seinerzeit der vierte Earl of Sandwich war; er lebte von 1718 bis 1792.
Dieser Earl of Sandwich war verheiratet, unterhielt aber eine sehr produktive Beziehung zu seiner Geliebten, Margaret Reay: Sie gebar ihm vier Kinder. Daneben hatte John Montagu eine ausgesprochene Spielleidenschaft. Anno 1762 soll er einmal rund um die Uhr gespielt haben; dabei ließ er sich oben beschriebene ›Stullen‹ bringen. Da er ein sehr bekannter Mann war, wurde auch diese Marotte bemerkt. John Montagu ist lange tot; sein Name lebt in Form von Sandwiches weiter.
Der Name Sandwich selbst setzt sich zusammen aus Sand und einer Ableitung des lateinischen Wortes *vicus* für »Dorf«. *Sandwich* bedeutet also eigentlich »Sanddorf«.
Das Wort **Marotte** für Angewohnheit oder Macke ist französischer Herkunft und stammt – ebenso wie *mariote* (»durchtriebenes Weibstück«) oder *marionette* – vom Namen Maria und dessen Koseform Marion ab.

SAP

Der weltweit größte Hersteller anwendungsbezogener Software heißt SAP und hat seinen Sitz in Walldorf/Baden. SAP wurde 1972 von fünf ehemaligen IBM-Mitarbeitern gegründet mit dem Ziel, Standard-Anwendungssoftware zu programmieren. Der Aufstieg von SAP war so steil, daß das Unternehmen 1988 in eine Aktiengesellschaft umgewandelt wurde und an die Börse ging. SAP steht für »**S**ysteme, **A**nwendungen, **P**rodukte in der Datenverarbeitung«.

Sarotti

Sarotti-Schokolade kommt aus Berlin und ist eines der ersten Warenzeichen, das beim Kaiserlichen Patentamt zu Berlin eingetragen wurde. Über Bedeutung und Herkunft des Namens Sarotti ist nur wenig bekannt. In Berlin gab es Mitte des 19. Jahrhunderts eine **Confiserie** (»Süßwarengeschäft«) mit dem Namen Felix & Sarotti. Inhaber war ein Herr Neumann. Ende der 70er Jahre des 19. Jahrhunderts übernahm ein Herr namens Hoffmann die Geschäftsführung, erweiterte das Pralinengeschäft zur Schokoladenfabrik und ließ Sarotti als Warenzeichen schützen.

Sauerstoff

Die wichtigsten Bestandteile der Luft sind Sauerstoff und Stickstoff. Den Namen Sauerstoff verdanken wir dem französischen Chemiker Antoine Laurent de Lavoisier (1743–1794). Er taufte ihn Oxygenium (»Säurebildner«), weil er glaubte, Sauerstoff sei in allen Säuren vorhanden. Eine Herr namens Girtanner kam 1791 auf den Namen **Stickstoff** für Nitrogenium, das er ableitete aus dem Wort ersticken, weil man an Stickstoff bekanntlich tatsächlich ersticken kann. Derselbe Girtanner erfand im selben Jahr auch den Namen Hydrogenium für **Wasserstoff**.

Saxophon

Vor allem beim Jazz wird ungern auf das Saxophon verzichtet. Die letzte Silbe *-phon* kommt aus dem Griechischen und bedeutet »Klang«, die erste Silbe verdankt das Saxophon seinem belgischen Erfinder Adolphe Sax (1814–1894).

Schach

Das berühmteste Brettspiel ist bis heute das Schachspiel. Schach ist entgegen anderslautenden Gerüchten keine deutsche Erfindung: »Dieses Spiel (...) wurde angeblich von einem Hindu erdacht, der gegen Ende des 5. Jahrhunderts n. Chr. in Nordindien lebte. Möglicherweise haben es aber auch die Perser erfunden, da diese damals ein ähnliches Spiel spielten und da der Ausdruck ›schachmatt‹ vom persischen *al shah mat* stammt: ›Der König ist tot.‹ Allerdings hat man vor kurzem in der ehemaligen Sowjetunion zwei Schachfiguren aus Elfenbein gefunden, die aus dem 2. Jahrhundert n. Chr.

stammen und so die Theorie von der Entstehung des Spiels in Indien oder Persien in Frage stellen.«[166]

Schäferstündchen

Der Begriff Schäferstündchen für Beischlaf stammt aus dem 18. Jahrhundert und meinte den eher romantischen Aspekt des zwischenmenschlichen Miteinanders. Der deutsche Ausdruck ist eine Übersetzung des französischen *heure du berger*, was dasselbe meint.

Schafskälte

Von Schafskälte sprechen wir bei einem Kälteeinbruch im Juni. Den Begriff gibt's seit dem 19. Jahrhundert, und er kommt daher, daß ein solcher Kälteeinbruch die Überlebenschancen von im Juni geborenen Schafen erheblich vermindert.

Schattenmorelle

Die Schattenmorelle ist eine Sauerkirschart. Der Name hat eine kuriose Herkunft: Er ist eine →Verballhornung des französischen *chateau Morel* (»Schloß Morell«). Der Name **Kirsche** könnte von der kleinasiatischen Stadt Kerasus abstammen. Im Lateinischen wurde daraus *cerasus*, Plural *cerasa*, woraus die Franzosen *cerise* und die Deutschen »Kirsche« machten.

Schildbürger

Ursprünglich wahrscheinlich eine Bezeichnung für Bürger, die einen Schild tragen. Ein 1598 herausgegebenes Volksbuch machte sie zu den törichten Bewohnern des sächsischen Städtchens Schildau (Schilda), die allerlei Narrenstreiche (Schildbürgerstreiche) begehen.

Schillerlocke

Eine Gebäckrolle, die mit Schlagsahne gefüllt ist, nennen wir Schillerlocke. Ihren Namen hat sie tatsächlich von Friedrich Schiller. Der Bildhauer Johann Heinrich von Dannecker fertigte einst eine Büste des Dichters an, und zwar mit zwei herabhängenden Locken. So kam das Gebäck zu seinem Namen.

Schimäre

Ein Hirngespinst oder Trugbild nennen wir eine Schimäre. Schimäre kommt von Chimära, einem Ungeheuer aus der griechischen Mythologie, das Schlange, Ziege und Löwe in einem war. Das griechische Wort *chimaira* bedeutet »Ziege«.

Schlaraffenland

Mit Schlaraffenland assoziieren wir den Ort, an dem Milch und Honig fließen, kurz: das Paradies. Mit der Herkunft des Wortes hat die heutige Bedeutung nichts zu tun. Es kommt von *Slur-Affe* für »fauler Affe« und ist eigentlich also ein Schimpfwort.
Eine Vorform des Begriffs Schlaraffenland taucht bei Sebastian Brant auf, der 1494 im »Narrenschiff« von einem »Schluraffen landt« erzählt; in einer späteren Ausgabe heißt es: »flüsz mit wein, honig und milch, wie man bey uns vom schlauraffenland fabuliert«(1539).[167]

Schneekoppe

Unter dem Label Schneekoppe werden gesundheitsfördernde und diätetische Nahrungsmittel und -zusätze vertrieben. Daß die Firma Schneekoppe ihren Namen von dem höchsten Berg des Riesengebirges hat, der 1602 Meter hoch ist und von dem aus bei guten Sichtverhältnissen der Blick bis nach Schlesien reicht, läßt sich leicht erraten. Fragt sich also nur noch: Wie kommen Nahrungsmittel zu dem Namen eines Berges?
Die Antwort findet sich bei Fritz Klein, der 1953 in Bremen eine Firma namens Schneekoppe gründete, die zunächst lediglich Leinöl und Leinsamen vertrieb. Sie wurde nach Kleins Tod 1965 an das Unternehmen Müllers Mühle verkauft und 1989 von der Eckes AG übernommen. Seit 1996 ist Schneekoppe im Besitz der Laurens Spethmann Holding.
Zurück zu Fritz Klein. Der wurde 1889 in einem Dorf bei Breslau geboren; schon früh war er so fasziniert von der Schneekoppe, daß er, als es die Familie nach dem Zweiten Weltkrieg nach Bremen verschlug und die Idee zum Vertrieb gesundheitsfördernder Nahrungsmittel geboren wurde, auf den Namens des Berges als Firmennamen zurückgriff.

Schrapnelle

Das Wort Schrapnell(e) ist heute neben einer Bezeichnung für Splittergeschosse aller Art auch ein Synonym für eine ältere Frau oder Prostituierte oder auch für ein häßliches Mädchen. Die Übertragung ist nicht sicher geklärt, aber es läßt sich vermuten, daß die Vagina als Hohlkörper der Grund für die Bedeutungsübertragung ist. Eine Schrapnell(e) nämlich ist eigentlich ein mit Bleikugeln gefülltes Hohlgeschoß, das erst kurz vor dem Ziel explodiert. Dieses Geschoß verdankt seinen Namen seinem Erfinder, dem britischen Artillerieoffizier Henry Shrapnel (1761–1842).

Schrebergarten

Die offizielle Definition von Schrebergärten lautet: »kleine, außerhalb von Wohngebieten gelegene Gartenparzellen, meist mit Laube, zur Selbstversorgung mit Gemüse, Obst und Schnittblumen«.[168] Namensgeber ist ein Arzt aus Leipzig mit Namen Daniel Gottlieb Moritz Schreber (1808–1861), der ab 1844 Leiter einer orthopädischen Heilanstalt war. Er erfand Spielplätze mit Beeten für Kinder und Gärten für Erwachsene.

»Er glaubte nämlich, im Kleingarten ein gutes Mittel gefunden zu haben, die Kinder aus den Hinterhöfen und von den schmutzigen Straßen wegzubekommen und den Familien durch den Anbau von Obst ein wenig Aufbesserung der Nahrung zu verschaffen. Die Idee wurde von seinem Freund, dem Lehrer Ernst Innozenz Hauschild, 1864 durch die Gründung eines ›Schrebervereins‹ in die Tat umgesetzt – die ersten Kleingärten, die man bald in ganz Deutschland und in der Schweiz ›Schrebergärten‹ nannte, entstanden allerdings erst um 1870, also neun Jahre nach Schrebers Tod.«[169] Das interessante an diesem Mann aber ist, daß er ein begnadeter Pädagoge war. »Dem Heile künftiger Geschlechter« gewidmet, schrieb er unter anderem ein Buch mit dem Titel: »Das Buch der Erziehung an Leib und Seele. Für Eltern, Erzieher und Lehrer«. Schreber war als Orthopäde Anhänger einer kerzengeraden Haltung. Um diese zu erreichen, erfand er geeignete Geräte zur Kindererziehung, wie ein Schulterband, ein Kinnband und einen »Geradhalter«, »der sich nach mehrfachen Proben an seinen eigenen Kindern und an den Pfleglingen seiner Heilanstalt (...) am zweckmäßigsten bewährt hat«.[170] Auf derselben Seite vergißt

Schreber nicht folgenden nützlichen Hinweis: »Der Mechanikus Joh. Reichel in Leipzig verkauft den Geradhalter (einschließlich gedruckter Gebrauchsanweisung) für 4 Mark 50 Pf.«

Doch Doktor Schreber hatte wenig Glück mit seinen Erziehungsmethoden: Der ältere seiner Söhne, Daniel Gustav, beging mit 38 Selbstmord, und der zweite – der hieß Dr. jur. Daniel Paul Schreber und brachte es zum sächsischen Senatspräsidenten – landete für dreizehn Jahre in der Irrenanstalt. Letzterer schrieb ein Buch, das 1903 unter dem Titel »Denkwürdigkeiten eines Nervenkranken« erschien und Sigmund Freud zu der Untersuchung »Der Fall Schreber« animierte. Er soll in der psychiatrischen Literatur der am häufigsten zitierte Patient sein.

Seit dem Fall der Mauer kennt man auch in den alten Bundesländern Begriffe wie **Datsche** oder **Datscha**. Der russische Ausdruck *datscha* steht für »Wochenendhaus«. Ursprünglich war die Datsche wohl immer ein Geschenk, denn im Altrussischen bedeutet das Wort »Geschenk (eines Fürsten)«.

Schüco International

Der Name Schüco steht für Fenster und Fassaden aus Kunststoff und Aluminium, aber auch für Lichtdächer. Das Bielefelder Unternehmen ist in mehr als dreißig Ländern dieser Welt vertreten. Seine Anfänge nahm die Firma im Jahre 1951 in Porta Westfalica. Heinz Schürmann gründete ein Unternehmen mit dem Namen Schürmann & Co, abgekürzt Schüco. Erste Produkte des Kleinbetriebs waren Markisen und Rollgitter für Schaufenster.

Schule

Da die alten Germanen keine Schule kannten, ist Schule ein Lehnwort, und zwar aus dem Lateinischen. Dort bedeutet *schola* »Vortrag, Vorlesung, Schule«, aber auch »Hausgesinde« und »Dienerschaft«. Der Begriff ist eigentlich griechischer Herkunft: *Schole* heißt »freie Zeit, Arbeitspause, Muße«; im Lateinischen ist »Muße« *otium* und das Gegenteil *negotium* für »Obliegenheit, Aufgabe, schwieriges Geschäft«. Die von Geschäften und Arbeit unbelastete Zeit galt den alten Griechen und Römern als etwas Wertvolles, als Zeit, sich mit den schönen Dingen zu beschäftigen: Kunst, Musik und Philosophie.

Schulranzen

Der Schulranzen geht begrifflich auf das Wort Ranzen zurück, dessen Herkunft jedoch unklar ist. Es taucht erstmals in der Gaunersprache des 16. Jahrhunderts auf und meinte als »Rantz« einen Brotsack bzw. einen Tragesack. Daneben gab es ab Ende des 17. Jahrhunderts den Begriff »Ranzen« für »Bauch« und noch ein Jahrhundert später für »Buckel«. Der Schulranzen als auf dem Rücken getragener Tragesack – das macht doch Sinn, oder?!
Ein anderes Wort für Ranzen ist **Tornister**. Der Begriff Tornister geht zurück auf das mittelgriechische Wort *tagistron* für »Futtersack für Pferde«.

schwänzen

Was offiziell »schuldhaft versäumter Unterricht« genannt wird, heißt umgangssprachlich schwänzen. Das Wort hat mit dem Substantiv Schwanz nichts zu tun. Es kommt von schwanken im Sinne von umherschlendern. Bekannt ist es seit dem 16. Jahrhundert; im 18. Jahrhundert nahm es in der Schüler- und Studentensprache die heutige Bedeutung an.

Schwarzes Meer

Ist nicht schwarz, sondern blau, heißt aber Schwarzes Meer. Dazu eine nette Geschichte: »Das Schwarze Meer nannten bereits die alten Iraner wegen seiner dunklen Nebel so, nämlich *axsaéna* gleich ›dunkel‹. Daraus machten um 700 n. Chr. einwandernde griechische Neusiedler aus Milet *pontos axeinos* gleich ›ungastliches (düsteres) Meer‹. Um durch diesen Namen die Meeresgötter nicht unwillig und damit ungnädig zu stimmen, wandelten die Abergläubischen *axainos* in *euxeinos* um gleich ›gastlich‹, Pontos Euxeinos gleich gastliches Meer, also ein Euphemismus zur Abwehr gefährlicher Strafaktionen beleidigter Götter.
Weniger abergläubisch waren offenbar jene alten Germanen, über die das iranische Wort als ›schwarz‹ eingedeutscht wurde, ebenso wie die Russen *tschernoje morje*, Türken einschließlich der Osmanen *kara deniz*, Italiener *mar nero* und Franzosen *mer noire* sagen: obwohl doch ihre Kultur- und Sprachahnen, die Römer, der griechischen Haltung anhingen: *pontus euxenus*.«[171]

Schweinepriester

Wenn man jemanden beleidigen will, nennt man ihn mitunter Schweinepriester. Dabei gibt es gar keine Schweinepriester. Das Wort kennen wir seit dem 19. Jahrhundert, die Erklärung ist einfach: »Meint eigentlich den in klösterlichen Diensten stehenden Schweinehirten, der auch die Kastration der Ferkel vornahm.«[172]

Schweizer Offiziersmesser

Es ist rot, trägt im Original ein Schweizerkreuz und hat in der Maxiversion 64 Teile und 33 Funktionen. Das Schweizer Offiziersmesser heißt natürlich Offiziersmesser, weil es zur Ausrüstung der Schweizer Armee gehört. Denkste! Die Messer der Schweizer Armee sind entweder chromfarben oder olivgrün, keineswegs aber rot.

Das »Swiss Army Knife« stammt aus einer Fabrik, die 1884 in Ibach (Kanton Schwyz) vom Hutmachersohn Karl Elsener gegründet wurde und auch heute noch in Familienbesitz ist. Die ersten Messer hießen folgerichtig Elsener. Seit 1909 heißt die Firma **Victorinox**: Elseners Mutter hieß Victoria, und der Stahl, aus dem die Messer bis heute hergestellt werden, hat die Bezeichnung Inox. **Victori**a + **Inox** = Victorinox.

Bei Victorinox werden täglich mehr als 34 000 Schweizer Offiziersmesser hergestellt, 90 Prozent davon gehen in den Export. Den Prototyp dieses Messers gibt es seit dem 12. Juni 1897, und seit 1909 ist es erkennbar am Schweizer Wappen.

Schweppes

Auf jedem Schweppes-Etikett steht: »Indian Tonic Water. Limonade, chininhaltig«, und jeder hält Schweppes für ein urenglisches oder gar indianisches Erfrischungsgetränk. Hersteller ist die »Soft Drink Manufacturers Schweppes Ltd. London. Famous since 1783«.

Doch eigentlich müßte der Name mit dem angelsächsischen Genitiv, also »Schweppe's water« geschrieben werden, denn wir verdanken das Getränk einem Jean Jacob Schweppe. Der aber war kein Brite, sondern ein Hesse aus Witzenhausen. Dort hatte er eine kleine Silberschmiede nebst Uhrmacherei. 1765 erfand er eine Maschine, die normales Wasser zu Sprudel machte, und gründete

1783 in der Drury Lane in London seine Fabrik für Sodawasser. Den Grundstoff seines Getränks führt er zunächst auch noch aus Hessen ein – aus Selters, aber auch zu dem seinerzeit zu Hessen gehörenden Pyrmont.
Der Name **Limonade** verdankt sich der Limone, einer Zitronenart, deren Name aus dem Persischen kommt. **Tonic** heißt Stärkungsmittel, und **Chinin** ist ein fiebersenkendes Mittel, das 1820 von P. J. Pelletier und J. B. Caventou chemisch isoliert wurde, und zwar aus der Chinarinde, von der es denn auch seinen Namen hat.

schwul

Das Wort schwul ist uralt und meinte früher »beklemmend« oder »feucht und heiß«. Anfang des 18. Jahrhunderts wurde aus dem U ein Ü und schwul zu schwül, also zu dem Wort, das wir auch heute noch für drückende und feuchte Hitze verwenden. Anfang des 20. Jahrhunderts wurde die Ursprungsform wiederentdeckt und für männliche Homosexuelle verwendet. Vermutlich gibt's da einen Zusammenhang zum Begriff »warmer Bruder« für Schwule.
Über die Herkunft der Wörter »Tunte« und »Schwuchtel«, die Homosexuelle meinen, die sich übertrieben weiblich verhalten, ist wenig bekannt. **Tunte** geht vermutlich auf Tante zurück. Bis weit in die 80er Jahre wurden männliche Homosexuelle auch als 175er bezeichnet, was auf den Paragraphen 175 des Strafgesetzbuchs anspielt, nach dem männliche Homosexualität unter Strafe gestellt war. Während der sozialliberalen Koalition 1969 bis 1982 wurde dieser Paragraph erheblich liberalisiert und 1994 gänzlich abgeschafft und durch das Kapitel »Verstöße gegen das Recht auf sexuelle Selbstbestimmung« ersetzt.
Den Begriff **Lesbe** für weibliche Homosexuelle verdanken wir einer griechischen Insel. Sie heißt Lesbos. Auf dieser Insel lebte um 600 v. Chr. eine Dichterin namens Sappho, die in Liedern die Gemeinschaft von Mädchen und jungen Frauen anpries.
Es gibt in der deutschen Sprache die aus dem studentischen Sprachgebrauch kommende Wendung »in **Schwulitäten** kommen«, die da meint: in Schwierigkeiten kommen. Mit Homosexualität hat dieser Begriff nichts zu tun, sondern mit der Ursprungsbedeutung »schwul« für »beklemmend«. Wer in Schwie-

rigkeiten kommt, d. h. in Verlegenheit gerät, fühlt sich oft ganz schön eingeklemmt, oder?!

Scotland Yard

Nicht erst seit Jerry Cotton ist Scotland Yard (deutsch: »schottischer Hof«) auch hierzulande als Name der Londoner Kriminalpolizei bekannt. Die Londoner Kripo als schottischer Hof? Die Erklärung ist recht simpel: Das Londoner Polizeigebäude lag früher in direkter Nähe zum schottischen Residenzhof.

Scrabble

Das bekannteste Spiel um Buchstaben und Wörter dürfte Scrabble sein. Dazu eine kleine Geschichte: »Ebenso wie Charles Darrow, der Erfinder von → Monopoly, war Alfred Butts, der Erfinder des Scrabble, im Zug der großen Wirtschaftskrise arbeitslos geworden. Anders jedoch als Darrow, der Armut in ein Spiel übersetzte, bei dem man ein Phantasievermögen erwerben kann, amüsierte sich Butts in seiner Wohnung mit reiner Wirklichkeitsflucht und übertrug die nationale Begeisterung für Kreuzworträtsel in ein anspruchsvolles Brettspiel, dem er die Bezeichnung ›Criss Cross‹ (Kreuz und quer) gab. In seiner Version von 1931 bestand dieses Spiel aus 100 Holzplättchen, die jeweils einen Buchstaben des Alphabets trugen. Doch bis er die Regeln des Spiels endgültig formuliert und die Punktwerte der einzelnen Buchstaben aufgrund der Häufigkeit festgesetzt hatte, benötigte Butts noch fast zehn Jahre. Alfred Butts hatte keine Eile. Denn Criss Cross diente allein der Unterhaltung im Kreis der Familienangehörigen und Freunde. Es war einer dieser Freunde, James Brunot aus Newton, Connecticut, der Butts im Jahr 1948 vom kommerziellen Potential des Spiels überzeugte und ihn bewog, es als ›Scrabble‹ schützen zu lassen. Scrabble weckte bei einem Probespiel das Interesse der Spielwarenhersteller Selchow & Righter, die bereits mit einem anderen Spiel einen großen Erfolg errungen hatten. Ähnlich wie Parker Brothers bei Monopoly nur an einen vorübergehenden Modetick geglaubt hatten, waren Selchow & Righter überzeugt, daß Scrabble, als kurzlebiges Abfallprodukt des Kreuzworträtsels, höchstens zwei Jahre lang Konjunktur haben würde. Statt dessen wurde es in den Vereinigten Staaten nach Monopoly das am meisten verkaufte

Brettspiel aller Zeiten und hat diesen Platz bis zum heutigen Tag behauptet. Das Spiel erschien in mehr als einem halben Dutzend Sprachen und sogar in einer Blindenschriftversion.«[173]
Der Name Scrabble kommt aus dem Englischen: *To scrabble* bedeutet »scharren, kratzen, herumsuchen«. Die Blindenschriftversion ist natürlich in **Braille** geschrieben; sie besteht aus Punkten, die sich aus Pappe höckerförmig hervorheben. Erfunden hat sie der Franzose Louis Braille (1809–1852), der das 12-Punkte-System eines Herrn namens C. Barbier durch ein 6-Punkte-System ersetzte.

Seat

Der spanische Automobilhersteller, der heute zum Volkswagenkonzern gehört, verdankt seinen Namen der Verkürzung des eigentlichen Namens: **S**ociedad **E**spañola de **A**utomobiles de **T**urismo (»Spanische Gesellschaft für Tourenautos«).

Sebamed

Sebamed steht für Produkte aus dem Bereich der medizinischen Haut- und Körperpflege. Sebamed ist ein Kunstname, gebildet aus den lateinischen Wörtern *subum* für »(Haut)Talg« und *medicus* für »heilend«, Übersetzung von Sebamed: »hautheilend«. Klingt halt nicht so gut wie Sebamed.

Seborin

Seborin ist ein Haarwaschmittel, das speziell Schuppen erfolgreich bekämpfen soll. Seborin ist gebildet aus dem lateinischen *sebum* für »Talg« und dem griechischen *rhein* für »fließen«.

Seife

Da Hygiene nicht nur in unseren Breitengraden eine vergleichsweise junge Errungenschaft ist, fragt sich, wie die Deutschen zur Seife kamen. Das althochdeutsche Wort *seifa* bedeutet »Harz«. Im lateinischen heißt »Seife« *sapo*. Die Seife ist aber keine römische, sondern erstaunlicherweise eine Erfindung unserer gallisch-germanischen Vorfahren. »Seife (...) besteht nach Plinius aus Talg, Asche und Pflanzensäften und dient zunächst, offenbar aus kultischen Gründen, zum Rotfärben der Haare vor dem Kampf.«[174]
Zur Geschichte der Hygiene in Mitteleuropa folgende Anekdote:

»Spätestens um 500 n. Chr. war Schluß mit dem Luxus der römischen Bäder. Seit dem Niedergang des römischen Reiches – als die eingedrungenen Barbaren die aus Ziegelmauern errichteten Bäder und Aquädukte zerstörten – bis ins späte Mittelalter waren Bäder und Reinlichkeit überhaupt kaum bekannt. Nach der maßgeblichen christlichen Lehre sollten alle fleischlichen Bedürfnisse soweit wie möglich unterdrückt werden, und ein Vollbad, das den menschlichen Körper ganz und gar unverhüllt zeigte, bedeutete eine Versuchung und galt deshalb als sündig – eine Auffassung, die im größten Teil Europas vorherrschte. Das Untertauchen bei der Taufzeremonie war für viele Menschen einer der seltenen Anlässe zu einem Bad in ihrem Leben. Ersatzweise bespritzten sich die Reichen mit Parfüm. (...)
Christliche Prüderie im Verein mit abergläubischen Vorstellungen über die gesundheitsschädliche Wirkung eines Bades machten der körperlichen Hygiene in jeder Form ein Ende. Jahrhundertelang grassierten Krankheiten, ganze Dörfer und Kleinstädte fielen Epidemien zum Opfer. In Europa verschärften die Auswirkungen der Reformation die Mißachtung der Körperhygiene noch weiter. Protestanten und Katholiken überboten einander in dem Bemühen, allen Versuchungen des Fleisches zu entgehen, und setzten ihre Haut zeitlebens nur einem absoluten Minimum an Wasser und Seife aus.«[175]

Über die Geschichte der Seife findet man folgendes: »Vor etwa 4000 Jahren reinigten die Hethiter Kleinasiens ihre Hände mit der in Wasser gelösten Asche des Seifenkrauts. Zur selben Zeit stellten die Sumerer in Ur Alkalilösungen her, um ihren Körper damit zu waschen. Genaugenommen handelte es sich bei keiner der beiden Substanzen um Seife – sie wurde erst um 600 v. Chr. von den seefahrenden Phöniziern entdeckt –, obwohl sie ihr schon sehr nahe kamen. Bei dem Verfahren, das wir heute als Verseifung bezeichnen, kochten die Phönizier Ziegentalg, Wasser, Asche mit einem hohen Gehalt an Kaliumkarbonat, ließen die Emulsion eindampfen und erhielten auf diese Weise eine feste, wachsartige Seife.«[176] Der Begriff **Hygiene** ist im 18. Jahrhundert gebildet worden aus dem griechischen *hygieinos* für »heilsam, der Gesundheit zuträglich«.

Seiko

Die Name Seiko steht für Uhren aus Japan. Das Wort Seiko ist gebildet worden aus dem ursprünglichen Namen des Uhrenherstellers: Seikosha. Seikosha ist eine Wortschöpfung aus *sei* für »fein«, *ko* für »Fabrik« und *sha* für »Institut«.

Sekretärin

Die Sekrete der Sekretärin sind top-secret, auch für den **Staatssekretär** – und zwar selbst dann, wenn er nicht an seinem Sekretär sitzt und Unterschriften ›absondert‹. Fünf Wörter, die alle auf den Begriff **Sekret** zurückgehen, das nichts anderes als »Absonderung« bedeutet. Die Lösung des Rätsels liegt darin, daß man »absondern« auch im Sinne von »geheimhalten« verstehen kann. Das lateinische Wort *secretum* heißt übersetzt »Abgeschiedenheit, Einsamkeit, Geheimnis«, auch »Frauengemach«.
Vor dem Aufkommen der Berufstätigkeit der Frau jenseits von Familie, Haus und Hof waren Sekretäre männlichen Geschlechts; sie waren Vertraute, Schreiber von Bischöfen und Adligen. Da Sekretäre an Tischen arbeiten müssen, entstand auch der Begriff **Sekretär** für Möbelstück mit Schreibmöglichkeit.

Sekt

Die deutsche Übersetzung des französischen Wortes **Champagner** (benannt nach der Landschaft Champagne) lautet »Schaumwein«, weil er mit Kohlensäure versetzt wird und deshalb prickelt. Kaum jemand aber sagt Schaumwein, gebräuchlicher ist die Bezeichnung Sekt.
Das Wort Sekt hat in Deutschland dem Vernehmen nach der Schauspieler Ludwig Devrient eingeführt. Als Schauspieler recht literaturkundig, pflegte er in seinem Stammlokal, der Berliner Weinstube von Lutter und Wegner, gern Shakespeares »König Heinrich IV.« zu zitieren, und zwar den Falstaff, der *»a cup of sack«* bestellte, in der Übersetzung von Schlegel: »ein Glas Sekt«.
Von Berlin aus machte das Wort Sekt ruck, zuck Karriere und wurde 1862 erstmals wissenschaftlich registriert. Das deutsche Wort »Sekt« wie das englische *sack* gehen zurück auf französisch *vin sec* für »trockenen, herben Wein«.

September

Der Name kommt von *septem*, dem lateinischen Ausdruck für die Zahl »sieben«. Der neunte Monat als der siebte? Bei den Römern begann das Jahr ursprünglich mit dem März; auch nach der julianischen Kalenderreform wurde für den September die alte Zählung beibehalten.

Seramis

»Granulat als Humusersatz für Topfpflanzen. Das Wort ist eine Vereinfachung aus dem Namen der legendären assyrischen Königin Semiramis, deren ›Hängende Gärten‹ (Terrassengärten) eines der sieben Weltwunder der alten Welt waren.«[177]

Shampoo

Jeder greift beim morgendlichen Duschen zum Haarwaschmittel, aber keiner nennt es Haarwaschmittel, sondern Shampoo – ist schließlich kürzer. Der Ausdruck Shampoo ist zwar englisch, kommt aber eigentlich aus Hindustan. Das hindustanische Wort *chhampna* bedeutet »kneten, massieren«.

Shell

In Hamburg residiert die Deutsche Shell Aktiengesellschaft, deren Muttergesellschaft die 1907 entstandene Royal Dutch Shell mit Sitz in Den Haag und London ist. Das Logo der Shell AG ist eine »Muschel« (englisch *shell*). Dabei vertreibt die Shell AG weder Muscheln, noch gibt es einen Zusammenhang zwischen Erdöl und Muscheln. Die Muschel als Logo und Firmenname erklärt sich daraus, daß der Firmengründer Marcus Samuel jun. sein Unternehmen The Shell Transport and Trading Comp. Ltd. nannte – und zwar deshalb, weil er seinem Vater Marcus Samuel, der im Jahre 1833 im Londoner East-End einen kleinen Laden eröffnet hatte und dort mit Antiquitäten, aber auch mit außergewöhnlichen beziehungsweise orientalischen Muscheln handelte, ein Denkmal setzen wollte.

Die Deutsche Shell AG wurde 1902 gegründet und hieß ursprünglich Benzinwerke Rhenania (deutsch »rheinische«) G. m. b. H. und hatte ihren Sitz in Düsseldorf. 1919 wurde in Monheim die erste Raffinerie eingeweiht, und die erste Tankstelle der Benzinwerke Rhenania öffnete 1924 in Neuss – sie hatte nur eine einzige Benzinpumpe. Die Umbenennung in Deutsche Shell AG erfolgte 1947. Die Muschel als Logo gibt es seit 1900, ihre heutige Form seit 1971; das Design stammt vom amerikanischen Industriedesigner Raymond Loewy. Die Muschel von Shell ist heute in über 160 Ländern dieser Welt als Warenzeichen vertreten.

Sherry

Was meistens Sherry genannt wird, heißt offiziell Aperitif- oder Dessertwein. Sherry gibt's von *dry* (»trocken«) bis *cream* (»süß«). Der Sherry stammt ursprünglich aus der Spanischen Stadt Jerez de la Frontera und wurde deshalb »Jerez-Wein« genannt. Die Engländer, über die der Sherry nach Deutschland kam, verkürzten »Jerez-Wine« zu »Sherry«.

siamesische Zwillinge

Zwillinge, die körperlich miteinander verwachsen sind, nennen wir siamesische Zwillinge. Siam ist ein altes Wort für Thailand. Der Begriff geht zurück auf die siamesischen Zwillingsbrüder Chang und Eng Bunkes (1811–1874), die als medizinisches Phämomen in den Wortschatz der medizinischen Wissenschaft eingingen.

Sibirien

Das riesige Gebiet im Osten Rußlands verdankt seinen Namen nicht den Russen, sondern den Tataren. Die frühere Hauptstadt Sibiriens hieß Sibir und lag in der Nähe von Tobolsk. In der Sprache der Tataren bedeutet *sibir* nichts anderes als »zerstreutes Volk«.

Sidroga

Diese Marke steht für Gesundheits- und Arzneitees aller Art. Ursprungsfirma ist die Siegfried AG, und so erklärt sich auch der Name: **Si**egfried **Dro**gen-**Ga**rten.

Siku

Die Firma Siku wurde 1921 von Richard Sieper gegründet und produzierte zunächst Kämme, Zugabeartikel und Andenken. Nach dem Zweiten Weltkrieg begann das Unternehmen dann mit der

Herstellung von Plastikspielzeug: Autos, Straßenbahnen, Figuren, Zelte, Telefon- oder Einkaufshäuser. 1950 wurde Siku als Warenzeichen eingetragen. 1963 begann man dann mit der Herstellung von den Zinkdruckgußautos, für die die Marke Siku heute steht. Ihr Name ist einfach erklärt: **Si**eper-**Ku**nststoffe.

Silhouette

Silhouette für »Schattenriß« ist unschwer als französisches Wort zu erkennen, war aber eigentlich ein Name: Étienne de Silhouette (1709–1767). Er war unter König Ludwig XV. Finanzminister und bekannt für seinen eisernen Willen, zu sparen. So ließ er in seinem Schloß sämtliche Ölgemälde entfernen und durch sehr viel preiswertere Scherenschnitte ersetzen. Ruck, zuck bürgerte sich vor allem in Kreisen des Adels die Wendung »à la Silhouette« für Schattenrisse, aber auch für alles Billige generell ein.

Silit

Kochgeschirr kommt von Silit. Die Firma produzierte ursprünglich vornehmlich emaillierte Kochtöpfe; ein Hauptbestandteil der Emaille ist **Sili**zium-Dioxi**d**, und das wurde verkürzt zu Silit.

Silvester

313 n. Chr. glaubte der römische Kaiser **Konstantin** (»der Standhafte«), er habe die Schlacht gegen seinen Rivalen Maxentius gewonnen, weil ihm am Himmel ein Kreuz erschienen sei mit der Aufschrift »Durch dieses siege!«. Daraufhin erließ er das Toleranzedikt von Mailand, mit dem die beispiellose Karriere des Christentums im Abendland begann.
Von 314 bis 335 regierte der **Papst** (»Vater«) und spätere Heilige Silvester I., der am 31. Dezember Namenstag hatte. So kam dieser Tag zum Namen Silvester. Silvester bedeutet »waldig, im Walde lebend, wildwachsend, roh«.

Sinalco

Sinalco ist eine Limonade, die man Sinalco genannt hat, weil sie keinen Alkohol enthält: Sinalco steht für lateinisch **sin**e (»ohne«) **Alco**hol.

Single

Seit vor allem in den Städten immer mehr Menschen allein leben, stoßen wir immer wieder auf den englischen Begriff *single*; er bedeutet »einzeln, ledig«. Für dessen männliche Version kennen ältere Semester noch das Wort **Junggeselle** in der Bedeutung unverheirateter Mann – in einem Alter, in dem er eigentlich schon verheiratet sein müßte.

Fast vergessen ist die Bezeichnung Junggeselle für einen Mann, der nach Lehre und Gesellenprüfung ein »junger Geselle« ist. Dazu eine kleine Geschichte: »Der junge Johann Sebastian Bach ging 1705 zu Fuß nach Lübeck, um den berühmten Dietrich Buxtehude, Kantor bei Sankt Marien, die Orgel spielen zu hören. Er war so hingerissen, daß er vier Monate blieb. Man bot ihm an, Nachfolger des großen Meisters zu werden, wenn er dessen Tochter heiratete. Vor Bach hatten schon drei Bewerber diese Offerte abgelehnt. Auch dem jungen Mann aus Eisenach war der Preis zu hoch. Es ist einfach, solche Verkoppelung von Amt und Eheschließung zu tadeln. Doch sie war noch zu Bachs Zeiten die einzige Möglichkeit für einen wohlmeinenden und vorsorgenden Vater, seiner Tochter einen Mann, und das bedeutete einen Ernährer, zu verschaffen.«[178]

Im Mittelalter waren die Handwerker in Zünften organisiert, die Löhne, Preise, Qualität der Produkte, Zahl der Gesellen, Versorgung der Zunftmitglieder, Ausschaltung der Konkurrenz und dergleichen regelten. Gesellen – Lehrlingen sowieso – blieb es im Regelfall versagt, zu heiraten; es sei denn, sie heirateten die Witwe eines Meisters. Der Geselle blieb also Junggeselle. Nach der Beseitigung der Heiratsbeschränkungen durch die preußischen Reformen Anfang des 19. Jahrhunderts blieb uns der Begriff Junggeselle in der heutigen Bedeutung erhalten.

Sioux

Einer der bekanntesten Indianerstämme Nordamerikas sind die Sioux-Indianer, berühmt geworden vor allem durch die Bücher von Karl May. Der Name Sioux ist eine klassische Verballhornung: Der Indianerstamm der Chippewa nannte »die Irokesen ›die echten Nattern‹ und die Sioux ›die kleinen Nattern‹ oder ›Nadoweisiw-eg‹ (...). Die Franzosen, die auf letztere Bezeichnung stießen, verstümmelten das Chippewawort (›Nadowe-is-iw‹ im Singular) und machten ›Sioux‹ (sprich: Ssu) daraus.«[179]

Sirene

Das Duden-Fremdwörterbuch übersetzt Sirene mit »Anlage zur Erzeugung eines Alarm- oder Warnsignals«. Wir Deutschen haben den Begriff von den Franzosen übernommen, die ihn seit 1820 verwenden, und zwar zunächst für einen Apparat, der unter Wasser Töne maß bzw. auch erzeugte. Damit ergibt sich auch der Zusammenhang zum eigentlichen Ursprung: Bei den alten Griechen waren Sirenen Sagengestalten, Mädchen mit dem Körper eines Vogels, die mittels ihres betörenden Gesanges Seeleute auf die Insel lockten, um diese nach Art der Vampire umzubringen. Das Wort Sirene im Sinne von »schöne Frau, die Männern den Kopf verdreht«, war früher recht bekannt; diese Bedeutung ist aber ausgestorben. Last not least: »Sirenen« oder »Sirenia« wird auch die Abteilung »Seekühe« in der Biologie genannt. Der Begriff **Vampir** ist slawischen Ursprungs und bedeutet »Ungeheuer«.

Skat

Was hat die Charta der Vereinten Nationen mit dem Skatspiel zu tun? Nichts und doch sehr viel. Im Italienischen heißt *carta* »Papier« oder auch »Landkarte«, und *scarto* bedeutet »wegwerfen« oder »Ausschuß«. Im Falle der Charta der Vereinten Nationen oder auch der Magna Charta ist der Begriff für das Papier übergegangen auf den Inhalt des Dokuments selber im Sinne von »Urkunde«. Beim Skatspiel hat sich aus der italienischen Bezeichnung für das »Ablegen« *(scarto)* von Karten der Name des Spiels entwikkelt. Das Skatspiel kam 1815 über Altenburg nach Deutschland, und die Stadt in der Nähe von Leipzig ist noch heute bekannt für die Herstellung von Spielkarten.

Ski

Die beliebten Bretter, auch Schi geschrieben, sind eine skandinavische Erfindung und waren ursprünglich nichts anderes als Schneeschuhe, d. h. Schuhe mit einem kleinen Brett drunter, damit man im Schnee nicht einsank. Das Wort Ski entwickelte sich aus dem altnordischen *skio* für Schneeschuh oder Holzscheit.

Diese Schneeschuhe lassen sich bis in die Zeit von vor 5000 Jahren nachweisen. Mitte des 19. Jahrhunderts wurde der Skisport im norwegischen Telemarken von Bauern erfunden und im ausgehenden 19. Jahrhundert nach Mitteleuropa und in die Alpen exportiert. Ende des 20. Jahrhunderts wird der **Carving-Ski** populär. Seinen Namen verdankt er dem englischen *to carve* für »schneiden«.

Skip

Der Name Skip steht für ein Waschmittel im Baukastensystem: Man sucht sich die Mittel aus, die für die jeweilige Wäsche benötigt werden. Der Name kommt vom englischen *to skip* für »hüpfen, springen«. Mit Skip kann man Waschsubstanzen, die gerade nicht benötigt werden, sozusagen überspringen.

Skoda

Was sich heute Skoda nennt und zum Volkswagen-Konzern gehört, heißt eigentlich gar nicht Skoda, sondern L & K. Die heutige Autoschmiede wurde 1894 gegründet, und zwar von dem Fahrradmechaniker Václav Laurin und dem Buchhändler Václav Klement, daher der Name L & K. Firmensitz ist die böhmische Stadt Mladá Boleslav (Jungbunzlau).
L & K stellte zunächst Fahrräder und Motorräder her. 1905 stieg das Unternehmen in den Automobilbau ein. In den 20er Jahren geriet die Firma in finanzielle Schwierigkeiten: Die Suche nach einem finanzkräftigen Partner hatte Erfolg: L & K wurde von dem in Pilsen ansässigen Skoda-Konzern übernommen – einem Unternehmen der Metall- und Schwerindustrie. Dieses Unternehmen hatte der Graf von Waldstein als Eisenhütte gegründet, 1869 kaufte sie der damalige Direktor, Emil Skoda, auf. Seit 1991 gehört Skoda zu VW. *Skoda* ist ein tschechisches Wort, das im Deutschen »schade« bedeutet.

Slogan

Ein Slogan ist ein Werbespruch; das Wort ist in der ersten Hälfte des 20. Jahrhunderts aus England zu uns herübergeschwappt, kommt aber aus den schottischen Highlands, und zwar von *slogorne*, das nichts anderes als »Schlachtruf im Krieg« bedeutet.

Smoking

Wenn's auf einem Ball oder Fest so richtig schick zugeht, ist für die Herren der Smoking obligat. *Smoking* ist englisch und bedeutet »rauchend«. Wie kommt also ein festlicher Anzug zum Rauchen oder umgekehrt? Die Lösung ist einfach: Smoking stammt von *smoking-jacket*, was wörtlich »Rauch-Jacke« bedeutet und die bequeme Hausjacke meinte im Unterschied zum Frack, der zu festlichen Anlässen getragen wurde – sozusagen den kleinen Abendanzug.

Ein **Frack** ist ein »festlicher Herrenrock, vorn in der Taille abgeschnitten, hinten knielang; er entstand aus dem langen, vorn durchgeknöpften Männer- und Uniformrock, von dem zum besseren Gehen und Reiten die vorderen Ecken zurückgeschlagen und in der Taille angeknöpft wurden; später arbeitete man die Röcke gleich mit vorn abgeschnittenen Schößen; als die Röcke dann kürzer getragen wurden, hielt sich der Frack noch als festlicher Anzug; aus engl. *frock* ›Kittel, Mönchskutte‹ (...).«[180]

Einer der bekanntesten deutschen Frackträger war der Weimarer Außenminister Gustav Stresemann. Dessen Vorliebe für dezent gestreifte Fräcke führte dazu, daß diese Form von Frack bis heute »Stresemann« genannt wird. Da im letzten Drittel des 20. Jahrhunderts das Fracktragen faktisch ausgestorben ist, mutierte der Smoking vom legeren Anzug zum Festanzug.

Snob

Eingebildete Leute bezeichnen wir als Snobs. Die Herkunft des Wortes gilt als unklar. Nett, wenngleich nachweislich unwahr ist folgende Herleitung: Es heißt, an der Universität in Cambridge hätten sich früher Studenten nichtadeliger Herkunft einschreiben müssen mit dem Zusatz *sine nobilitate* (»ohne Adel«).

Soap

Wenig anspruchsvolle Fernsehserien bezeichnen wir als Soap (»Seife«). Wenn diese täglich ausgestrahlt werden, heißen sie Daily Soap (»Tägliche Seife«) oder schlicht Daily. Daß solche Sendungen im Deutschen »Seifenoper« und im Englischen *soap opera* heißen, hat sein Grund darin, daß die ersten Billigserien mit Waschmittelwerbung finanziert wurden.

Sofa

Das gute alte Sofa ist noch heute das zentrale Möbelstück eines jeden deutschen Wohnzimmers. Den Namen aber verdanken wir den Arabern: Das Wort kommt vom arabischen Ausdruck *suffa*, der »gemauerte, an den Wänden des Raumes umlaufende Erhöhung, auf die man Polster legen und sich setzen oder legen kann«,[181] bedeutet.

Der Ausdruck **Couch** für Sofa ist englisch, kommt aber letztlich aus dem Französischen: *coucher* für »schlafen«. Leicht zu verwechseln mit der Couch ist das englische Wort → *coach*, heute gleich »Trainer«, das eigentlich »Kutscher« bedeutet.

Sofix

Unter der Produktbezeichnung Sofix formieren diverse Haushaltsreinigungsmittel. Man muß das Substantiv Sofix nur richtig sprechen und schreiben, dann hat man die Lösung: Mit Sofix geht alles so fix.

Sonax

Was 1905 mit dem Abbau von Kieselkreide durch den Architekten Franz Hoffmann begann, wurde 1950 von dessen Sohn Manfred übernommen und steht heute mit der Produktpalette Sonax für Autopflegemittel. Manfred Hoffmann hat den Namen Anfang der 50er Jahre kreiert. Sonax setzt sich zusammen aus **Son**ne und W**ax**.

Sonntag

Die Franzosen nennen den »Sonntag« *dimanche*, was zurückgeht auf das lateinische *dies dominicus* für »Tag des Herrn«. Unsere Bezeichnung Sonntag leitet sich her aus dem lateinischen *dies solis* für »Tag der Sonne, des Sonnengottes«.

Sony

Der japanische Großkonzern für Unterhaltungselektronik, der selbstbewußt mit dem Slogan »(Hauptsache), it's a Sony« wirbt, wurde 1946 von den Ingenieuren Masaru Ibuka und Akio Morita gegründet. Die Firma hieß zunächst Tokyo Telecommunications Engineering Corporation. Ab 1955 wurde der Ausdruck Sony als

Markenname verwandt, seit 1958 ist er der Firmenname. Der Begriff ist gebildet worden aus dem lateinischen *sonus* für »Klang« und dem englischen *sunny* für »sonnig«, bedeutet also frei übersetzt »sonniger Klang«.

Spaghetti

Das lateinische Wort *spacus* heißt »Bindfaden«; daraus entstand das italienische Wort *spago* für »Schnur«, dessen Diminutivum »Schnürchen« *spaghetto* lautet. Und da diese Nudeln nur in der Mehrzahl gegessen werden, heißen sie Spaghetti.

Spam

Noch ist Spam ein im deutschsprachigen Raum fast unbekanntes Wort, aber es wird auch in die deutsche Sprache Eingang finden, und zwar nicht wegen unserer Vorliebe für Anglizismen, sondern aufgrund der zunehmenden Nutzung des Internet: Die bringt nämlich viel unerwünschte E-Mail-Werbung auf den Computer. Direktwerbung über E-Mail wird in den USA *spam* genannt. Dabei ist dieses Wort gar kein Computerwort, sondern eine Bezeichnung für billiges Dosenfleisch: **s**piced **p**ork und h**am** (»gewürztes Schweinefleisch und Schinken«), kurz *spam*, im übertragenen Sinn: billiger, wertloser Datenmüll.

Spanferkel

Bei opulenten Gelagen wird's serviert oder auch bei Festen im Freien am Spieß gebraten – das Spanferkel. Die Herkunft des Wortes hat aber nichts zu tun mit Holzspänen o. ä. Der Rechtschreibduden übersetzt Spanferkel korrekt mit »ein vom Muttertier noch nicht entwöhntes Ferkel«, womit wir auch die Lösung haben: Im Althochdeutschen heißt »Spanferkel« *spenifarah* (*speni* für »Zitze, Mutterbrust«).
Ist das Spanferkel immerhin noch ein richtiges Schwein, so handelt es sich beim **Kielschwein** nicht mehr um ein solches, sondern vielmehr einen Längsbalken auf dem Kiel von Booten, der die Konstruktion des Schiffes verstärkt. Der Begriff kommt aus dem Schwedischen, lautet *kölsvin* und bedeutet »Kielbohle« oder »Kielschwelle«.

Spanien

Das Wort Spanien bedeutet Klippschlieferinsel bzw. »Insel der sich Verbergenden«, obwohl Spanien weder eine Insel ist noch Klippschliefer in Spanien beheimatet sind. Als Luther auf der Wartburg die Bibel ins Deutsche übersetzte, stieß er auf ein ihm unbekanntes Tier mit dem hebräischen Namen Shapan, was »der sich Verbergende« bedeutet. Nicht wissend, was das ist, übersetzte er Shapan einfach mit Kaninchen, obwohl es im Nahen Osten gar keine Kaninchen gibt. Dort gibt es aber sogenannte Schliefer, die den Murmeltieren ähneln. Einige leben auf Bäumen, andere auf der Erde. Letztere werden Klippschliefer genannt. Als die Phöniker die Pyrenäenhalbinsel entdeckten, trafen sie auch auf die dort beheimateten Wildkaninchen. Da sie aber nur Schliefer kannten, tauften sie – Luther läßt grüßen – die fremdartigen Tiere einfach Shapan. Und die Insel Shapan-Insel, auf phönikisch I-Shapan. Die Römer nannten die neue Provinz entsprechend *provincia hispania*, woraus im Deutschen Spanien wurde.

Spee

Neben Rotkäppchen-Sekt, Radeberger Bier, Köstritzer Schwarzbier oder Thüringer Wurst dürfte eines der inzwischen auch im Westen bekanntesten DDR-Produkte das Waschmittel Spee sein. Spee wurde zum 1. Dezember 1968 eingeführt, sein Name ist die Verkürzung von **Spe**zial-**E**ntwicklung, also Spee.

Spieß

Den Begriff Spieß kennen wir heute vor allem in der Bedeutung Bratspieß oder Spieß als Bezeichnung für einen Feldwebel; schließlich gibt es noch Begriffe wie Spießbürger und Spießrutenlauf. Den Begriff Spieß kennt man auch für Feldwebel; er kommt vermutlich daher, daß früher die Offiziere einen Degen – also einen Spieß – trugen.

Als einen **Spießbürger** bezeichnete man früher den mit einem Spieß bewaffneten Bürger, der seine Stadt schützen wollte. Seit dem 17. Jahrhundert war dieser Begriff ein studentisches Schimpfwort, gemünzt auf engstirnige, kleinkarierte Menschen. Die Kurzform: Spießer. In dieser Bedeutung kennen wir den Begriff heute noch.

Das **Spießrutenlaufen** war keine Sportart, sondern eine bis ins 19. Jahrhundert hinein beliebte Strafe beim Militär. Vor allem die preußische Armee war für diese Maßnahme bekannt. Dabei wurde ein abzustrafender Soldat mehrfach durch die Gasse seiner in zwei Reihen aufgestellten Kameraden getrieben und dabei mit Spießruten – meistens Weidenzweige, die etwas von einer Peitsche haben – blutig gepeitscht. Diese Strafe drohte auch Deserteuren, deren Zahl, obwohl sie bei dieser Tortur ihr Leben riskierten, erstaunlich hoch war. Seinerzeit wurde gespottet, in der Armee Preußens benötige man für jeden Soldaten einen weiteren als Aufpasser.

Spoiler

Mal kommen sie dezent und unauffällig daher, mal – nicht nur an Rennwagen – riesig und überdimensioniert, die Heckflügel an Autos, genannt Spoiler. Bei Rennwagen haben Spoiler die Funktion, die Luft so zu leiten, daß der Wagen nach unten gedrückt wird, damit er mehr Bodenhaftung hat und deshalb schneller wird. Der Begriff Spoiler kommt aus dem Englischen, und zwar zunächst aus der Luftfahrt. Dort werden die Klappen auf den Tragflügeln als Spoiler bezeichnet; durch Herausfahren der Spoiler – im Deutschen als Störklappe bezeichnet – wird der Auftrieb des Flugzeugs gebremst. Das englische Verb *to spoil* hat viele Bedeutungen: »verderben, verwöhnen, verziehen, plündern, rauben«; ein *spoil-sport* ist ein »Spielverderber«. Der Begriff *spoiler* für »Störklappe« dürfte daher kommen, daß der Spoiler der Luft das störungsfreie Fließen über die Tragflächen vermasselt, verdirbt.

Sport

Im Spätlateinischen gibt es das Wort *deportare* im Sinne von »belustigen, amüsieren«; daraus entstand das französische *soi desporter/soi deporter* (»sich die Zeit vertreiben«), woraus das englische *to disport* (»sich vergnügen, ausgelassen sein«) wurde. Die Kurzform von *disport* war *sport*, und sie setzte sich in England Anfang des 19. Jahrhunderts durch für Freizeitbetätigungen aller Art vom Boxen bis zur Fuchsjagd. In der zweiten Hälfte des 19. Jahrhunderts gelangte der Begriff dann auch nach Deutschland.

Sprite

Das amerikanische Erfrischungsgetränk Sprite verdankt seinen Namen einer Neuschöpfung und Neuschreibung der Wörter to **spri**nkle für »spritzen« und **light** für »leicht«.

Sputnik

Am 4. Oktober 1997 war es 40 Jahre her, daß die Raumfahrt ihren Anfang nahm. Eine Kugel von knapp 60 Zentimetern Durchmesser war von den Sowjets ins Weltall geschossen worden; ihr Name: Sputnik. In der westlichen Welt führte dies zum sogenannten Sputnik-Schock. Dabei heißt *sputnik* wörtlich übersetzt recht harmlos »Weggenosse«. Der Vorsprung der kommunistischen Welt in der Weltraumfahrt schockte den Westen, vor allem die USA. Doch es sollte noch härter kommen: Als erster Mensch der Welt flog der Russe Jurij Gagarin am 12. April 1961 durch den Weltraum. 1996 kam ans Licht, daß Gagarin aufgrund von technischen Pannen nur knapp einer Katastrophe entging. Die USA holten den Vorsprung auf: Am 20. Februar 1962 erste Erdumkreisung des US-Astronauten John Glenn in dem Raumfahrzeug **»Gemini«** – das ist die lateinische Bezeichnung fürs Sternbild der »Zwillinge«. Am 21. Juli 1969 landete der erste Mensch auf dem Mond, der Amerikaner Neill Armstrong, der dort den berühmt gewordenen Satz *»It's a little step for a man, but a big step for mankind«* (»Es ist ein kleiner Schritt für einen Menschen, aber ein großer Schritt für die Menschheit«) sprach.
Durch die Raumfahrt wurde auch der englische Vorname **Roger** allgemein bekannt. Das deutsche Pendant zu Roger ist **Rüdiger**, und das bedeutet »Ruhmspeer«. Der Funkspruch Roger der Astronauten stammt aus der Funker- und Fernmeldesprache und steht für »r« wie *received* (Nachricht »empfangen«).

Squash

Das Fremdwörterbuch des Duden definiert Squash wie folgt: »1. Ballspiel, bei dem ein kleiner Ball mit einer Art Tennisschläger gegen eine Wand geschlagen wird u. der Gegner daraufhin versuchen muß, den Ball beim Rückprall zu erreichen und seinerseits zu schlagen (Sport). 2. ausgepreßter Saft [mit Mark] von Zitrusfrüchten.«[182] Aus der zweiten Definition ergibt sich auch die eigentliche Bedeutung des Wortes *squash*: »ausdrücken, zerquetschen, ausquetschen, auspressen«. Vermutlich ist der Sport deshalb so genannt worden, weil der kleine Gummiball beim Aufprall auf die Wand regelrecht zusammengequetscht wird.

Squaw

Nicht nur den Karl-May-Fans ist das Wort Squaw für Indianerfrau bekannt, und tatsächlich heißt in einer früher weitverbreiteten indianischen Sprachfamilie namens Algonkin *squaw* »Frau«. Im 19. Jahrhundert allerdings erfuhr die Bedeutung des Wortes eine Wandlung: Es wurde zum Schimpfwort und nahm die Bedeutung »Nutte« oder »Fotze« an.

SsangYong

SsangYong ist ein koreanischer Autobauer. Die Firma ist Anfang der 50er Jahre gegründet worden und einer der ältesten Automobilhersteller Koreas. Das Unternehmen ist seit 1994 auch in Europa präsent, und zwar mit den Modellreihen Musso und Korando. SsangYong heißt »doppelter Drache«, **Musso** bedeutet »Nashorn«, und **Korando** ist ein Kunstwort, gebildet aus: **Kor**ean c**an do**.

Stegreif

Wenn jemand eine Rede ohne Manuskript hält, hält er sie aus dem Stegreif. Stegreif ist ein altes Wort für Steigbügel. Da es im Mittelalter noch keine Post gab, wurden wichtige Nachrichten von königlichen Reitern oder anderen ›transportiert‹. Diese stiegen, wenn sie Botschaften übermitteln wollten, nicht jedesmal vom Pferd, sondern blieben in den Steigbügeln und verkündeten z. B. einen Erlaß sozusagen aus dem Stegreif.

Stewardeß

Was heute Flugbegleiterin heißt, wurde noch vor einigen Jahren Stewardeß genannt. Ein Steward war ein Küchenchef oder Kellner auf einem Schiff. Der Begriff ist die Zusammensetzung der altenglischen Wörter *stig* für »Stall« und *weard* für »Wärter«, eine Stewardeß ist also eigentlich eine »Stallwärterin«.

Strohwitwer

Wenn die Gattin urlaubt und der Gatte allein im Ehebett schlafen muß, sprechen wir von einem Strohwitwer. Da die Betten früher nicht mit Daunen, sondern mit Heu oder Stroh gefüllt waren, ist der Zusammenhang zwischen Stroh und Witwer klar. Der Witz an der Sache ist aber der, daß die Bezeichnung, die es auch im Englischen gibt, eigentlich »Strohwitwe« oder *grass widow* hieß. Gemeint waren damit ursprünglich unverheiratete junge Frauen, die im Freien (im Stroh oder Heu) entjungfert bzw. geschwängert worden waren und deshalb als entehrt galten. Die Gemeinsamkeit »Mann oder Frau, der oder die auf dem Bettstroh verlassen wurde« erklärt die Übertragung.

Styropor

Ob als Verpackungsmaterial, ob als Dämmstoff beim Bauen: Jeder kennt Styropor. Styropor ist ein eingetragenes Warenzeichen und steht für Schaumstoffe aus Polystyrol und **Styro**lmisch**po**lyme**r**isaten.

Subaru

Die japanische Autoschmiede ist hierzulande vor allem bekannt als Hersteller von Allrad-Pkw. Damit haben aber weder der Name noch das Logo der Firma zu tun. Hilfreich ist ein Blick in die griechische Mythologie: Atlas und Pleione hatten sechs Töchter: Alcyone, Caelens, Electra, Maia, Asterope und Taygeta – die Pleiaden. Die Schönheit dieser Töchter becircte den Jäger Orion derart, daß er ihnen jahrelang nachstellte. Göttervater Zeus hatte schließlich ein Erbarmen, erlöste sie von ihrer körperlichen Gestalt und ließ sie als Gestirne vom Himmel leuchten. Das Logo von Subaru – sechs Sterne in einem Oval – sind vom Sternenbild der Pleiaden abgeguckt.

Noch ein Blick in die Geschichte: Am 10. Dezember 1917 gründet ein Herr mit dem Namen Chikohai Nakajiama in Ota eine Firma, die später als Nakajiama Aircraft Co. Ltd. Japans Luftwaffe mit Kampfflugzeugen versorgt. Nach Japans Niederlage im Zweiten Weltkrieg zerschlagen die USA die japanischen Großkonzerne, darunter auch die Nakajiama Aircraft Co. Ltd., die unter dem Namen Fuji Sangyo wiedergegründet wird und zivile Produkte herstellen darf. Dieser Konzern wird 1950 in zwölf Firmen aufgeteilt. Anno 1953 wird es Fuji erlaubt, sechs dieser Firmen wieder zu einem Konzern zu vereinen: Mit Datum vom 15. Juli 1953 entsteht Fuji Heavy Industries. 1957 verläßt der erste Subaru die Fabrikhallen. Das Logo von Subaru steht für die Vereinigung dieser sechs Firmen, und *subaru* bedeutet »vereinen«.

Sündenbock

Als anderes Wort für Prügelknabe kennen wir die Bezeichnung Sündenbock: »Das Bild ist dem Alten Testament entlehnt. In biblischer Zeit entsühnte am Versöhnungstage (hebräisch Jom Kippur) der Hohepriester das Heiligtum, das Volk und sich selbst. Dabei wurden ihm zwei Böcke übergeben, von denen der eine als Schlachtopfer für den Herrn bestimmt war, während dem anderen symbolisch die Sünden des Volkes auferlegt wurden (Sündenbock).«[183]

Sunlicht

Die Seife mit dem Namen Sunlicht ist ein Produkt der Firma Lever. Sunlicht ist einfach eine Zusammensetzung aus dem englischen *sunlight* mit seiner deutschen Bedeutung »Sonnenlicht«. So erklärt sich auch der Name des Waschpulvers **Sunil**; das Wort kommt von *sun* für »Sonne«.

Swatch

Die Schweiz ist traditionell das Land, mit dem wir Uhrenbau verbinden und Schweizer Präzision. Die Modemarke Swatch hat ihren Namen aus der Zusammenziehung von *Swiss watch*, kurz Swatch.

Syphilis

Die Syphilis ist eine gefährliche und deshalb meldepflichtige Geschlechtskrankheit. Woher der Name kommt? In einem lateinischen Lehrgedicht aus dem 16. Jahrhundert erkrankt ein Hirte namens Syphilus an dieser Seuche.

T

Tabasco

Die scharfe Pfeffersauce fehlt heute in kaum einem Gewürzregal. Vor der Küste des US-Staates Louisiana liegt eine Insel namens Avery, auf der das erste Salzbergwerk der Vereinigten Staaten entstand. Während des amerikanischen Bürgerkriegs (1861–1865) zwischen den Vereinigten Staaten (Union) und elf abtrünnigen Südstaaten floh ein Bankier namens Edmund McIhenny von New Orleans auf die Avery-Insel; dort besaß die Familie ein Salzbergwerk samt Plantage und Herrenhaus. Salz war bekanntlich früher ein wichtiges Konservierungsmittel. So kam es, daß Truppen der Union auch die Avery-Insel eroberten. Familie McIhenny floh erneut – nach Texas. Als sie heimkehrte, war ihr Anwesen zerstört. Geblieben war eine Ernte spanischer Pfefferschoten. McIhenny erfand eine Pfeffersauce, bestehend aus Essig, Pfeffer und Salz, lagerte die Flüssigkeit in Eichenfässern und füllte sie einige Tage später in Parfümflakons. 1868 schon stellte er 350 Flaschen her, wenig später gründete er eine Niederlassung in London. Auch so entstehen Welterfolge.

Der US-Staat Louisiana hat seinen Namen vom berühmten Sonnenkönig Louis XIV. von Frankreich, getauft wurde das Land auf den Namen von einem Franzosen namens Robert de la Salle.

Der Name **Louis** bedeutet im Deutschen **Ludwig** (»berühmter Kämpfer«); Louis hat – wohl wegen der Mätressen, die sich französische Könige im Absolutismus gern hielten – einen negativen Beigeschmack: »Zuhälter«.

Tacheles reden

Keine 100 Jahre alt ist dieses Synonym für »unverblümt und offen miteinander reden, zur Sache kommen«. In der Kaufmannssprache entstanden, ging der Begriff etwa 1970 in die Umgangssprache über. Ursprung ist das jiddische Wort *tachles* für »Ziel« und »Zweck«.

Ein Synonym für »Tacheles reden« ist »**Fraktur reden** oder schreiben« im Sinne von »deutlich werden, zur Sache kommen«. Dabei kommt Fraktur von lateinisch *frangere* für »brechen«. Der Zusammenhang ist folgender: »In der Druckersprache bezeichnet seit dem 16. Jh. Fraktur (...) die dt. Ausprägung der gotischen Schrift, deren Buchstaben ›gebrochene‹ Bogen, d. h. eckige Formen haben, im Unterschied zu den runden Formen der alten karolingischen Schreibschrift und der auf ihr beruhenden lateinischen Druckschrift, der (...) Antiqua.«[184] Seit dem 17. Jahrhundert ist der Begriff in der heutigen Bedeutung geläufig.

Taekwondo

Taekwondo ist ein koreanischer Zweikampfsport, bei dem mit »Füßen« *(Tae)* und »Händen« *(Kwon)* gekämpft wird.

Tafelspitz

Daß der Tafelspitz eine österreichische Spezialität ist, ist bekannt. Es handelt sich dabei aber keineswegs um einen Spitz, der auf einer Tafel serviert und gegessen wird; Tafelspitz ist vielmehr ein Rindfleischgericht, zu dem neben dem Rindfleisch Meerrettichsoße, Kartoffeln und Rote Beete gehören. Woher also kommt sein Name? Ganz einfach: Die Österreicher nennen eine Partie des Rindes zwischen Schwanzwurzel und Rücken Tafelspitz. »Dort befindet sich das delikate, weil feinfasrige und dünnfettrandige Tafelspitzstück. (...) Ausgespochene ›Rindfleischtempel‹ fügen der Speisekarte eine Skizze bei mit exakter Benennung und Lokalisierung der dem Rind entnommenen Fleischteile. Das hilft Unkundigen beim ›geistigen Zerteilen‹ des Tieres, somit auch bei der Wahl der zu bevorzugenden Stücke.«[185]

Talisman

Der Talisman ist kein Talismann, der Plural heißt deshalb auch Talismanen und nicht Talismänner. Letzter Ursprung ist das arabische Wort *tilasman* für »Zauberbild«.

Tandem

Ein Tandem ist ein Fahrrad für zwei Leute, die hintereinander sitzen. Mit der Zahl Zwei hat der Ursprung des Ausdrucks aber nichts zu schaffen. Das lateinische Wort *tandem* bedeutet »endlich, zuletzt, endlich einmal« und ist von den Engländern zu »hintereinander« umgedeutet worden.

Tank für Panzer

»Der Name ›Tank‹ für Panzer entstand dadurch, daß die Briten im Ersten Weltkrieg ihre Panzer aus Geheimhaltungsgründen in Packkisten nach Frankreich schickten, die die Aufschrift (Wasser-) ›Tanks‹ trugen.«[186]

Tatarennachricht

Als Tatarennachricht bezeichnen wir Falschmeldungen oder Lügen. Zur Herkunft des Begriffs eine kleine Geschichte: Als Krimkrieg (1853–1856) in die Geschichte eingegangen ist der Konflikt zwischen einer Koalition der Länder Großbritannien, Frankreich, Sardinien und Osmanisches (benannt nach dem Sultan Osman) Reich einerseits und Rußland andererseits um den Einfluß auf dem Balkan und die Meerengen zwischen Schwarzem Meer und der Ägäis. Am 9. September 1855 fiel Sewastopol.
Der Militärattaché bei der englischen Gesandtschaft in Wien, Prinz Kraft zu Hohenlohe, erfuhr vom Fall der Stadt bereits ein Jahr zuvor, nämlich am 30. September 1854. Die Geschichte dazu erzählt er in seinen Memoiren »Aus meinem Leben« von 1897: »Ein von Konstantinopel nach Bukarest reitender Tatar war einem anderen in umgekehrter Richtung reitenden begegnet und hatte es diesem mündlich erzählt, worauf beide, die Depeschen austauschend, wieder zurückgeritten waren. Die Nachricht aber war nur mündlich und besagte, die Kapitulation sei abgeschlossen, das türkische Dampfschiff, das die Nachricht davon gebracht, habe den Hafen von Sewastopol vier Stunden vor dem Augenblick verlassen, in dem die Übergabe des Platzes erfolgen sollte, das Datum fehlte. Nach drei Tagen erfuhr man, daß an der Geschichte kein wahres Wort war. Die Sache ist vergessen, der Name geblieben.«

Tattoo

Was im Deutschen eine Tätowierung genannt wird, heißt im Englischen *tattoo* und kommt aus der polynesischen Sprache, in der *tatau* soviel bedeutet wie »Zeichen (auf der Haut)«.

Taxi

Kein Taxi ohne Taxameter. Das sind die Kästen, die anzeigen, wie teuer die Fahrt wird. Im Deutschen heißen sie Fahrpreisanzeiger.

Das Fremdwort ist lateinisch-griechischer Herkunft, kommt von *taxare* für »abschätzen, den Wert ermitteln« und *metron* für »Maß« und bedeutet also »Wertmaß« oder »Wertermittler«. Taxi heißt demnach – frei übersetzt – »Schätzer«.

Tchibo

Eine der großen deutschen Kaffeemarken nennt sich Tchibo. Der Name ist die Abkürzung von **Tchi**ling-**Bo**hne, deren Bezeichnung wiederum zurückgeht auf den Partner des Tchibo-Gründers Max Herz: Dieser nämlich hieß Carl Tchilinghiryan.

Techtelmechtel

Einen (kurzen) Flirt ohne ernste Absichten nennen wir ein Techtelmechtel. Die Herkunft gilt als nicht sicher geklärt, im allgemeinen wird Techtelmechtel abgeleitet aus dem italienischen *a teco meco*, was soviel wie »unter vier Augen«, eigentlich aber »(ich) mit dir, (du) mit mir« bedeutet.

Ted

Vor allem der Show-Klassiker »Wetten, daß ...?« hat ihn bekannt gemacht: den Ted, mit dessen Hilfe Anrufer mittels einer definierten Endziffer der Rufnummer den Wettsieger bestimmen. Das Stimmergebnis wird durch Computer ermittelt. Ted steht für **Te**le**d**ialog.

Teddybär

Am 24. Juli 1847 wurde in Giengen/Brenz ein Mädchen geboren. Ihr Name: Margarete Steiff. Anderthalb Jahre alt, erkrankte Margarete an Kinderlähmung und konnte nie richtig gehen. So wurde sie Näherin und eröffnete später ein Geschäft. Eines Tages bastelte sie aus Filz ein Nadelkissen in Form eines Elefanten. Dieses Nadelkissen wurde so gut wie nie als Nadelkissen, sondern meistens als Spielzeug verwendet, und so wurde aus dem Kleidergeschäft im Laufe der Jahre eine Fabrik, spezialisiert auf Stofftiere aller Art.

Eine Neffe von Margarete Steiff namens Richard erfand und entwarf immer neue Tiere, im Jahre 1902 einen Bären, der im Katalog die Bezeichnung »Bär 55 PB« erhielt. Dieser Richard bot jenen Bären anno 1903 auf der Leipziger Messe an – (fast) ohne Erfolg! Richard wollte schon abreisen, da bestellte ein einziger Einkäufer aus New York 3000 Exemplare des Bären »55 PB«. Und da der Bär nicht nur Kindern gefiel, sondern auch Erwachsenen, machte dieser Bär in den USA eine beispiellose Karriere. Rein zufällig nämlich war der Bär das Lieblingstier des populären Präsidenten Theodore »Teddy« Roosevelt (1858–1919, Präsident von 1901 bis 1909).

So kam »Bär 55 PB« über die Koseform des Vornamens des berühmten Präsidenten zu seinem Namen Teddybär. Und Teddybär läßt sich ja auch besser merken als Bär 55 PB, oder?! Erstmals erwähnt wurde der Begriff *teddy bear* im Jahre 1907.

Teflon

Der Name Teflon ist keineswegs eine Falschschreibung des Wortes Telefon, sondern ein Industrieprodukt, das als Bratpfannenbeschichtung Eingang in die Küche gefunden hat. Teflon ist ein sehr hitzebeständiges Material, dessen Grundstoff **Te**tra**flu**oraethyle**n** heißt, kurz: Teflon.

Hartnäckig hält sich das Gerücht, Teflon sei ein Abfallprodukt der Weltraumforschung. Die Wahrheit: Teflon gab's lange vor der Raumfahrt. »Die Geburtsstunde des Wunderkunststoffs schlug bereits am 6. April 1938. Roy Plunkett, der für die Chemiefirma DuPont nach neuen Kältemitteln forschte, hatte eine Flasche mit einer gasförmigen Fluorverbindung einige Tage lang auf seinem Schreibtisch stehengelassen statt wie gewöhnlich im Kühlschrank. Die Flasche enthielt kein Gas mehr, aber sie wog noch genausoviel wie vorher. Die Forscher öffneten das Ventil und fanden ein weißes Pulver vor: Polytetrafluoraethylen.

Die Wissenschaftler hatten zunächst keinen Schimmer, was man mit dem Zeug anfangen sollte, das mit keinem bekannten chemischen Stoff reagierte. Es wurde zuerst von den Vätern der Atombombe eingesetzt, die auf der Suche nach einer möglichst inerten, also reaktionsfeindlichen Substanz waren, um damit Behälter für aggressive Uranverbindungen zu überziehen. 1954 kam der Franzose Marc Gregoire auf die Idee, Pfannen mit dem abweisenden Kunststoff zu beschichten. Erst viel später fanden die Weltraumforscher eine Verwendung für Teflon: Mehrere 100 Kilo davon hat-

ten die Apollo-Kapseln an Bord – in Form von Kabelisolierungen, Hitzeschutzkacheln und in den Fasern der Raumanzüge.
Der Chemiker Bob Gore fand schließlich heraus, daß man aus Teflon auch hauchdünne Membranen herstellen kann – mit der Eigenschaft, Wasser zurückzuhalten, aber Gase passieren zu lassen. Aus Gore-Tex werden heute nicht nur Regenjacken und -mäntel hergestellt, sondern auch künstliche Gelenke und Herzklappen. Und wie haftet nun das reaktionsfeindliche Teflon an der Pfanne? Dieses Geheimnis wollen die Hersteller leider nicht preisgeben.«[187]

Telefon

Das erste halbwegs funktionierende Telefon wurde 1861 von dem Physiklehrer Philipp Reis aus Gelnhausen in Hessen erfunden. Sein erster Satz am Telefon wurde berühmt: »Ein Pferd frißt keinen Gurkensalat.« Philipp Reis hatte seinem Apparat den Namen *telephon* gegeben; das Wort ist dem Griechischen entlehnt und bedeutet »Fernklang«. Philipp Reis starb 1874 im Alter von erst 40 Jahren.
Als der eigentliche Erfinder des Telefons aber muß Alexander Graham Bell gelten, ein Schotte und von Beruf Taubstummenlehrer, der in die USA auswanderte, das Gerät von Reis verbesserte und es sich 1876 patentieren ließ. Perfektioniert aber hat das Telefon der berühmte Erfinder Thomas Alpha Edison.
Die Einführung des Telefons in Deutschland und auch seinen deutschen Namen, Fernsprecher, verdanken wir dem deutschen Generalpostmeister Heinrich von Stephan, der bereits 1877 – also ein Jahr nach der Patentanmeldung durch Bell – seinem Reichskanzler Bismarck von der Bellschen Erfindung berichtete und dieser eine große Zukunft voraussagte. Es sollte aber noch fast 100 Jahre dauern, bis alle (west)deutschen Haushalte ein Telefon haben würden. In der Hauptstadt Berlin gab es im Jahre 1888 immerhin schon 8000 Fernsprechteilnehmer.

Tempo

Selten hat eine Firma das Glück, daß Markenname und Produktname miteinander verschmelzen, wie es den Tempo-Taschentüchern gelungen ist. Daß die Bezeichnung Tempo vom lateinischen *tempus* für »Zeit« stammt, bedarf keiner großen Erklärung, schwieriger verhält es sich dagegen mit ihrem Erfinder; der ist leider nicht bekannt. Was man weiß, ist, daß die Vereinigten Papierwerke Nürnberg anno 1929 eine Novität auf den Markt brachten: das Papiertaschentuch. Für dessen Schnellentfaltung sorgt seit 1975 die sogenannte Z-Faltung, und seit 1988 gibt es das Tempo-Taschentuch aus einem Duo-Faser-System. Seit 65 Jahren sind Tempo-Taschentücher Marktführer in vielen Ländern der Welt.

Tennis

Das Tennis gilt nicht erst seit den All England Lawn Tennis Championchips in Wimbledon als eine englische Erfindung. Doch der Begriff kommt eigentlich aus dem Französischen: *Tenir* heißt »halten«; der Imperativ von *tenir* lautet *tenez*, und dieser fand ins Englische Eingang als *teneis*, aus dem später »Tennis« wurde.
Bei dem Tenniswettbewerb in Wimbledon ist immer wieder die Rede vom **Center Court**; deutsche Übersetzung: »Haupthof« oder »zentraler Tennisplatz«. Manche Tennis-, aber auch Golfturniere heißen **Grandslam**. *Grand slam* bedeutet im Amerikanischen »großer Wurf« oder »Handstreich«. Auch bei dem Kartenspiel Bridge gibt es einen Grandslam, und zwar dann, wenn man alle 13 Stiche macht. Deutsche Übersetzung: »großer Schlemm«.
Wenn es bei einem Tennis-Spiel 40 : 0 steht, sagen die Engländer nicht *fourty-zero*, sondern **fourty-love** (vierzig-Liebe). Dazu gibt es zwei Theorien. Die eine meint, *fourty-love* müsse man *fourty-lough* schreiben, und dies sei die Verballhornung eines alten englischen Wortes für Null. Die andere behauptet, *fourty-love* sei aus dem Spruch *to do something for love* (»etwas aus Liebe, also ohne Gegenleistung tun«) entstanden.
Neben Wimbledon gehören der Davis-Cup und die ATP-Turniere zu den bekanntesten Tennisturnieren. Der **Davis-Cup** ist benannt nach dem Stifter des Davis-Pokals, dem Engländer D. F. Davis (1879–1945); die **ATP-Turniere** haben ihren Namen vom Veranstalter, der **A**ssociation of **T**ennis **P**rofessionals, also der Vereinigung der Tennisprofis.

Tesafilm

Wer heute Papiertaschentücher kaufen will, verlangt automatisch ein → Tempo, und wer ein durchsichtiges Klebeband braucht, fragt nach Tesafilm. Doch bis der Tesafilm so berühmt wurde, verging einige Zeit. Ende des 19. Jahrhunderts machte ein Oscar Troplowitz, der kurz zuvor das Labor seines Kollegen Paul C. Beiersdorf übernommen hatte, den Versuch, ein Verbandpflaster herzustellen, das gut klebte und gleichzeitig hautverträglich war. Der Versuch scheiterte kläglich; und so brachte Troplowitz das Produkt seiner Bemühungen 1896 als Klebeband für den technischen Bereich auf den Markt – und zwar unter dem Namen Citoplast. Als Tesa vertrieb das Haus Beiersdorf zunächst Konservierungsmittel für Wurstwaren und Zahnpasta.

Der Ausdruck Tesa ist eine Abkürzung des Namens einer Sekretärin, die bei Beiersdorf arbeitete. Diese hieß Elsa Tesmer, kurz Tesa. Liegt ja auch als Spitzname nahe, von **Tes**mer, Els**a** zu Tesa.

1935 gelang es den Beiersdorfern erstmals, eine durchsichtige Klebefolie herzustellen, die erst Beiersdorf Klebefilm, dann Tesa-Klebefilm und ab 1941 Tesafilm genannt wurde.

Testament

Deutsche Übersetzung des Wortes Testament ist laut Duden Rechtschreibung »letztwillige Verfügung«. Doch der Ursprung des Wortes hat damit nichts zu tun: »Im alten Rom legten die Männer bei der Leistung eines Eides die Hand an die Hoden, die Testikel, daher das Wort testimonium, Zeugnis, welch deutschem Wort ja ähnliche Verwandtschaft anzusehen ist.«[188]

Thomapyrin

Thomapyrin gehört neben Spalt und Aspirin zu den bekanntesten Schmerzmitteln. Thomapyrin ist heute ein Erzeugnis der Boehringer Ingelheim GmbH, ist aber kein genuines Produkt dieses Konzerns, sondern wurde am 10. Oktober 1946 von einem kleinen pharmazeutischen Unternehmen in Oberschwaben eingeführt. Ihr Name: Dr. Karl Thomae GmbH, womit die ersten beiden Silben des Produktnamens geklärt sind. Die beiden letzten Silben wurden vom griechischen *pyr* für »Feuer« abgeleitet, und zwar wegen der hohen Temperaturen beim Fieber, zumal Schmerzmittel oft auch bei fiebrigen Erkrankungen eingesetzt werden. Ob die letzte Silbe gewählt wurde, um Assoziationen zum wesentlich älteren Schmerzmittel Aspirin zu erzeugen, ist nicht sicher.

Das Wort **Tablette** kommt vom französischen *tablette* für »Täfelchen« (»Tafel« gleich *table*), letzte Wurzel ist das lateinische *tabula* für »Brett, Tafel«. Umgangssprachlich nennen wir Tabletten Pillen. Die **Pille** geht zurück auf das lateinische Wort *pilula* für »Kügelchen, Bällchen«.

Tifosi

Allen Fußballbegeisterten ist das Wort *tifosi* bekannt als italienischer Ausdruck für »Fußballfans«. Dabei lautet die deutsche Übersetzung: die »Typhuskranken«. *Tifosi* ist der Plural zu *tifoso*, und das ist eine Abwandlung zum Wort *tifo*, das auf deutsch »Typhus« bedeutet. Typhus ist eine meldepflichtige Infektionskrankheit, die – unbehandelt – zu hohem Fieber führt. Und hier liegt der Zusammenhang zwischen Typhus und Tifosi: Fußballfans sind oft so fanatisch, daß man von fieberhaftem Wahn sprechen könnte. Das Wort **Typhus** geht auf das griechische *typhos* für »Verblendung, Rauch, Qualm« zurück.

Timor

Durch die Unabhängigkeit von Indonesien 1999 geriet Timor, die gleichzeitig östlichste und größte der Kleinen Sundainseln, verstärkt ins Blickfeld der Öffentlichkeit. Portugiesische Missionare deuteten den Namen im 16. Jahrhundert als *timor dei* – die »Gottesfurcht«. Da die Timoresen des Lateinischen nicht mächtig waren, ist das natürlich barer Unsinn. *Timor* ist ein malaiisches Wort und bedeutet »Osten«.

Tinnef

Der Begriff Tinnef für Unsinn oder wertloses Zeug entstammt dem Rotwelschen (Gaunersprache) bzw. Jiddischen: *tinef* für »Dreck, Unrat, Schund«.

Tipp-Ex

Tipp-Ex nimmt Tippfehler aus dem Text heraus, sozusagen *ex* (lateinisch »aus«). Und auch der Name Uvex für Skibrillen erklärt sich so: Anno 1926 eröffnete ein Herr namens Philipp M. Winter in Fürth einen optischen Großhandel, der so gut lief, daß Winter ab 1938 Brillen industriell herstellte. Winters Sohn Rainer stieg

1959 in das Geschäft ein und setzte sich zum Ziel, der Tophersteller für Skibrillen zu werden. Die Bezeichnung **Uvex** lag nahe wegen der UV-Strahlen, die mit den richtigen Sonnengläsern aus dem Auge *heraus*gehalten werden.

Titicacasee

Wegen manch beziehungsreicher Assoziation kennt auch in Deutschland jeder den Titicacasee. Der See gehört teils zu Bolivien, teils zu Peru, ist der größte Binnensee Südamerikas und liegt 3810 Meter über dem Meeresspiegel. Der Name *titicaca* bedeutet »Katzenfels«.
Den originellsten Namen der Welt aber trägt ein See in der Nähe der Kleinstadt Webster im US-Bundesstaat Massachusetts; er wurde erstmals 1795 auf einer amtlichen Karte erwähnt: Lake Chargoggagoggmanchauggagoggchaubunagungamaugg. Dieser Zungenbrecher hat sage und schreibe 45 Buchstaben. Die Bezeichnung entstammt der Sprache der Nipmuc-Indianer und bedeutet: »Du fischst an deinem Ufer, ich fische an meinem Ufer, keiner fischt in der Mitte«. Die Namensgebung rührt vermutlich daher, daß die Indianer den Weißen bedeuten wollten, tunlichst auf ihrer Seite des Ufers zu bleiben. Die Kinder aus Webster lernen die richtige Aussprache des Seenamens bereits im ersten Schuljahr.
Der Staat **Massachusetts** verdankt seinen Namen dem Algonkin-Wort *mes-atsu-s-set* (»Ort am Großen Hügel«). Was zunächst die Bezeichnung für eine Siedlung am Fuß der Great Blue Hills war, wurde 1788 zum Namen des 6. US-Bundesstaats.

Toast

Das Wort Toast kennen wir in der Bedeutung Toastbrot für geröstetes oder zu röstendes Brot und als Trinkspruch. Der Zusammenhang ist folgender: In England war es früher üblich, daß jemand, der einen Trinkspruch auf einen anderen tun wollte, zuvor ein Stück geröstetes Brot ins Glas tunkte. Dieser Sitte verdanken wir die doppelte Bedeutung von Toast.

Toblerone

Die bekannte Stangenschokolade mit Riegeln in Dreiecksform ist eine Erfindung eines Herrn namens **Tobler**, der aus seinem

Namen und dem italienischen torr**one** für »Mandelkonfekt, Nougat« Toblerone machte.

Togal

Offiziell heißt das Unternehmen »Togal-Werk AG. Pharmazeutische, kosmetische und diätetische Erzeugnisse« und hat seinen Sitz in München. Bekannt sind die Togal-Werke vor allem für das Schmerzmittel Togal. Den Firmen- und Produktnamen tüftelten 1914 ein Kommerzienrat namens Gerhardt F. Schmidt und sein damaliger Kompagnon, der Schwede Almborg, aus.
Das schwedische Wort *tog* kommt von *taga* für »nehmen« und bedeutet »nahm« bzw. »genommen«; schwedisch *allt* bedeutet »alles«. **Tog** und **al**lt wurden zu Togal verkürzt. Togal bedeutet wörtlich »nahm alles« und meint die schmerzlindernde Wirkung des Präparats. Und dies findet sich wieder im Werbeslogan »Togal – nimmt alle Schmerzen«.

Torpedo

Unterwasserraketen nennen wir Torpedos. Der Ausdruck war im Englischen ursprünglich ein Synonym für den Zitterrochen, ist aber eigentlich ein lateinisches Wort: *torpedo* für »Lähmung, Stumpfsinn, Zitterrochen«.

Toshiba

Toshiba stellt Computer und andere elektronische Geräte her. Das Wort Toshiba ist die Kurzform von **To**kio-**Shiba**ura-Electric; Shibaura heißt ein Stadtteil von Tokio.

Toyota

Toyota ist seit 1971 auf dem deutschen Markt präsent. Die Erfolgsstory der drittgrößten Autoschmiede der Welt begann anno 1933: Ein junger Mann namens Kiichiro Toyoda erweiterte die väterliche Webstuhlfabrik, die es auch heute noch gibt, um eine Automobilabteilung. Bereits 1935 präsentierte Kiichiro Toyoda sein erstes Auto, den Prototyp A-1. 1937 wurde die Toyoda Motor Company aus der Taufe gehoben, und noch vor dem Zweiten Weltkrieg wurde Toyo**d**a in Toyo**t**a umbenannt, da *toyoda* »üppiges Reisfeld« heißt. Um Toyota in japanischer Schrift zu schreiben, braucht es

acht Federstriche. Die Acht ist in Japan eine bedeutsame Zahl; sie verspricht Wohlstand und Glück.
Die Expansion in alle Welt durfte der Firmengründer nicht mehr miterleben: Kiichiro Toyoda starb 1952 im Alter von 57 Jahren.
Früher war das Emblem von Toyota ein rundes Schild mit dem Markennamen in japanischer Schrift. Dieses Emblem wurde 1989 abgelöst durch eines, das auf den ersten Blick wie ein Stierkopf in einem Kreis oder auch wie ein Cowboy mit Sombrero aussieht. In Wahrheit sind es drei Ellipsen.

Trevira

»Kunststoffaser. Der Name ist einem firmeninternen Vorschlag eines Mitarbeiters eines Werks in Bobingen bei Augsburg zu verdanken. Er leitete das Wort aus dem lateinischen Städtenamen ›Augusta Treverorum‹ ab, den er irrtümlich als römischen Gründungsnamen der Stadt Augsburg ansah. Die Firmenleitung erkannte wohl, daß ›Augusta Treverorum‹ nicht der Name von Augsburg, sondern von Trier ist; des guten Klangs wegen wurde das Wort trotzdem zum Markennamen auserkoren.«[189]

Trigema

Die Firma Trigema ist einer der größten deutschen T-Shirt-Hersteller. Und woher kommt ihr Name? In der Kleinstadt Burladingen auf der Schwäbischen Alb wurde 1919 ein Unternehmen gegründet, das Mechanische Trikotwarenfabrik Gebrüder Mayer hieß. Anfang der 70er Jahre wurde es dann umbenannt: Aus Mechanische **Tri**kotwarenfabrik **Ge**brüder **Ma**yer wurde Trigema.

Trim

Trim ist ein bekanntes Hundefutter. Dem Namen liegt wohl das englische *to trim* für »trimmen« zugrunde, das auch in den deutschen Sprachgebrauch eingegangen ist im Sinne von »fit machen«.

Trivial Pursuit

Das beliebte Frage-Antwort-Spiel der amerikanischen Firma Horn Abbot aus Barbados, in Deutschland vertrieben von der Firma Parker, heißt – obwohl nicht alle Fragen trivial sind! – übersetzt »einfacher Anspruch«. Das Spiel gibt es seit 1980.

Tschüs

Eher selten sagen wir noch »Auf Wiedersehen!« als Abschiedsgruß, sehr viel gängiger ist die Formel »tschüs«, im Norddeutschen verlängert zu »tschüssing«, oft auch gebraucht in der Form »tschau«. Das Wort »tschüs« hat sich bei uns im 20. Jahrhundert eingebürgert und ist vermutlich aus dem niederdeutschen Wort »adjüs« entstanden. Die Menschen von der Waterkant hatten viele Kontakte zu Seeleuten und fuhren häufig selbst zur See. Doch letztlich dürfte »tschüs« auf den spanischen Seemannsgruß *adiós* (»zu Gott«) zurückgehen; dasselbe bedeutet das französische *adieu*.
»Tschau« verdankt sich dem italienischen »**Ciao**!«, und das kommt aus Venedig: *sciao*, das eine Verkürzung von *Sono vostro schiavo* ist. Deutsch: »Ich bin Ihr Diener, Sklave!« Die im süddeutschen Raum und Österreich verbreitete Grußfomel »**Servus**!« kommt aus dem Lateinischen, und zwar von *servus* für »Sklave, Diener« im Sinne von »Ich bin Ihr ergebenster Diener« oder »Zu Ihren Diensten«.

Tuc

Wer wissen will, warum Tuc Tuc heißt, muß Herrn DeBeukelaer kennen. Den aber kennt jeder wegen der DeBeukelaer-Kekse. Ende der 50er Jahre suchte der alte Herr DeBeukelaer für das, was heute Tuc heißt, einen Namen. Auf einer Reise nach London fand er die Lösung. Die britischen Gewerkschaften tagten seinerzeit recht häufig in London und warben auf Plakaten für ihre Veranstaltungen. Was das mit Tuc zu tun hat? Der nicht mehr existente Dachverband der britischen Gewerkschaften hieß **T**rade **U**nion **C**ongress, kurz: Tuc. So kam einer der erfolgreichsten Cracker zu seinem Namen.

Tulpe

Die Tulpe ist eine Pflanze, die aus Holland kommt. Weit gefehlt! Die Tulpe ist ein Import aus der Türkei, der über Italien den Weg noch Holland und Deutschland fand. Die Tulpe hieß eigentlich *Turban*, italienisch *tulipano*, bei uns verkürzt zu »Tulpe«.

Tungsram

Tungsram paßt zu **Osram**, nicht nur, weil sich die Namen ähneln: Beide sind Hersteller von Glühbirnen. Doch während Osram die

Zusammenziehung von **Os**mium und Wolf**ram** ist, kommt Tungsram von **Tungs**ten und Wolf**ram**. Tungsten ist die englische Bezeichnung für Wolfram. Tungsram heißt also eigentlich Wolfram-Wolfram.

Tupperware

Jeder kennt Tupperwaren, obwohl sie in keinem Geschäft zu haben sind. Sie werden im → Franchisingsystem vor allem auf sogenannten Tupper-Partys vertrieben. Woher also der Name Tupperware? Erfinder der vielseitigen Produktpalette aus Polyäthylen ist der Chemiker Earl Tupper. Lange vor 1942, als Polyäthylen auf den Markt kam, hatte Tupper die Idee, beliebige Gegenstände des täglichen Gebrauchs aus Kunststoff herzustellen. Anno 1945 erschien sein erstes Produkt, ein Zahnputzbecher, es folgten diverse Schüsseln. Bis 1951 war aus der Idee bereits ein Riesengeschäft geworden, und seither werden die Tupper-Produkte in der bekannten Weise unter die Leute gebracht – auf privaten Verkaufsveranstaltungen. 1958 hatte Earl Tupper ausgesorgt, verkaufte seine Firma und verbrachte seinen Lebensabend auf Costa Rica.

türken

Das Verb türken kennen wir als Synonym für das »Vorspiegeln falscher Tatsachen«. Die Herkunft gilt unter Wissenschaftlern als unklar. Aber es gibt interessante Theorien dazu.

Theorie eins: »Als 1895 Kaiser Wilhelm II. den nach ihm benannten Kaiser-Wilhelm-Kanal (heute Nordostseekanal) (...) einweihte, trafen sich im Kieler Hafen Kriegsschiffe aller seefahrenden Nationen. Der Kaiser hatte aus diesem Anlaß zu einem Galadiner auf dem Flottenflaggschiff SMS ›Deutschland‹ eingeladen. Jedes Boot, das den Vertreter eines Landes an Bord der ›Deutschland‹ brachte, führte die entsprechende Nationalflagge. Sobald ein hoher Würdenträger seinen Fuß auf das oberste Fallreeppodest setzte, präsentierte die Sicherheitswache, und die Marinekapelle spielte die Nationalhymne des betreffenden Landes. Als plötzlich ein Boot mit der roten türkischen Halbmondflagge anrauschte, stellte der Kapellmeister bestürzt fest, daß weder die Noten der türkischen Nationalhymne vorhanden waren, noch einer seiner Musiker diese kannte. Als dann die türkischen Seeoffiziere mit Fez und Halsor-

den das Fallreep heraufstiegen, intonierte die Marinekapelle kurz entschlossen ›Guter Mond, du gehst so stille durch die Abendwolken hin‹. So wurde der erste Türke gebaut.«[190]
Theorie zwei: »Das ›Türken‹ einer Szene oder eines Bildes geht zurück auf einen (angeblichen) Schachautomaten, der 1770 in Wien vorgestellt wurde und (…) die Form einer mechanischen türkischen Puppe hatte und großes Aufsehen erregte. Hinter der Mechanik verbarg sich jedoch ein Schauspieler, der die ganze Sache mit dem selbstspielenden Schachautomaten ›türkte‹.«[191]

Tussi

Tussi (in Wörterbüchern immer übersetzt mit »abwertende Bezeichnung für Mädchen, Frau«) geht zurück auf Thusnelda – eine schon in den 50er Jahren beliebte Neckerei, die in den 80er Jahren dann zu Tussi verkürzt wurde. Thusnelda war die Gattin des Cheruskerfürsten Arminius (der oft fälschlich Hermann genannt wird), der im Jahre 9 n. Chr. die Römer unter Varus am Teutoburger Wald vernichtend schlug.
Es gibt Medikamente gegen Husten, die **Tuss**, **Bronchotussin** o. ä. heißen. Deren Namen hat mit Tussi nichts zu tun: *Tussis* ist das lateinische Wort für »Husten«.

U

Ubena

Hansestadt Bremen, anno 1923: Das Gewürzhandelsunternehmen Runkel und Frischen wird gegründet und nennt sich ab 1938 Ubena-Gewürzindustrie. Ubena ist der Name eines Volksstammes in Ostafrika, den ein Handelsschiff der Ostafrika-Linie trug.

Uhu

Der Greifvogel Uhu ist bei uns fast ausgestorben, unsterblich aber wurde er als Namensgeber des wohl bekanntesten Klebstoffs dieser Republik. Erfinder von Uhu war ein Herr namens August Fischer, Namensgeber sein Sohn Hugo. Ort der Erfindung: die Chemische Fabrik Ludwig Hoerth im badischen Bühl. Jahr der Erfindung: 1932.

Unimog

Im Sommer 1944 verkündete ein Amerikaner namens Morgenthau seine Ideen für das Nachkriegsdeutschland, den später so genannten Morgenthauplan, der vorsah, Deutschland in ein Weideland zu verwandeln. Daraufhin machte sich Albert Friedrich, bei Daimler-Benz zuständig für Flugmotorenkonstruktion, an die Arbeit, um eine Arbeitsmaschine, die gleichermaßen in der Landwirtschaft wie in der Forstwirtschaft einsetzbar war, zu bauen. Was 1944 noch eine vage Idee war, wurde ab September 1945 als Projekt ernsthaft in Angriff genommen, und zwar als Projekt **Uni**versal **Mo**tor-**G**erät, dem der zuständige Oberingenieur Hans Zabel kurzerhand den Namen Unimog verpaßte.

Und den Unimog gibt's heute noch; er wird vor allem in der Forstwirtschaft und beim Straßenbau eingesetzt. Der Unimog kann steilste Berge hinauf- und hinabfahren, erreicht eine Höchstgeschwindigkeit von 83 km/h und hat sage und schreibe 24 Gänge, die alle vorwärts und rückwärts einsetzbar sind.

Urlaub

Urlaubszeit ist Ferienzeit und gilt den meisten als die schönste Zeit des Jahres, denn das heißt: Sommer, Sonne Süden, Strand und blaues Meer. Mit der ursprünglichen Bedeutung des Wortes hat das aber rein gar nichts zu tun. Das althochdeutsche Wort *urloub* wie auch die mittelhochdeutschen Wörter *urloup, urlop* und *urlob* meinten »Erlaubnis«, und zwar die Erlaubnis für einen Minnesänger (das war jemand, der adligen Damen, die er nicht ›kriegen‹ konnte, Liebeslieder vortrug; **Minne** ist ein mittelhochdeutsches Wort für »Liebe«), sich sozusagen von der Arbeitsstelle entfernen zu dürfen. Der Urlaub im modernen Sinne entstand erst gegen Ende des vorletzten Jahrhunderts: Preußischen Beamten wurden gegen Vorlage einer ärztlichen Bescheinigung einige Tage Urlaub gewährt.

Utopie

Anno 1516 erschien ein Buch mit dem Titel »Utopia«. Verfasser war der englische Kanzler Thomas Morus. »Im Buch des Thomas Morus berichtet ein Weltreisender von seinem Besuch der Insel Utopia und schildert den Staat und die Gebräuche der Utopier. Aber – und das ist der Witz des Buches – dieser Weltreisende ist erfunden, ebenso wie Utopia und die Utopier. Morus hat mit dem Namen Utopia für die Gebildeten das auch sogleich erkennbar gemacht, denn ›Utopie‹ [kommt aus dem Griechischen und] heißt ›Nirgendwo‹ [oder Nirgendland].«[192]

V

Valensina

Wer wissen will, woher der Orangensaft Valensina seinen Namen hat, muß Rolf H. Dittmeyer kennen. Der gebürtige Rostocker studierte nach dem Krieg Philologie, verdiente sein Geld später im Obstgeschäft und gründete die Edeka-Fruchtkontore. 1960 verkaufte er seine Eigentumswohnung, besorgte sich einen Gewerbeschein und kaufte in Nordafrika eine Fabrik. Der Erfolg seiner Importsäfte war trotz einiger Rückschläge riesig. Ein Hörsturz zwang den erfolgreichen Saft-Unternehmer 1960, sein Unternehmen zu verkaufen – an den US-Konzern Procter & Gamble, für den er als Werbefigur »Onkel Dittmeyer« Reklame machte. Als 1998 Procter & Gamble sich von Valensina und Punica trennen wollte, griff der nunmehr 77jährige zu: Er kaufte die Firma zurück.

Die Marke Valensina ist seit 1968, Punica seit 1976 auf den Markt. Der Name Valensina ist abgeleitet worden aus einer Orangensorte namens »Valencia Late«, aus der Dittmeyers Orangensaft hauptsächlich gepreßt wird.

Punica – gedacht als Markenname für tropische Fruchtsäfte – hat seinen Ursprung im Granatapfel. Der Granatapfel verfügt über viele und relativ große Samenkerne im Fruchtfleisch; der Granatapfelbaum über granatrote Blüten. Sein lateinischer Name: *Punica*

granatum. Und woher kommt dieser Begriff? Es waren wohl die Phönizier, die in der Zeit der frühen Hochkulturen den Granatapfel über den Mittelmeerraum verbreiteten. Der Name der **Phönizier** kommt aus dem Griechischen und bedeutet soviel wie »sattes Rot«. Dementsprechend bedeutet *punica* »sattes Rot« oder »die Phönizische«. Die alten Römer nannten die Phönizier Punier. Daher die Bezeichnung punische Kriege für die Kriege, die 146 v. Chr. mit der Zerstörung **Karthagos** (»Neustadt«) nördlich vom heutigen Tunis endeten.
Nicht nur Punica verdankt seinen Namen dem Granatapfel, sondern auch die **Granate**; gebildete Leute, die etwas »mit Einschränkungen« meinen, nennen das *cum grano salis* (»mit einem Körnchen Salz«). Ob Granate, Granatapfel oder **Granit** – all diese Wörter habe dieselbe Wurzel: Körnchen.

Vanille

Ob rote Grütze mit Vanillesauce oder Vanilleeis: Vanille ist als Gewürz kaum wegzudenken. Den Namen verdanken wir dem spanischen *vainilla* für »kleine Hülse, Schote« wegen der Form der Frucht der Vanille. Letzte Wurzel ist das lateinische *vagina* für »Scheide, Schwertscheide«.

Varta

1887 gründete Adolf Müller in Hagen die Firma Büsche und Müller. Drei Jahre später wurde sie unter Beteiligung von Siemens und AEG umbenannt in AFA, das für **A**ccumulatoren-**F**abrik **AG** stand. Diese Firma kaufte zwischen 1900 und 1906 weltweit elf Akkumulatorenfabriken hinzu, und 1904 erfolgte dann die Gründung einer Tochtergesellschaft mit dem Namen Varta: **V**ertrieb, **A**ufladung und **R**eparatur **t**ransportabler **A**kkumulatoren.

Veba

Die Veba ist einer der großen deutschen Energiekonzerne, der seit 1994 auch im Bereich der Telekommunikation tätig ist. Die Veba wurde 1987 privatisiert, gegründet wurde sie 1929 vom Freistaat Preußen als **V**ereinigte **E**lektrizitäts- und **B**ergwerks-**A**ktiengesellschaft. Ihren Sitz hatte sie ursprünglich in Berlin, heute in Düsseldorf.

Vedes

Ob es einen Herrn oder eine Dame namens Vedes gab, mag dahingestellt sein, aber eigentlich ist Vedes kein Name. Die Firma Vedes wurde am 6. März 1904 in Leipzig gegründet und trägt ihren Namen offiziell seit 1920. Das Unternehmen mit heutigem Sitz in der Spiele-Stadt Nürnberg wurde mehrfach umbenannt. Ursprungsname: Vereinigung Deutscher Spielwarenhändler; seit 1966 heißt es **Ve**reinigung **de**r **S**pielwaren-Fachgeschäfte, kurz Vedes.

Velux

Seit 1942 werden sie in Dänemark hergestellt, seit 1952 auch in Deutschland: die Velux-Fenster. Sie sollen für gute Luftzirkulation und ausreichend Licht sorgen; daher auch der Name. Er kommt von **Ve**ntilation und dem lateinischen **lux** für »Licht«. Da das lateinische Wort *ventus* »Wind« bedeutet, heißt Velux frei übersetzt »Windlicht«.

Venedig

Das Ende Westroms kam 476: Der germanische Heerführer Odoaker setzt den letzten römischen Kaiser Romulus (spöttisch »Augustulus« genannt) ab. Die Wirren der Völkerwanderung erreichten auch die im Norden Italiens siedelnden Veneter. Sie suchten Schutz vor den Germanen und zogen sich auf die Inseln der Lagune zurück. Nach den Venetern bürgerte sich für die Lagunenstadt der Name Venezia ein. Der Name der Veneter ist griechischer Herkunft: *enos* für »Wein«.

Neben Markusdom (**Dom** kommt von lateinischen *domus* für »Haus«) und Markusplatz ist Venedig berühmt für die **Rialtobrücke** und den **Campanile**. Die Brücke hat ihren Namen aus dem Lateinischen: *rivus altus* für »hohes Ufer«. Und *campanile* ist italienisch und bedeutet »Glockenturm«. Auch der berühmte schiefe Turm von Pisa ist ein Campanile. Das Wort **Lagune** (für flachen Teil eines Meeres, der durch eine Landzunge vom offenen Meer getrennt ist) heißt im Italienischen *laguna* und kommt vom lateinischen *lacuna* für »Vertiefung, Lache, Sumpf«.

Kaum weniger berühmt als Rialtobrücke und Campanile sind der Dogenpalast und die Seufzerbrücke, die von diesem zum Gefängnis führt. Der Name **Doge** kommt vom lateinischen *dux* für »Führer«, im Italienischen heißt die Seufzerbrücke *Ponte dei Sospiri*, was »Brücke der Seufzer« bedeutet. Der Name **Markus** ist lateinischen Ursprungs und abgeleitet von *mars*, dem Kriegsgott der Römer; Markus bedeutet ursprünglich in etwa »der Kriegerische«.

Verballhornung

Der Begriff Verballhornung meint dasselbe wie Verschlimmbesserung. Beschert hat ihn uns ein Lübecker Buchdrucker namens Johann Balhorn, der 1586 eine Sammlung des Rechts der Stadt Lübeck in einer Ausgabe herausbrachte, in der in wohlmeinender Absicht so viele Fehler eingebaut waren, daß diese Ausgabe daraufhin als *Editio Balhorniana* bezeichnet wurde. Diese Rechtssammlung geriet später in Vergessenheit. Unsterblich aber wurde das Wort verballhornen.

Verpoorten

Über 90 Prozent der Deutschen kennen Verpoorten-Eierlikör. Bis vor kurzem zierte jede Flasche des beliebten Getränks ein Etikett mit der Aufschrift: »Verpoorten und Advokaat«. Das Wort **Advokat** ist bei uns ein veralteter Begriff für Anwalt (kommt vom lateinischen *advocare* gleich »hinzurufen«). Zu klären ist also die Frage, wie ein Eierlikör (**Likör** vom lateinischen *liquor* für »Flüssigkeit«) den Beinamen Advokaat erhält.

Das kam so: 1876 begann ein Herr namens Eugen Verpoorten, aus Antwerpen kommend, im Selfkant, dem holländisch-deutschen Grenzgebiet, mit der Herstellung eines Likörs. »Die Rezeptur stammt ursprünglich aus Südamerika. Die Ureinwohner mischten das gelbliche Fruchtfleisch der Avocado mit Branntwein und Kräutern zu einem süffigen Getränk. Die holländische Kolonialmacht war von dieser Spezialität begeistert, scheiterte aber zu Hause daran, daß sich die Avocado im kühlen nordeuropäischen Klima nicht kultivieren ließ. Da griffen sie zum Ei und versetzten den Dotter mit Branntwein und Zucker. Im wesentlichen ist dies noch bis heute das Rezept von Eierlikör, und man vergißt bei Verpoorten auch nicht zu erwähnen, ›daß bis heute keine Verdikkungsmittel‹ beigemischt werden. So wurde aus Avocado ›Advokaat‹ (...). Man hat es weggelassen, denn es irritierte den Verbraucher: ›Manchmal dachte er sogar an Juristerei statt ans Ei.‹ Aus den

Selfkant zog es die Verpoortens um die Jahrhundertwende nach Berlin. (...) Nach dem Krieg begann Verpoorten dann in Konrad Adenauers auserwählter Bundeshauptstadt, die Eier aufzuschlagen.«[193]

Pro Tag werden mehr als eine Million Eier in Bonn geköpft, das Eiweiß wird an Schokoladen- und Keksfabrikanten verkauft; sieben Tonnen Eierschalen fallen täglich an, und jährlich werden sieben Millionen Flaschen Eierlikör abgefüllt. Verpoorten wurde bekannt auch mit dem Werbelied »Ei, ei, ei Verpoorten/daheim und allerorten«; dies ist bei dem Schlager »Ay, ay, ay, Maria/Maria aus Bahia« von Paul Misraki abgekupfert. Noch heute führt Verpoorten für die Verwendung der Melodie Gebühren an die → Gema ab. Apropos Verpoorten: Wenn ein Hauptbestandteil des Likörs heute Eier sind und früher Avocados waren, stellt sich die Frage, woher der Name **Avocado** kommt. Die Sprache der Azteken in Mexiko heißt Nahuatl; dort bedeuten die Wörter *ahuacatl* und *auacatl* »›Hoden‹ [und sind eine] Bezeichnung für die Frucht; die Übertragung vielleicht wegen der Form und besonders deshalb, weil die Frucht als Aphrodisiakum galt.«[194]

Als **Aphrodisiakum** werden Mittel bezeichnet, die in dem Ruf stehen, die Lust zu steigern bzw. die Potenz zu stärken. Der Name kommt vom griechischen *aphrodisiazein* für »Liebe pflegen, Liebesverlangen haben«. Namensgeberin war Aphrodite, die griechische Göttin der Liebe und Schönheit.

VHS

Es ist ewig her, daß sich drei verschiedene Video-Systeme Konkurrenz machten: Betamax, Video 2000 und VHS. VHS setzte sich durch. VHS steht für **v**ideo **h**ome **s**ystem. Das Wort **Video** ist unschwer als lateinisches zu erkennen; es handelt sich um die erste Person Singular Präsens Aktiv von *videre* und bedeutet »ich sehe«.

Viag

Die Viag hat heute ihren Sitz in München, gegründet wurde sie 1923 in Berlin. Das Unternehmen sollte bedeutende Schlüsselindustrien unter einem Dach zusammenfassen: Stickstoff wegen der Landwirtschaft, Aluminium als Ersatz für importiertes Kupfer und Strom. Im Krieg und durch die Besatzungsmächte arg gebeutelt, erholte sich die Viag in der Nachkriegszeit erst langsam, und erst die Übernahme durch die Bayernwerke und die Erschließung neuer Betätigungsfelder (Verpackung, Logistik, Computerhandel und Telekommunikation) machten sie zu einem Großkonzern. Der Name ist eine Abkürzung: Viag steht für **V**ereinigte **I**ndustrie-Unternehmen **A**ktien**g**esellschaft.

Viagra

Sinnigerweise im Wonnemonat Mai 1998 titelte das Nachrichtenmagazin »Der Spiegel«: »Macho auf Rezept. Wie die Potenzpille das Sexualleben verändert.« Hintergrund war die vom US-Pharmaunternehmen Pfizer auf den Markt gebrachte Potenzpille Viagra. Ursprünglich als urologisches Arzneimittel gedacht, stellte sich bei der Erprobung heraus, daß Viagra ganz unverhoffte Nebenwirkungen zeitigte. Während ältere Männer normalerweise überall steif werden, nur nicht da, wo sie's gern hätten, ist jetzt mit Viagra – außer bei bestimmten Erkrankungen – anscheinend die Lösung für lendenschwache Männer auf dem Markt.
Viagra bedeutet aber weder *via grande* für »großer Weg (zur Erektion)« noch sonst etwas. Der Name ist ein Kunstname und wurde gewählt, da er in allen Sprache verwendet und ausgesprochen werden könne. Außerdem sei er gut einprägsam und gefällig, so die Auskunft der deutschen Tochter von Pfizer.

Vielfraß

Das Tier, das zur Familie der Mustelidae gehört und wissenschaftlich als *gulo gulo* (der lateinische Name bedeutet soviel wie »Völlerei-Völlerei«) bezeichnet wird, nennen wir Vielfraß. Dabei frißt dieses zur Familie der Marder gehörende und in den Wäldern der nördlichen Erdhalbkugel beheimatete Tier keineswegs mehr als andere Tiere gleicher Größe. Der deutsche Name ist eine → Verballhornung des schwedischen *fjellfraß* bzw. des norwegischen *fjeldfross*. In beiden Sprachen bedeutet die erste Silbe »Felsen« oder »Hochland«, die zweite »Katze« oder »Kater«. Vielfraß heißt also eigentlich »Felskatze«.
Die sogenannte binäre Nomenklatur zur Klassifizierung von Pflanzen und Tieren geht zurück auf den schwedischen Naturforscher Carl von Linné. Daß ausgerechnet ein Schwede den Vielfraß latei-

nisch als *gulo gulo* bezeichnet haben könnte, ist unwahrscheinlich. Da Linné nicht die kompletten Bezeichnungen aller Tiere vorgenommen hat, dürfte es ein Deutscher gewesen sein, der die direkte Übertragung von Vielfraß ins Lateinische vorgenommen hat.

Vileda

Vileda-Putztücher sind im Unterschied zum teuren Fensterleder kein Naturpodukt, sollen aber – und daher der Name – so gut wie Leder sein. So wurde aus so gut **wie Leder** (gesprochen: Wieleda) Vileda.
Zu seinen Konkurrenten gehört die Firma **Ha-Ra**, die ihre Produkte nach dem System von Tupperware auf Partys vertreibt. Ha-Ra hat 177 Patente hervorgebracht. Ihre Existenz verdankt die Firma einem Mann, der, von Haus aus selbst Fensterputzer, chemiefreie Putzlumpen erfand, weil seine Mitarbeiter über allergische Hautreaktionen klagten. Der Mann aus dem Saarland heißt **Ha**ns **Ra**ab, daher Ha-Ra.

Viss

Früher hieß Viss **Vim**, heute gibt es Viss und Vim. Beide Namen lassen sich aus der Werbung für Viss erklären: »Stark gegen Schmutz, sanft zu Flächen«; sie gehen zurück auf das lateinische Wort *vis* für »Kraft, Stärke«.

Vitra

Der bekannte Hersteller von Ladeneinrichtungen sowie Möbeln für Büro und Wohnung mit Sitz in Weil am Rhein wurde 1950 gegründet als Ladenbauunternehmen. Der Name Vitra ist eine Kurzform von »Vitrine«. Dieses Wort wiederum ist französischer Herkunft: *vitrine* für »Schaukasten, Schaufenster« oder »Glasschrank«. Letzter Ursprung ist das lateinische *vitrum* für »Glas« oder »Fenster«.

Vivil

Not macht erfinderisch. Anfang des 20. Jahrhunderts diente August Müller, von Hause aus Kaufmann, als Reserverekrut in der 10. Kompanie des Infanterieregiments »Großherzog von Baden« und ersann ein Erfrischungsbonbon mit praktischer Verpackung.

Bereits 1902 gab es dann von der Firma August Müller & Co. zu Straßburg das erste Pfefferminzbonbon zu kaufen. Müller selbst hatte es Vivil getauft, was eine Ableitung aus **viv**ere (lateinisch für »leben«) und o**il** (englisch für »Öl«) ist.

Vobis

Was heute offiziell Vobis Microcomputer AG heißt, nahm als studentisches Miniunternehmen – das zunächst Kommilitonen Büromaterial und später auch PCs beschaffte – seinen Anfang, und zwar in Aachen. 1975 gründeten hier Theo Lieven und Rainer Fraling eine Firma namens Vero GmbH, die sich seit 1981 Vobis nennt. Die Firmengründer sind lange aus dem Unternehmen, das heute der Metro gehört, ausgestiegen, zuletzt Theo Lieven im Jahre 1996. Der Name *vobis* kommt aus dem Lateinischen und bedeutet (Computer) »für euch«.

vogelfrei

Wenn man jemandem im übertragenen Sinn zum Abschuß frei erklärt, nennen wir das »jemanden für vogelfrei erklären«. »Die schwerste Strafe bei unseren Vorfahren war die ›Friedloserklärung‹. Mit ihr war der Mensch aus seiner Gemeinschaft ausgestoßen. Jeder hatte das Recht, ihn zu töten. Die Schicksalsformel lautete: ›Er ist dem Vogel in der Luft, den wilden Tieren im Walde, den Fischen im Wasser zu Fraße freigegeben.‹ ›Vogelfrei‹ war auch der Leichnam des Geächteten. ›Den Vögeln war es erlaubt‹, ihn zu fressen.

Dazu ein Ausspruch des ›Hauptmann von Köpenick‹. Im Oktober 1906 leistete sich der Schumacher Wilhelm Voigt seine Köpenikkiade. Mit einigen auf der Straße angehaltenen Soldaten verhaftete er in Hauptmannsuniform im Rathaus zu Köpenick den Bürgermeister und beschlagnahmte die Stadtkasse. Da er während seiner Gefängniszeit aus aller Welt Sympathiekundgebungen und Geschenke erhalten hatte, so sprach er, nach einem Gnadenerweis des Kaisers aus der Strafanstalt Tegel entlassen, auf eine Walze des Edisonschen Phonographen die Worte: ›Ich danke allen, die an mich gedacht haben. Ich bin jetzt frei – hoffe aber, niemals mehr vogelfrei zu werden!‹«[195]

Volvo

Im Unterschied zu → Saab, → Fiat oder → Seat ist Volvo keine Abkürzung. Der Firmengründer Gustaf Larson hatte sich etwas Besseres einfallen lassen: *Volvo* kommt aus dem Lateinischen, ist die erste Person Singular Präsens von *volvere,* und die heißt *volvo* gleich »ich rolle«.

von Tuten und Blasen keine Ahnung haben

Sagt ein Lehrer im Unterricht: »Ihr habt ja in Französisch von Tuten und Blasen keine Ahnung!«, kann er sich eines Lacherfolgs sicher sein. Dabei bezieht sich Tuten und Blasen eigentlich lediglich auf Blasinstrumente. »Wer vom Tuten und Blasen nichts versteht, taugt nicht einmal zum Nachtwächter, der bloß ins Horn zu stoßen hat: Sein Horn gibt nur einen einzigen Ton von sich. Im 18. Jh. aufgekommen.«[196]

Die Assoziation zu Oralsex liegt natürlich nahe: der Penis als Flöte. Der Ausdruck ist nach 1900 entstanden. Küpper übersetzt »blasen« mit »fellieren«. **Fellatio** ist lateinisch und kommt von *fellare* für »saugen«.

Cunnilingus kommt auch aus dem Lateinischen, und zwar von *cunnus* für das weibliche Genital und *lingere* für »lecken«. Im Deutschen wird Oralsex gern »französisch« genannt. Dazu die Redewendung. »Französisch kann ich perfekt; nur mit der Sprache hapert es noch.«

W

Wabco

Der Name Wabco steht für Fahrzeugbremsanlagen. Die Firma heißt offiziell Wabco Standard GmbH und hat ihre deutsche Zentrale in Bonn. Die Bezeichnung Wabco ist englischer Herkunft und die Abkürzung von **W**estinghouse **A**ire **B**rake **Co**mpany, deutsche Übersetzung in etwa: Westinghouse Luftbremsen-Gesellschaft.

Wal-Mart

Der größte Lebensmittel-Einzehandelskonzern der Welt heißt Wal-Mart. Das Unternehmen nahm seinen Anfang im US-Bundesstaat Arkansas, und inzwischen ist Wal-Mart auch hierzulande keine unbekannte Größe mehr. Der Gründer des Unternehmens heißt Sam Walton, und der gründete einen Lebensmittel-Markt. Wal-Mart ist also die Abkürzung von **Wal**ton-**Mar**ket.

Walnuß

Mit dem Walfisch hat die Walnuß nichts zu tun. Auch kommt der Name nicht von Wall, denn den Walnußbaum kannten unsere Vorfahren gar nicht. Die Walnuß stammt aus dem Orient und ist von den Römern zu den Germanen gekommen. Die alten Germanen nannten die Walnuß früher *walhnut* oder *walhnutu* für »Welschennuß«. Das Wort welsch hieß ursprünglich walish und war einfach ein Synonym für die Kelten. Seit etwa 1700 heißt die Walnuß Walnuß.

Wasa

Wer Wasa hört, denkt an Knäckebrot. Doch das ist nicht alles: Wasa ist ein Königsgeschlecht, das 1523 mit Gustav I. auf den schwedischen Thron gelangte. Auch König Gustav der II. Adolf, der 1632 im Dreißigjährigen Krieg umkam, gehört zum Geschlecht der Wasa, das als Begründerin des heutigen Schweden gilt. Das Wasa-Knäckebrot wurde nach dem ersten Gustav Wasa benannt.

Waschbär

Warum heißt der Waschbär Waschbär? Weil er sich dauernd wäscht! Weit gefehlt! Bei uns wurde er wegen des Pelzes 1934 erstmals am Edersee angesiedelt und hat sich inzwischen über ganz Deutschland verbreitet, der nordamerikanische Waschbär (lat. *Procyon lotor*). Im Englischen heißt der Waschbär keineswegs w*ashbear*, sondern wird *raccoon* genannt, eine → Verballhornung des Wortes *aroughoun* (»der mit den Händen kratzt«) aus der Sprache der Algonquin-Indianer. »22 Prozent seiner Aktivität verbringt ein Waschbär mit Tasten und Fühlen. Da dies oft entlang von Gewässern geschieht, wurde es vielfach als Waschen fehlinterpretiert. ›Tastbär‹ wäre denn auch der bessere Name (...).«[197]

Webasto

Offiziell heißt die Firma Webasto Thermosysteme GmbH mit Sitz in Stockdorf. Webasto ist einer der großen Autozulieferer und arbeitet für fast alle bekannten Autofirmen dieser Welt in den Bereichen Kühlen, Lüften, Heizen. Webasto stellt Dachlüftungssysteme und Standheizungen her.
Webasto steht für **W**ilhelm **Ba**ier aus **Sto**ckdorf. Gegründet wurde die Firma 1901 von Wilhelm Baier als Eßlinger Draht- und Eisenfabrik. 1935 stellte sie die erste motorunabhängige Warmwasserheizung für PKW und Busse her.

Weckgläser

Den Jüngeren, die nur im Supermarkt einkaufen, dürften sie kaum noch bekannt sein, allen Älteren aber sind sie unvergessen: die guten alten Weckgläser. Die Herkunft es Einweckverfahrens ist ein wenig verwickelt, zumal das Patent nicht ein Herr namens Weck, sondern ein gewisser Rempel erfunden hat; es müßte also statt »einwecken« eigentlich »einrempeln« heißen.
Die Geschichte dazu: Neben Erkenntnissen Otto von Guerickes und Denis Papins verdanken wir einen wichtigen Beitrag zu Entwicklung von Konservierungsverfahren einem Herrn namens Franz Nicolaus Abert, der Koch am Hof von Zweibrücken war, bevor er nach Paris ging, um dort als Zuckerbäcker und Konditor zu arbeiten. Er nannte sich fortan François Nicolas Appert. Und dieser Appert entdeckte um 1790 das Prinzip der Hitzekonservierung. 1810 erhielt er dafür sogar einen Preis – »für die Kunst, alle animalischen und vegetabilischen Substanzen in voller Frische zu erhalten«. Diesen Preis hatte der spätere Kaiser Napoleon I. ausgelobt, nachdem er 1793 bei der Belagerung von Toulon sich persönlich ein Bild von den erbärmlichen Zuständen bei der Truppenverpflegung hatte machen können beziehungsweise müssen. Preisträger Appert legte seine Erkenntnisse in einem Kochbuch nieder, das 1822 ins Deutsche übersetzt wurde.
Und jetzt kommt ein Chemiker namens Rudolf Rempel (1859 bis 1893) ins Spiel, der jene Erkenntnisse kombinierte und das erst viel später so genannte Einweckverfahren entwickelte, das am 24. April 1892 patentiert wurde. Rempels jüngerer Bruder wurde der erste, der Apparate und Gläser zum Einwecken vermarktete.

Nach dem frühen Tod von Rempel erwarb ein gewisser Albert Hüssener das Patent. Und das war die Stunde von Johann Weck: Der erwarb das Patent wiederum von Hüssener, engagierte einen Kaufmann namens Georg van Eyck und gründete mit diesem zusammen am 1. Januar 1999 die Firma J. Weck und Co. in Öflingen. Sie ließ sich den Namen als Warenzeichen schützen und hatte so viel Erfolg, daß der Begriff einwecken in den Alltagswortschatz einging und sogar im Duden verzeichnet ist.

weg vom Fenster

Die Metapher »weg vom Fenster« bedeutet »tot sein« – auch und gerade im übertragenen Sinn. Einen Reim darauf machen kann sich, wer an ältere Leute denkt, die mit oder ohne Kissen als Unterlage stundenlang aus dem Fenster zu sehen pflegen, um mitzubekommen, was auf der Straße passiert. Sterben sie, sind sie weg vom Fenster. Die Redensart soll aus dem Ruhrgebiet stammen und um 1960 aufgekommen sein.

Weleda

»Der Name ist eine verdeutschende Variation zu Veleda, dem Namen einer auch politisch einflußreichen Seherin des germanischen Stammes der Bructerer (seßhaft an der Ems), die römischen Berichten zufolge im 1. Jh. n. Chr. (zur Zeit Vespasians) lebte. Der Name Weleda wurde von Rudolf Steiner, dem Begründer der Anthroposophie, die auch den Hintergrund dieser Firma bildet, 1924 als neuer Firmenname vorgeschlagen. Der Grundgedanke Steiners war dabei, daß Veleda als germanische Seherin auch Einsichten in die Heilkräfte der Natur hatte.«[198]

Die Firma Weleda produziert Naturheilmittel und hat auch Naturkosmetika im Programm.

Werder Bremen

Offiziell heißt der Fußballclub aus dem hohen Norden: Sport-Verein »Werder« von 1899 e. V., Anschrift: Auf dem Peterswerder 32, 28205 Bremen. Aus der Anschrift geht auch die Herkunft des Namens hervor: Ein Werder ist im Norddeutschen ein Begriff für »wasserumspültes Land« oder Insel. Werder Bremen wurde deshalb

Werder benannt, weil der Verein zunächst auf dem Bremer Stadtwerder spielte. Der Verein wurde als Fußballverein Werder v. 1899 gegründet, 1920 in Sportverein Werder von 1899 umbenannt. 1965 und 1988 wurde der Verein Deutscher Meister.

Whiskas

Wer kennt sie nicht, die Reklame »Katzen würden Whiskas kaufen«. Das Wort Whiskas ist eine Eindeutschung des englischen Ausdrucks *whiskers* für »Bart, Schnurrbart«. Böswillige Menschen haben die Whiskas-Reklame umgedichtet in »Katzen würden Whisky saufen«. Das Wort **Whisky** kommt vom irischen *uisce* bzw. schottischen *uisge*; beide Wörter bedeuten »Wasser«. Die deutsche Warenbezeichnung für Whisky lautet »Trinkbranntwein«.

Wick Medi Nait

Medi Nait ist die Zusammenziehung von **Medi**zin und der deutschen Aussprache des englischen Wortes *night* gleich **nait** für »Nacht«, bedeutet also: »Nachtruhemedizin«.

Wick Vapo Rub

Wick Vapo Rub ist eine Salbe zum Einreiben, die sich aber auch in heißem Wasser gelöst inhalieren läßt – kurz: ein Mittel gegen Erkältungskrankheiten. Das Produkt ist amerikanischer Provenienz.

Um 1859 suchte Robert August Chesebrough, ein Chemiker aus Brooklyn, nach einer Möglichkeit, den drohenden Bankrott seiner Firma abzuwenden, und entdeckte in Titusville, Pennsylvania, am Bohrgestänge von Ölförderanlagen paraffinähnliches Geschmiere, von dem die Ölarbeiter wußten, daß das Bestreichen einer Wunde damit dem Heilprozeß ungemein förderlich war. Die Neugier des Chemikers war geweckt, und nach monatelangen Experimenten gelang es Chesebrough, die Grundsubstanz der Schmiere zu isolieren. Er erhielt einen klaren Stoff, dessen Viskosität jener des Schmalzes glich. Was später unter dem Namen **Vaseline** Karriere machen sollte, stellte er 1870 erstmals her und nannte es Petroleumgallert.

»Über die Herkunft der Bezeichnung ›Vaseline‹ gibt es zwei verschiedene Versionen, und Chesebrough hat offenbar weder der einen noch der anderen widersprochen. Seine Freunde behaupten, der Name sei ihm eingefallen, weil er bei seinen ersten Versuchen zur Klärung der Ölschmiere anstelle von Laborgläsern die Blumenvasen seiner Frau benutzt habe. Als Endung habe er nur noch ein damals gängiges medizinisches Suffix gewählt, ›line‹. Demgegenüber behaupten die Mitarbeiter der von ihm gegründeten Firma, Chesebrough sei wissenschaftlicher vorgegangen und habe den Markennamen aus dem deutschen ›Wasser‹ und dem griechischen *élaion* für ›Olivenöl‹ zusammengesetzt.«[199]

Von der Vaseline zu Wick Vapo Rub lief es dann so: Anfang des 20. Jahrhunderts machte in den USA ein Mittel Karriere, das den Namen Ben-Gay trug. Es war eine Erfindung des französischen Pharmazeuten Jules Bengué – daher auch der Name –, der ein Heilmittel hergestellt hatte, das aus Menthol und einem Methylsalicylat auf Lanolinbasis bestand. Diese Salbe kombinierte den wärmenden Effekt von Menthol mit der schmerzstillenden Wirkung von Salicylsäure.

Zu jener Zeit suchte Lunsford Richardson aus North Carolina, der in der Stadt Selma einen Drugstore besaß, nach einem neuen Mittel gegen Erkältungskrankheiten. Anno 1905 mixte er Vaseline mit Menthol und anderen Substanzen. Bei der Suche nach einem geeigneten Namen für sein Produkt ›erinnerte‹ sich Richardson an seinen Schwager Joshua Vick, von Beruf Arzt. In dessen Apotheke hatte Richardson nämlich das Mischen von Salben gelernt. Und so nannte er seine Salbe Vick's Vapo Rub – deutsche Übersetzung: »Vicks ätherische Salbe zum Einreiben«.

Das Wort **Menthol** ist eine Wortschöpfung aus dem 19. Jahrhundert und gebildet worden aus dem lateinischen **menth**a für »Minze« und **ol**eum für »Öl«, kurz: Menthol.

Wikinger

Im Mittelalter galten die Wikinger als kriegerische Horrorfiguren aus dem hohen Norden, in Wahrheit waren sie jedoch recht arme Bauern und Fischer. Durch ihre Schiffsreisen und Beutezüge wurden sie berühmt-berüchtigt. Die Franken nannten sie *Normanni*, »Nordmannen«. Von ihnen hat die französische **Normandie** ihren Namen geerbt. »Doch als Gattungsbegriff für sie, die nie ein geeintes Volk in nationalstaatlichen Grenzen gebildet haben, setzt sich das altnordische Verb ›víkingr‹ durch: ein Terminus, der Skandinavier auf Beutefahrt bezeichnet – beim ›Wikingern‹, beim Rauben, Plündern, Morden, aber auch beim Handeln.«[200]

Winnetou

Der bekannteste Indianer dank Karl May ist Winnetou. Der ist natürlich ein Phantasieprodukt. Immerhin ist sein Name kein deutsches Wort, sondern eines aus der Sprache der Shoshonen, in der *win-tu* nichts anderes bedeutet als »der Mensch«.
Apropos Shoshonen: »Der Name *Sho-Sho-ni* bedeutete bei den Nachbarstämmen soviel wie ›Grashüttenbewohner‹, während die Bezeichnung der Weißen, ›Schlangen‹, nichts mit dem Reptil zu tun hat, sondern sich auf die ›Schlangenlinien‹ der Shoshonenzeichensprache bezog, mit der sie sich selber meinten.«[201]

Wissoll

Eine bekannte Schokoladenmarke heißt Wissoll. Der Ausdruck ist kein Markenname, sondern eine Abkürzung. Wissol kommt von **Wi**lhelm **S**chmitz- **S**ch**oll**.

WMF

WMF steht nicht für Weltmeisterschaft im Fußball, sondern für einen der großen deutschen Besteckhersteller. WMF ist die Abkürzung von **W**ürttembergische **M**etallwaren**f**abrik AG in Geislingen (Steige).

Wodka

Sieht aus wie klares Wasser, enthält aber 40 Prozent reinen Alkohol – der Wodka, das russische Nationalgetränk. Wodka ist ein Branntwein, der aus Getreide oder Kartoffeln hergestellt wird. Sein Name klingt im Deutschen recht harmlos: »Wässerchen«. Das Wort *vodá* heißt im Russischen »Wasser«, die Verkleinerungsform *vódka*.
Die deutsche Bezeichnung für Getränke wie Wodka ist Branntwein oder Schnaps. Der Begriff **Branntwein** rührt daher, daß dem Wein Alkohol entzogen wird durch Destillation, so daß ein hochprozentiges Getränk entsteht. Der Begriff **Schnaps** geht vermutlich auf »schnappen« im Sinne von »einen Schluck neh-

men« zurück. Das deutsche Wort **Weinbrand** gibt es seit 1907: Die deutsche Firma Asbach (Asbach Uralt) hat diesen Namen eingeführt, weil das französische Wort *cognac* gesetzlich geschützt war. Der **Kognak** wiederum ist ein Branntwein aus dem französischen Ort Cognac bzw. der gleichnamigen Region.

Wolkenkuckucksheim

Wenn wir von einem Wolkenkuckucksheim sprechen, meinen wir Traumwelten oder Phantastereien. Das Wort taucht im 19. Jahrhundert erstmals in der deutschen Sprache auf und ist die fast wörtliche Übersetzung eines griechischen Begriffs des Dichters Aristophanes, der in »Die Vögel« damit eine in der Luft gebaute Vogel-Stadt bezeichnet, mit der er die Athener ›vorführt‹.

Woolworth

Der Name dieser Kaufhauskette – Abteilung eher preiswerte Produkte – ist unschwer als englisches Wort zu erkennen. Dazu eine kleine Geschichte: Firmengründer ist der Amerikaner Frank Winfield Woolworth (frei übersetzt »Wollwert«). Von Beruf war er Kaufmann und setzte eine Idee aus dem amerikanischen Bürgerkrieg kommerziell um. Auf einem Jahrmarkt präsentierte er auf dem Verkaufstisch Artikel, die durch die Bank nur fünf Cent kosteten. Die Aktion wurde ein voller Erfolg. Sein erstes Geschäft allerdings mußte Mister Woolworth schon nach vier Monaten schließen – mangels Resonanz. Ein erneuter Versuch in der Stadt Lancaster schließlich gelang, Woolworth gründete weitere Geschäfte, und einige Jahre später war die Ladenkette auf zwölf Läden gewachsen.

Am 2. November 1926 machte der Mann den Sprung über den großen Teich: In Berlin wurde die F. W. Wollworth Co. GmbH gegründet, deren erste Filiale entstand 1927 in Bremen. Das Prinzip war dasselbe wie in den USA: Es gab nur zwei Preisgruppen, und zwar kosteten die Waren entweder 25 oder 50 Pfennige.

Wrigley's Spearmint

Das bekannteste Kaugummi überhaupt dürfte Wrigley's Spearmint (»Wrigley's Speerminze«) sein. Dieses Kaugummi verdanken wir natürlich einem Menschen namens Wrigley, der aber ist gar nicht

dessen Erfinder, sondern ein genialer Marketingstratege.
Erfunden hat das moderne Kaugummi ein mexikanischer General namens Antoinio Lopez de Santa Ana, der sich Mitte des 19. Jahrhunderts in Staten Island im Staate New York niederließ. Aus seiner mexikanischen Heimat hatte Santa Ana Chicle mitgebracht, eingedickten Milchsaft des Sapotillbaums – bereits den Azteken geläufig und von ihnen *chictli* genannt. Ein Bekannter von Santa Ana, Thomas Adams, hatte die Idee, das Kaugummi zu vermarkten. In einem Drugstore in Hoboken, New Jersey, wurden die ersten Kaukugeln angeboten. Auf die Idee, die geschmacklosen Kugeln mit Geschmack anzureichern, kam ein Mann namens John Colgan.
Zu einem Hit aber sollte der Kaugummi erst Ende des 19. Jahrhunderts werden. Und jetzt kommt ein Seifenartikelvertreter namens William Wrigley jr. ins Spiel. Anno 1892 brachte der Wrigley's Spearmint und 1893 Juicy Fruit (»saftige Frucht«) auf den Markt. Wrigleys Marketingidee war ebenso einfach wie genial: Er schickte 1915 und 1916 allen Telefonteilnehmern in den USA kostenlose Kaugummistreifen zu – und das war der Grundstein für den Erfolg.

Wüstenrot

Offizieller Name: Wüstenrot Bausparkasse GdF Wüstenrot GmbH, seßhaft in Ludwigsburg in Baden-Württemberg. Der Name geht nicht zurück auf einen Herrn oder eine Dame mit dem Namen Wüstenrot, sondern darauf, daß anno 1921 ein gewisser Georg Kropp in einem schwäbischen Dorf namens Wüstenrot eine »Gemeinschaft der Freunde« (GdF) gründete, die den Zweck verfolgte, es auch finanziell nicht so potenten Leuten zu ermöglichen, sich den Traum vom Haus im Grünen zu erfüllen.

X

Xerox

Der Name Xerox steht für Kopiergeräte. Er ist eine Wortschöpfung, die aus dem griechischen *xeros* für »trocken« und *graphein* für »schreiben« gebildet worden ist; Xerographie steht also für »trockenes Schreiben«. Man muß dazu wissen, daß Kopiergeräte früher nach demselben Prinzip funktionierten wie noch heute die meisten Faxgeräte, die mit beschichtetem Papier arbeiten. Xerox steht also für trockene Kopien auf Normalpapier.

Y

Yahoo

Wer sich ein wenig im Internet auskennt, kennt auch sogenannte Suchmaschinen. Eine der bekanntesten heißt Yahoo. Dazu eine kleine Geschichte: »Mit seinen 29 Jahren könnte Jerry Yang noch gut als Student der Elektrotechnik an der kalifornischen Elite-Uni Stanford durchgehen. Das war er auch bis vor ein paar Jahren noch. Inzwischen ist Yang Aktien-Milliardär. Seine Firma Yahoo!, deren deutscher Ableger unter der Adresse www.yahoo.de im Internet zu finden ist, war bislang als Ratgeber für die besten Adressen im World Wide Web bekannt. Jetzt mausert sich die Website zum Komplettangebot, das vom Nachrichten- und Wetterdienst über Finanzinformationen und Reisetips bis zum kostenlosen Yahoo-E-Mail-Postfach reicht.

Angefangen hatte alles im Jahr 1993, aus Langweile. Yang und sein Freund David Filo saßen in einem Büro-Container auf dem Campus der Stanford-Universität nahe San Francisco und spielten im Internet herum, anstatt an ihren Doktorarbeiten zu schreiben. Sie erstellten ein Verzeichnis mit ihren Lieblingsadressen und veröffentlichten es unter dem Namen ›Jerry's Guide to the World

Wide Web‹. Die Sammlung war rasch so begehrt, daß sie 1995 eine Firma gründeten und ihr den Namen Yahoo gaben. ›In dem Buch Gullivers Reisen heißt ein Volk von ziemlich rauhen, ungepflegten Gesellen Yahoo – und die Beschreibung paßte genau auf David und mich‹, sagt Yang. (…) 23mal höher als beim Börsengang 1996 notiert die Aktie heute, die beiden Gründer sind Milliardäre geworden.«[202] Yahoo ist auch eine Abkürzung, und zwar für **Y**et **a**nother **h**ierarchical **o**fficious **o**racle (»Noch ein anderes hierarchisches diensteifriges Orakel«).

Ytong

Der Name Ytong steht für Bausteine mit hohen Dämmeigenschaften. Um den Namen zu erklären, ein Blick in die Geschichte: Nach dem Ersten Weltkrieg litt Schweden unter einem dramatischen Mangel an Energie. Fieberhaft wurde nach Baustoffen mit hohen Wärmedämmeigenschaften gesucht. Der Durchbruch gelang dem Forscher und Architekten Axel Eriksson, der 1923 an der Technischen Hochschule Stockholm im Labor erstmals die Dampfhärtung eines Gemischs aus Kalk, Aluminium und Schiefer bewerkstelligte – der Baustoff Gasbeton war geboren.
Dieses Verfahren wurde 1924 patentiert. Die Lizenz für den neuartigen Baustoff erwarb 1928 ein Herr namens Karl August Carlèn, der bereits ein Jahr später einen ehemaligen Steinmetzbetrieb umstellte auf die industrielle Herstellung von »**Y**xhults Ånghärdade Gasbe**tong**«, kurz Ytong. Yxhult ist ein Ortsname, der Rest bedeutet »gehärteter Porenbeton«. 1940 erfolgte der Eintrag von Ytong ins Warenzeichenregister – die erste Baustoffmarke der Welt mit eingetragenem Warenzeichen.

Yuppie

In den 80er Jahren schwappte das Wort Yuppie aus den USA zu uns herüber. Yuppie ist die Kurzform von **y**oung **u**rban **p**rofess**i**onals und meinte und meint junge Leute, die in der Stadt wohnen und erfolgsorientiert und erfolgreich sind. Ebenfalls aus den USA stammt die Bezeichnung der Nachfolgegeneration der Yuppies, derer nämlich, die in der IT-Branche ihren Erfolg suchen: **Yetties**. Das ist die Kurzform von **y**oung, **e**n**t**repreneurial, **t**ech-based, in freier Übersetzung: junge Internet-Unternehmer.

Neueste Wortschöpfung sind die **Woopies** (**w**ell-**o**ff **o**lder **p**eople); gemeint sind aktive Senioren. Alle Wörter wie **Senior**, **Senat** oder **senil** stammen ab vom lateinischen *senex* für »Greis«.

Z

Zapfenstreich

Den Begriff Zapfenstreich kennen wir im Sinne von Ende, aber auch im Sinne vom (großen) Zapfenstreich beim Militär. Letzterer ist eine musikalische Darbietung und stammt historisch vom abendlichen Signal für Soldaten, in die Kaserne zurückzukehren. Die eigentliche Bedeutung des Begriffs ist die, daß es früher Sitte unter Wirten war, mit einem Streich – d. h. mit einem deutlich vernehmbaren Schlag – den Zapfen ins Faß zu schlagen, um den Gästen klarzumachen, daß es nichts mehr zu saufen gibt.

Zaster

Das Wort Zaster entstand Ende des 19. Jahrhunderts in der Soldatensprache für den Sold und setzte sich Anfang des 20. Jahrhunderts von Berlin aus überall in Deutschland durch. Es entstammt der Zigeunersprache, in der *saster* »Eisen« bedeutet. Das Wort **Sold** für Soldatenlohn kommt aus dem Italienischen: *soldo* für »Münze«. Der Ausdruck **Soldat** hat denselben Ursprung: *soldato* für jemanden, der »in Sold genommen« wurde.
Ob Sold oder Soldat, beide Begriff fußen letztlich auf der im alten Rom von Kaiser Konstantin dem Großen eingeführten »Goldmünze« mit dem Namen *solidus*. Auch das Fremdwort **solide** für »gediegen, ordentlich, zuverlässig, sicher« hat hier seinen Ursprung. Dieselbe Wurzel hat übrigens der Begriff **Solidarität** für »Zusammengehörigkeitsgefühl«.

Zeche

Wer im Wirtshaus zecht und anschließend, ohne zu bezahlen, geht, ist ein Zechpreller. Und irgendwer muß am Ende immer die Zeche zahlen. Der Ort, an dem Bergleute arbeiten, ist ein Bergwerk, auch Zeche genannt. Das mittelhochdeutsche Wort *zech* oder *zeche* bedeutet »Vereinigung, Genossenschaft«. Seit dem 13. Jahrhundert gibt's das Wort Zeche für Bergwerk im Sinne von einer Genossenschaft von Bergleuten mit Schürfrechten. In der Bedeutung von Gemeinschaft wurde Zeche übertragen für die Rechnung, die nach gemeinsamem Essen und Trinken beglichen werden muß. Und da die Deutschen im Saufen schon immer weltmeisterlich waren, lag die Übertragung auf zechen im Sinne von saufen nahe.

Zellophan

Als Zellophan bezeichnen wir Folien, die durchsichtig sind. Der Name stetzt sich zusammen aus dem Rohstoff **Cell**ul**o**se und dem griechischen Wort **phan**eros für »sichtbar, durchscheinend«.

Zement

Die alten Römer nannten ihren »Maurer« *caementarius*, weil er mit *caementum* arbeitete. Das Wort *caementum* bedeutet »Bruchstein, Mauerstein, Mörtel«. Der Zement der Römer war zusammengesetzt aus zerschlagenem und gemahlenem Bruchstein, dem Kalk zugesetzt wurde.

Zervelatwurst

Der Begriff Zervelatwurst ist bei uns ein Synonym für eine besonders haltbare Wurst, die Dauerwurst. Mit der Haltbarkeit aber hat die Herkunft des Namens nichts zu schaffen. Das Wort ist italienischer Herkunft: *Cervellata* für »Dauerwurst« kommt von *cervello*, und das heißt »Gehirn, Hirn«. *Zervelatwurst* heißt also eigentlich »Hirnwurst«.

Zewa

Der Name Zewa ist in den meisten Köpfen dank Reklame in der Form »Zewa wisch und weg« abgespeichert. Dabei produziert die Firma nicht nur Haushaltspapier, sondern auch Papiertaschentücher und anderes mehr. Der Name ist eine Abkürzung für **Ze**llstoff-Fabrik **Wa**ldhof, und die Stadt Waldhof kennt jeder Fußballfan wegen des Vereins Waldhof Mannheim.

Zinnober

Zinnober ist eigentlich ein »leuchtend rotes bis stahlgraues, diamantglänzendes Mineral, das wichtigstes Erz für die Gewinnung von Quecksilber ist und seit der Antike als (gelb) roter Farbstoff dient (...)«.[203] Das Wort geht zurück auf das griechische *kinnibari* für »Drachenblut«.

In der Alltagssprache sprechen wir von Zinnober, wenn wir Überflüssiges, dummes Zeug oder Hirngespinste bezeichnen wollen. Diese Definition ist nach 1900 über die Soldatensprache in den allgemeinen Wortschatz eingedrungen. »Die Herleitung ist umstritten. Nach den einen ist von der Praxis der Alchimisten auszugehen, die bei ihren Versuchen einer Synthese von Schwefel und Quecksilber nur Zinnober und nie Gold gewannen; andere gehen auf die künstliche Nachahmung der natürlichen Zinnoberfarbe zurück. Auch wird die Entstehung aus ›Zimt‹ angenommen.«[204]

Wem einmal ein Fieberthermometer kaputtgegangen ist, der weiß, wie flüssig Quecksilber ist. Der Name **Quecksilber** ist die Übersetzung des lateinischen *argentum vivum* für »lebendiges Silber« ins Deutsche. Auch heute kennen wir noch das Wort »**quicklebendig**«.

Zugspitze

Sie ist genau 2964 Meter hoch und damit Deutschlands höchster Berg. Unterhalb der Zugspitze liegt auch Deutschlands höchstes Skigebiet, das Zugspitzplatt. Es ist etwa sieben Quadratkilometer groß und hat eine Höhe von 2000 bis 2830 Metern. Der Name Zugspitze hat nichts zu tun mit Zugluft, sondern damit, daß in Bayern und Österreich abgehende Schneemassen »Lawinenstriche«, aber auch »Lawinenzüge« genannt werden. Der Name Zugspitz taucht erstmals um 1520 auf. Das Wort **Lawine** ist lateinischer Herkunft: *labina* für »Erdrutsch, Bergsturz«.

Zyliss

Zyliss steht für praktische Helfer im Haushalt. Der Firmengründer war ein gewisser Charles Zysset, und der Firmensitz heißt Lyss. Aus **Zy**sset und **Lyss** wurde Zyliss.

Nachwort

Danken möchte ich Sina Brandt, Stefanie Carl, Regine Fuchs-Reinhardt, Michaela Hellemann, Katharina Kappes, Annelie Mank, Rita Nitz, Silke-Susann Otto, Erika Ries, Antje Salatzkat, Nicole Schnell, Gabi Schmidt, Margit Seibel, Siglinde Uhlmann, Gaby Wagner und Claudia Viviani, aber auch Carlos Bienefeld, Thomas Brand, Peter Gudorf, Wolfgang Kreutzer, Klaus-Jochen Mank, Uwe Müller, Joe Proksch, Rainer Schmidt, Hermann-Josef Stehmann und Eberhard Wagner für ihre Hilfe, Unterstützung und Tips.
Für die kritische Durchsicht des Manuskripts danke ich vor allem Margret Plath und Karsten Düsdieker, aber auch Holger Kuntze und Thomas Rathnow.
Das Register haben Sina Brandt und Stefanie Carl erstellt. Ein ganz herzliches Dankeschön für diese mühevolle Arbeit!
Bei Firmennamen und Produktnamen habe ich nur dann eine Quelle angegeben, wenn ich meine Informationen nicht von den Firmen selbst bezogen habe.
Vieles von dem, was ich auf den vorangegangenen Seiten schriftlich fixiert habe, verdankt sich der Lektüre von Büchern, aber auch der Lektüre von Tages- und Wochenzeitungen und Nachrichtenmagazinen. Post festum ließ sich in einigen Fällen nicht mehr exakt die Fundstelle rekonstruieren. Mea culpa! Viele Erkenntnisse verdanke ich selbstredend den großen etymologischen Standardwerken. Da auch diese die Einträge in alphabetischer Reihenfolge auflisten, hielt ich es für überflüssig, hinter jedem Begriff sämtliche Herkunftwörterbücher zu nennen, die ich zu Rate gezogen habe. Hinter den einzelnen Stichwörtern im lexikalischen Teil habe ich nur dann eine oder mehrere Quellen angegeben, wenn dies aufgrund der Spezifik der Fundstelle erforderlich war.

Anmerkungen

1 Vgl. Hans-Friedrich Kniehase: Stadt Wetter (Ruhr), Vorspann: 75 Jahre ABUS.
2 Vgl. Hartmut Schickert: Der kleine wissenschaftliche Adventsbegleiter, S. 139.
3 Vgl. FAZ vom 14. 4. 1997, S. 21.
4 Andreas Lötscher: Von Ajax bis Xerox, S. 25.
5 Erik Verg et al.: Meilensteine. 125 Jahre Bayer, S. 31.
6 zit. n. Hermann Paul: Deutsches Wörterbuch.
7 Ursula Hermann: Herkunftswörterbuch, S. 335.
8 Ebenda, S. 400.
9 Ebenda.
10 Andreas Lötscher: Von Ajax bis Xerox, S. 32.
11 Das Rad der Zeit. Die Geschichte der Audi AG, S. 30.
12 Kurt Krüger-Lorenzen: Deutsche Redensarten und was dahintersteckt, S. 26.
13 Brockhaus Enzyklopädie, S. 477.
14 Kurt Krüger-Lorenzen: Deutsche Redensarten und was dahintersteckt, S. 346 sq.
15 Etymologisches Wörterbuch des Deutschen, S. 93.
16 Vgl. Mathias Müller von Blumencron/Wieland Wagner: Blut im Haifischbecken, in: Der Spiegel, Nr. 22/1998, S. 107.
17 Hanswilhelm Haefs: Handbuch des nutzlosen Wissens, S. 63.
18 Charles Panati: Universalgeschichte der ganz gewöhnlichen Dinge, S. 202 f.
19 Walter Krämer et al.: Lexikon der populären Irrtümer, S. 38 sq.
20 Ursula Hermann: Herkunftswörterbuch, S. 65.
21 Andreas Lötscher: Von Ajax bis Xerox, S. 37.
22 Vgl. Allyn Freeman/Bob Golden: Post-it, Pampers, Melitta & Co., S. 162 ff.
23 Roger Rössing: Wie der Hering zu Bismarcks Namen kam, S. 79.
24 Vgl. Jürgen Udolph: Bismarcks Vorfahren, in: FAZ vom 27. 4. 1998, S. 15.
25 Bernhard Roetzel: Der Gentleman. Handbuch der klassischen Herrenmode, S. 147.
26 Vgl. Pierre Merle: L'argot. Cette langue que L'on dit verte, S. 14.
27 Vgl. Andrea Stiberc: Sauerkraut, Weltschmerz, Kindergarten und Co, S. 158 f.
28 Christoph Gutknecht: Lauter böhmische Dörfer, S. 67.
29 Rudi Palla: Verschwundene Arbeit, S. 58.
30 Ursula Hermann: Herkunftswörterbuch, S. 373.
31 Vgl. Klaus Herrmann: Bei den »Käsekönigen« der Normandie, in: Die Milch. Geschichte und Zukunft eines Lebensmittels, S. 326 sqq.
32 Ursula Hermann: Herkunftswörterbuch, S. 393.
33 Meyers großes Taschenlexikon in 24 Bänden, Bd. 4, S. 208.
34 Christian Wüst: Erlaubt ist, was gefällt, in: Der Spiegel, Nr. 26/2000 vom 26. 6. 2000, S. 196–199.
35 Andreas Lötscher: Von Ajax bis Xerox, S. 315.
36 Charles Panati: Universalgeschichte der ganz gewöhnlichen Dinge, S. 95.
37 Friedrich Kluge: Etymologisches Wörterbuch der deutschen Sprache, S. 143.

38 Wolfgang Pfeifer et al.: Etymologisches Wörterbuch des Deutschen, S. 226.
39 Reay Tannahill: Kulturgeschichte der Erotik, S. 98.
40 Christoph Seidler: Der Mann, der den Dinos ihre Namen gab, in: Der Spiegel online, Nr. 20/2000.
41 Roger Rössing: Wie der Hering zu Bismarcks Namen kam, S. 31 ff.
42 Jörg Krichbaum: Deutsche Standards, S. 22.
43 Walter Krämer et al.: Das neue Lexikon der populären Irrtümer, S. 191.
44 Friedrich Kluge: Etymologisches Wörterbuch der deutschen Sprache, S. 165.
45 Hermann Paul: Deutsches Wörterbuch, 9. Aufl., S. 192.
46 Kurt Krüger-Lorenzen: Deutsche Redensarten und was dahintersteckt, S. 604 sq.
47 Heinz Küpper: Wörterbuch der deutschen Umgangssprache, S. 777.
48 zit. n. Georg Büchmann: Geflügelte Worte, S. 477.
49 Carl Vossen: Mutter Latein und ihre Töchter, S. 159.
50 Jörg Krichbaum: Deutsche Standards, 7. Aufl., S. 96 (Herv. v. H. L.).
51 Quelle: Informationsmaterial der Firma A. W. Faber-Castell.
52 Carl Vossen: Mutter Latein und ihre Töchter, S. 159.
53 Ursula Hermann: Herkunftswörterbuch, S. 74.
54 Andreas Lötscher: Von Ajax bis Xerox, S. 110.
55 zit. n. Heinz Küpper: Wörterbuch der deutschen Umgangssprache, S. 206.
56 Ursula Hermann: Herkunftswörterbuch, S. 150.
57 Andreas Lötscher: Von Ajax bis Xerox, S. 113.
58 Wolfgang Müller et al.: Duden, Bd. 5: Fremdwörterbuch, S. 255.
59 Andreas Lötscher: Von Ajax bis Xerox, S. 115.
60 Wolfgang Müller et al.: Duden, Bd. 5: Fremdwörterbuch, S. 261.
61 Ebenda.
62 Andreas Lötscher: Von Ajax bis Xerox, S. 119.
63 Roger Rössing: Wie der Hering zu Bismarcks Namen kam, S. 194.
64 Duden. Rechtschreibung der deutschen Sprache, S. 286.
65 Heinz Küpper: Wörterbuch der deutschen Umgangssprache, S. 266.
66 Ebenda.
67 zit. n. Georg Büchmann: Geflügelte Worte, S. 230 sq.
68 Ursula Hermann: Herkunftswörterbuch, S. 170.
69 Werner Reuter: Speise und Sprache, S. 22 sq.
70 Friedrich Kluge: Etymologisches Wörterbuch der deutschen Sprache, S. 246.
71 Ursula Hermann: Herkunftswörterbuch, S. 172.
72 Heinz Küpper: Wörterbuch der deutschen Umgangssprache, S. 601.
73 zit. n. Otto Zierer: Kulturgeschichte, IX, S. 147.
74 Roger Rössing: Wie der Hering zu Bismarcks Namen kam, S. 73.
75 Hanswilhelm Haefs: Das ultimative Handbuch des nutzlosen Wissens, S. 87.
76 Friedrich Kluge: Etymologisches Wörterbuch der deutschen Sprache, S. 355.
77 Ebenda.
78 Wolfgang Pfeifer et al.: Etymologisches Wörterbuch des Deutschen, S. 622.
79 Heinz Küpper: Wörterbuch der deutschen Umgangssprache, S. 335.
80 Kurt Krüger-Lorenzen: Deutsche Redensarten und was dahintersteckt, S. 422.
81 Tacitus: Germania, S. 89 (Kap. 40).

82 Ursula Hermann: Herkunftswörterbuch, S. 185.
83 Kurt Krüger-Lorenzen: Deutsche Redensarten und was dahintersteckt, S. 143 sq.
84 Charles Panati: Universalgeschichte der ganz gewöhnlichen Dinge, S. 120 f.
85 Ebenda, S. 132 f.
86 Wolfgang Pfeifer et al.: Etymologisches Wörterbuch des Deutschen, S. 564.
87 Ebenda.
88 Ursula Hermann: Herkunftswörterbuch, S. 195.
89 zit. n. N. N.: Unser Name und seine Herkunft (Informationsmaterial der Iduna Nova).
90 Ursula Hermann: Herkunftswörterbuch, S. 195.
91 N. N.: Loch im Gedächtnis, in: Der Spiegel, Nr. 32/1998 vom 3. 8. 1998, S. 129.
92 Peter Wehle: Sprechen Sie Ausländisch?, S. 152.
93 Meyers großes Taschenlexikon in 24 Bänden, Bd. 11, S. 54.
94 Heinz Küpper: Wörterbuch der deutschen Umgangssprache, S. 382.
95 Andreas Lötscher: Von Ajax bis Xerox, S. 161.
96 Ebenda, S. 154.
97 Georg Büchmann: Geflügelte Worte, S. 354.
98 Joachim Heimannsberg: Brockhaus!, S. 162.
99 Walter Krämer et al.: Lexikon der populären Irrtümer, S. 162.
100 Hanswilhelm Haefs: Das ultimative Handbuch des nutzlosen Wissens, S. 133.
101 Werner Reuter: Speise und Sprache, S. 40 sq.
102 Andreas Lötscher: Von Ajax bis Xerox, S. 155.
103 Wolfgang Pfeifer et al.: Etymologisches Wörterbuch des Deutschen, S. 615 sq.
104 Carl Vossen: Mutter Latein und ihre Töchter, S. 159.
105 Werner Reuter: Speise und Sprache, S. 92.
106 Kurt Krüger-Lorenzen: Deutsche Redensarten und was dahintersteckt, S. 160.
107 Wolfgang Pfeifer et al.: Etymologisches Wörterbuch des Deutschen, S. 679.
108 zit. n. Andreas Lötscher: Von Ajax bis Xerox, S. 158.
109 Carl Vossen: Mutter Latein und ihre Töchter, S. 159.
110 Christoph Drösser: Kein Kopf im Sand, in: Die Zeit, Nr. 22/1998, S. 77.
111 Wolfram Weimer: Geschichte des Geldes, S. 28.
112 Andreas Lötscher: Von Ajax bis Xerox, S. 164.
113 Christoph Schrahe: Nur bei Sonnenschein kommt man nach Faraya, in: FAZ vom 19. 3. 1998, S. R 5.
114 Andreas Lötscher: Von Ajax bis Xerox, S. 172.
115 Hanswilhelm Haefs: Handbuch des nutzlosen Wissens, S. 113.
116 Andreas Lötscher: Von Ajax bis Xerox, S. 175.
117 Friedrich Kluge: Etymologisches Wörterbuch der deutschen Sprache, S. 637.
118 Kurt Krüger-Lorenzen: Deutsche Redensarten und was dahintersteckt, S. 186 f.
119 Hanswilhelm Haefs: Das ultimative Handbuch des nutzlosen Wissens, S. 258 f.
120 N. N. (C. K.): Richard McDonald, in: FAZ vom 16. 7. 1998, S. 17.
121 Werner Reuter: Speise und Sprache, S. 148.
122 Charles Panati: Universalgeschichte der ganz gewöhnlichen Dinge, S. 178 ff.
123 Dieter Berger: Geographische Namen in Deutschland, S. 190.
124 Wolfram Eicke: Gleis 8, Güterbahnhof Kiel, in: Horst Kutzer (ed.): Kiel. Ein Lesebuch, S. 27.

125 Heinz Küpper: Wörterbuch der deutschen Umgangssprache, S. 119.
126 Christoph Gutknecht: Lauter böhmische Dörfer, S. 136.
127 zit. nach DIY-Branchenmagazin, I/1996, S. 3.
128 Herbert Marcuse: Versuch über die Befreiung, S. 22.
129 Vgl. Andreas Lötscher: Von Ajax bis Xerox, S. 211.
130 Dietmar Polaczek: Einäugig, doppelzüngig. Die Rechtfertigung der Paparazzi, in: FAZ vom 2. 9. 1997, S. 42.
131 Der Spiegel, Nr. 37/1997 vom 8. 9. 1997, S. 229.
132 Georg Büchmann: Geflügelte Worte, S. 154.
133 Wolfgang Pfeifer et al.: Etymologisches Wörterbuch des Deutschen, S. 984.
134 Rudi Palla: Verschwundene Arbeit, S. 243 sq.
135 Andreas Lötscher: Von Ajax bis Xerox, S. 220.
136 Meyers großes Taschenlexikon in 24 Bänden, Bd. 17, S. 11.
137 Kurt Krüger-Lorenzen: Deutsche Redensarten und was dahintersteckt, S. 342 f.
138 Werner Reuter: Speise und Sprache, S. 126 sq.
139 Roger Rössing: Wie der Hering zu Bismarcks Namen kam, S. 66 f.
140 Heinz Küpper: Wörterbuch der deutschen Umgangssprache, S. 609.
141 Ursula Hermann: Herkunftswörterbuch, S. 351.
142 Helmut Wendt: Auf Noahs Spuren, S. 127.
143 N. N.: Gesetz gegen Beißteufel, in: Der Spiegel, Nr. 6/1999 vom 8. 2. 1999, S. 174.
144 Wolfgang Müller et al.: Duden Fremdwörterbuch, 4. Aufl., S. 603.
145 Joachim Heimannsberg: Brockhaus!, S. 168.
146 Vgl. Wolfgang Pfeifer et al.: Etymologisches Wörterbuch des Deutschen, S. 703.
147 Vgl. Ursula Hermann: Herkunftswörterbuch, S. 228.
148 Wolfgang Pfeifer et al.: Etymologisches Wörterbuch des Deutschen, S. 1036.
149 Werner Reuter: Speise und Sprache, S. 50 (Herv. v. H. L.).
150 David Feldmann: Was ist des Pudels Kern?, S. 183.
151 Ursula Hermann: Herkunftswörterbuch, S. 375.
152 Quelle: Informationsmaterial des Bayerischen Brauerbundes e. V.
153 Rado-Star, 2/92: 75 Years Jubilee Edition, 6.
154 Heinz Küpper: Wörterbuch der deutschen Umgangssprache, S. 658.
155 Rolf Lohberg: Das große Lexikon vom Bier, S. 112 f.
156 Udo Pollmer u. a.: Prost Mahlzeit!, S. 206 f.
157 Rolf Lohberg: Das große Lexikon vom Bier, S. 122.
158 Heinz Küpper: Wörterbuch der deutschen Umgangssprache, S. 673.
159 Hanswilhelm Haefs: Das ultimative Handbuch des nutzlosen Wissens, S. 135.
160 Ursula Hermann: Herkunftswörterbuch, S. 395.
161 Roger Rössing: Wie der Hering zu Bismarcks Namen kam, S. 201 f.
162 Reay Tannahill: Kulturgeschichte der Erotik, S. 398.
163 Ursula Hermann: Herkunftswörterbuch, S. 397.
164 Ebenda, S. 438
165 Günther Dosdrowski: Lexikon der Vornamen, S. 83.
166 Charles Panati: Universalgeschichte der ganz gewöhnlichen Dinge, S. 57.
167 zit. n. Hermann Paul: Deutsches Wörterbuch, 9. Aufl., S. 739.
168 Meyers großes Taschenlexikon in 24 Bänden, Bd. 19, S. 309.

169 Roger Rössing: Wie der Hering zu Bismarcks Namen kam, S. 97.
170 Daniel Gottlieb Moritz Schreber: Das Buch der Erziehung an Leib und Seele, S. 155.
171 Hanswilhelm Haefs: Das ultimative Handbuch des nutzlosen Wissens, S. 109 f.
172 Heinz Küpper: Wörterbuch der deutschen Umgangssprache, S. 754.
173 Charles Panati: Universalgeschichte der ganz gewöhnlichen Dinge, S. 234 f.
174 Wolfgang Pfeifer et al.: Etymologisches Wörterbuch des Deutschen, S. 1272.
175 Charles Panati: Universalgeschichte der ganz gewöhnlichen Dinge, S. 25 f.
176 Ebenda, S. 235.
177 Andreas Lötscher: Von Ajax bis Xerox, S. 261.
178 Barbara Beuys: Familienleben in Deutschland, S. 157.
179 Royal B. Hassrick: Das Buch der Sioux, S. 16.
180 Ursula Hermann: Herkunftswörterbuch, S. 157.
181 Ebenda, S. 416.
182 Wolfgang Müller et al.: Duden Fremdwörterbuch, 4. Aufl., S. 723.
183 Kurt Krüger-Lorenzen: Deutsche Redensarten und was dahintersteckt, S. 263.
184 Wolfgang Pfeifer et. al.: Etymologisches Wörterbuch des Deutschen, S. 369.
185 Reinhard Ott: Hüferl, Kügerl, Scherzel, Tafelspitz, in: FAZ vom 20. 6. 1998, S. 9.
186 Hanswilhelm Haefs: Handbuch des nutzlosen Wissens, S. 77.
187 Christoph Drösser: Stimmt's?, S. 84.
188 Hanswilhelm Haefs: Handbuch des nutzlosen Wissens, S. 162.
189 Andreas Lötscher: Von Ajax bis Xerox, S. 288.
190 Kurt Krüger-Lorenzen: Deutsche Redensarten und was dahintersteckt, S. 272sq.
191 Klaus Rainer Röhl: Deutsches Phrasenlexikon, S. 186.
192 Roland Simon-Schaefer: Kleine Philosophie für Berenike, S. 230.
193 Pascal Morché: Ein Mann sieht gelb, in: Zeit-magazin, Nr. 16/1998, S. 22.
194 Ursula Hermann: Herkunftswörterbuch, S. 58.
195 Kurt Krüger-Lorenzen: Deutsche Redensarten und was dahintersteckt, S. 279 f.
196 Heinz Küpper: Wörterbuch der deutschen Umgangssprache, S. 856.
197 Claus-Peter Lieckfeld: Waschbären. Immigranten aus Wildwest, in: GEO, 1/1998, S. 115.
198 Andreas Lötscher: Von Ajax bis Xerox, S. 307.
199 Charles Panati: Universalgeschichte der ganz gewöhnlichen Dinge, S. 283.
200 Jens Rehländer: Das wahre Gesicht der Wikinger, in: GEO, Nr. 10/1997, S. 50.
201 H. J. Stammel: Indianer. Legende und Wirklichkeit von A – Z, S. 275.
202 Thomas Borchert: Do you Yahoo!?, in: Stern, Nr. 46/98 vom 5. 11. 1998, S. 262.
203 Wolfgang Pfeifer et al.: Etymologisches Wörterbuch des Deutschen, S. 1615.
204 Heinz Küpper: Wörterbuch der deutschen Umgangssprache, S. 946.

Literatur

Audi AG (Hg.): Das Rad der Zeit. Die Geschichte der AUDI AG, Ingolstadt 1996.

Auto, Motor und Sport, Erstausgabe 1946 (Reprint 1996).

Bahlow, Hans: Deutschlands geographische Namenswelt, Frankfurt am Main 1965.

Bahlow, Hans: Deutsches Namenslexikon, Frankfurt am Main 1972.

Banse, Ewald: Lexikon der Geographie, Braunschweig und Hamburg 1923.

Bartels, Klaus: Wie die Amphore zur Ampel wurde. Neunundvierzig Wortgeschichten, München 1987.

Bartels, Klaus: Wie Berenike auf die Vernissage kam. 77 Wortgeschichten, Darmstadt 1996.

Bartels, Klaus: Wie der Steuermann im Cyberspace landete. 77 neue Wortgeschichten, Darmstadt 1998.

Bauer, Gerd et al.: Das Hessen-Lexikon. Von Affendenkmal bis Zeppelinheim, Frankfurt am Main 1999.

Berger, Dieter: Geographische Namen in Deutschland. Herkunft und Bedeutung der Namen von Ländern, Städten, Bergen und Gewässern, Mannheim 1993.

Bols, Udo: Die berühmtesten deutschen Autos aller Zeiten, Brilon 1997.

Borchert, Thomas: Do you Yahoo!?, in: Stern, Nr. 46/98 vom 5. 11. 1998, S. 262.

Brockhaus Enzyklopädie in 24 Bänden, 19., völl. neu bearb. Aufl., Mannheim 1987.

Büchmann, Georg: Geflügelte Worte. Der klassische Zitatenschatz, neu bearb. v. Winfried Hofmann, 39. Auflage, Frankfurt am Main und Berlin 1993.

Bußgeldkatalog. Punkte im Straßenverkehr. Herausgegeben vom Hessischen Ministerium für Wirtschaft, Verkehr und Landesentwicklung und dem ADAC Hessen-Thüringen, o. O. u. J.

Der Spiegel, Nr. 31/1997, S. 103.; Nr. 5/1998 vom 26. 1. 98, S. 155.

Dosdrowski, Günther et al.: Der große Duden, Bd. 7: Herkunftswörterbuch, Mannheim 1963.

Dosdrowski, Günther: Lexikon der Vornamen. Herkunft, Bedeutung und Gebrauch von mehreren tausend Vornamen, Mannheim 1974.

Drösser, Christoph: Stimmt's? Moderne Legenden im Test, Reinbek bei Hamburg 1998.

Drösser, Christoph: Stimmt's? Noch mehr moderne Legenden im Test, Reinbek bei Hamburg 2000.

Duden Rechtschreibung, 20., völlig neu bearbeitete Aufl., Mannheim 1991.

Dworschak, Manfred: Materie am falschen Ort, in: Der Spiegel, Nr. 40/2000 vom 2. 10. 2000, S. 276–278.

Evers, Marco: Viel Spaß mit Heroin, in: Der Spiegel, Nr. 26/2000 vom 26.6.200, S. 184–186.

FAZ vom 12. Mai 1997, S. 12.

Feldmann, David: Was ist des Pudels Kern? Erklärungen aus den Unerklärlichen, München 1994.

Folz, Jürgen (Bearb.): Schülerduden Wortgeschichte. Herkunft und Entwicklung des deutschen Wortschatzes, Mannheim etc. 1987.

Freeman, Allyn/Bob Golden: Post-it, Pampers, Melitta & Co. 50 Produkte, die die Welt eroberten, St. Gallen und Zürich 1997.

Fritz, Bernd: Rundrand versus Nockendrehverschluß. Einmachen – ein Langzeittrend zwischen Prinzipientreue und Fortschrittsopportunismus, in: Frankfurter-Allgemeine-Magazin, H. 966 vom 4. Sept. 1998, S. 64.

Funcke, Michael: Auto fahren. Ein fröhliches Wörterbuch für Automobilist(inn)en, Kapitäne der Landstraße und andere Kavaliere am Steuer, München 1989, S. 33.

Grützmacher, Jutta: Literarische Grundbegriffe kurzgefaßt, Stuttgart 1987.

Gutknecht, Christoph: Lauter böhmische Dörfer. Wie die Wörter zu ihrer Bedeutung kamen, München 1994.

Gutknecht, Christoph: Lauter spitze Zungen. Geflügelte Worte und ihre Geschichte, München 1996.

Haefs, Hanswilhelm, Handbuch des nutzlosen Wissens, München ^{6}1991.

Haefs, Hanswilhelm: Das ultimative Handbuch des nutzlosen Wissens, München 1998.

Haller, Klaus-Jürgen: Wörter wachsen nicht auf Bäumen. 99 Allerweltsbegriffen auf der Spur, München 1991.

Hassrick, Royal B.: Das Buch der Sioux, Köln 1982.

Hawranek, Dietmar: Auf dem Hinterteil, in: Der Spiegel, Nr. 4/1999 vom 25. 1. 1999, S. 90.

Heimannsberg, Joachim: Brockhaus! Was so nicht im Lexikon steht; Kurioses und Schlaues aus allen Wissensgebieten, Leipzig und Mannheim 1996.

Heimannsberg, Joachim: Brockhaus! Was so nicht im Lexikon steht; Merkwürdiges, Kurioses und Schlaues, Leipzig 1997.

Heimannsberg, Joachim: Brockhaus! Was so nicht im Lexikon steht. Kuriositäten, Histörchen und merkwürdige Geschichten, Leipzig 2000 (Kalender).

Henke, Ruth/Peter Pernsteiner, Noch mehr über Handys, in: Focus, Nr. 33/1998, S. 122 sqq.

Hermann, Ursula: Herkunftswörterbuch. Etymologie, Geschichte, Bedeutung, München 1994.

Herrmann, Klaus: Bei den »Käsekönigen« der Normandie, in: Die Milch. Geschichte und Zukunft eines Lebensmittels (Arbeit und Leben auf dem Lande, eine kulturwissenschaftliche Schriftenreihe, hier: Bd. 4, ed. Helmut Ottenjann u. Karl-Heinz Ziessow), Cloppenburg 1996, S. 325 sqq.

Heyden, Ulrich von der (Hg.): Indianer-Lexikon. Zur Geschichte und Gegenwart der Ureinwohner Nordamerikas, Wiesbaden 1996.

Hillman, David/David Gibbs, Genial. 100 geniale Erfindungen des 20. Jahrhunderts, ohne die unser Alltag nicht mehr vorstellbar wäre, Köln 1998.

Hornig, Frank: König der Gummibärchen, in: Der Spiegel, Nr. 4/2000 vom 24. 1. 2000, S. 94 f.

Jacobi, Uwe: 150 Jahre Knorr, Heilbronn 1988.

Jaenicke, Joachim (Hg.), Materialien-Handbuch Kursunterricht Biologie, Bd. 6: Evolution, Köln 1997.

Jeske, Jürgen: Und läuft und läuft und läuft: Jahrgang 1938, in: FAZ vom 31. 12. 1997, S. 14.

Kerbusk, Klaus-Peter, Handy-Firma im Höhenflug, in: Der Spiegel, Nr. 50/99 vom 13. 12. 1999, S. 86 ff.

Klemm, Friedrich: Geschichte der Technik. Der Mensch und seine Erfindungen im Bereich des Abendlandes, Reinbek bei Hamburg 1983.

Klever, Ulrich: Knaurs großes Hundebuch, 13., aktualisierte Ausgabe, München/Zürich 1997.

Kluge, Friedrich: Etymologisches Wörterbuch der deutschen Sprache, völlig neu bearb. von Elmar Seebold, 22. Aufl. Berlin und New York 1989.

Knauer, Sebastian: Europas größtes Turngerät, in: Der Spiegel, Nr. 8/1999 vom 22. 2. 99, S. 224 ff.

Kniehase, Hans-Friedrich: Stadt Wetter (Ruhr), Wetter 1998.

Knips, Walter: Die Erbin und der Reformer, in: Der Spiegel, Nr. 27 vom 5. 7. 1999, S. 78.

Köbler, Gerhard: Etymologisches Rechtswörterbuch, Tübingen 1995.

Koblischke, Heinz (Hg.): Lexikon der Abkürzungen. Über 50 000 Abkürzungen, Kurzwörter, Zeichen und Symbole, Gütersloh 1994.

Köhler, Peter: Basar der Bildungslücken. Kleines Handbuch des entbehrlichen Wissens, München 2000.

Krämer, Walter et al.: Lexikon der populären Irrtümer. 500 kapitale Mißverständnisse, Vorurteile und Denkfehler von Abendrot bis Zeppelin, Frankfurt am Main 1996.

Krämer, Walter et al.: Das neue Lexikon der populären Irrtümer. 555 weitere Vorurteile, Mißverständnisse und Denkfehler von Advent bis Zyniker, Frankfurt am Main 1998.

Krichbaum, Jörg (Hg.): Deutsche Standards, 7. erw. Aufl. Köln 1995.

Krüger-Lorenzen, Kurt: Deutsche Redensarten und was dahintersteckt, München 1990.

Küpper, Heinz: Wörterbuch der deutschen Umgangssprache, Stuttgart etc. 1987 (hier: Nachdruck 1997).

Kutzer, Horst (Hg.): Kiel. Ein Lesebuch, Husum 1986.

Kytzler, Bernhard/Lutz Redemund: Unser tägliches Latein. Lexikon des lateinischen Spracherbes, Main ^{4}1995.

Ladendorf, Otto: Historisches Schlagwörterbuch, Hildesheim 1968.

Läng, Hans: Kulturgeschichte der Indianer Nordamerikas, Göttingen 1989.

Linz, Harald H.: Internationale Automobil-Markenzeichen. Ihre Geschichte und Bedeutung, Augsburg 1998.

Lohberg, Rolf: Das große Lexikon vom Bier, Wiesbaden o. J.

Lötscher, Andreas: Von Ajax bis Xerox. Ein Lexikon der Produktnamen, Zürich ^{2}1992, S. 56.

Lugger, Beatrice/Reinhard Breuer: Modern Talking, in: Focus, Nr. 31/ 1998 vom 27. 7. 1998, S. 108 sqq.

Marti, Michael: Die Droge Arbeit, in: Der Spiegel, Nr. 25/2000 vom 19. 6. 2000, S. 122–126.

Maschke, Thomas/Dieter Beckhusen: Rollei. Das große Handbuch, München 1997.

Matteuci, Marco et al.: Geschichte des Automobils, Künzelsau 1995.

Merle, Pierre: L'argot. Cette langue que L'on dit verte, Paris 1996.

Meyers großes Taschenlexikon in 24 Bänden, Mannheim 1992.

Müller, Wolfgang et al: Duden Fremdwörterbuch (Duden, Bd. 5), 4., neu bearb. u. erw. Aufl. Mannheim 1982.

N. N. (chs): Rolls-Royce: Eine Chronik, in: FAZ vom 31. 3. 1998, S. 23.

N. N. (gb.): Der Reifenmann wird 100 Jahre alt, in: FAZ, Nr. 30/98 vom 5. 2. 1998, S. 28.

N. N. (mle): Emily wird nie eine Bavaria, in: FAZ vom 1. April 1998, S. 14.

N. N.: Ein Fall für Mister Bond, in: Der Spiegel, Nr. 32/1998 vom 3. 8. 1998, S. 134.
N. N.: Gelb ist die Hoffnung, in: Der Spiegel, Nr. 44/1998, S. 155.
N. N.: Gesetz gegen Beißteufel, in: Der Spiegel, Nr. 6/1999 vom 8. 2. 1999, S. 174.
Niemann, Hans-Werner: Vom Fauskeil zum Computer. Technikgeschichte – Kulturgeschichte – Wirtschaftsgeschichte, Stuttgart 1985.
Olschansky, Heike: Täuschende Wörter. Kleines Lexikon der Volksetymologien, Stuttgart 1999.
Osman, Nabil (Hg.): Kleines Lexikon deutscher Wörter arabischer Herkunft, München 1982.
Ostermeyer, Jürgen: Der Name wurde zum Symbol für komfortables Reisen, in: FAZ vom 20. 10. 1997, S. 15.
Panati, Charles: Universalgeschichte der ganz gewöhnlichen Dinge, Frankfurt/Main 1996.
Paul, Hermann: Deutsches Wörterbuch, 9., vollst. neu bearb. Aufl. v. Helmut Henne et al., Tübingen 1992.
Pfeifer, Wolfgang et al.: Etymologisches Wörterbuch des Deutschen, München 1995.
Pietschmann, Richard: Die Phönizier, Essen o. J.
Plickat, Hans-Heinrich/Emil Luthardt: Orthograph. Diktate und Wortlisten für die Sekundarstufe I, Stuttgart 1978.
Polaczek, Dietmar: Im Motorradlärm verpackte Angst: Lissabon trauert um Ost-Timor, in: FAZ, Nr. 214 vom 15. 9. 1999, S. 51.
Pollmer, Udo u. a.: Prost Mahlzeit! Krank durch gesunde Ernährung, Köln 1994.
Polster, Bernd: SUPER oder NORMAL. Tankstellen – Geschichte eines modernen Mythos, Köln 1996.
Rehländer, Jens: Das wahre Gesicht der Wikinger, in: GEO, Nr. 10/1997, S. 34 ff.
Reuter, Werner: Speise und Sprache. Eine Mahlzeit mit wortkundlicher Tafelbegleitung, Hamburg 1936.
Ridder, Michael de: Heroin – vom Arzneimittel zur Droge, Frankfurt am Main 2000.
Roetzel, Bernhard: Der Gentleman. Handbuch der klassischen Herrenmode, Köln 1999.
Röhrich, Lutz: Lexikon der sprichwörtlichen Redensarten, 5 Bände, Freiburg, Basel, Wien 1994.
Römer, Dieter/Iris Schneider: »Das Netz durchdringt alles«, in: Focus, Nr. 29/99 vom 19. 7. 99, S. 160 ff.
Root, Waverly: Wachtel, Trüffel, Schokolade. Eine Enzyklopädie der kulinarischen Köstlichkeiten, München 1996.
Rosellen, Hanns-Peter: Vom Goggomobil zum Glas V 8. Aufstieg und Niedergang der Autofabrik Hans Glas in Dingolfing, Frankfurt am Main o. J.
Rössing, Roger: Wie der Hering zu Bismarcks Namen kam. Unbekannte Geschichten zu bekannten Begriffen, Leipzig 1995.
Sabatès, Fabian: Der 2 VC. Eine 40jährige Liebesgeschichte, Wien, Genf und New York 1990.
Sanders, Willy: Was die Wörter uns verraten. Kleine Geschichten rund um die Sprache, München 2000.
Schickert, Hartmut: Der kleine wissenschaftliche Adventsbegleiter, München 1997.
Schreber, Daniel Gottlieb Moritz: Das Buch der Erziehung an Leib und Seele. Für Eltern, Erzieher und Lehrer, Leipzig ^{3}1891

Schulz, Thomas: Hier wird kräftig aufgeputscht, in: Stern, Nr. 10/98 vom 26.2. 1998, S. 98.

Schweikle, Johannes: Im Reich des Auflagenkönigs, in: Zeit-Magazin, Nr. 15/1999, S. 28–32.

Schwenk, Ernst: Meine Name ist Becquerel.Wer den Maßeinheiten den Namen gab, München 1993.

Seidler, Christoph: Der Mann, der den Dinos ihre Namen gab, in: Der Spiegel online, Nr. 20/2000.

Seiff, Ingo: Mercedes-Benz. Porträt einer Weltmarke, Echzell 1998.

Seiffert, Reinhard: Mitsubishi (Im Profil, 22), in: FAZ, Nr. 165/99 vom 20. 7. 1999, S. T 4.

Seitz, Erwin: Tilly ließ nur den Dombezirk retten, in: FAZ, Nr. 288/98 vom 11. 12. 1998, S. 47.

Seume, Keith: Der Käfer. Die umfassende illustrierte Geschichte des populärsten Autos der Welt, Erlangen 1998.

Spehr, Michael: Unerwünschtes im elektronischen Postkörbchen, in: FAZ Nr. 226/98 vom 29. 9. 1998, S. T 10.

Staadt, Jochen: Der Tag, an dem Charlie in die Luft ging, in: FAZ Nr. 143/2000 vom 23. 6. 2000, S. 3.

Stammel, H. J.: Indianer. Legende und Wirklichkeit von A – Z, München 1997.

Steinfurth, Peter: Das Windei, in: Oldtimer-Markt, Heft 12/1998, S. 220 ff.

Stiberc, Andrea: Sauerkraut, Weltschmerz, Kindergarten und Co. Deutsche Wörter in aller Welt, Freiburg im Breisgau 1999.

Stinnes, Clärenore: Im Auto durch zwei Welten. Die erste Autofahrt einer Frau um die Welt 1927 bis 1929. Mit einem Vorwort von Gabriele Habinger, Wien 1996.

Teichmann, Jo: Was hat deas Schwein mit Glück zu tun. Tierische Redewendungen von aalglatt bis wieselflink, Frankfurt am Main 1994.

The Oxford Englisch Dictionary, Oxford.

Thränhardt, Dietrich: Geschichte der Bundesrepublik Deutschland 1949–1990 (Moderne Deutsche Geschichte, Bd. 12), Frankfurt am Main 1996.

Utermöhle, Elna: Kanzler in Kaschmir, in: Der Spiegel, Nr. 13/1999 vom 29. 3. 99, S. 106.

Volkswagen (Hg.): Eine Idee macht Geschichte. Volkswagen-Chronik, Wolfsburg o. J.

Vossen, Carl: Mutter Latein und ihre Töchter. Europas Sprachen und ihre Herkunft, Düsseldorf [13]1992.

Walther, H.: Das Martinshorn, in: Der Sprachdienst, Heft 1/1973, S. 4 f.

Wehle, Peter: Sprechen Sie Ausländisch? Von Amor bis Zores, Wien 1996.

Weimer, Wolfram: Geschichte des Geldes. Eine Chronik mit Texten und Bildern, Frankfurt am Main 1992.

Wendt, Helmut: Auf Noahs Spuren, Reinbek bei Hamburg 1967.

Wolff, Friedrich/Otto Wittstock: Latein und Griechisch im deutschen Wortschatz. Lehn- und Fremdwörter, 6., bearb. Aufl. Berlin 1990.

Wolke, Robert L.: Woher weiß die Seife, was der Schmutz ist? Kluge Antworten auf alltägliche Fragen, München 1998.

Register